ROSALIE HAM

Die Schneiderin

Buch

Nach zwanzig Jahren im Ausland kehrt Myrtle Dunnage, genannt Tilly, zurück in den Ort ihrer Kindheit: Dungatar ist eine australische Kleinstadt, deren Einwohner neben ihrem ausgeprägten Misstrauen gegenüber Fremden vor allem die verschiedensten exzentrischen Eigenheiten pflegen – nicht zu vergessen ihre heimlichen Affären und dunklen Geheimnisse. Nachdem Tilly aus Europa heimgekehrt ist, um ihre kranke, geistig verwirrte, aber immer noch äußerst scharfzüngige Mutter zu pflegen, versucht sie, Frieden mit Dungatar zu schließen. Und tatsächlich nähern sich die junge Frau und die restlichen Einwohner trotz zahlloser Vorbehalte einander an. Denn Tilly gelingt es nach und nach, den Ort zu verzaubern. Biedere Hausfrauen verwandeln sich mit ihrer Hilfe in Damen von Welt und unscheinbare Landpomeranzen in selbstbewusste Frauen, denen die Männer begehrliche Blicke zuwerfen. Tillys Geheimnis: Sie ist eine begnadete Schneiderin, die mit Stoff und Spitze wahre Wunder vollbringt. So stünde ihrem Glück nichts mehr im Wege, wenn sich Tilly nicht ausgerechnet in Teddy McSwiney, den Außenseiter der Kleinstadt, verliebt hätte. Nach einem schrecklichen Unfall droht sie ihre neu gefundene Heimat wieder zu verlieren und ist einmal mehr der Selbstgerechtigkeit und Boshaftigkeit des Ortes ausgesetzt. Daraufhin beschließt Tilly, Dungatar eine Lektion zu erteilen, die die Bewohner so schnell nicht vergessen werden …

Autorin

Rosalie Ham wuchs in einer australischen Kleinstadt auf. Sie hat bereits für das Theater und den Rundfunk geschrieben, bevor sie mit »Die Schneiderin« ihr Debüt als Romanautorin gab. Sie arbeitet derzeit an ihrem zweiten Buch.

Rosalie Ham

Die Schneiderin

Roman

Aus dem Englischen
von Bärbel und Velten Arnold

GOLDMANN

Die Originalausgabe erschien 2000 unter dem Titel
»The Dressmaker«
bei Duffy & Snellgrove, Australien

Umwelthinweis:
Alle bedruckten Materialien dieses Taschenbuches
sind chlorfrei und umweltschonend.

Deutsche Erstausgabe Juni 2003

Umschlaggestaltung: Design Team München
Umschlagfoto: PicturePress
Satz: deutsch-türkischer fotosatz, Berlin
Druck: Elsnerdruck, Berlin
Titelnummer: 45438
Redaktion: Ingrid Klein
An · Herstellung: Katharina Storz/Str
Made in Germany
ISBN 3-442-45438-7
www.goldmann-verlag.de

1 3 5 7 9 10 8 6 4 2

Die Autorin dankt den Tutoren des Instituts
für Professionelles Schreiben und Redigieren
des Royal Melbourne Institute of Technology.
Ferner bedankt sie sich ganz besonders bei
Gail MacCallum, Mercy O'Meara, Fern
Fraser, Patricia Cornelius, Crusader Hillis,
Natalie Warren und Ian.

»Das Gefühl, gut gekleidet zu sein, verleiht einem eine innere Ruhe, die nicht einmal religiöser Glaube zu geben vermag.«

Miss C. F. Forbes
Nach einem Zitat von Ralph Waldo Emerson
in *Social Aims*

Bei der Fahrt durch die weizengelbe Ebene auf Dungatar zu, fiel Reisenden als Erstes weit hinten in der Ferne ein flimmernder dunkler Fleck ins Auge. Beim Näherkommen entpuppte sich der undefinierbare Umriss als ein Hügel. Oben auf dem Hügel stand ein schäbiges braunes Schindelbretthaus, das sich provokant über den grasbewachsenen Abhang neigte. Es sah aus, als ob es jeden Augenblick abrutschen würde, doch es war von wuchernden Glyzinen umrankt, deren dicke Zweige einen soliden Schornstein umschlangen und so dem ganzen Haus Halt zu geben schienen. Wer sich mit dem Zug Dungatar näherte, blickte unweigerlich aus dem Fenster und sah das waghalsig geneigte braune Haus, wenn sich der Wagen in die lang gezogene Südkurve legte. In der Dunkelheit war das Licht dieses Hauses über die weite Ebene hin von allen Seiten zu sehen – ein zittriges Leuchtfeuer in einem endlosen schwarzen Meer, das einem aus dem Zuhause von Mad Molly entgegenblinkte. Bei Sonnenuntergang warf der Hügel einen langen Schatten über die Stadt bis hin zu den Getreidesilos.

Eines Winterabends starrte Myrtle Dunnage durch die Windschutzscheibe eines Greyhoundbusses und erwartete jeden Moment, das erleuchtete Haus ihrer Mutter zu sehen. Sie hatte ihr vor kurzem geschrieben, aber keine Antwort erhalten und sich deshalb überwunden anzurufen. Bei der Fernsprechvermittlung hatte ihr eine barsche Stimme mitgeteilt: »Molly Dunnage hat schon seit Jahren keinen Telefonanschluss mehr, sie wüsste gar nicht, was ein Telefon ist.«

»Ich habe geschrieben«, erwiderte Tilly, »aber sie hat nicht geantwortet. Hat sie meinen Brief vielleicht gar nicht erhalten?«

»Die alte Mad Molly wüsste auch nicht, was sie mit einem Brief anfangen soll«, kam es schroff zurück.

Tilly beschloss, nach Dungatar zurückzukehren.

TEIL EINS

Gingham

Ein Baumwollgewebe, dessen Qualität je nach Art des verwendeten Garns und im Hinblick auf Farbechtheit und Gewicht variiert. Kann zu zahlreichen Stoffmustern verwoben werden. Bei sachgerechter Verarbeitung ein sehr widerstandsfähiger Stoff. Findet vielseitige Verwendung, von Getreidesäcken und Vorhängen bis hin zu Hauskleidern und Arbeitsanzügen.

Fabrics for Needlework

Kapitel 1

Sergeant Farrat rückte seine Dienstmütze zurecht, zupfte sich einen Faden vom Revers und salutierte seinem einwandfreien Spiegelbild. Er schlenderte zu seinem frisch polierten Polizeiwagen, um mit seiner Abendstreife zu beginnen. Er wusste, alles würde in Ordnung sein. Die Kleinstadtbewohner waren friedlich, und die meisten Männer lagen bereits im Bett, denn für den nächsten Tag hofften sie auf einen Sieg beim Football.

Auf der Hauptstraße hielt er an und musterte die Häuser mit ihren silbernen Dächern, von denen Rauchfahnen aufstiegen. Nebelschwaden waberten umher, sammelten sich an Torpfosten und Gartenmauern und hingen zwischen den Bäumen wie hauchdünne Zeltplanen. Aus dem Station Hotel drang gedämpfte Unterhaltung. Sergeant Farrat nahm die Autos ins Visier, die vor dem Pub parkten: Es waren die üblichen Morris Minors und Austins, ein Pick-up, der Wolseley von Bezirksvorsteher Pettyman und der imposante, wenn auch schon etwas altersschwache Triumph Gloria der Beaumonts.

Ein Greyhoundbus rumpelte heran und kam mit einer Art Schnauben vor dem Postamt zum Stehen. Die Scheinwerfer strahlten direkt in Sergeant Farrats bleiches Gesicht.

»Ein Besucher?«, fragte er sich laut.

Die Bustür glitt auf, und aus dem Inneren fiel ein schwacher Lichtstrahl. Eine schlanke junge Frau stieg leichtfüßig in den Nebel. Ihr langes volles Haar fiel ihr über die Schultern, und sie trug ein Barett und einen ungewöhnlich geschnittenen Mantel. »Sehr elegant«, dachte der Sergeant.

Der Busfahrer zog einen Koffer aus dem Gepäckfach, trug ihn unter das Vordach des Postamtes und stellte ihn dort in einer dunklen Ecke ab. Dann ging er zurück und holte einen weiteren Koffer, dann noch einen, und schließlich zog er noch etwas anderes heraus – ein Behältnis mit einem gewölbten Deckel, auf dessen Seite in goldenen Lettern der Name »Singer« prangte.

Die Frau, die gerade ausgestiegen war, hielt dieses letzte Gepäckstück in der Hand, sah hinüber zum Bach und dann die Straße entlang.

»Das kann nicht wahr sein!«, entfuhr es Sergeant Farrat, und er schoss aus dem Wagen.

Als sie die Tür zuschlagen hörte, machte die Frau auf dem Absatz kehrt und ging schnurstracks in Richtung Westen davon, auf den Hügel zu. Hinter ihr heulte der Bus auf und brauste davon, und während die Rücklichter in der Ferne verschwanden, hörte sie die Schritte immer näher kommen.

»Myrtle Dunnage, was für eine Überraschung.«

Myrtle legte einen Schritt zu, Sergeant Farrat ebenfalls. Er musterte ihre eleganten Stiefel – waren es etwa *italienische*? – und ihre Hose, die definitiv nicht aus Serge war.

»Myrtle, warte, ich helfe dir!«

Doch sie marschierte unbeirrt weiter, so dass er schließlich einen Satz nach vorn machte, ihr die Kiste mit dem gewölbten Deckel entwand und sie zwang, sich ihm zuzuwenden. Sie standen inmitten der Nebelfetzen und starrten einander an. Tilly war zur Frau herangereift, wohingegen er einfach alt geworden war. Er hob verlegen eine seiner blassen Hände an den Mund, zuckte mit den Achseln und schleppte das Gepäck zu seinem Wagen. Als er den letzten ihrer Koffer auf dem Rücksitz verstaut hatte, öffnete er die Beifahrertür und wartete, bis sie eingestiegen war. Dann wendete er ruckartig, brauste los in Richtung Osten und sagte: »Wir machen einen kleinen Umweg zu dir nach Hause.« Tillys Magen zog sich noch mehr zusammen.

Sie glitten durch den Nebel, und als sie den Footballplatz umrundeten, berichtete Sergeant Farrat: »Wir sind dieses Jahr schon bis auf Platz drei vorgerückt.«

Tilly schwieg.

»Du kommst aus Melbourne, stimmt's?«

»Ja«, erwiderte sie knapp.

»Bleibst du länger zu Hause?«

»Keine Ahnung.«

Sie fuhren zurück durch die Hauptstraße. Als sie an der Schule vorbeikamen, hörte Tilly das Gejohle der freitagnachmittäglichen Softballspiele ihrer Kindheit und das Gekreische und Geplantsche vom Schwimmen unten am Bach. Als Sergeant Farrat bei der Leihbücherei um die Ecke bog und auf den Hügel zufuhr, roch sie den gebohnerten Linoleumboden der Bücherei und sah davor im trockenen Gras für einen kurzen Moment einen frischen Blutfleck aufblitzen. Erinnerungen kamen hoch, wie sie vor all den Jahren von immer demselben Mann zur Bushaltestelle gebracht worden war, und der Knoten in ihrer Magengegend zog sich noch fester zusammen.

Schließlich fand der Polizeiwagen seinen Weg hinauf auf den Hügel und hielt an. Tilly saß regungslos da und betrachtete ihr einstiges Zuhause. Der Sergeant beobachtete sie dabei. Die kleine Myrtle Dunnage hatte Haut wie aus Alabaster und die Augen und Haare ihrer Mutter. Sie wirkte stark, aber auch seltsam verletzt.

»Weiß irgendjemand, dass du kommst, Myrtle?«, fragte der Sergeant.

»Ich heiße Tilly«, stellte sie klar. »Es wird sich schnell genug herumsprechen.«

Sie wandte sich um und blickte im nebligen Mondschein in das erwartungsvolle Gesicht von Sergeant Farrat. »Wie geht es meiner Mutter?«, fragte sie.

Er öffnete die Autotür. »Deine Mutter … verlässt in letzter Zeit nicht mehr das Haus«, antwortete er und stieg aus. Als der Sergant mit Tillys Koffern zum Haus ging, gerieten die Nebelschwaden über der Veranda in Bewegung – wie Rüschen, die um einen Rocksaum schwingen. Er hielt ihr die schwere Schachtel mit dem gewölbten Deckel hin: »Eine schöne Nähmaschine hast du, *Tilly*.«

»Ich bin Schneiderin und entwerfe Kleider, Sergeant Farrat«, erwiderte sie und öffnete die Hintertür.

Er klatschte in die Hände. »Das ist ja großartig!«

»Danke fürs Mitnehmen.« Mit diesen Worten schlug sie ihm die Tür vor der Nase zu.

Beim Wegfahren überlegte Sergeant Farrat, wann er Mad Molly das letzte Mal besucht hatte. Er hatte sie seit mindestens einem Jahr nicht mehr gesehen, aber er wusste, dass Mae McSwiney ein Auge auf sie hatte. Er lächelte. »Eine Schneiderin!«

Mollys Haus war feucht und stank wie Opossumpisse. Tilly tastete die staubige Wand nach dem Lichtschalter ab und knipste ihn an. Dann ging sie durch die Küche ins Wohnzimmer, vorbei an der muffigen alten Sitzgarnitur zum Ofen. Sie hielt eine Hand hinein und prüfte die Asche. Sie war eiskalt. Am Schlafzimmer ihrer Mutter angelangt, drehte sie den Knauf und stieß die Tür auf. In der Ecke neben dem Bett brannte eine schwache Lampe.

»Mum?«

Unter aufgetürmten Bettdecken regte sich ein Körper, und auf dem schmuddeligen Kapokkissen drehte sich ein knochiger Kopf zur Seite, der unter einem Teewärmer steckte. Der offene Mund klaffte ihr entgegen wie ein Kohlenkellerloch. Tief liegende Augen starrten Tilly an.

Molly Dunnage, ein verrücktes hutzeliges altes Weib, sagte zu ihrer Tochter: »Sie kommen bestimmt wegen des Hundes, habe ich Recht? Aber Sie können ihn nicht haben. Wir wollen ihn nämlich behalten.«

Sie gestikulierte einer Gruppe unsichtbarer Menschen zu, die sich um ihr Bett versammelt hatte, und nickte ihnen zu. »Wir wollen ihn doch behalten, nicht wahr?«

»Das haben sie dir also angetan«, stellte Tilly fest.

Unter den Decken kam ein steifer, vor Dreck starrender Fausthandschuh hervor. Molly warf einen Blick auf ihr dürres Handgelenk und stellte fest: »Es ist halb fünf.«

Tilly packte die Flasche Brandy aus, die sie ihrer Mutter mitgebracht hatte, und setzte sich auf die hintere Veranda. Sie sah hinab auf die schwache Silhouette des schlafenden Dungatar und fragte sich, was sie damals zurückgelassen hatte und wohin sie jetzt zurückgekehrt war.

Als der Morgen bereits herandämmerte, seufzte sie, prostete der kleinen grauen Stadt noch einmal zu und ging ins

Haus. Sie verjagte ein paar Mäusefamilien, die es sich zwischen den Handtüchern im Wäscheschrank gemütlich gemacht hatten, und vertrieb jede Menge Spinnen, die sich in den schattigen Winkeln ihr Zuhause gesponnen hatten. Sie kratzte Staub, Dreck, alte Zweige und einen toten Sperling aus der Badewanne und drehte die Wasserhähne auf, um die Wanne zu scheuern. Das Wasser war kalt und braun. Als es schließlich doch klar und heiß wurde, ließ sie die Wanne voll laufen und gab Lavendelblüten aus dem Garten hinzu. Dann zerrte sie ihre Mutter aus ihrem verkrusteten Bett und zog sie wankend und stolpernd in Richtung Badezimmer. Mad Molly fluchte und kratzte und schlug mit ihren spindeligen langen Gliedmaßen wild um sich, doch sie war schnell erschöpft und ließ sich schließlich widerstandslos ins Wasser gleiten.

»Wie auch immer«, keifte sie, »jeder weiß, dass roter Wackelpudding länger fest bleibt«, und bei diesen Worten zeigte sie Tilly gackernd ihr grünes Zahnfleisch und starrte sie mit irren Augen an.

»Gib mir deine Zähne«, befahl Tilly, woraufhin Molly sofort den Mund zumachte und mit aller Kraft ihre Kiefer geschlossen hielt. Tilly packte die Unterarme ihrer Mutter, presste sie ihr über Kreuz gegen die Brust und hielt ihr mit der anderen Hand die Nase zu, bis Molly schließlich den Mund aufmachte, um zu atmen. Mit Hilfe eines Löffels hebelte Tilly ihr das Gebiss heraus und ließ es in einen mit Ammoniak gefüllten Eimer fallen. Molly zeterte und schrie und strampelte und schlug um sich, bis sie erschöpft und sauber war. Während Molly weiter einweichte, zog Tilly die Bettlaken ab, und als die Sonne hoch genug stand, schleppte sie die Matratze zum Auslüften nach draußen und legte sie aufs Gras.

Später verfrachtete sie Mollys ausgemergelten Körper wieder zurück ins Bett und flößte ihr mit einem Löffel gesüßten schwarzen Tee ein. Dabei redete sie ihr die ganze Zeit gut zu. Molly antwortete mit verrücktem oder wütendem Gebrabbel, aber immerhin antwortete sie. Schließlich schlief sie ein, so dass Tilly darangehen konnte, den Ofen sauber zu machen. Als sie so weit war, suchte sie im Garten etwas Anmachholz zusammen und entzündete ein Feuer. Der aufsteigende Rauch scheuchte im Dach ein Opossum auf, das durchs Gebälk huschte. Als Nächstes riss Tilly sämtliche Fenster und Türen auf und begann, allen möglichen Kram hinauszuwerfen: eine alte Nähmaschine und einen mottenzerfressenen Kleiderständer, das leere Gehäuse eines alten Waschzubers, alte Zeitungen und Kartons, dreckige Vorhänge und vor Schmutz starrende Teppichteile, eine Couch mitsamt den zugehörigen zerfledderten Sesseln, kaputte Tische sowie unzählige leere Konservendosen und Flaschen. In kürzester Zeit war das kleine Holzhaus von einem gewaltigen Müllhaufen umgeben.

Als Molly aufwachte, führte Tilly sie den ganzen Weg hinunter zur Außentoilette und setzte sie aufs Klo. Sie zog ihr den Schlüpfer bis zu den Fußknöcheln herunter, hob das Nachthemd hoch und steckte es unter ihrem Pullover fest. Damit sie nicht weglaufen konnte, fesselte Tilly die Hände ihrer Mutter mit ihrem Bademantelgürtel an die Klotür. Molly schrie sich ihre alte Lunge aus dem Hals, bis sie heiser war. Später machte Tilly eine Tomatensuppe aus der Dose warm und setzte ihre Mutter – entleert, sauber und mit einem Pullover, Handschuhen, Mütze, Socken, Pantoffeln und mehreren Decken wohl versorgt – in die Sonne und fütterte sie. Mad Molly plapperte ohne Unterlass vor sich hin. Als sie fertig war, wischte Tilly ihr den suppenverschmierten Mund ab und fragte: »Hat es dir geschmeckt?«

Ihre Mutter antwortete förmlich: »Ja, danke, es schmeckt uns immer.« Dabei lächelte sie den anderen imaginären Teilnehmern des Banketts freundlich zu und erbrach sich dann über der unbekannten Frau, von der sie annahm, dass sie ihr Gift eingeflößt hatte.

Tilly stand wieder auf der Veranda und spürte, wie eine Brise ihr die Hose gegen ihre schlanken Beine drückte. Unter ihr stieg kräuselnder Rauch auf. Er stammte von einem Feuer, das auf dem Hof der McSwineys unter einem großen Kupfertopf brannte. Der Hof lag am Fuß des Hügels, direkt neben der Müllhalde, und Ortsfremde gingen in der Regel davon aus, dass die demolierten Eisenbahnwaggons und die verbeulten Wohnwagen Teil des Schrottplatzes waren, doch dies war das Zuhause der Familie McSwiney. Edward McSwiney war der Fuhrunternehmer und gleichzeitig Nachtkutscher von Dungatar. Er kam mit jeder Außentoilette klar, und selbst in den schwärzesten, stürmischsten Nächten bei jedem noch so überquellenden Klo ging nicht ein Tröpfchen daneben. Während des Tages war er ebenfalls unterwegs und lieferte in Begleitung seines mittleren Sohnes Barney und in ständiger Begleitung einer Schar von Kindern auf der Ladefläche alle möglichen Sachen aus.

Als Myrtle noch klein war, hatte sie den McSwiney-Kindern oft beim Spielen zugesehen. Der älteste Junge war ein paar Jahre jünger als sie selber, dann gab es drei Mädchen und schließlich Barney, der nicht »ganz gar war«. Er ging gebeugt, hatte einen Klumpfuß, und sein Kopf schien verkehrt herum zu sitzen.

Die Stadt selbst ruhte im grellen Schein der Morgensonne. Der Bahnhof und das quadratische graue Silo, das man direkt neben den Schienen errichtet hatte, die dem gebogenen Lauf des Baches folgten und so eine Grenze zwischen dem Wasser und den Gebäuden bildeten. Von oben sah die Bachbiegung aus wie eine Nase und die Gebäude wie vereinzelte Sommersprossen. Der Bach hatte nie viel Wasser geführt, war von Weiden und Schilfgras überwuchert und floss, von surrenden Stechmücken umschwirrt, träge glucksend dahin. Die Gründer-Pioniere von Dungatar hatten das Land entlang der inneren Bachbiegung als Überflutungsgebiet vorgesehen. Inzwischen war dort eine Art Park entstanden, in dessen Mitte sich ein öffentlicher Gemeindesaal befand. Am östlichen Ende des Parks und direkt gegenüber ihrer Drogerie stand das niedrige feuchte Cottage von Mr. und Mrs. Almanac, und an der westlichen Seite befand sich die Schule, in der Prudence Dimm, so lange man sich erinnern konnte, die Kinder von Dungatar unterrichtet hatte. Die Hauptstraße war der Biegung des Parks angepasst und bildete die Grenze zur Einkaufszone. An der Hauptstraße lag auch die Polizeiwache; sie befand sich in östlicher Richtung, etwa auf halbem Wege zwischen Friedhof und Stadtrand. Ansonsten war es keine besonders lebendige Straße. Zu den vereinzelten Geschäften am Straßenrand zählten die Drogerie, das Station Hotel und natürlich »A and M Pratt Merchant Supplies«, ein Gemischtwarenladen, in dem man so ziemlich alles finden konnte, was man irgendwie brauchte. Das Postamt, die Bank und die Telefonvermittlung waren allesamt im nächsten Haus untergebracht, und im letzten, am weitesten nach Westen gelegenen Gebäude befanden sich die Leihbücherei und der Amtssitz des Bezirksvorstehers. Die Wohnhäuser von Dungatar lagen verstreut hinter der Einkaufszone an einer schmalen Schotterstraße, die zum Footballplatz führte.

Das begraste Oval erschien Tilly aus der Ferne wie ein grünes Auge, und die vor dem Platz parkenden Autos sahen aus wie die dazugehörenden Wimpern. Im Haus regte sich ihre Mutter und rief nach ihr, im Dach hörte sie das Opossum wieder durchs Gebälk huschen.

Tilly ging zu dem im Gras liegenden Kleiderständer und hob ihn auf. Sie spritzte ihn mit dem Gartenschlauch ab und ließ ihn draußen in der Sonne trocknen.

Kapitel 2

Samstagmorgens erwachte die Hauptstraße von Dungatar zum Leben. Trucks tuckerten die Straße entlang, und solide britische Autos brachten liebenswürdige ländliche Familien in die Stadt. Die kleineren Kinder wurden ihren älteren Geschwistern anvertraut und in den Park geschickt, damit ihre Mütter in aller Ruhe einkaufen und tratschen konnten. Die Männer standen in Gruppen beieinander und redeten, immer wieder zum Himmel blickend, über das Wetter, und hinter aufgebockten Tischen saßen Frauen mit dünner Haut und schweren Knochen in geblümten Sommerkleidern, Filzhüte auf den Köpfen, und verkauften Lose für eine Tombola.

Sergeant Farrat ging an einem jungen Mann vorbei, der hinter dem Steuer eines verstaubten Triumph Gloria lümmelte, überquerte die Straße und steuerte den Gemischtwarenladen der Pratts an. Draußen auf dem Bürgersteig traf er Mona Beaumont.

»Guten Morgen, Mona«, rief er. »Wie ich sehe, ist dein Bruder wohlbehalten zurück.«

»Mutter sa-agt, dass wir diesen furchtbaren Arbeiter, den wir angeheuert haben, jetzt entlassen können«, entgegnete sie. »Dieser Mr. McSwiney ...« Sie hatte eine Art, jedes Wort endlos in die Länge zu ziehen, weshalb Sergeant Farrat selbst immer so melodiös wie möglich mit ihr sprach.

»Nur nichts überstürzen, Mona«, wandte er ein. »Immerhin ist es gar nicht so unwahrscheinlich, dass William demnächst von einer unserer begehrten Jungfern geschnappt wird.« Er grinste verschmitzt. »Möglicherweise stellst du dann fest, dass er sich an anderer Stelle ins Zeug legt.«

Mona wich erschrocken zur Seite und zupfte am Ärmelaufschlag ihres Cardigans. »Mutter sa-agt, dass die jungen Frauen in dieser Gegend allesamt unkultiviert sind.«

Sergeant Farrat musterte die Tweedmütze, die auf Monas Kopf saß wie eine tote Katze. Ihre ganze Körperhaltung wirkte plump und schwerfällig, als ob sie eine Last auf den Schultern trüge. »Ganz im Gegenteil, Mona, der Lauf der Geschichte hat uns alle unabhängiger gemacht, wir leben in fortschrittlichen Zeiten – es ist von Vorteil, sich ein bisschen auszukennen, vor allem für das schönere Geschlecht …«

Bei dem Wort Geschlecht kicherte Mona.

»… Nimm zum Beispiel die Pratt-Frauen. Sie verstehen etwas von Muttern und Bolzen, wissen, mit welchem Pulver man Maden auf fliegengeplagten Merinoschafen bekämpfen kann, kennen sich mit Viehfutter und der Bekämpfung von Hühnerläusen aus und verstehen von Kurzwaren genauso viel wie von Konservierungsmitteln für Früchte oder Damenunterwäsche. Allesamt äußerst nützliche Kenntnisse.«

»Aber Mutter sagt, das ist unkultiviert …«

»Ja, ich weiß, dass deine Mutter vor allem sich selbst für kultiviert hält.«

Er lächelte, tippte einmal kurz an seine Dienstmütze und betrat das Geschäft. Mona zog ein zerknittertes Taschentuch aus ihrem Ärmel, hielt es sich vor ihren offenen Mund und guckte verstört aus der Wäsche.

Alvin Pratt, seine Frau Muriel, seine Tochter Gertrude und

Reginald Blood, der Fleischer, arbeiteten vergnügt und geschäftig hinter ihren jeweiligen Theken. Gertrude kümmerte sich um die Lebensmittel und die Textilien. Sie umwickelte jedes Paket mit einem Stück Schnur, die sie mit bloßen Händen abriss. Eine Fertigkeit, die auf einiges schließen ließ, dachte der Sergeant. Mrs. Muriel Pratt war für die Kurzwaren und die Eisenwaren zuständig. Die Leute flüsterten sich hinter ihrem Rücken zu, dass sie besser zu den Eisenwaren passte. Die Kleinwaren und die Fleischtheke befanden sich in der hinteren Ecke des Ladens. Dort zerlegte und zersägte Reginald die toten Tiere, zwängte Hackfleisch in Schafsdärme und drapierte seine Würste dann säuberlich um die kreisförmig ausgelegten, ordentlich zurechtgeschnittenen Lendenkoteletts. Mr. Alvin Pratt hatte eine höflich-zuvorkommende Art, aber er war extrem knauserig. Dreimal am Tag sammelte er sämtliche Bestellzettel ein und trug in seinem gläsernen Büro akribisch alle Schulden alphabetisch ein. Während Gertrude Haferflocken abwog oder einen bestimmten Stoff holte, kehrten ihm die Kunden lieber den Rücken zu, da er, sobald er sie erkannte, Notizbücher aus seinen großen Holzschubladen zog, und, während sie warteten, langsam die blau linierten Seiten durchblätterte.

Sergeant Farrat ging zu Gertrude, die ein praktisches weites, marineblaues Blumenkleid trug und stocksteif hinter ihrer Textiltheke stand. Ihre Mutter beugte sich gelangweilt und völlig ausdruckslos über den benachbarten Tresen.

»Geht's gut, Gertrude? Und Muriel? Alles klar?«

»Alles bestens. Danke der Nachfrage, Sergeant.«

»Ich hoffe doch, ihr seht heute Nachmittag zu, wie sich unsere Jungens ins Finale spielen?«

»Wir haben hier noch alle Hände voll zu tun, bevor wir ans

Vergnügen denken können, Sergeant Farrat«, entgegnete Gertrude.

Der Sergeant musterte sie einen Moment und sagte schließlich: »Weißt du Gertrude, ein gutes Maultier hat immer schwer zu tragen.« Dann wendete er sich Muriel zu und lächelte. »Könnte ich wohl etwas blau karierten Gingham und dazu passendes Schrägband bekommen? Ich will ein paar Badezimmervorhänge nähen.« Die Bestellung überraschte Muriel nicht im Geringsten. Der Sergeant war Junggeselle und hatte schon oft Stoffe für Tischdecken oder Vorhänge gekauft. Muriel zufolge musste er die feinsten Tischtücher und Vorhänge der ganzen Stadt haben.

Während Muriel fünf Meter Stoff abmaß und von dem Ballen abriss, studierte Sergeant Farrat am Kurzwarentresen die Auswahl an Knöpfen. Er nahm ihr den Stoff ab, hielt sich ein Ende an seine Brust und legte die Stoffbahn sorgfältig zusammen, wobei er den leichten Stärkegeruch von neuem Stoff einatmete. Muriel breitete auf dem Tresen Einwickelpapier aus.

Gertrude warf einen Blick auf die neuste Ausgabe von *Women's Illustrated*, die unter ihrem Tresen lag. »ENTWERFEN SIE IHREN EIGENEN ROCK IM COWBOYLOOK«, gellte das Titelblatt. Darunter abgebildet war ein hübsches Mädchen mit einem wehenden Rock aus fröhlichem, blauweiß kariertem Gingham, der schräg geschnitten und mit Schleifen verziert war. Sie lächelte verschmitzt und sah verstohlen hinter Sergeant Farrat her – ein Mann von stämmiger Gestalt –, als er mit seinem braunen Bündel unter dem Arm den Laden verließ, die Straße überquerte und auf den Triumph zuging. Der Wagen der Beaumonts stand neben dem Park. Auf dem Fahrersitz saß jemand, doch als Gertrude Richtung Tür ging, rief

Alvin Pratt von hinten aus dem Laden: »GERTRUDE, Kundschaft am Getreidetresen!« Also ging sie zwischen den Regalen unter den langsam kreisenden Deckenventilatoren nach hinten, wo Miss Mona Beaumont und Mrs. Elsbeth Beaumont von Windswept Crest vor einem dunkel schimmernden Haufen Kies standen und warteten. Mrs. Beaumont machte immer ein ziemliches Getue. Sie war die Tochter eines Farmers und hatte den Sohn eines begüterten Viehzüchters geheiratet, obwohl er sich dann doch als nicht ganz so wohlhabend herausstellte, wie Elsbeth bei ihrer Verlobung angenommen hatte. Sie war eine kleine, kantige, spindeldürre Frau mit einer ausgesprochen langen Nase und einem herrischen Gesichtsausdruck. Sie trug wie immer ein marineblaues Leinenkleid und ihren Fuchspelz. An ihrem sonnengebräunten Ringfinger prangte neben ihrem dünnen goldenen Ehering ein weiterer feiner Ring mit einer Traube Diamanten. Ihre Tochter stand still neben ihr und zerknüllte ihr Taschentuch.

Muriel, die in ihrer schmutzigen Schürze etwas ungepflegt wirkte, wandte sich in ihrer lakonischen Art an Elsbeth. »Unsere Gert ist wirklich ein hübsches, tüchtiges Mädchen. Wie war das? Wann genau ist William zurückgekommen?«

»Oh«, sagte Gertrude und lächelte erfreut. »Ist William tatsächlich zurück?«

»Ja«, erwiderte Mona. »Und er ist …«

»Ich warte«, fiel Mrs. Beaumont ihr ins Wort.

»Mrs. Beaumont braucht etwas Spreu, Liebes«, sagte Muriel.

Gertrude stellte sich Elsbeth mit einem Sack Spreu vor, der von ihrer langen Nase baumelte. »Soll ich der Spreu etwas Hafer beimischen, Mrs. Beaumont?«

Elsbeth holte tief Luft, so dass der tote Fuchs auf ihren Schultern in die Höhe wanderte: »Williams Pferd bevorzugt pure Spreu.«

»Jede Wette, dass Sie nicht die einzige Frau sind, die sich freut, dass Ihr Sohn zurück ist«, stellte Muriel fest und stupste sie an.

Elsbeth sah zur Seite, wo Gertrude sich über einer Tonne beugte und Spreu in einen Jutesack schaufelte, und sagte laut: »William hat auf unserem Anwesen eine Menge harte Arbeit zu erledigen, die liegen geblieben ist. Das wird ihm helfen, sich einzugewöhnen, und danach kann er darangehen, sich um unsere Zukunft zu kümmern. Aber das Anwesen ist bestimmt nicht alles für William. Er ist viel herumgekommen und hat sich in besten Kreisen bewegt. Er ist jetzt ein Mann von Welt und wird seinen Blick gewiss viel weiter als bis hierhin schweifen lassen müssen, um eine geeignete ... *Begleitung* zu finden.«

Muriel nickte zustimmend. Gertrude stand inzwischen neben den Frauen, der Sack mit der Spreu lehnte an ihren Knien. Sie beugte sich zu Elsbeth hinüber und wischte ihr etwas von der Schulter. Fuchsfell rieselte zu Boden. »Ich dachte, da hätte sich irgendetwas in Ihrem armen alten Fuchs eingenistet.«

»Wahrscheinlich etwas Spreu«, vermutete Elsbeth und schnupperte nach allen Seiten.

»Nein«, entgegnete Gertrude und lächelte unschuldig. »Jetzt sehe ich, was es war. Sieht so aus, als könnten Sie eine Schachtel Naphthalin gebrauchen. Soll ich Ihnen eine holen?« Sie fasste noch einmal hin, riss ein wenig mottenzerfressenes Fuchsfell aus und ließ es vor aller Augen zu Boden rieseln. Alle Blicke richteten sich auf die kahlen Stellen des scheckigen, zusehends dünner werdenden Pelzes. Mrs. Beaumont wollte schon etwas sagen, doch Muriel kam ihr zuvor und meinte gleichmütig: »Wir verfahren dann mit der Rechnung für die Spreu wie gewohnt.«

William Beaumont junior war am Abend zuvor, nur wenige Stunden vor Tilly, nach Dungatar zurückgekehrt. Die vergangenen Jahre hatte er in Armidale zugebracht, einer kleinen Stadt im Landesinneren, wo er die Landwirtschaftsschule besucht hatte. Als er aus dem Zug gestiegen war, hatte seine Mutter sich auf ihn gestürzt, seine Wangen zwischen ihre Hände genommen, mit aller Kraft zugedrückt und ihn mit den Worten begrüßt: »Mein Sohn, zu Hause erwartet dich deine Zukunft – und deine Mutter.«

Jetzt saß er im Familienauto und wartete auf sie und seine Schwester. Auf seinem Schoß lag die zerknitterte neuste Ausgabe der Lokalzeitung *Amalgamated Winyerp Dungatar Gazette Argus*. Er blickte die Hauptstraße hinunter, nahm das Holzhaus auf dem Hügel ins Visier und sah, wie sich Rauchwölkchen aus dem Schornstein kräuselten. Das Haus war vor langer Zeit von einem Mann errichtet worden, der es vermutlich auf dem Hügel platziert hatte, um rechtzeitig gewarnt zu sein, wenn umherstreunende Banditen im Anmarsch waren. Kurz nach Fertigstellung des Hauses war er eines Tages tot umgefallen, woraufhin die Gemeinde es mitsamt dem umliegenden Land in Besitz genommen und am Fuß des Hügels eine Mülldeponie angelegt hatte. Später hatte die Gemeinde den Hügel samt Haus billig wieder losgeschlagen. William malte sich für einen Moment aus, dass es sich da oben bestimmt ganz nett leben ließ. Man war zwar ein wenig abgeschieden, doch dafür konnte man alles überblicken. Er seufzte und wandte den Blick nach Osten, hin zu der weiten Ebene, dem Friedhof und den Weiden und Feldern jenseits der Polizeiwache am Ortsrand und vorbei an den zerbröselnden Backsteinfassaden der Geschäfte und den verzogenen Schindelbrett-Häusern, von denen die Farbe abblätterte.

»Meine Zukunft«, murmelte er entschlossen. »Ich werde es schon schaffen, hier glücklich zu sein.« Dann wurde er doch von Selbstzweifeln gepackt und senkte mit zitterndem Kinn seinen Blick.

Die Autotür öffnete sich, und William fuhr hoch. Mona schwang sich geschickt auf den Rücksitz und sagte: »Mutter bittet dich zu kommen.«

Er fuhr zum Hintereingang von Pratts und verfrachtete den Spreusack in den Kofferraum. Dabei sah ihm von der Türschwelle eine füllige junge Frau zu und lächelte ihn an. Eine erwartungsvoll grinsende Frau neben ihrer unscheinbaren Mutter und hinter beiden – in einer Staubwolke von aufgewühltem Getreide – jede Menge Angelruten und -schnüre, Rasenmäher und Stricke, Auto- und Traktorenreifen, Gartenschläuche und Pferdezaumzeug, Emailleeimer und Mistgabeln.

Als sie losfuhren, putzte Mona sich die Nase und sagte: »Jedes Mal, wenn wir nach Dungatar fahren, kriege ich Heuschnupfen.«

»Mir bekommt es auch nicht«, stellte Elsbeth fest und sah aus dem Fenster. All die Leute – die Frauen von den Marktständen, die Geschäftsinhaber und ihre Kunden – standen in Grüppchen auf dem Bürgersteig zusammen, und alle sahen hinauf zum Hügel.

»Wer wohnt denn zurzeit im Haus von Mad Molly?«, fragte William.

»Mad Molly«, erwiderte Elsbeth. »Falls sie nicht gestorben ist.«

»Irgendjemand muss da oben schon leben«, stellte William fest. »Jedenfalls hat jemand Feuer gemacht.«

Elsbeth schoss herum und starrte grimmig aus dem Rückfenster. »Sofort anhalten!«, schrie sie.

Sergeant Farrat blieb vor dem Amtssitz des Bezirksvorstehers stehen, sah hinauf zum Hügel, wandte sich dann um und blickte die Straße hinab. Vor der Drogerie stützte sich Nancy Pickett auf ihren abgenutzten Besen, Fred und Purl Bundle schlenderten vom Pub in Richtung Postamt und gesellten sich dort zu den Schwestern Ruth und Prudence Dimm. In seinem Büro über der Bücherei nahm Bezirksvorsteher Evan Pettyman seine Kaffeetasse vom Schreibtisch, schwang in seinem ledernen Dienststuhl herum und starrte aus dem Fenster. Er sprang auf, verschüttete den Kaffee und stieß einen Fluch aus.

In den Seitenstraßen lief Beula Harridene wie ein aufgescheuchtes Huhn zwischen den Hausfrauen hin und her, die im Morgenmantel und mit Lockenwicklern in den Vorgärten standen, und zischte aufgeregt: »Sie ist zurück! Myrtle Dunnage ist wieder da.«

Neben der Mülldeponie beobachtete Mae McSwiney ihren Sohn Teddy, der im Hinterhof stand und zu der schlanken jungen Frau in Hosen hochblickte, die auf der Veranda stand und sich den Wind durch die Haare wehen ließ. Mae verschränkte die Arme vor der Brust und runzelte missbilligend die Stirn.

Am Nachmittag stand Sergeant Farrat vor seinem Tisch und konzentrierte sich so sehr, dass er mit der Zunge fast seine

Nasenspitze erreichte. Er prüfte mit erfahrenem Daumen die Spitzen seiner Zackenschere und arbeitete sich dann mit ihr durch den Ginghamstoff. Als Kind hatte der kleine Horatio Farrat mit seiner Mutter über einem Hutmacher gewohnt. Später war er zur Polizei gegangen und hatte seinen Vorgesetzten direkt nach der Berufsabschlussfeier ein paar Zeichnungen und Stoffmuster unter die Nase gehalten. Er hatte neue Polizeiuniformen entworfen.

Constable Farrat war umgehend nach Dungatar abkommandiert worden, wo er extreme Wetterverhältnisse vorfand und vor allem Ruhe und Frieden. Die Bewohner von Dungatar stellten erfreut fest, dass ihr neuer Ordnungshüter zugleich ein Friedensrichter war und im Gegensatz zu seinem Vorgänger weder dem Footballverein beitrat noch auf Freibier bestand. Der Sergeant konnte für sich Kleidung und Hüte entwerfen und schneidern, die jedem Wetter trotzten. Seine Eigenentwürfe schmeichelten zwar nicht unbedingt seiner Figur, doch dafür waren sie einzigartig. So richtig konnte er sie nur während seines Jahresurlaubs genießen, denn in Dungatar trug er sie nur bei sich zu Hause. Am liebsten nahm er seinen Urlaub im Frühling und fuhr für zwei Wochen zum Einkaufen nach Melbourne, besuchte die Modenschauen bei Myers und David Jones und ging ins Theater, doch am Ende kam er auch immer wieder gerne nach Hause. Sein Garten litt unter seiner Abwesenheit, und er liebte Dungatar, sein Zuhause und seine Polizeiwache. Er setzte sich an seine Singer, trat mit seinem bestrumpften Fuß auf das Pedal und führte gekonnt die Rocksäume unter der ratternden Nadel hindurch.

Vom Footballplatz drangen lautes Gehupe und stürmische Beifallsbekundungen herüber. Auf der Haupttribüne standen junge Männer und tranken Bier, andere standen in grauen Mänteln und mit Hüten bei den Umkleideschuppen und buhten, und heute hatten sogar die Frauen ihre Strickarbeit liegen lassen und waren gekommen, um jede einzelne Bewegung der beiden Teams genau zu verfolgen. In der verlassenen Snackbude verkohlten die Pasteten im Ofen, hinter dem Kessel mit den Würstchen für die Hotdogs kauerten Kinder und pickten den Belag von den Törtchen. Die Menge johlte erneut, und ein weiteres Hupkonzert ertönte. Dungatar war dabei zu gewinnen.

Unten im Station Hotel hörte Fred Bundle ebenfalls das laute Gejohle, das durch den grauen Nachmittag zu ihm drang, und holte vorsichtshalber noch ein paar Stühle aus dem Biergarten herein. Früher war sein Körper förmlich in Alkohol eingelegt gewesen, seine Haut aufgequollen und von der Beschaffenheit eines durchnässten Wischtuchs. Eines Tages hatte er hinter der Theke bedient und irgendwann die zum Keller führende Falltür geöffnet, um ein weiteres Fass nach oben zu holen. Er hatte nach der Taschenlampe gelangt, einen Schritt nach hinten getan und war plötzlich wie vom Erdboden verschluckt. Er war in den Keller gestürzt – gut drei Meter tief – und auf dem Steinfußboden gelandet. Danach hatte er, als sei nichts gewesen, das Fass angezapft, seine Schicht beendet und wie immer alle Türen abgeschlossen. Als er am nächsten Morgen nicht wie üblich zu seinen Eiern mit Speck erschienen war, hatte Purl nach ihm gesehen. Sie hatte die Bettdecke zurückgeschlagen und festgestellt, dass seine Beine violett angelaufen und so dick wie die Stämme von Gummibäumen waren. Der Arzt diagnostizierte an beiden Oberschenkelknochen einen doppelten Bruch. Seit jenem Tag war Fred Bundle Abstinenzler.

In der Küche summte Purl ein Lied vor sich hin und wusch Salat, schnitt Tomaten in Scheiben und bestrich für die Sandwiches dicke Toastscheiben mit Butter. Als Wirtin und Ehefrau eines Kneipenbesitzers legte Purl außerordentlich viel Wert auf ihr Äußeres. Sie wusch und legte jeden Abend ihr blond gefärbtes Haar, lackierte sich die Fingernägel, malte sich die Lippen rot an und trug dazu passende Haarbänder. Am liebsten trug sie dreiviertellange Hosen und mit Plastikblümchen verzierte Pantoletten mit Pfennigabsätzen. Betrunkene nahmen in ihrer Gegenwart den Hut ab, und die Farmer brachten ihr frisch abgezogene Kaninchen oder selbst angebaute Kürbisse mit. Die anderen Frauen Dungatars schürzten verächtlich die Lippen und höhnten: »Du machst dir die Haare selber, Purl, nicht wahr? Ich hingegen lasse mir eine ordentliche Frisur durchaus etwas kosten.«

»Sie sind bloß neidisch«, stellte Fred fest und kniff seiner Frau in den Hintern. Und so stand Purl jeden Morgen vor dem Spiegel ihrer Frisierkommode, grinste ihr blondes und rotlippiges Spiegelbild an und sagte: »Missgunst ist mies und Hässlichkeit doppelt fies.«

Die Schlusshupe ertönte, und das lauter werdende Vereinslied drang vom Footballplatz herüber. Fred und Purl umarmten einander hinter der Theke, und Sergeant Farrat hielt kurz inne und sagte: »Hurra«.

Bis zu Mr. Almanac drang der Hupton nicht. Er war in seiner Drogerie und blätterte konzentriert durch die Fototüten, die frisch aus dem Labor in Winyerp gekommen waren. Er betrachtete die Schwarzweißbilder im Schein seines geöffneten Kühlschranks, der jede Menge geheimnisvolle Substanzen enthielt: Crooks Heilbuttöl, alle möglichen Pasten, bunte Tabletten in Glasfläschchen mit kleinen Wattebäuschen unter dem Verschluss, Cremes, Allheil-, Abführ- und Brechmittel, Glomerulushemmer, Mittelchen und Trünke gegen Falten und Runzeln, Salbentöpfchen, Öle für ungezieferbefallene Haare, verschmierte Glasflakons und Korbflaschen mit Pilzen zur Behandlung weiblicher Zyklusprobleme oder tierischen Essenzen gegen Männerbeschwerden, Zinnoxid gegen Furunkel, Karbunkel, Akne und Gerstenkörner, Umschläge und Tuben mit Mitteln gegen laufende Nasen und verstopfte Nasennebenhöhlen, Chloroform und Salze, Salben und Salzlösungen, Mineralien und Farbstoffe, Steine, Wachse und Scheuermittel, Gegengifte und tödliche Oxidationsmittel, magnesiahaltige Milch und Krebs bekämpfende Säuren, Klingen und Nadeln und sich selbst auflösenden Faden, Kräuter und Abtreibungsmittel, Mittel gegen Brechreiz und zur Senkung von Fieber, Harze und Ohrstöpsel sowie Gleitmittel und die entsprechenden Hilfsinstrumente, um versehentlich in falsche Körperöffnungen gelangte Objekte wieder zu entfernen. Mit dem, was er in seinem Kühlschrank hatte, behandelte Mr. Almanac die Wehwehchen der Bewohner von Dungatar, und nur er wusste, was sie benötigten und warum (bis zum nächsten Arzt waren es achtundvierzig Kilometer). Er studierte die quadratischen, schwarz-weißen Schnappschüsse, die Faith O'Brien zum Entwickeln bei ihm abgegeben hatte ... Eine lächelnde Faith, zusammen mit ihrem Ehemann auf dem Bahnhof; Faith O'Brien, die sich mit aufgeknöpfter Bluse neben dem schwarzen Ford Perfect von Reginald Blood auf einer Decke räkelte, ihr Rock war hochgerutscht und ihr Slip zu sehen.

Mr. Almanac knurrte »elende Sünder« und ließ die Fotos zurück in den blau-weißen Umschlag gleiten. Er langte mit seinem steifen, gekrümmten Arm nach hinten in den Kühlschrank und holte ein Glas mit einer weißen Paste hervor. Faith war gerade erst bei ihm gewesen und hatte ihm zugeflüstert: »Es juckt mich ständig ... da unten.« Jetzt wusste er, dass sie ihre Unannehmlichkeiten nicht ihrem kerngesunden Ehemann zu verdanken hatte. Er drehte den Verschluss von dem Glas ab und schnupperte daran. Dann griff er nach der offenen Dose mit dem Scheuermittel »White Lilly«, die neben seinem Ellbogen auf der Spüle stand, gab ein wenig von dem Mittel in die Paste und verrührte es. Anschließend verschraubte er das Glas wieder und stellte es ganz vorne ins oberste Kühlschrankfach.

Er schloss den Kühlschrank und krallte sich mit beiden Händen an der oberen Kante fest. Dann zog der alte steife Mann seinen gekrümmten Leib mit einem leisen Grunzen ein wenig nach links, dann nach rechts, schaukelte mit seinem starren Körper so lange hin und her, bis er genug Schwung hatte, und erst den einen, dann den anderen Fuß heben konnte, worauf er sich umdrehte und ungelenk durch seine Drogerie stolperte. Hin und wieder krachte er gegen die Ladentheke und musste seinen Stolpermarsch unterbrechen. Alle Tresen und Regale in Mr. Almanacs Drogerie waren leer geräumt. Sämtliche Produkte befanden sich entweder in mit Draht verstärkten Glasvitrinen oder auf Auslageflächen, die wie Billardtische mit einer Bande eingefasst waren, damit nichts herunterfallen und zu Bruch gehen konnte, wenn er gegen sie donnerte. Die fortschreitende Parkinson-Krankheit hatte seinen Körper vollends verkrümmt; inzwischen war er ein murmelndes Fragezeichen, das mit immer nach unten gerichtetem Blick und mit kurzen Schritten durch den Laden polterte oder den kurzen Weg über die Straße zu seinem niedrigen feuchten Haus tatterte. Ständige Zusammenstöße mit seinen Vitrinen und Auslagetischen gehörten zu seinem Alltag. Wenn seine Assistentin Nancy nicht im Laden war, war eine bewusste Kollision seine einzige Möglichkeit anzuhalten. Seine Kunden waren es gewohnt, lediglich seine Halbglatze zu begrüßen, die hinter der ständig ratternden, kunstvoll verzierten, kupfernen Registrierkasse hervorlugte. Mit voranschreitender Krankheit war auch sein Ärger über den Zustand von Dungatars Bürgersteigen gewachsen, und er hatte bereits einen Beschwerdebrief an Bezirksvorsteher Evan Pettyman geschrieben.

Regungslos über die Ladentheke gebeugt, wartete er auf Nancys Ankunft. »Juhuu … hier bin ich, Boss!«, rief sie und führte ihn behutsam am Ellbogen zur Ladentür. Sie drückte ihm seinen Hut auf den gebeugten Kopf, legte ihm seinen Schal um den Hals und verknotete ihn im Nacken, da, wo eigentlich der Kopf sitzen sollte. Dann beugte sie sich so weit runter, dass sie ihm ins Gesicht sehen konnte, und sagte: »War ein verdammt knappes Spiel heute, Boss. Wir haben sie nur acht zu zwei geschlagen. Soweit ich gesehen hab, gab's ein paar kleinere Verletzungen, aber ich hab ihnen gesagt, dass wir hier tonnenweise Liniment und ausreichend elastische Verbände haben.«

Sie gab ihm einen Klaps auf die buckligen Nackenwirbel, die sich unter seinem weißen Kittel abzeichneten, und schlurfte mit ihm bis an den Rand des Bürgersteigs. Auf der anderen Straßenseite saß Mrs. Almanac in ihrem Rollstuhl in der Eingangspforte. Nancy vergewisserte sich mit einem schnellen Blick zu beiden Seiten, dass die Straße frei war, und gab ihrem Chef einen leichten Stups, woraufhin er stur geradeaus lostatterte, über die kleine Schwelle in der Mitte der

Straße holperte und auf seine Frau zuhielt, die auf Armlänge ein Kissen ausgestreckt hielt. Schließlich stieß sein Hut tief in das weiche Kissen und er war sicher zu Hause gelandet.

Draußen auf Windswept Crest stand Elsbeth Beaumont in ihrer Farmküche an ihrem Aga-Herd und begoss liebevoll den Schweinebraten – ihr Sohn liebte die Kruste. William Beaumont junior war auf dem Footballplatz. Er stand inmitten lärmender nackter Männer in der dampfenden Umkleidekabine und johlte mit ihnen. Es roch nach Schweiß, käsigen Socken, Palmoliveseife und Liniment. Diese verschworene Gemeinschaft der Männer mit ihren grasverschmierten aufgeschürften Knien, die lauthals Lieder schmetterten und derbe Sprüche klopften, tat ihm gut und stärkte seine Zuversicht und sein Selbstbewusstsein. Neben ihm hüpfte Scotty Pullit strahlend auf Zehenspitzen auf und nieder und genehmigte sich einen Schluck aus seinem Blech-Flachmann. Scotty war ein eher kränklicher Typ mit einem puterroten Gesicht und einer blau angelaufenen Knollennase. Er wurde unentwegt von einem von Auswurf begleiteten, keuchenden Husten geschüttelt, den er seinem Päckchen Capstans pro Tag verdankte. Er war ein gescheiterter Jockey und hatte auch als Ehemann versagt, doch sein ausgezeichneter Wassermelonenschnaps hatte ihm zu einigem Erfolg und großer Beliebtheit verholfen. Seine Brennerei war an irgendeinem geheimen Ort am Ufer des Baches, und das meiste aus seiner Herstellung trank er selbst, doch einen Teil verkaufte er auch oder tauschte ihn bei Purl gegen Essen, Zigaretten und seine Zimmermiete ein. »Und dann das erste Tor im dritten Viertel! Damit hatten wir den Sieg so gut wie in der Tasche, mussten nur noch auf die Schlusshupe warten, und dann war alles vorbei, bis auf den Jubel natürlich ...« Er lachte und wurde von einem weiteren Hustenanfall geschüttelt, bis er sich lila verfärbte.

Fred Bundle ließ den Kronkorken mit dem Geschick eines Barkeepers aufploppen, neigte den Flaschenhals über das Glas und wartete, bis die schwarze Flüssigkeit vollständig ins Glas gelaufen war. Dann stellte er das Glas vor Hamish O'Brien ab und widmete sich den nassen Münzen auf dem Wischtuch auf der Theke. Hamish starrte sein Guinness an und wartete, dass die Schaumkrone sich setzte.

Die erste Welle feiernder Footballspieler und ihrer Anhänger rollte heran, Siegesgesänge schallten durch die Straßen, und im nächsten Moment fiel die Horde, begleitet von einem kühlen Luftzug, in die Bar ein. Der Raum war jetzt gerammelt voll und dröhnte im Siegestaumel. »Meine Jungs!«, rief Purl und breitete, nach allen Seiten lächelnd, die Arme aus. Das Profil eines jungen Mannes fiel ihr besonders ins Auge – sie gefielen ihr eigentlich alle, aber dies war ein Gesicht aus ihrer Vergangenheit, und Fred hatte ihr geholfen, ihre Vergangenheit zu begraben. Sie stand mit ausgebreiteten Armen da und sah, wie der junge Mann inmitten der grölenden Feiernden sein Bierglas hob und daraus trank. Er wandte sich um und erwiderte ihren Blick. An seiner Nase klebte ein Schaumrest. Purl spürte, wie sich ihr Beckenboden zusammenzog, und sie hielt sich mit zusammengekniffenen Augenbrauen und heruntergefallenen Mundwinkeln an der Theke fest. »Bill?«, fragte sie. Fred war neben sie getreten, fasste sie am Ellbogen und sagte: »William sieht seinem Vater viel ähnlicher als seiner Mutter, findest du nicht auch?«

»Ich bin's tatsächlich, William«, sagte der junge Mann und

wischte sich den Schaum von der Nase, »kein Geist.« Er lächelte das Lächeln seines Vaters. Teddy McSwiney drängte sich neben ihn an die Theke und sagte: »Apropos Geist, wie sieht's denn mit einem Bier für die Lebenden aus, Purl?«

Purl holte tief Luft und sagte aufgekratzt: »Teddy, unser unbezahlbarer Full Forward – hast du heute für uns gesiegt?« Als Antwort stimmte Teddy das Vereinslied an. William sang mit, und die ganze Horde fiel ebenfalls erneut mit ein. Purl behielt den jungen William genau im Auge. Er gab sich fröhlich, bestellte Runden, wenn er gar nicht an der Reihe war, und war sichtlich bemüht, sich beliebt zu machen. Fred behielt seine Purl genau im Auge.

Vom Ende der Theke suchte Sergeant Farrat Blickkontakt mit Fred und zeigte auf seine Armbanduhr. Es war bereits deutlich nach sechs Uhr. Fred bedeutete dem Sergeant, dass er verstanden hatte. Purl fing den Sergeant an der Tür ab, wo er kurz stehen geblieben war, um sich seine Dienstmütze aufzusetzen. »Wie ich gesehen habe, ist die junge Myrtle Dunnage wieder in der Stadt.«

Der Sergeant nickte und wandte sich zum Gehen.

»Sie bleibt doch sicher nicht hier, oder?«

»Keine Ahnung«, erwiderte er. Im nächsten Moment war er verschwunden, und die Footballer verbarrikadierten sämtliche Glastüren und Fenster mit Masonite-Hartfaserplatten, die noch aus dem Krieg stammten, wo sie bei nächtlichen Luftangriffen zur Verdunklung gedient hatten. Purl ging zurück hinter die Theke, zapfte ein großes frisches schäumendes Bier und stellte das Glas mit einem aufmunternden Lächeln direkt vor William ab.

Bei seinem Wagen blickte Sergeant Farrat sich noch einmal um. Im Nebel sah das Pub aus wie eine Funkstation. Aus den abgedichteten Fenstern fielen vereinzelte Lichtstrahlen in die Dunkelheit, und von drinnen drang dumpf der Lärm der singenden Sieger, Footballfans und Betrunkenen nach draußen. Dass ausgerechnet heute der District Inspector vorbeikäme, war höchst unwahrscheinlich. Sergeant Farrats Scheibenwischer verschmierten Tau über seine Windschutzscheibe, als er seine Runde begann, die ihn erst hinab zum Bach führte, wo er prüfte, ob sich in Scottys Brennerei auch keine Diebe herumtrieben, und dann über die Schienen in Richtung Friedhof. Dort stand, hinter den Grabsteinen verborgen, der Ford Perfect von Reginald Blood. Die Scheiben waren von innen beschlagen, und der Wagen schaukelte leicht. Drinnen blickte Reginald von Faith O'Briens großen Brüsten hoch und sagte: »Du bist so ein filigranes, zartes Geschöpf, Faith.« Und dann küsste er die weiche bleiche Region, die ihre harten Brustwarzen umgab, während ihr Ehemann Hamish an der Theke des Station Hotels hockte und den bleichen Schaum von seinem Guinness schlürfte.

Kapitel 3

Nach der Geburt von Barney hatten die McSwineys eine kleine Pause eingelegt, und so gab es zwischen ihm und den nachfolgenden Kindern eine kleine Lücke. Doch sie hatten sich relativ schnell an Barney gewöhnt und entschieden, dass es gar nicht so schlimm um ihn bestellt war und sich so zügig an die Zeugung weiterer Nachkommen gemacht. Insgesamt gab es inzwischen elf McSwiney-Kinder. Teddy war Maes Erstgeborener. Er war der ungestümste ihrer Jungen – frech, schnell und clever. Donnerstags organisierte er im Pub Pokerrunden, freitags das beliebte Münzwettspiel Two-up, er kümmerte sich um die samstäglichen Tanzveranstaltungen, war der Starting-Price-Buchmacher, gewann am Cup Day sämtliche Wetten und war der Erste, der ein Huhn verloste, wenn irgendjemand für irgendetwas Geld benötigte. Es hieß, Teddy McSwiney könne einem Matrosen Meerwasser verkaufen. Zudem war er Dungatars hochgeschätzter Full Forward, und die Mädchen flogen auf seine charmante Art, aber er war und blieb nun einmal ein McSwiney. Beula Harridene zufolge war er nichts weiter als ein Nichtsnutz und ein Dieb.

Er saß auf einem alten Bussitz vor seinem Wohnwagen, schnitt sich die Fußnägel und sah hin und wieder hinauf zu Mad Mollys rauchendem Schornstein. Seine Schwestern hüpften in der Mitte des Hofes in einer alten Badewanne auf einweichenden Betttüchern herum. Die Wanne die[illegible] gleich als Waschplatz für die McSwineys, Tränke für die H[illegible]de, und im Sommer, wenn der Bach kaum Wasser führte und mit Blutegeln verseucht war, nutzten ihn die Kleinsten als Swimmingpool. Mae McSwiney hängte ein paar nasse Betttücher über den Telegrafendrähten auf, die zwischen den Wohnwagen gespannt waren, und schob den zur Familie gehörenden rosa Kakadu zur Seite. Sie war eine nüchterne, auf Reinlichkeit bedachte, rundliche Frau mit einem sommersprossigen Gesicht, trug meistens geblümte Kleider und eine Plastikblume hinter dem Ohr. Sie nahm die Wäscheklammern aus ihrem Mund und sagte zu ihrem ältesten Sohn: »Erinnerst du dich an Myrtle Dunnage? Sie hat die Stadt als junges Mädchen verlassen, nachdem …«

»Ich erinnere mich an sie«, fiel Teddy ihr ins Wort.

»Ich habe sie gestern gesehen«, fuhr Mae fort. »Sie hat schubkarrenweise irgendwelchen Unrat zur Müllhalde gebracht.«

»Hast du mit ihr gesprochen?«

»Sie will mit niemandem reden«, stellte Mae klar und wandte sich wieder ihrer Wäsche zu.

»Das ist nur recht und billig«, entgegnete Teddy, wandte seinen Blick aber nicht vom Hügel ab.

»Sie ist ein hübsches Mädchen. Aber wie ich bereits sagte – sie will lieber für sich bleiben.«

»Ich habe verstanden, was du gesagt hast, Mae. Ist sie verrückt?«

»Nein.«

»Aber ihre Mutter, nicht wahr?«

»Zum Glück muss ich ihr jetzt kein Essen mehr hochbringen. Schließlich weiß ich so schon nicht, wie ich meine Arbeit schaffen soll. Machst du dich jetzt auf die Socken und schießt uns zum Abendessen ein Kaninchen, mein Junge?«

Teddy erhob sich, schob die Daumen unter die Gürtelschlaufen seiner Twillhose und neigte den Oberkörper ein wenig nach vorn, als ob er losgehen wollte. Mae wusste, dass er auf diese Weise dastand, wenn er etwas im Schilde führte.

Elisabeth und Mary wrangen ein Tuch aus, das wie ein riesiges verdrehtes Karamellbonbon zwischen ihnen hing. Margaret nahm es ihnen ab und klatschte das nasse Tuch in den Weidenkorb. »Nicht schon wieder Kaninchenfrikassee, Mum!«

»Na gut, Prinzessin Margaret, vielleicht findet dein Bruder ja irgendwo zwischen dem Müll einen umherstreifenden Fasan und ein paar Trüffel – oder hättest du vielleicht lieber ein schönes Stück Rehfleisch?«

»Darauf hätte ich in der Tat Appetit«, stellte Margaret fest.

Teddy kam aus seinem Wohnwagen. Er hatte sich seine Zweiundzwanziger über die Schulter geworfen, ging hinter das Gemüsebeet und fing zwei schleimig-goldene Frettchen. Er steckte sie in einen Käfig und machte sich auf den Weg. An seinen Fersen klebten drei winzige Jack Russells, die hinter ihm hertrippelten.

Molly Dunnage wachte mit dem Prasseln eines knisternden Feuers nahebei auf. Über sich hörte sie das Opossum umherhuschen. Sie hangelte sich an der Wand entlang zur Küche. Die dünne junge Frau stand schon wieder am Herd und rührte in einem Topf mit vergiftetem Essen. Molly ließ sich neben dem Herd in einen alten Stuhl sinken. Die junge Frau hielt ihr eine Schale Porridge hin, woraufhin Molly abweisend den Kopf zur Seite drehte.

»Es ist nicht vergiftet«, sagte die junge Frau. »Die anderen haben auch alle davon gegessen.«

Molly sah sich in der Küche um. Außer ihnen beiden war niemand da. »Was haben Sie mit all meinen Freunden gemacht?«

»Sie haben schon gegessen und sind dann gegangen«, erwiderte Tilly und lächelte ihre Mutter an. »Jetzt sind nur noch wir beide da, Mum.«

»Wie lange bleiben Sie?«

»Bis ich mich entschließe, wieder zu gehen.«

»Hier gibt es nichts«, sagte Molly klar.

»Nicht mehr und nicht weniger als anderswo.« Sie stellte die Schale vor ihre Mutter. Molly nahm einen Löffel Porridge und fragte: »Warum sind Sie hier?«

»Um Frieden und Ruhe zu finden.«

»Viel Glück dabei«, sagte Molly und klatschte ihr unvermittelt Porridge auf den Arm. Er klebte wie heißer Teer an ihr und brannte und erzeugte Blasen.

Tilly band sich ein Taschentuch vor die Nase und den Mund, zog einen leeren Zwiebelsack über ihren großen Strohhut und raffte ihn im Nacken mit einem Stück Schnur zusammen. Dann stopfte sie die Hosenbeine in ihre Socken und schob die leere Schubkarre hinunter zur Müllhalde. Sie stieg in die stinkende Grube und wühlte, von Fliegenschwärmen umschwirrt, in den aufgeweichten Papierfetzen und den verfaulten Essensresten herum. Als sie gerade mit einem zur Hälfte freigelegten Rollstuhl kämpfte, hörte sie über sich eine Männerstimme.

»Wir haben so einen Rollstuhl zu Hause. Er ist noch voll funktionsfähig. Du kannst ihn gerne haben.«

Tilly blickte hoch zu dem jungen Mann. Neben seinen Füßen hockten drei kleine braun-weiße Hunde und hörten aufmerksam zu. Er hielt einen Käfig mit sich windenden Frettchen in der Hand, über seiner Schulter baumelten ein Gewehr und drei tote Kaninchen. Er war ein ziemlich drahtiger Kerl, nicht besonders groß, und hatte seinen Hut weit nach hinten geschoben.

»Ich bin Ted McSwiney«, sagte er. »Und du bist Myrtle Dunnage.« Er lächelte und zeigte seine makellosen weißen Zähne.

»Woher weißt du das?«

»Ich weiß eine Menge.«

»Deine Mutter, Mae, hat hin und wieder nach Molly gesehen, nicht wahr?«

»Ja, hin und wieder.«

»Dann richte ihr meinen Dank aus.« Tilly arbeitete sich weiter zu dem unter Müll begrabenen Rollstuhl vor und warf rostige Konservendosen, abgetrennte Puppenköpfe und verbogene Fahrradräder zur Seite.

»Du kannst es ihr selber sagen, wenn du den Rollstuhl abholst«, gab er zurück.

Sie wühlte weiter im Müll.

»Du kannst jetzt da rauskommen. Natürlich nur, wenn du willst.«

Sie richtete sich auf, seufzte und verscheuchte die Fliegen von ihrem Zwiebelsack. Teddy sah zu, wie sie am anderen Ende der Halde die Müllberge hochkraxelte, genau neben dem Graben, in dem sein Vater nachts die Jauchebehälter entleerte. Er umrundete die Halde und kam genau in dem Moment an, als sie es geschafft hatte. Sie richtete sich auf und sah ihn an. Plötzlich drohte sie das Gleichgewicht zu verlieren. Er packte sie und gab ihr Halt. Sie sahen hinunter in die blubbernde braune Masse.

Sie riss sich von ihm los: »Du hast mir einen Schrecken eingejagt.«

»Dabei sollte eigentlich ich Angst vor dir haben, oder?«, entgegnete er zwinkernd, wandte sich um und ging pfeifend über den Rand der Müllhalde davon.

Zu Hause riss Tilly sich sämtliche Sachen vom Leib und warf sie in das lodernde Holzfeuer. Anschließend genehmigte sie sich ein langes heißes Bad und seifte sich gründlich ab. Sie dachte über Teddy McSwiney nach und fragte sich, ob die übrigen Bewohner Dungatars sie wohl auch so freundlich aufnehmen würden. Sie trocknete sich gerade am Feuer die Haare, als Molly aus ihrem Schlafzimmer getrottet kam und sagte: »Aha, Sie sind zurück. Wie wär's mit einem Tässchen Tee?«

»Gerne«, entgegnete Tilly.

»Sie können mir eine Tasse mitmachen«, sagte Molly, nahm den Schürhaken und stocherte in dem brennenden Holz herum. »Haben Sie bei der Müllhalde jemanden getroffen, den Sie kennen?«, fragte sie kichernd.

Tilly goss aus dem Kessel kochendes Wasser in die Teekanne und holte zwei Tassen aus dem Geschirrschrank.

»In dieser Stadt können Sie nichts geheim halten«, stellte die alte Frau fest. »Hier weiß jeder von jedem alles, aber keiner tratscht herum, weil er sofort als Klatschmaul entlarvt würde. Machen Sie sich nichts daraus – Außenseiter sind hier sowieso Freiwild.«

»Wahrscheinlich hast du Recht«, sagte Tilly und goss ihnen beiden süßen schwarzen Tee ein.

Am nächsten Morgen stand vor der Hintertür ein alter, etwas ramponierter Rattanrollstuhl mit einem rissigen Lederüberzug und rasselnden Stahlrädern. Er war frisch abgeschrubbt worden und roch nach Dettol.

Kapitel 4

Am nächsten Samstag fand das Footballspiel zwischen Itheca und Winyerp statt. Der Sieger musste in der Woche darauf im großen Finale gegen Dungatar antreten. Tilly hatte ihren unermüdlichen Kampf gegen den Unrat so lange fortgesetzt, bis das Haus vor Sauberkeit glänzte, die voll gestopften Schränke leer waren und sämtliche Konserven aufgegessen. Jetzt saß Molly am Rand der Veranda im Halbschatten vor der gerade knospenden Glyzine in ihrem Rollstuhl. Tilly legte ihrer Mutter eine Onkaparinga-Schottenkaro-Decke über die Knie.

»Typen wie Sie kenne ich zur Genüge«, sagte Molly, nickte und zeigte mit ihrem beinahe durchsichtigen Finger auf sie. Da das Essen, das Tilly ihr zubereitete, ihrem Körper und ihrem Geist neue Kraft verliehen hatte, war ein Teil ihres Verstandes zurückgekehrt. Ihr war klar, dass sie dieser viel stärkeren Frau, die sich offenbar in den Kopf gesetzt hatte zu bleiben, mit Gerissenheit, hartnäckigem Widerstand und subtiler Gewalt begegnen musste. Tilly bürstete das zerzauste graue Haar ihrer Mutter, hängte sich ihre Ausgehtasche über die Schulter und setzte sich einen breitkrempigen Strohhut und eine dunkel getönte Brille auf. Dann schob sie den Rollstuhl von der Veranda über das Büffelgras und die gelben Pusteblumen.

An den Torpfosten legten sie eine kurze Pause ein und sahen hinab. Auf der Hauptstraße kamen und gingen die Leute und erledigten ihre Samstagseinkäufe, hier und da standen kleine Grüppchen zusammen. Tilly atmete einmal tief durch und schob weiter. Molly umklammerte die Armlehnen ihres Rollstuhls und zeterte den ganzen Weg bis zum Fuß des Hügels: »Sie wollen mich also *tatsächlich* umbringen!«

»Nein«, entgegnete Tilly und wischte sich ihre schweißnassen Hände an der Hose ab. »Die anderen hätten dich nur zu gerne sterben lassen, ich hingegen habe dich gerettet. Jetzt werden sie versuchen, mich statt deiner umzubringen.«

Sie bogen in die Hauptstraße ein und blieben erneut stehen. Hinter dem Straßenverkaufsstand, der jeden Samstagmorgen aufgebaut wurde, standen die fette Lois Pickett mit ihrem Pickelgesicht und die spindeldürre, fiese Beula Harridene.

»Was ist denn das?«, fragte Lois.

»Ein Rollstuhl!«, erwiderte Beula.

»Und er wird von jemandem geschoben …«

Gleich nebenan unterbrach Nancy das Kehren des Bürgersteigs und starrte die beiden Gestalten an, die da, mal von der Morgensonne beschienen, dann wieder im Schatten, näher kamen.

»Das ist sie. Es ist tatsächlich Myrtle Dunnage«, fauchte Beula. »Was für eine Unverfrorenheit.«

»Ja, wirklich!«

»Also, so was …«

»Und Mad Molly!«

»Ob Marigold es schon weiß?«

»Natürlich NICHT«, sagte Beula. »Marigold weiß überhaupt *nichts*.«

»Das hatte ich ganz vergessen.«
»Wie konntest du?«
»So eine Unverfrorenheit von dieser Myrtle.«
»Das kann ja heiter werden.«
»Ihr Haar ...«
»Ist auf keinen Fall natürlich ...«
»Sie kommen ...«
»Und wie sie angezogen ist!«
»Ooohhh.«
»Psssst.«

Als die beiden Außenseiterinnen auf sie zugerollt kamen, langte Lois schnell nach ihrem Strickzeug, während Beula die Gläser mit ihren selbst eingekochten Marmeladen zurechtrückte. Tilly hielt vor ihnen an, presste die Knie zusammen, damit sie nicht so zitterten, lächelte den beiden Ladys in ihren Gummistrümpfen und ihren Cardigans zu und sagte: »Hallo.«

»Oh, wir haben euch gar nicht kommen sehen«, tat Lois überrascht.

»Wenn das nicht Molly ist«, meldete sich Beula zu Wort. »Und du musst die junge Myrtle sein, frisch zurück aus ... Wo warst du noch, Myrtle?«, fragte sie und starrte penetrant auf Myrtles getönte Brille.

»Weg«, erwiderte Tilly.

»Wie geht's denn so, Molly?«, fragte Lois.

»Kann mich nicht beklagen«, erwiderte Molly.

Molly inspizierte die ausgelegten Kuchen, während Tilly den Präsentkorb musterte: eingeschweißter Schinken, Dosen mit Frühstücksfleisch, Ananas und Pfirsichen, ein Päckchen Tic Tacs, ein Weihnachtspudding, Milo, Gemüsepaste sowie Rawleighs Heilsalbe, und all das liebevoll unter rotem

Zellophanpapier in einem Weidenkorb arrangiert. Lois und Beula hefteten ihre Blicke auf Tilly.

»Das ist der Hauptpreis unserer Tombola«, erklärte Lois. »Mr. Pratt hat ihn gestiftet. Die Einnahmen kommen dem Footballverein zugute. Die Lose kosten sechs Pence.«

»Ich möchte nur ein Stück Kuchen«, entgegnete Tilly. »Von dem Schokoladenbiskuit mit Kokosnuss bitte.«

»Auf keinen Fall«, widersprach Molly. »Davon holen wir uns garantiert eine Blutvergiftung.«

Lois verschränkte die Arme vor der Brust. »Wie Sie meinen.«

Beula spitzte ihre Lippen und zog die Augenbrauen hoch.

»Wie wär's mit diesem?«, fragte Tilly und biss sich auf die Oberlippe, um ihr Grinsen zu unterdrücken.

Molly warf einen Blick nach oben, wo sich die Sonnenstrahlen wie heiße Stahlstangen durch die Löcher des Wellblechdachs über ihnen bohrten. »Die Sahne ist mit Sicherheit ranzig, am sichersten dürften noch die Marmeladenröllchen sein.«

»Wie viele sollen wir nehmen?«, fragte Tilly.

»Zwei.«

»Das macht dann drei Schilling«, sagte Lois, die die Schokoladenbiskuits gebacken hatte, und warf Molly einen Blick zu, der ohne weiteres ein Buschfeuer hätte entfachen können. Während Tilly ihr die drei Schillinge reichte, schob Lois Molly die Kuchenstücke hin und zog ihre Hand schnell wieder zurück. Ohne ein weiteres Wort rollte Tilly ihre Mutter hinein zu Pratts. »Was für eine Halsabschneiderei«, schimpfte Molly. »Diese Lois Pickett kratzt sich ihren Schorf und ihre Mitesser vom Leib und nagt das Schwarze unter ihren Fingernägeln weg, und nur weil sie den ganzen Kopf voller Schuppen hat, bestreut sie ihre Schokoladenbiskuits mit Kokosraspeln. So eine nennt sich nun Reinemachefrau, putzt das Haus von Irma Almanac. Und von dieser Beula Harridene sollte man schon aus Prinzip nichts kaufen, ein Weibsbild wie sie …«

Muriel, Gertrude und Reg erstarrten, als Tilly ihre Mutter über die Türschwelle schob. Sie sahen regungslos zu, wie sie die traurige Auswahl an Obst und Gemüse begutachtete und ein paar Tüten Getreideflocken aus den Regalen nahm und ihrer Mutter in die Hand drückte. Als sie auf den Kurzwarentresen zusteuerten, kam Alvin Pratt aus seinem Büro geeilt. Tilly fragte, ob sie drei Meter grünen Georgette haben könne. »Selbstverständlich«, erwiderte Alvin, ließ Muriel den Stoff abschneiden und einpacken und drückte sich das Päckchen mit einem breiten Lächeln gegen die Brust. Er hatte braune Zähne. »Ein wirklich ungewöhnliches Grün – deshalb ist der Stoff auch etwas herabgesetzt. Aber wenn Sie unbedingt diesen wollen, wissen Sie sicher etwas daraus zu machen. Vielleicht ein Tischtuch?«

Tilly öffnete ihr Portemonnaie.

»Als Erstes wollen Sie sicher die offenen Rechnungen Ihrer Mutter begleichen.« Sein Lächeln verschwand, und er hielt ihr eine geöffnete Hand hin.

Während Tilly bezahlte, studierte Molly ihre Fingernägel.

Draußen deutete Molly verächtlich mit dem Daumen nach hinten und sagte: »Ein erfinderischer Halsabschneider, diese kleine Krämerseele.«

Sie zogen weiter Richtung Drogerie. Purl, die gerade barfuß den Bürgersteig abspritzte, wandte den Kopf und sah ihnen nach. Fred war unten im Keller. Als Purl den Schlauch über die geöffnete Falltür richtete, schrie er hoch, und kurz darauf erschien sein Kopf auf der Höhe des Bürgersteigs. Er sah den beiden Frauen ebenfalls nach, und auch Nancy hörte erneut auf zu fegen.

Mr. Almanac stand hinter seiner Registrierkasse. »Guten Morgen«, begrüßte Tilly sein rundes rosiges Haupt.

»Guten Tag«, grummelte er in Richtung Fußboden.

»Ich brauche ein Serum oder ein Abführmittel!«, rief Molly. »Ich werde vergiftet.«

Mr. Almanacs kahles Haupt machte wellenartige Bewegungen.

»Ich bin Molly Dunnage. Wie Sie sehen, lebe ich noch. Und wie steht es um Ihre bemitleidenswerte Frau?«

»Irma geht es den Umständen entsprechend gut«, erwiderte Mr. Almanac. »Womit kann ich Ihnen helfen?«

In diesem Moment kam Nancy Pickett mit ihrem Besen in den Laden. Sie hatte ein quadratisches Gesicht, breite Schultern und einen jungenhaften Gang. In der Schule hatte sie hinter Tilly gesessen und sie ständig geärgert; sie hatte ihren Zopf ins Tintenfass getaucht und war ihr nach der Schule auf dem Nachhauseweg gefolgt, um sie gemeinsam mit den anderen Kindern zu piesacken und zu verprügeln. Sie war schon immer ein kräftiger Raufbold gewesen und streckte mit Wonne jeden zu Boden, der es wagte, auf ihrem großen Bruder Bobby herumzuhacken. Sie sah Tilly herausfordernd an und fragte: »Was willst du?«

»Es ist in meinem Essen«, flüsterte Molly laut. Nancy beugte sich zu ihr herab. »Sie tut mir irgendwas ins Essen.«

Nancy nickte verständnisvoll. »Verstehe.« Sie nahm ein paar De-Witts-Antacid-Tabletten von einem nahen Tisch und hielt sie Mr. Almanac unter die Nase. Daraufhin hob er seine stark geäderte Hand, suchte mit den Fingerspitzen die passenden Tasten seiner Registrierkasse und drückte sie kräftig nach unten. Es ertönte ein Rattern und ein Klingeln, und die Kassenschublade sprang auf. »Das macht dann sechs Pence«, keuchte er.

Tilly bezahlte, und als sie auf dem Weg nach draußen an Nancy vorbeikam, raunte sie ihr zu: »Wenn ich sie wirklich umbringen wollte, würde ich ihr vermutlich das Genick brechen.«

Purl, Fred, Alvin, Muriel, Gertrude, Beula und Lois und all die Kauflustigen und die Leute aus der ländlichen Umgebung, die zum samstagmorgendlichen Bummel in die Stadt gekommen waren, sahen zu, wie die uneheliche Tochter ihre verrückte Mutter – dieses verkommene alte Weib – über die Straße schob und in den Park rollte.

»Jemand brennt mir ein Loch in den Rücken«, klagte Molly.

»Du solltest dich doch allmählich daran gewöhnt haben«, entgegnete Tilly.

Sie gingen zum Bach und beobachteten ein paar Entenküken, die gegen die leichte Strömung und entgegenkommende Zweige ankämpften und versuchten, ihrer Mutter zu folgen. Ein Stück weiter kamen sie an Irma Almanac vorbei, einer steifen welken Gestalt mit einer schrillen Wolldecke über den Knien und Fingerknöcheln wie Ingwerwurzeln, die, von einer Rosenhecke eingerahmt, in ihrer Eingangspforte saß und im Sonnenschein ihre Knochen ein wenig wärmte. Sie litt unter rheumatischer Arthritis, und die Krankheit hatte sie zum Krüppel gemacht. Ihr Gesicht war vom Schmerz gezeichnet: An manchen Tagen taten ihre trockenen Knochen vom bloßen Atmen weh, und ihre Muskeln brannten wie Feuer. Sie konnte manchmal schon eine Woche im Voraus Regen vorhersagen und war so ein nützliches Barometer für die Farmer. Häufig ließen sie sich von ihr bestätigen, was ihnen die Hühneraugen auf ihren Zehen ohnehin verrieten. Ihr Mann glaubte nicht an die Wirkung von Medikamenten. Sie machen nur süchtig, sagte er. »Alles, was man braucht, ist Gottes Vergebung, einen klaren Geist und eine ausgewogene Ernährung auf der Grundlage von reichlich rotem Fleisch und gut durchgekochtem Gemüse.«

Irma träumte davon, durch die Zeit zu gleiten wie auf dem Wasser treibendes Öl. Und sie sehnte sich nach einem Leben ohne Schmerz und ohne die zusätzliche Last ihres gebeugten Mannes, der immer wie angewurzelt in irgendeiner Ecke lehnte oder sie mit seiner ewigen Leier von der Sünde nervte, die er für die einzige Ursache aller Krankheiten hielt.

»Sie haben schon immer so schöne Rosen gehabt«, stellte Molly fest. »Wie machen Sie das bloß?«

Irma hob die Augenbrauen zu den Blüten über ihr, hielt die Augen jedoch geschlossen. »Molly Dunnage?«, fragte sie.

»Ja«, erwiderte Molly, streckte den Arm aus und stupste Irmas blau angelaufene, nierenförmige Faust an. Irma fuhr zusammen und holte laut Luft.

»Es tut immer noch weh, nicht wahr?«

»Ein bisschen«, erwiderte Irma und öffnete die Augen. »Und wie geht es Ihnen, Molly?«

»Entsetzlich, aber ich darf mich nicht beklagen. Was ist denn mit Ihren Augen los?«

»Die Arthritis macht ihnen heute zu schaffen.« Sie lächelte. »Wie ich sehe, sitzen Sie jetzt auch im Rollstuhl.«

»Weil es der Frau, die mich gefangen hält, besser passt.«

Tilly beugte sich vor zu Irma und sagte: »Mrs. Almanac, ich bin …«

»Ich weiß, wer du bist, Myrtle. Es ist sehr anständig von dir, dass du nach Hause gekommen bist zu deiner Mutter. Und mutig ist es auch.«

»Sie haben meiner Mutter all die Jahre Essen hochgeschickt …«

»Nicht der Rede wert«, unterbrach Irma sie schnell und warf einen warnenden Blick Richtung Drogerie.

»Ich würde an Ihrer Stelle auch nicht drüber reden«, mischte sich Molly ein. »Sie sind nämlich eine miserable Köchin.« Sie grinste Irma verstohlen an und fuhr fort: »Ihr Mann wird ja immer gebrechlicher. Wie kommen Sie bloß damit zurecht?«

Tilly legte entschuldigend eine Hand – leichter als Blütenstaub – auf Irmas versteinerte kalte Schulter. Irma lächelte. »Percival sagt, dass Gott für alles verantwortlich ist.«

Früher war sie häufig gestürzt und mit einem blauen Auge oder einer eingerissenen Lippe herumgelaufen. Im Laufe der Jahre, als ihr Mann zu einem steifen, schlurfenden alten Greis degeneriert war, hatten ihre ständigen Verletzungen ein Ende gefunden.

Irma sah hinüber zu den Einkaufenden. Sie standen in Reihen auf der anderen Straßenseite und starrten die drei sich unterhaltenden Frauen an. Tilly verabschiedete sich herzlich und schob ihre Mutter weiter den Bach entlang Richtung Hügel.

Zu Hause platzierte Tilly ihre Mutter sicher neben den Ofen, sie selbst setzte sich nach draußen auf die Veranda und drehte sich eine Zigarette. Unter ihr huschten die Leute in Grüppchen hin und her wie aufgescheuchte Hühner, die Gemüsereste aufpicken. Hin und wieder sahen sie hinauf zu dem Haus auf dem Hügel; dann wandten sie ihre Blicke wieder ab und eilten schnell weiter.

Kapitel 5

Miss Prudence Dimm brachte den Kindern von Dungatar Lesen, Schreiben und Multiplizieren bei. Die Schule lag direkt gegenüber dem Postamt, das ihre Schwester Ruth leitete. Samstagmorgens und mittwochabends fungierte Prudence außerdem als Bibliothekarin. Während sie selber groß, bleich und kurzsichtig war, kam ihre Schwester Ruth klein, kantig und sonnenverbrannt daher; ihre Haut sah aus wie eine rissige Matschkruste am Boden einer ausgetrockneten Pfütze. Die Nachtschicht in der Telefonvermittlung teilte Ruth sich mit Beula Harridene, doch für die Abwicklung der täglich mit dem Zug an- und abtransportierten Briefe und Pakete war Ruth allein verantwortlich. Sie sortierte die Post auch und lieferte sie aus. Außerdem zahlte sie die Ersparnisse der Bewohner von Dungatar auf deren Sparkonten ein, löste Schecks ein und beglich mit dem ihr anvertrauten Geld die Policen für sämtliche Hausrats- und Lebensversicherungen.

Auf der großen Ledercouch im Postamt lag Nancy Pickett. Ihren Kopf hatte sie auf der weichen Rundung von Ruths schlankem Oberschenkel gebettet. In der Fernsprechvermittlung war es absolut ruhig, direkt neben ihnen befand sich die Telefonwand mit ihrem Gewirr aus Lämpchen, Schnüren, Steckern und Kopfhörern. Von draußen schabten die Zweige einer riesigen Bougainvillea gegen das Fenster. Nancy wachte auf, hob den Kopf und blinzelte. Ihr weißer nackter Körper war von einer Gänsehaut überzogen, ihre Brustwarzen waren hart und aufgerichtet wie kleine Umlegschalter. Ruth streckte sich und gähnte. Draußen knackte ein Zweig, als Beula an der Außenwand des Postamts entlangschlich.

»Beula!«, zischte Nancy.

Sie quetschte sich schnell hinter die Telefonwand und zog sich an. Ruth sprang hastig auf ihren Platz, knipste die Deckenbeleuchtung an und rief: »Guten Morgen, Beula.«

Draußen fiel Beula in ein dorniges Geflecht aus stacheligen Sträuchern und abgeknickten Zweigen. Nancy huschte über den kurzen Weg zu sich nach Hause, zwängte sich durch ein Loch im Zaun, wo ein paar Latten fehlten, stieg durch ihr geöffnetes Fenster und landete leise auf dem rosenroten Linoleumboden. Ihre Mutter, Lois, lag im Bett und kratzte an den Mitessern, die auf ihrer Nase sprossen. Die Unterwäsche vom Vortag hatte sie unter ihr Kissen gestopft.

Nancy schlich ins Bad, spritzte sich ein wenig Wasser ins Gesicht, schnappte sich ihre Handtasche und ging in die Küche, wo Bobby gerade Denkovitpulver in warmes Wasser rührte, um damit seine Lämmer zu füttern. In der Hoffnung, dass er vielleicht endlich aufhörte, am Daumen zu lutschen, hatte Nancy ihm zu Weihnachten einen Hund geschenkt. Doch vor kurzem war dieser bei dem Versuch, das Haus und dessen Einrichtung vor Eindringlingen zu schützen, von einer Braunschlange gebissen worden und gestorben. In seiner Freizeit spielte Bobby Football und rettete irgendwelche Tiere, unter anderem mehrere Schildkröten, einen Waran, eine Blauzungenechse und ein paar Seidenraupen, derer die Schulkinder überdrüssig geworden waren.

»Morgen, Schwesterherz.«

»Ich bin spät dran. Mr. A. wartet bestimmt schon auf mich.«

Bobby kippte den warmen Denkovittrunk in leere Bierflaschen, die auf der Spüle standen. »Du hast doch noch gar nicht gefrühstückt. Du solltest irgendetwas zu dir nehmen, bevor du gehst. Es ist nicht gut, den Tag ohne Frühstück zu beginnen.« Während er redete, zog er Gumminuckel über die gefüllten Flaschen.

»Ich trinke ein bisschen Milch«, entgegnete Nancy, nahm eine Flasche aus dem Türfach des Kelvinator-Kühlschranks und schüttelte sie. Dann hob sie sich die Flasche an den Mund, trank ein paar Schlucke, stellte sie zurück und bahnte sich zwischen den hungrigen Haustieren, die sich auf der hinteren Veranda drängten, einen Weg. Es waren drei Lämmchen, zwei Katzen, ein junges Kalb ohne Brandzeichen und ein Kängurujunges, ein paar Tauben, Elstern und Hühner sowie ein lahmer Wombat.

Als sie gerade die Drogerie aufschließen wollte, sah sie Beula Harridene direkt auf sich zukommen. Sie hatte zerkratzte Schienbeine, und an ihrer Strickjacke hing ein lila Blütenblatt. Nancy stellte sich ihr in den Weg und sagte grinsend: »Noch einmal guten Morgen, Mrs. Harridene.«

Beula erwiderte ihren Blick und sagte: »Einer von diesen …« Plötzlich holte sie tief Luft, schlug sich die Hand vor den Mund und hastete davon.

Nancy war gleichermaßen verdutzt wie zufrieden. Sie schloss den Laden auf, stellte sich vor den Spiegel, nahm den Kamm aus ihrer Handtasche und machte sich zurecht. Jetzt sah auch sie, warum Beula so überstürzt das Weite gesucht hatte: Ihre Lippen waren von einem weißen Milchbart umrahmt. Sie lächelte.

Am Montagmorgen um zehn vor neun war Sergeant Farrat frisch gebadet und trug sein sorgfältig gebügeltes marineblaues Dienstjackett und einen dazu passenden Rock. Seine Dienstmütze hatte er lässig zur Seite gedreht, der Rock spannte ein wenig über seinen Oberschenkeln und seinem prallen Hintern, aber die Nähte seiner Nylonstrümpfe liefen schnurgerade über seine blassen Waden wie ein neu errichteter Zaun. Sein neuer, karierter Gingham-Rock hing gestärkt und gebügelt hinter ihm am Türknauf seines Kleiderschrankes. Der Sergeant ließ gerade die letzten verräterischen Fäden im Bauch seines Hoover-Handstaubsaugers verschwinden.

Draußen stand Beula Harridene, drückte ihr Gesicht gegen die Scheibe und starrte angestrengt ins Halbdunkel. Sie trommelte ungeduldig gegen die Tür. Der Sergeant machte den Staubsauger aus, zog den Stecker heraus und wickelte die Schnur ordentlich um die dafür vorgesehenen Haken am Handgriff. Dann zog er seinen Rock aus, hängte ihn zusammen mit dem neuen Gingham-Rock in den Kleiderschrank und schloss ihn ab. Er hielt kurz inne, strich liebevoll über seine Nylonstrümpfe und bewunderte seine neuen Spitzenhöschen. Schließlich zog er seine blaue Diensthose an, schlüpfte in seine Socken und Schuhe, prüfte seine Erscheinung noch einmal im Spiegel und ging nach vorne in sein Dienstzimmer.

Draußen hüpfte Beula von einem Fuß auf den anderen. Sergeant Farrat sah auf die Wanduhr und entriegelte die Tür. Beula platzte herein und legte sofort los.

»Die Hunde haben die ganze Nacht gebellt, was ja kein Wunder ist, weil sie von diesen randalierenden Footballrowdys aufgeschreckt wurden, und weil Sie nicht für Ruhe gesorgt haben, habe ich heute Morgen bei Bezirksvorsteher Pettyman angerufen, und er hat mir versprochen, sich um die Angelegenheit zu kümmern. Außerdem habe ich Ihren Vorgesetzten erneut einen Brief geschrieben – und diesmal habe ich ihnen alles erzählt. Was nützt einem schließlich ein Gesetzeshüter, der die Gesetze nach eigenem Gutdünken auslegt und nicht so, wie sie festgeschrieben sind. Außerdem geht Ihre Uhr falsch. Sie machen zu spät auf, und ich weiß, dass Sie Ihre Wache freitags vorzeitig schließen …«

Beula Harridene hatte blutunterlaufene, gelbliche, hervorquellende Augen. Ihr Oberkiefer stand vor, und sie hatte große Kaninchenzähne, so dass ihre Unterlippe ständig blau angelaufen und mit Druckstellen übersät war. In den Winkeln ihres unvorteilhaften Mundes sammelte sich immer angetrockneter Speichel, und der Sergeant war zu dem Schluss gekommen, dass sie wegen ihrer unterentwickelten Beißfähigkeit allmählich verhungerte und deshalb unterernährt, bösartig und verrückt war. Während Beula redete und redete, legte Sergeant Farrat ein Formular auf den Tresen, spitzte einen Bleistift an und schrieb: »Montag, neunter Oktober, neun Uhr eins …«

Beula stampfte mit den Füßen auf. »… UND dann ist auch noch diese Tochter von Mad Molly zurück – die Mörderin! Und dieser Spinner William Beaumont hängt auch wieder in der Stadt herum, Sergeant, und anstatt sich um seine arme Mutter und das Familienanwesen zu kümmern, treibt er sich mit diesen Footballrowdys herum, ich kann Ihnen sagen, wenn er irgendwelche schrägen Ideen ausheckt, werden wir alle darunter leiden; ich weiß, wozu Männer im Stande sind, wenn sie fortgehen in die verruchten Städte. Sie ziehen sich plötzlich an wie Frauen, und ich weiß …«

»Woher wissen Sie das, Mrs. Harridene?«

Beula lächelte. »Von meinem Vater. Er hat mich gewarnt.«

Sergeant Farrat sah ihr in die Augen, hob seine hellen Augenbrauen und fragte: »Und woher wusste Ihr Vater das?«

Beula blinzelte ratlos.

»Was ist heute Morgen Ihr spezielles Problem, Beula?«

»Ich bin heute Morgen von einer Bande marodierender Kinder attackiert worden ...«

»Und wie sahen diese Kinder aus, Beula?«

»Wie Kinder eben aussehen – klein und schmutzig.«

»Hatten sie Schuluniformen an?«

»Ja.«

Während Beula berichtete, schrieb der Sergeant: »Sergeant Horatio Farrat, Polizeidienststelle Dungatar, nimmt folgende Anzeige von Mrs. Beula Harridene auf: Mrs. Harridene wurde das Opfer marodierender Schulkinder – genauer: zweier Jungen und eines Mädchens –, die gesehen wurden, als sie nach einem Angriff auf Mrs. Harridenes Privatgrund die Flucht ergriffen. Mrs. Harridene beschuldigt die drei Schulkinder, mehrere Hände voll Samenhülsen auf ihr Wellblechdach geworfen zu haben, die sie zuvor unter dem Jakarandabaum gestohlen hatten, der sich ebenfalls auf Mrs. Harridenes Privatgrundstück befindet.«

»Es waren diese McSwiney-Bälger! Ich habe sie genau gesehen ...« Und so zeterte sie in einem fort, bis sie schweißgebadet war. Ein süßlich-scharfer Geruch hing im Raum, und Speicheltröpfchen flogen dem Sergeant entgegen und landeten auf seinem Dienstbuch. Er nahm das Anzeigeformular und sein Dienstbuch und wich einen Schritt zurück. Beula umklammerte den Tresen, wippte aufgebracht hin und her, und ihre Kaninchenzähne bohrten sich in ihre Unterlippe.

»Okay, Beula. Dann wollen wir mal zu Mae und Edward McSwiney fahren und uns einige von ihren Kindern vorknöpfen.«

Als Erstes fuhren sie bei Beulas Haus vorbei und stellten fest, dass der Wind in der Zwischenzeit sämtliche Samenhülsen aus der Regenrinne, die ihr Dach umgab, weggeblasen haben musste. Also fuhr Sergeant Farrat weiter, um die beschuldigten Verbrecher ausfindig zu machen. Nancy stützte sich schwatzend auf ihren Besen, Purl spritzte gerade den Bürgersteig ab. Irma saß in ihrer Eingangspforte, und Lois und Betty standen, beide mit einem Weidenkorb über dem Arm, vor dem Schaufenster von Pratts. Miss Dimm stand, von einem Haufen lärmender Kinder umringt, auf ihrem Schulhof, und direkt gegenüber unterbrachen Ruth Dimm und Norma Pullit ihre Arbeit; sie waren gerade dabei, Postsäcke von dem kleinen roten Postwagen abzuladen.

Alle sahen Beula auf den armen alten Sergeant Farrat einreden, der sich hupend einen Weg über die Hauptstraße bahnte, und alle mussten grinsen und winkten ihm nach.

Draußen bei den McSwineys begann ein angenehmer Montagmorgen: Es herrschte Ostwind, was bedeutete, dass ihr glückliches, baufälliges Zuhause zurzeit im Windschatten der Müllhalde lag. Edward McSwiney hockte auf dem Autositz in der Morgensonne und flickte seine verbotenen Trommelnetze. Er fädelte neuen Draht durch verbogenen und eingerissenen Hühnerdraht und wickelte ihn anschließend um rostige Stahlgestelle. Drei der kleineren Kinder jagten hinter aufgescheuchten, laut gackernden Hühnern her, trieben sie in die Enge und brachten sie zu dem Hackklotz, wo Barney verängstigt mit einer Axt wartete. An der Schneide klebten blutige Federn, sein Hemd war über und über mit Blut bespritzt, und er heulte, weshalb Prinzessin Margaret ihm den Schürhaken in die Hand drückte und ihn zum Feuer schickte, über dem der bis zum Rand mit kochenden Hühnern gefüllte Kupfertopf hing. Dann schwang sie selber die Axt. Mae griff sich die im kochenden Wasser treibenden Hühner und rupfte sie, anschließend legte Elizabeth die rosigen, eingebeulten Tierkörper auf einen Baumstamm und nahm sie aus.

Die Jack Russells fingen an, wie wild zu kläffen. Sie tobten im Kreis herum und versuchten, Maes Aufmerksamkeit zu erregen. Mae musterte sie einen Augenblick und verkündete: »Polizei im Anmarsch.«

Edward hatte ein gelassenes Gemüt und war nicht so schnell aus der Ruhe zu bringen, doch bei dem Wort »Polizei« sprang er wie von der Tarantel gestochen auf und stürmte mit seinem Trommelnetz davon. Die Hühnertreiber, zwei kleine Mädchen mit Zahnspangen und umgebundenen Lätzchen und ein Junge in einem gestreiften Schlafanzug, rannten zur Zugangspforte. Der kleine Junge schnappte sich einen Beutel mit Murmeln, die Mädchen suchten sich jedes einen Stock. Das größere der Mädchen zeichnete einen Kreis in den Staub, der Junge schüttete seine Murmeln hinein, und sie knieten sich beide mit ernsthaften Mienen davor. Das andere Mädchen besserte vor der Eingangspforte die Linien eines schon vor einiger Zeit in den roten Lehm geritzten Himmel-und-Hölle-Spielfeldes aus und begann, auf einem Bein die markierten Quadrate abzuhüpfen. Als der schwarze Holden vor dem Tor zum Stehen kam, waren die Kinder konzentriert in ihr Spiel vertieft. Sergeant Farrat hupte. Die Kinder ignorierten ihn. Er hupte noch einmal, woraufhin das größere der Mädchen langsam die Pforte öffnete. Edward schlenderte gemächlichen Schrittes zurück und ließ sich mit Unschuldsmiene neben dem Wohnwagen nieder.

Beula sprang aus dem Wagen, Sergeant Farrat hielt den drei inzwischen wieder herumtobenden Kindern eine Tüte Lutscher hin. Sie nahmen sich jedes eine Hand voll und rannten zu ihrer Mutter, die den Ankömmlingen mit einer blutverschmierten Axt in der Hand entgegenging. Sie wurde flankiert von Elizabeth und Margaret, neben denen rot gefärbte Federn zu Boden schwebten. Elizabeth war ebenfalls bis zu den Ellbogen rot, Margaret hielt einen brennenden Zweig in der Hand. Beula baute sich vor ihnen auf.

»Guten Morgen allerseits«, sagte der freundliche Polizist und lächelte erneut die drei Kinder an. Sie erwiderten sein Lächeln mit prall gefüllten Backen; süße Spucke rann ihnen aus dem Mund und bildete auf ihrem Kinn eine klebrige Schicht.

»Waren diese drei Kleinen hier vielleicht die Kinder, die Sie gesehen haben?«, wandte der Sergeant sich schließlich an Beula.

»Ja!«, rief sie. »Das sind die Strolche!« Sie hob die Hand, um ihnen eine Ohrfeige zu verpassen, woraufhin Sergeant Farrat, Edward, Mae und ihre beiden größeren Töchter alle gleichzeitig einen Schritt nach vorn machten.

»Also waren es zwei Mädchen und ein Junge und nicht umgekehrt?«

»Ja. Ich sehe es erst jetzt genau, wo ich sie vor mir habe.«

»Und die Schuluniformen?«

»Die haben sie sich offensichtlich ausgezogen.«

»Ich gehe noch gar nicht in die Schule«, meldete sich der kleine Junge zu Wort. »Und Mary auch nicht. Aber Victoria geht nächstes Jahr.«

»Freust du dich schon auf die Schule, Victoria?«, fragte Sergeant Farrat.

»Nein«, antworteten alle drei Kinder wie aus einem Mund. »Im Müll fischen ist viel schöner.«

Sergeant Farrat musterte die verschmutzten, in einer Reihe vor ihm stehenden Kinder. Die Kleinen hatten ihre Blicke auf die Tüte mit den Lutschern geheftet, die er vor sich hielt. »Dann wart ihr heute Morgen also alle Müll fischen?«

Dieses Mal antworteten sie der Reihe nach. »Quatsch! Heute warnwa alle hier. Freitags is Mülltag.«

»Heute hamwa Hühner gefangen.«

»Und morgen gehnwa runter zum Bach, Fische fangen.«

»Ihr sollt die Worte komplett aussprechen und nicht die Hälfte verschlucken«, ermahnte Mae sie streng. »Und betont gefälligst die Vokale.«

»Sie lügen!«, schrie Beula schrill. Sie war braunrot angelaufen und kochte vor Wut. »Sie haben Samenhülsen auf mein Dach geworfen!«

Die Kinder sahen einander an: »Heute nich. Heute waren wir's bestimmt nich.«

»Sollen wir das denn machen? Können wir tun.«

Beula stampfte mit dem Fuß auf. Sie kreischte und spuckte: »Sie waren es, sie waren es!«

Die Kinder sahen sie an, und der kleine Junge sagte: »Dir ist wohl heute eine Laus über die Leber gelaufen, Mrs. Bist du gestern Nacht in ein Bierfass gefallen?«

Mae verpasste dem kleinen George einen Klaps aufs rechte Ohr. Die anderen starrten alle angestrengt auf ihre Schuhe. »Entschuldigen Sie bitte«, sagte Mae, »aber so zu reden lernen die Kinder heutzutage in der Schule, und die Kleinen übernehmen es von den Großen.«

Sergeant Farrat hielt einen kleinen Vortrag über die Notwendigkeit, ungezogenes Verhalten schon im Keim zu ersticken und ein gutes Vorbild abzugeben. Mae verschränkte die Arme vor der Brust. »Das wissen wir doch alles, Sergeant, aber was soll man machen?«

Sergeant Farrat wandte sich zu Beula um. »Mrs. Harridene, reicht es Ihnen, die Kinder schreien zu hören, wenn ich sie mit hinter den Wohnwagen nehme und ihnen eine Lektion erteile, oder hätten Sie es lieber, wenn ich ihnen an Ort und Stelle vor aller Augen nach Strich und Faden den Hintern versohle?«

Die McSwineys prusteten los und krümmten sich vor Lachen. Sergeant Farrat reichte Victoria die Tüte mit den Lutschern, während Beula sich umdrehte und Richtung Auto davonstapfte. Sie trat wütend gegen einen Scheinwerfer, der prompt zersplitterte, setzte sich in den Wagen und knallte die Tür so laut zu, dass die Fenster an den Eisenbahnwaggons und Wohnwagen vibrierten. Dann langte sie hinüber zum Fahrersitz, legte ihre flache Hand auf die Hupe und drückte zu, ohne wieder loszulassen.

Sergeant Farrat fuhr mit ihr durch die Pforte und hielt an. Er wandte sich zu ihr um, rückte näher heran und langte über sie hinweg zum Türgriff. Dann hauchte er ihr ganz langsam seinen warmen Atem ins Gesicht. Sie wich zurück und presste sich gegen die Tür. Sergeant Farrat sagte mit sanfter Stimme: »Ich fahre nicht in Ihre Richtung, Mrs. Harridene, und es ist ein Vergehen, diensteigenes Benzin der Polizei zu vergeuden. Deshalb lasse ich Sie jetzt raus.« Mit diesen Worten öffnete er die Tür.

Oben auf dem Hügel hörte Tilly Dunnage einen Moment auf zu graben und beobachtete, wie Beula Harridene aus dem schwarzen Auto fiel und auf den Boden kugelte. Sie lächelte und widmete sich wieder der weichen Erde ihres Gemüsebeets.

Kapitel 6

Unten in der Stadt parkte William seinen Triumph Gloria vor Pratts, überquerte in der Morgensonne den Bürgersteig und betrat den Laden. Er lächelte Muriel zu, die Hufeisenmagnete und Bilderhaken einsortierte, tippte an seinen Hut, um Lois zu begrüßen, die sich kratzte und nach einer Dose Erbsen suchte, und winkte zur Fleischtheke hinüber, wo Faith darauf wartete, dass Reg ihr zwei Porterhousesteaks abschnitt. Dabei summte sie »*I've got you … under my skin*« vor sich hin.

»Du magst das Lied, nicht wahr, Faith?«, fragte der gut aussehende Fleischer und strahlte sie mit seinen knochenweißen Zähnen an.

Faith errötete und legte eine Hand auf ihren üppigen Busen. Die goldenen Ringe an ihren Fingern funkelten.

»Du hast eine schöne Stimme«, sagte der Fleischer und schob sein langes, scharfes Messer in die Metallhalterung, die an seiner Hüfte baumelte. Sein gestärktes weißes Hemd spannte über seinem breiten Brustkorb, seine blau gestreifte Schürze hatte er ordentlich um seine schmalen Hüften gebunden.

»Kann ich sonst noch etwas für dich tun, Faith?«

Sie brachte kaum ein Wort heraus und zeigte auf den Aufschnitt: »Eine Devonrolle bitte.«

Im Büro machte Gertrude sich hinter der gläsernen Trennwand am Boden zu schaffen. Sie wischte gerade Staub.

»Entschuldigung«, sagte William.

Gertrude richtete sich auf und lächelte ihn breit an. »Hallo, William …«

»Hallo …«

»Gertrude, ich bin Gertrude Pratt«, sagte sie und hielt ihm ihre kleine runde Hand hin, doch William sah sich suchend im Laden um.

»Könnten Sie mir vielleicht sagen, wo ich Mr. Pratt finde?«

»Selbstverständlich«, säuselte Gertrude und zeigte durch die Glaswand auf die Hintertür. »Er ist gerade …«, doch William hatte das Büro bereits wieder verlassen. Er fand Mr. Pratt im Hinterhof. Er war gerade dabei, Kisten vom Pferdewagen der McSwineys abzuladen.

»Oh«, sagte William, »heute mal als Packbursche tätig?«

Mr. Pratt klemmte die Daumen unter seine Schürzenbänder und neigte den Kopf. »Sieh da«, sagte er und lachte. »Der verlorene Sohn ist heimgekehrt.«

»Mr. Pratt, haben Sie einen Moment Zeit für mich?«

»Worauf du dich verlassen kannst.«

Mr. Pratt öffnete die Tür zu seinem Büro und wies seine Tochter an: »Gertrude, den Ordner mit den Windswept-Crest-Rechnungen bitte.« Er neigte den Kopf erneut und bedeutete William, ihm ins Büro zu folgen.

Gertrude reichte ihrem Vater einen dicken Ordner. Er nahm ihn entgegen und sagte: »Und jetzt lass uns bitte allein, Gertrude.« Beim Hinausgehen streifte sie William, doch der hatte seine ganze Aufmerksamkeit auf den voluminösen Ordner gerichtet. »Eigentlich wollte ich nur ein paar Rollen Zaundraht und ein Dutzend Pfähle …«

William verstummte, als er sah, dass Alvin entschieden den Kopf schüttelte.

Gertrude stand hinter dem Tresen mit den Kleinwaren und beobachtete, wie der junge Mann unentwegt seinen Hut zwischen den Fingern drehte und nervös das Gewicht von einem Fuß auf den anderen verlagerte. Sein schmales dünnes Gesicht wurde zusehends länger, und seine Züge erschlafften. Als ihr Vater ihm schließlich mit einem süffisanten Grinsen zuhauchte: »Dreihundertsiebenundvierzig Pfund und achtzehn Schillinge«, ließ William sich schwerfällig in den Bürostuhl sinken, und sein Tweedjackett schien ihm auf einmal an den Schultern ein paar Nummern zu groß.

Gertrude verschwand in der Damentoilette und trug etwas roten Lippenstift auf.

Sie standen an der Ladentür. William starrte nachdenklich auf den Bürgersteig, Mr. Pratt grinste vergnügt hinaus in den sonnigen Wintertag. Gertrude pirschte sich von hinten an sie heran und schnurrte: »Schön, dass du wieder zu Hause bist, William.«

Er sah sie an. »Danke ... und besten Dank auch, Mr. Pratt, ich will sehen, was ich tun kann ... auf Wiedersehen.« Er trottete zu seinem Wagen, setzte sich hinters Steuer und starrte das Armaturenbrett an. Mr. Pratt wandte seine Aufmerksamkeit nun seiner Tochter zu, die William mit verträumten Augen hinterhersah. »Also los, Gertrude«, drängte er, »zurück an die Arbeit!« Dann schritt er von dannen und murmelte: »Was für eine verrückte Idee ... unsere Gertrude sieht aus wie ein voller Wassersack, keine Chance, sie an den Mann zu bringen, und schon gar nicht an William Beaumont.«

Muriel kam herbei, stellte sich neben ihre Tochter und sagte: »Am Samstag in zwei Wochen veranstalten die Footballspieler einen Tanzabend.«

Das Schild an der Tür der Leihbibliothek verkündete »Geöffnet am Mittwoch und Samstagnachmittag. Weitere Auskünfte im Büro des Bezirksvorstehers.« Tilly blickte die Hauptstraße hinunter, sah die hin- und hereilenden Menschen und beschloss, am Mittwoch wiederzukommen. Sie wandte sich ab und sah zu der Schule auf der gegenüberliegenden Straßenseite hinüber. Es war gerade Pause, und der Schulhof war voller lärmender Kinder. Die Mädchen spielten Seilspringen, die Jungen Football, und die Kleinen hüpften über aufgemalte Himmel-und-Hölle-Spielfelder. Miss Dimm kam heraus, ging zu dem Pfahl mit der Schulglocke und zog schwungvoll an dem Glockenzug. Die Glocke bimmelte, und die Schüler verschwanden im Klassenzimmer. Tilly überquerte die Straße, ging in den Park und sah zu den niedrigen Bänken unter den Pfeffersträuchern hinüber, auf denen sie immer ihr Pausenbrot gegessen hatte. Dann fiel ihr die verschmutzte abgetretene Stelle vor der Veranda ins Auge, an der die Kinder sich offenbar immer noch jeden Morgen vor Schulbeginn versammelten, und sie musste lächeln. Sie schlenderte weiter zum Bach, setzte sich an die Uferböschung und streifte ihre Sandalen ab. Dann tauchte sie die Füße ein und betrachtete durch die bernsteinfarbene Wasseroberfläche ihre Zehen. Fetzen von Gummibaumblättern trieben vorbei, Insekten huschten hin und her, und vereinzelt platschten kleine Regentropfen aufs Wasser.

Sie erinnerte sich, wie sie in einer ungeordneten Reihe mit zum Militärgruß angelegten Armen und im Stechschritt zum Takt der Basstrommel in den Klassenraum marschiert waren. Die Trommel hatte Stewart Pettyman geschlagen, ein großer kräftiger Zehnjähriger, der mit einem abgenutzten Stock aus Kräften drauflosgetrommelt hatte. Neben ihm hatte ein kleines Schulmädchen im Gleichtakt die Triangel geschlagen, und dazu hatte Miss Dimm geschrien: »AAAchtung; RECHTS um, IM LAUFSCHRITT, MARSCH!«

Im Klassenzimmer mussten sie den Takt hinter ihren kleinen schokoladenbraunen Stühlen halten, bis Miss Dimm rief: »HALT! Setzen und nicht mit den Stühlen über den Boden kratzen!« Für einen kurzen Augenblick hörte man ein Rascheln und Schlurfen, dann war es wieder mucksmäuschenstill. Alle saßen mit verschränken Armen da und warteten.

»Myrtle Dunnage, du hast heute Tintendienst, weil du dich gestern nach der Schule geprügelt hast. Alle anderen holen bitte ihre Stifte und Übungsbücher heraus.«

»Aber ich war doch erst gest...«

»Myrtle Dunnage, du hast so lange Tintendienst, wie ich es will!« Sie schlug Myrtle mit ihrem verrosteten Metalllineal auf die Finger und schrie: »Außerdem habe ich dir nicht erlaubt, deine verschränkten Arme zu lösen!« Die weiße Linie von dem Schlag mit dem Lineal zeichnete sich noch auf ihren Fingern ab, als sie sich daranmachte, die Tinte anzurühren. Sie musste das schwarze Pulver erst am Waschtrog mit Wasser verrühren und dann mit dem vollen Krug ganz langsam von Tisch zu Tisch gehen. Es war recht mühselig, die blauschwarze Tinte in die kleinen Fässer zu gießen, die in die Pulte eingelassen waren. Es durfte kein Tropfen danebengehen, und es war schwer zu erkennen, wann die Tintenfässer voll waren. Bei Stewart Pettyman quoll die Tinte über und verschmierte den weißen Marmorrand des Tintenfasses. Daraufhin haute Stewart mit voller Wucht auf den Tisch, und im nächsten Moment rann die Tinte über das Pult und tropfte herunter auf seine nackten Knie.

»Miss Dimm, sie hat mich bekleckert. Sie hat mich mit der Tinte voll gekleckert.«

Miss Dimm stürmte herbei, verpasste Myrtle einen Klaps auf den Kopf und zerrte sie am Zopf aus dem Raum. Die anderen Kinder pressten ihre Nasen ans Fenster und brachen in lautes Gelächter aus. Myrtle musste den Rest des Morgens draußen auf der Veranda sitzen, wo sie für jedermann in der ganzen Stadt zu sehen war.

Nach der Schule rannte sie, so schnell sie konnte, nach Hause, doch die anderen holten sie ein. Sie hielten sie fest und piesackten sie mit *Tausend Nadelstichen*. Dann hielten zwei sie an ihren Armen fest, und Stewart rannte mit vorgebeugtem Kopf wie ein angreifender Bulle auf sie zu und rammte ihn ihr mit voller Wucht in den Bauch. Sie krümmte sich vor Schmerz, bekam für einen Moment keine Luft mehr, fiel zu Boden und hielt sich den Bauch. Die Jungen zogen ihr die Unterhose herunter, fummelten an ihr herum und rochen anschließend an ihren Fingern. Die Mädchen sangen währenddessen: »Dunnys Mum ist eine Schlampe, die Mum von der blöden Dunny ist eine Schlampe, Myrtle ist ein Bastard, Myrtle ist ein Bastard.«

Marigold Pettyman saß regungslos neben der Musiktruhe und wartete auf ihren Ehemann Evan; ihr Haar war auf Lockenwickler gewickelt, obendrauf lag ein Eisbeutel. Nur das eingeschaltete Radio sorgte für etwas Licht. Neben ihr murmelte leise der Sprecher der Sechsuhrnachrichten. »Und nun zum Wetter. Es werden leichte Regenfälle erwartet.«

»O mein Gott«, stöhnte Marigold und langte nach der kleinen braunen Flasche auf dem Lampentischchen. Sie schüttelte sich drei Tabletten in die Hand, schluckte sie alle auf einmal herunter, lehnte sich zurück und rieb sich die Schläfen. Marigold war eine schrille, windhundartige Frau mit einem äußerst schreckhaften Verhalten und einem nervösen Ausschlag am Hals. Als sie den Schlüssel im Türschloss hörte, setzte sie sich blitzartig aufrecht hin und rief ängstlich: »Bist du es, Evan?«

»Ja, Liebling.«

»Du denkst doch daran, dir die Schuhe auszuziehen und den Staub von deinem Mantel zu klopfen, bevor du reinkommst, nicht wahr?« Evans Schuhe polterten auf die Bretter der Veranda, dann hörte man hölzerne Kleiderbügel aneinander schlagen. Er schloss die Küchentür auf und betrat die Küche, die so sauber geschrubbt und desinfiziert war wie ein Operationssaal. Der Fußboden war glatt vom Wienern und glänzte.

Evan Pettyman war ein rundlicher Mann mit flachsfarbenem Haar, einem hellen Teint und kleinen flinken Augen. Er war zudem ein Mann, der Frauen bei jeder Gelegenheit berührte, ihnen beim Reden viel zu nah kam, sich ständig die Lippen leckte und seine jeweilige Partnerin beim Tanzen eng an sich presste, ihr seinen Oberschenkel zwischen die Beine drückte und sie so übers Parkett führte. Die Damen von Dungatar begegneten ihm höflich – immerhin war er der Bezirksvorsteher und Marigolds Ehemann. Doch wenn sie ihn kommen sahen, wandten sie ihm den Rücken zu, studierten mit vorgetäuschter Aufmerksamkeit irgendeine Schaufensterauslage oder erinnerten sich plötzlich daran, dass sie dringend noch etwas auf der anderen Straßenseite zu erledigen hatten. Die Männer gingen dem Bezirksvorsteher ebenfalls nach Möglichkeit aus dem Weg, behandelten ihn aber freundlich. Er hatte seinen Sohn verloren, und mit Marigold hatte er eine Menge am Hals, anstrengend und apathisch wie sie war. Er war ein guter Bezirksvorsteher, der vieles anpackte und erledigte, und er wusste von jedem, wie er seinen Lebensunterhalt verdiente.

Als Evan nach Dungatar gekommen war, war Marigold ein schüchternes, unschuldiges kleines Ding gewesen. Zu jener Zeit bekleidete ihr Vater das Amt des Bezirksvorstehers, und als er starb, vermachte er ihr einen Haufen Geld, was Evan angespornt hatte, ihr Herz im Sturm zu erobern. Dann bekam sie es plötzlich an den Nerven. Ihr Zustand verschlimmerte sich langsam, aber stetig, und nachdem ihr Sohn Stewart auf so tragische Weise ums Leben gekommen war, wurde sie nie mehr dieselbe Frau wie früher.

Evan ging direkt ins Bad, wo er sich auszog, seine Sachen in den Wäschekorb stopfte und den Deckel zuklappte. Dann duschte er und schlüpfte in seinen gestärkten Schlafanzug, der ordentlich zusammengefaltet neben dem frisch gewaschenen Bademantel und den wie neu aussehenden Wollpantoffeln auf dem Badezimmerbänkchen lag.

»Guten Abend, Liebling«, begrüßte er seine Frau und hauchte ihr einen flüchtigen Kuss auf die Wange.

»Dein Abendessen steht im Kühlschrank«, erwiderte sie.

Evan aß am Küchentisch. Es gab ein paar Scheiben kalte Devonrolle, dazu Tomaten, deren Kerne entfernt waren, Rote Bete, deren Soße von den ordentlich geschnittenen runden Scheiben aufgesogen wurde, einen sorgfältig aufgetürmten Haufen geraspelter Möhren und ein sauber halbiertes gekochtes Ei. Daneben lagen zwei mit Butter bestrichene Scheiben Weißbrot. Für den Fall, dass irgendwelche Krümel herunterfielen, hatte Marigold rund um Evans Stuhl Zeitungspapier ausgelegt. Als Nachtisch schälte und aß er über der

Spüle noch eine Apfelsine aus eigener Ernte und achtete darauf, dass alle Kerne im Mülleimer landeten. Als er fertig war, machte Marigold gründlich sauber. Sie schrubbte sein Besteck und seinen Teller in kochend heißem Spülwasser ab, weichte die ganze Spüle mit Vim ein und scheuerte sie gründlich sauber. Dann wischte sie alles trocken und desinfizierte sämtliche Wasserhähne, Griffe und Knöpfe, an denen ihr Mann womöglich irgendwelche Abdrücke hinterlassen hatte. Evan wusch sich währenddessen im Bad das Gesicht und seinen Schnurrbart und kam zurück in die Küche.

»Morgen soll es regnen«, sagte Marigold schrill. »Anschließend müssen alle Fenster geputzt und sämtliche Türgriffe und Fensterriegel ordentlich sauber gemacht werden.«

Evan lächelte auf sie hinab und sagte: »Aber Liebling, es ist doch noch gar nicht an der Zeit …«

»Doch!«, schrie sie und drückte sich ihren Eisbeutel an die Schläfe. »Es ist Frühling! Ich habe schon alle Wände und Fußleisten sauber gemacht und sämtliche Decken und Gesimse abgestaubt, und wenn du mir die Türgriffe und die Fensterriegel abmontieren würdest, könnte ich mit den Türen und den Fensterbänken weitermachen.«

»Warum machst du es dir so schwer und putzt nicht einfach um die Griffe und die Riegel herum? Ich habe im Moment wirklich anderes zu tun.«

Marigold biss sich in die Faust, eilte zurück zu ihrem Platz neben dem Radio und schloss die Augen. Den Eisbeutel hatte sie wieder auf ihre Lockenwickler gelegt.

Evan füllte ihre Thermosflasche mit heißem Wasser und sagte: »Komm, Kleine, jetzt geht's ins Bett!« Er träufelte Tonikum auf einen Löffel und ging zu ihr. Sie machte den Mund zu und wandte sich ab.

»Nun komm schon, Marigold, dein Tonikum.«

Sie schloss die Augen und schüttelte den Kopf.

»Also gut, Liebling«, gab Evan sich geschlagen. »Ich stehe morgen ganz früh auf und montiere die Türgriffe und die Fensterriegel noch vor dem Frühstück ab.«

Daraufhin öffnete sie den Mund, und er träufelte ihr ihre Medizin auf die Zunge und half ihr anschließend ins Bett.

»Es ist jetzt zwanzig Jahre her, dass Stewart vom Baum gefallen ist …«

»Ja, Liebling.«

»Zwanzig Jahre, seit ich meinen Jungen verloren habe …«

»Ganz ruhig, Liebling.«

»Ich kann ihn nicht sehen.«

Evan rückte das Foto ihres lächelnden, toten Sohnes ein wenig vor.

»Zwanzig Jahre …«

»Ja, Liebling.« Er gab noch einmal etwas Tonikum auf den Löffel und verabreichte es ihr. Als sie schlief, zog er sich aus und beugte sich über sie. Er leckte sich die Lippen und rieb sich die Hände. Dann schlug er die Bettdecke zurück und schob ihr Nachthemd hoch. Ihr Körper war absolut schlaff, doch er positionierte sie passend mit gespreizten Beinen und über dem Kopf verschränkten Armen und kniete sich zwischen ihre Oberschenkel.

Am nächsten Morgen stand Marigold Pettyman, geschützt vor dem gefährlichen Regen, an ihrer Küchenspüle, hatte ihre wie Zervelatwürste gemusterten Hände tief in das dampfende Spülwasser getaucht und schrubbte hingebungsvoll die Türgriffe und Fensterriegel.

Kapitel 7

Am Freitagabend standen die Footballspieler und ein oder zwei Farmer in einer Traube hinten im Pub und studierten eine Skizze des Footballovals, die über dem durchlöcherten Foto von Bob Menzies an der Dartscheibe festgepinnt war. Über die diversen Spielpositionen waren die Namen der Spieler gekritzelt. Die Experten standen vor der Skizze und schüttelten die Köpfe.

»Also so was.«

»Ach, du meine Güte!«

»Der Coach muss übergeschnappt sein.«

»Ach was – er hat einen Plan, eine bestimmte Taktik, jedenfalls behauptet das Teddy.«

»Teddy will nur dein Geld.«

»Wie viel hast du gesetzt?«

»Ein Pfund.«

»Der Coach hat Recht – Bobby ist groß, und darauf kommt es an.«

»Er wäre besser in der Mitte platziert.«

»Und seine Verletzung?«

»Ist er inzwischen über den Tod seines Hundes hinweg?« Die Männer schüttelten die Köpfe und wandten ihre Aufmerksamkeit wieder der Aufstellungsskizze zu.

»Gunna wird ausgewechselt.«

»Eine geniale Idee, zur Halbzeit auszuwechseln. Wir holen Bobby rein, und die anderen sehen für die verbleibenden fünfzig Minuten keinen Ball mehr auf ihrer Seite.«

Es erhob sich ein allgemeines zustimmendes Gemurmel. Die Männer wandten sich von der Skizze ab und schlurften mit tief in den Hosentaschen vergrabenen Händen Richtung Theke.

Es war ein ernster Abend. Die angespannten Footballer und ihre Anhänger bauten sich in einer Reihe an der Theke auf. Vor jedem wartete ein schäumendes Bier. Sie starrten gedankenverloren auf die Fußleiste hinter der Theke und nippten hin und wieder an ihren Gläsern. Als der bernsteinfarbene Pegel in allen Krügen auf den Boden abgesunken war, sahen sie einander viel sagend an. Sie klatschten sich ab, schnappten sich ihre Hüte und brachen auf Richtung Tür. Sie wurden auf dem Footballplatz gebraucht. Purl sah Fred an und legte ihre roten Fingernägel an ihre roten Lippen. »Solltest du nicht auch mitgehen, Fred?«

»Aber Purlywurly, wir haben doch eine Siegesfeier vorzubereiten.«

Sie ging zu ihm und schmiegte sich an ihn. »Ich liebe die Jungens, Fred …« Er schlang seine dünnen Arme um ihre Taille und ließ seinen Kopf so tief in ihrem Ausschnitt verschwinden, dass nur noch der obere Teil seiner Ohren zu sehen war. »Sie lieben dich auch«, nuschelte er.

Die Zuschauer hatten sich am weißen Grenzzaun aufgereiht und sahen den Spielern zu, die über den Platz rannten und einander Kommandos zubrüllten. Ihre angestrengten Rufe hallten in der kalten Abenddämmerung wider. Die tapferen Athleten wurden von aufrichtiger Entschlossenheit getrieben, obwohl auch Angst in ihren Herzen nistete. Die zuschauenden Fans bangten um ihre Wetteinsätze – obwohl sie das nie zugeben würden.

Alle verfügbaren Männer, Kinder und Hunde waren gekommen, um dem Abschlusstraining für das große Finale beizuwohnen, danach in der Umkleidekabine die Anfeuerungsreden des Coachs zu hören und die strapazierten Schenkel und Waden der Spieler mit Oil of Wintergreen einzureiben. »Super, genauso machen wir's«, bedankte sich der clevere Mannschaftskapitän Teddy McSwiney aufrichtig bei dem Coach für dessen herausragende Trainerleistungen, und sämtliche Teamkameraden pflichteten ihm bei. Dann sangen sie mit entschlossenen Mienen das Vereinslied, schlugen einander auf den Rücken, schüttelten sich die Hände und gingen nach Hause, wo sie sich vor dem Schlafengehen noch mit gegrillten Koteletts, Kartoffelbrei und Erbsen stärkten.

Die Anhänger des Footballteams von Dungatar gingen zurück in den Pub. Die Spieler des letzten Siegerteams, das für Dungatar den Pokal geholt hatte, waren inzwischen Kriegsveteranen, die ihre Tage in abgedunkelten Wohnzimmern neben dem Radio verbrachten, doch morgen würden sie, selbst wenn es ihre letzte Tat sein sollte, ihr Kriegstrauma von dem andauernden Granatenbeschuss für ein paar Stunden vergessen und sich mit ihren Lungenemphysemen und ihren Prothesen zu dem weißen Gitterzaun bei den Torpfosten schleppen. Purl war so aufgeregt, dass sie drauf und dran war, ihre Fingernägel abzukauen. Die Anhänger des Teams hockten an der Theke und starrten stirnrunzelnd ihre Biere an. Selbst Hamish O'Brien und Septimus Crescant, die sich normalerweise immer stritten, saßen heute schweigend da.

»Mein Gott«, brach Purl schließlich das Schweigen. »Seht euch bloß an, wie wir hier hocken.« Sie lächelte die versammelten Männer aufmunternd an, doch keiner erwiderte ihr Lächeln. »Was haltet ihr eigentlich von der neuen Frau in der Stadt?«, fuhr sie in verschwörerischem Ton fort.

Die Reihe blasser Gesichter sah sie ausdruckslos an.

»Noch jemand, dem man es zeigen muss«, brummte ein alter, bärtiger Schaftreiber.

»Unser Schönling und Full Forward hat ein Auge auf sie geworfen«, klärte ein Schafscherer die Runde auf.

»Von wem ist die Rede?« Die Männer spürten einen kühlen Luftzug im Rücken, und im gleichen Moment rochen sie, dass Teddy McSwiney hereinkam. Seitdem diese Frau aus dem Bus gestiegen war, bestäubte er sich gern von oben bis unten mit Körperpuder.

»Es geht um dieses neue junge Ding«, stellte der Scherer klar.

»Myrtle Dunnage«, erklärte Purl.

»Dann müsst ihr wohl Tilly meinen«, sagte Teddy und zwinkerte Purl zu.

»Hat sie etwas vom lockeren Lebenswandel ihrer Mutter geerbt?«, wollte der Treiber wissen.

Teddy ballte die Fäuste, zog sie aus den Hosentaschen und streckte seine Brust vor.

»Halt!«, mischte sich Fred ein. »Ganz ruhig bleiben.«

»Keinen Streit, Jungs!«, rief Purl.

»Wie ich gehört habe, soll sie verdammt gut aussehen«, sagte der Scherer.

Purl stellte ein Bier vor ihn hin und nahm sein Geld entgegen. »Das könnte man sagen«, entgegnete sie und rümpfte die Nase.

»Sie sieht gut aus«, grinste Teddy.

»Ein bisschen wie unsere Purl, oder?«, sagte der Treiber und bedachte Purl mit einem lüsternen Blick.

Fred sah ihn finster an. »MEINE Purl«, korrigierte er und wrang über der Spüle sein Wischtuch, bis es quietschte.

»*Im Moment* gehört sie dir«, sagte der Scherer und trank sein Bier aus. Die anderen wandten ihm den Rücken zu. Er blieb regungslos vor seinem leeren Bierglas hocken. Teddy stellte sich hinter ihn, die Fäuste gesenkt, aber zum Angriff bereit.

»Ich erinnere mich an sie!«, rief Reginald und schnippte mit den Fingern. »Sie ist das Bastardmädchen von Mad Molly. In der Schule haben wir sie immer …«

»Halt die Klappe, Reg!« Teddy sprang mit einem Satz zu ihm hin und tänzelte mit erhobenen Fäusten vor ihm auf und ab. Die Männer drehten sich um.

Der Scherer sprang Reg zur Seite. »Wenn ich mich recht entsinne, hat das Mädel hier eine ganz schön finstere Vergangenheit. Vielleicht sollte ich auf dem Nachhauseweg noch auf ein Schwätzchen bei Beula vorbeigucken …«

Mit der Schnelligkeit einer Gewehrkugel stürzte Teddy sich auf ihn und warf ihn zu Boden. Das Unterhemd des Scheres spannte über seinem Adamsapfel, seine Schultern wurden von Teddys Knien auf den Boden gedrückt, und über ihm schwebte drohend eine Faust.

»STOP!«, kreischte Purl. »Sofort aufhören! Teddy – du bist doch unser Full Forward!«

Teddy hielt inne.

»Vielleicht wäre es angebracht, wenn ihr von jetzt ab einfach die Klappe haltet«, riet Fred und zeigte erst auf den Scherer und dann auf den alten Treiber.

»Vielleicht wäre es für Teddy angebracht, heute mal ein bisschen früher nach Hause zu gehen«, entgegnete der Scherer. »Ich muss nur einmal kräftig niesen, dann fliegt er da vorne durch die Glastür.« Reg und die anderen gingen einen Schritt vor und bildeten einen Kreis um den Scherer.

»Bitte, Teddy«, flehte Purl mit Tränen in den Augen.

Teddy stand auf und klopfte sich den Staub ab. Der Scherer erhob sich ebenfalls und überragte ihn um einiges. »Sieht nicht so aus, als ob ich hier heute Abend noch ein Bier kriegen würde – dann kann ich genauso gut nach Hause gehen und mich ins Bett hauen.« Sie sahen ihm nach, wie er zu Tür schlurfte, sich seinen Hut schnappte und in der Dunkelheit verschwand. Alle Augen richteten sich auf Teddy.

»Ich trinke nur noch mein Bier aus«, stellte er fest und hob als Beweis für seine Friedfertigkeit die Hände. Auf seinem Nachhauseweg ging er durch wabernde Nebelschwaden. Sergeant Farrat kam in seinem Streifenwagen vorbei und bremste, doch Teddy winkte ihm zu und bedeutete ihm, dass alles in Ordnung sei und er weiterfahren könne. Später lag er in seinem Bett und starrte nachdenklich durch die Scheiben seines Wohnwagens auf Tillys helles Fenster, das als gelbes Quadrat vom Hügel zu ihm hinableuchtete.

Die Anhänger des Footballteams von Dungatar durchlitten vier endlos erscheinende Viertel einer ausgeglichenen schmutzigen Schlacht gegen die Mannschaft von Winyerp und feuerten ihre Jungs mit markerschütternden Schreien und Flüchen und wohl begründeten Drohungen an. Gegen Ende des letzten Viertels waren die Spieler erschöpft, nass geschwitzt und japsten ausgepowert nach Luft. Von ihren dreckverkrusteten Armen und Beinen tropfte Blut. Nur Bobby Pickett war noch sauber – die Bügelfalte seiner Shorts war makellos und sein Footballshirt trocken – doch irgendwie hatte er einen seiner Schneidezähne verloren.

Dreizehn Sekunden vor Schluss machte Winyerp noch einen Punkt und erzielte damit den Ausgleich. Teddy McSwiney drängte sich, meilenweit von seiner eigentlichen Position entfernt, zwischen die Spieler, die um den Ball kämpften, griff sich den Ball aus dem Beinknäuel und rannte los. Alle nach ihm grapschenden Hände glitten von ihm ab, als ob er mit heißer Vaseline eingeschmiert wäre, und so jagte er auf die vier hohen Pfosten zu. Schließlich schoss er den Ball mit dem linken Fuß. Er traf ihn mit seiner Stiefelkante, und der Ball sprang und hoppelte langsam auf die Torpfosten zu. In dem Moment, als die Schlusshupe ertönte, rollte er über die Linie und brachte den entscheidenden Punkt. Die rot-, grün- und matschgefärbte Spielermeute stürmte hinter dem Ball her und warf sich auf ihn. Der Schlussstand lautete:

Dungatar 11-11-77

Winyerp 11-10-76

Ein lautes Hupkonzert trötete gen Himmel, und die Anhänger beider Seiten gaben aus voller Kehle ihrer Freude und ihren Verwünschungen, ihrer Begeisterung und ihrem Hass Ausdruck. Unter dem Geklatsche und Gestampfe erbebte die Erde, während die blutenden Spieler der Siegermannschaft im Rausch wie ein Haufen kochender Tausendfüßler über das Spielfeld tobten und sich schließlich in die Arme ihrer wartenden Fans warfen. Kein Team war je glücklicher gewesen, keine Stadt je heftiger im Siegestaumel. Als die Sonne unterging, ertönte über der weiten Ebene von Dungatar das Vereinslied, und die ganze Stadt war unterwegs zum Station Hotel.

Billige Knallkörper ließen die Türpfosten erbeben, und Feuerwerksraketen stiegen in den Himmel und tauchten die Felder noch in einer Entfernung von mehr als drei Kilometern in gleißendes Licht. Purl tanzte hinter der Theke. Sie trug weiße Shorts, ein gestreiftes Footballshirt, Netzstrümpfe und Footballschuhe, die sie bis zu den Knien hinauf geschnürt hatte. Fred Bundle trug ein schlammverschmiertes Schiedsrichtertrikot und auf dem Kopf eine rot-blaue Ruderkappe, auf die er zwei weiße, mit Lametta und Zellophanpapierblumen verzierte Fähnchen gesteckt hatte. Er sah aus wie ein kleiner Elch zur Weihnachtszeit. Die Feiernden befanden sich in den unterschiedlichsten Stadien der Trunkenheit, einige hatten sich bereits eines Teils ihrer Kleidung entledigt, und die Leute fielen einander wahllos in die Arme, sangen, tanzten auf dem Bürgersteig oder schwangen sich an dem entrollten Löschwasserschlauch vom Balkon herunter. Einige hatten sich zum Reden, Stricken oder Stillen in eine ruhige Ecke verzogen. Reginald, der eines seiner Fleischermesser in seinen Hut gerammt hatte, spielte Geige, während Faithful O'Brien am Mikrophon stand und mit drei jungen Frauen herumalberte, die in der Ecke saßen: den McSwiney-Mädchen, die heute Rouge aufgetragen hatten und deren übereinander geschlagene Beine den Blick auf ihre Strumpfansätze und spitzenbesetzten Unterröcke freigaben. Sie hatten blaue Rosen im Haar und rauchten und kicherten ohne Unterlass. Der Sergeant tanzte auf der Theke. Er trug einen Frack, Zylinder und Steppschuhe. Der spindeldürre Scotty Pullit hielt jedem seinen Wassermelonenschnaps unter die Nase und sagte: »Hier, nuckel mal dran, ein ganz spezieller Tropfen.« Teddy nahm einen Schluck. Seine Lippen formten sich zu einem O, und auf dem Weg durch die Speiseröhre brannte der Schnaps wie Feuer. Er ließ sich die Flasche noch einmal geben. Septimus Crescant verteilte Broschüren über seine Flat Earth Society. Er stieß auf William, der die Arme vor der Brust verschränkt hatte und unwillig zu Gertrude aufsah, die direkt vor ihm stand und ihn anstrahlte. Neben ihm saß Elsbeth, der ihre Verstimmung ins Gesicht geschrieben stand, und an ihrer Seite hockte Mona, die darauf brannte zu tanzen, sich aber nicht traute. William nahm eine Broschüre und schob sich zusammen mit Septimus Richtung Theke, weg von Gertrude. Als sie die Theke erreichten, nahm Septimus seinen Helm ab und warf ihn auf den grün marmorierten Linoleumboden. Sein Kopf war oben total flach, so dass man problemlos eine Schüssel Wackelpudding auf ihm abstellen konnte. »Sehr stabil«, sagte er und trat auf den Helm.

»Warum trägst du so ein Ding?«, wollte William wissen.

»Ich hatte als Säugling einen Unfall. Man hat mich fallen lassen. Seitdem habe ich Angst vor jeder Art von Höhe. Ich bin vor allem hierher gezogen, weil die Gegend hier so schön flach ist. Außerdem ist Dungatar ziemlich weit weg vom Rand der Erdscheibe und liegt ein bisschen über dem Meeresspiegel. Also werden wir nicht überflutet, wenn das Ende kommt – das Wasser wird von uns wegfließen, hinab Richtung Küste. Und im Notfall gibt es ja noch den Hügel.«

»Das Ende?«

Ein Wurfpfeil zischte an ihnen vorbei und landete genau zwischen den Augen von Robert Menzies. »Ich will einen Toast ausbringen!«, rief Sergeant Farrat. »Auf die Zweitplatzierten im heutigen Wettbewerb in der Kunst des Footballspielens. Auf Winyerp.«

Es herrschte absolute Stille, jeder der Anwesenden schluckte.

»Und jetzt ein dreifach Hurra auf unsere heldenhaften, unerschrockenen, siegreichen Spieler. Auf das Dungatar First Football Team.« Es erhob sich ein ohrenbetäubender Jubel, alle klatschten und pfiffen wild durcheinander. Die Spieler wurden auf Schultern gehoben und durch den Pub getragen, und dazu sangen alle wieder und immer wieder das Vereinslied.

Als Beula Harridene kurz vor Anbruch der Morgendämmerung am Station Hotel vorbeikam, war die Feier noch in vollem Gange. Auf dem Bürgersteig standen versprengte Grüppchen übernächtigter Schwofender, aus dem schimmernden Gebüsch drangen Geräusche knutschender Paare, betrunkene Männer wurden von ihren Frauen nach Hause geleitet, und Scotty Pullit saß aufrecht an der Theke und schlief. Purl hatte sich an seiner Seite über die Theke gebeugt und schlief ebenfalls. Fred hockte neben den beiden und nippte an einer heißen Tasse Horlicks.

Kapitel 8

Ruth Dimm lehnte in der Morgensonne am Radkasten ihres Postwagens und starrte über die Bahnschienen in die Ferne. Hamish O'Brien ging mit einer tropfenden Gießkanne über den Bahnsteig und goss die Petunien, die in dichten Büscheln auf den Pfosten der Veranda wuchsen und wie Rüschensocken aussahen. In der Ferne ertönte ein lautes Tuuuuuut. Hamish hielt inne, warf einen Blick auf seine Taschenuhr und starrte in die Richtung, aus der jetzt ein leises Tsch, Tsch, Tsch zu hören war. Der Neunuhrzehn-Thomson-and-Company-Zug der South Australian Railway raste dampfend, fauchend und ratternd mit einer Spitzengeschwindigkcit von fünfzig Stundenkilometern auf Dungatar zu.

Er fuhr in den Bahnhof ein, die langen Kuppelstangen schwangen langsam neben dem Bahnsteig aus, die stampfenden Kolben verstummten, ein letzter Ausstoß weiß-grauen Dampfes stieg in kleinen Wölkchen zum Himmel, und die riesige schwarze Lokomotive schabte über die Schienen, hielt an und grollte und fauchte noch ein letztes Mal. Der Fahnenschwenker schwenkte seine Fahne, Hamish pfiff, und der Gepäckschaffner warf Ruth die großen Segeltuchsäcke mit der Post vor die Füße. Dann zerrte er einen angeleinten Kelpiewelpen zu ihr. An dem Halsband hing ein Schildchen mit den Worten: »Bitte gebt mir etwas zu trinken.«

»Ist der Köter für Bobby Pickett?«, fragte Hamish.

»Ja«, erwiderte Ruth und kraulte die samtigen Ohren des Hundebabys. »Von Nancy.«

»Hoffentlich hat er vor Schafen nicht genauso viel Angst wie vor Zügen«, sagte der Gepäckschaffner und ließ von seiner Handkarre eine große Kiste neben dem Postwagen in den Kies plumpsen. Ruth und Hamish betrachteten die Kiste. Sie war in großen roten Buchstaben an Miss Tilly Dunnage, Dungatar, Australien, adressiert.

Der Zug fuhr wieder an und stampfte davon. Sie sahen ihm nach, bis er nur noch eine graue Rauchwolke am Horizont war. Hamish wandte sein fleischiges Gesicht Ruth zu. In den dicken, cremefarbenen Falten unter seinen blauen Augen standen Tränen. Er schob sich seine Trillerpfeife zwischen die Zähne und sagte: »Bald gibt es nur noch Dieselloks, weißt du ...«

»Ich weiß, Hamish, ich weiß ...«, entgegnete Ruth, »... der Fortschritt.« Sie tätschelte ihm die Schulter.

»Verfluchter Fortschritt. Dieselantrieb oder Elektromotoren haben nichts, aber auch gar nichts Poetisches. Wer braucht schon hohe Geschwindigkeiten?«

»Farmer vielleicht? Oder Reisende?«

»Zum Teufel mit den verdammten Reisenden. Wozu brauchen die schnelle Züge?«

Wegen des bevorstehenden Tanzabends des Footballvereins und der anstehenden Frühlingsrennen waren die Postsäcke diesmal mit Paketen gefüllt – Kataloge von Myers, neue Röcke, Stoffe und Hüte –, doch Ruth interessierte sich vor allem für die Kiste mit der roten Adresse. Der Inhalt der Kiste lag verstreut vor ihren Füßen: kleine Päckchen, in Kattun eingewickelt, verschnürt und zugeklebt, mit Wachs versiegelte Dosen sowie diverse Bündel zusammengelegter Stoffe, die Ruth noch nie in ihrem Leben gesehen hatte. Sie entdeckte Rezepte und Bilder fremdländischer Speisen und Fotos von schlanken, elegant gekleideten Frauen und gut gebauten Männern und von Mannequins, die lächelnd vor berühmten Wahrzeichen europäischer Städte posierten. Postkarten in Französisch aus Paris und Briefe an irgendjemanden in Paris, adressiert aus Tanger und Brasilien, die bereits geöffnet und zum Lesen an Tilly weitergesandt worden waren. Darüber hinaus fand Ruth ein Glas mit ungewöhnlichen Knöpfen und dazu passenden Spangen, einige merkwürdig geformte Schnallen und ein in Brüssel aufgegebenes Paket, das meterweise feine Spitze enthielt sowie einige amerikanische Bücher – eins hieß *The Town and the City*, ein anderes war von einem Autor namens Hemingway. Ruth überflog ein oder zwei Seiten von diesem Hemingway, befand sie für unromantisch und warf das Buch zur Seite. Stattdessen nahm sie eine kleine Dose zur Hand, deren Deckel mit einem Klebestreifen befestigt war. Sie zog den Klebestreifen ab, klappte den Deckel auf und steckte die Spitze ihrer langen Nase in die getrockneten grau-grünen Kräuter, die sich in der Dose befanden. Sie waren klebrig und rochen süßlich. Ruth machte die Dose wieder zu und schraubte als Nächstes den Verschluss von einem Glas ab, das einen Klumpen irgendeiner feuchten, schwarzbraunen, klebstoffartigen Masse enthielt. Sie kratzte ein wenig von dem Zeug ab und schnupperte daran. Es roch, wie es aussah – wie geschmolzenes Gras. Dann gab es noch ein Glas mit einem feinen, gräulichen Pulver, das eher bitter roch, und eine alte Milodose, deren Inhalt aussah wie getrocknete Matsche. Irgendjemand hatte auf das grüne Etikett gekritzelt: »Mit warmem Wasser mischen«.

Sie drückte das Glas mit den Knöpfen an ihre graue Dienstbluse und ließ es in der Innentasche ihres Jacketts verschwinden. Dann versteckte sie die Milodose in ihrem Schrank.

Sie erreichten den Fuß des Hügels müde und schwer beladen. Auf Mollys Schoß stapelten sich diverse Lebensmittel, eine Vorhangstange und verschiedene Stoffe von Pratts. Tilly stand hinter ihr und fächerte sich mit ihrem Strohhut etwas Luft zu. Ein großes geschecktes Zugpferd kam um die Ecke gebogen, und hinter ihm erschien Teddy McSwiney, der mit locker über den Fäusten baumelnden Zügeln auf dem Kutschbock seiner vierrädrigen Karre hockte. Er rief: »Brr, alter Junge«, und das Pferd kam genau neben Molly und Tilly zum Stehen. Es schnupperte an Tillys Strohhut und schnaubte.

»Soll ich euch mitnehmen?«, fragte Teddy.

»Ist nicht nötig«, erwiderte Tilly. »Aber trotzdem vielen Dank.«

Teddy sprang herunter, hievte Molly Dunnage mitsamt ihren Gepäckstücken aus ihrem Rollstuhl und platzierte sie ganz vorn auf den Kutschbock.

»Dein Wagen ist über und über mit Dungatars Scheiße bekleckert«, stellte Molly fest. Teddy rückte seinen Hut zurecht und wuchtete den Rollstuhl auf den Wagen. Dann grinste er Tilly an und klopfte auf den freien Platz hinter Molly. Tilly musterte seine Hand. Sie lag unter einer staubigen braunen Schmierschicht.

»Soll ich dir hochhelfen?«

Tilly wandte sich um, um zu Fuß weiterzugehen.

»Für Molly ist es sicherer, wenn du mitfährst.«

»Sie hätte nichts dagegen, wenn ich runterfalle«, meldete sich Molly zu Wort.

Teddy beugte sich zu Molly und sagte: »Das wundert mich nicht.« Tilly stemmte sich mit beiden Händen hoch und platzierte ihren ansehnlichen Hintern neben ihrer Mutter. Als sie oben war, schnalzte Teddy, verpasste dem Pferd einen leichten Schlag mit den Zügeln, und sie ruckelten los. Molly fixierte die dampfenden runden Hinterbacken des Pferdes, die einen guten halben Meter vor ihren praktischen Schnürschuhen auf und nieder wogten. Plötzlich hob das Pferd den Schwanz und verscheuchte mit ein paar kräftigen Schlägen einen Schwarm lästiger Fliegen, wobei die feinen, festen Schwanzsträhnen über Mollys Schienbeine strichen. Der Schwanz roch herrlich, nach heißem Gras und fettigem Schweiß.

Teddy verpasste dem Pferd einen weiteren Klaps mit den Zügeln. »Habt ihr schon gehört, dass wir das große Finale gewonnen haben?«

»Ja«, sagte Tilly.

»Wie heißt das Pferd?«, wollte Molly wissen.

»Graham.«

»Wie albern.«

Sie ruckelten zügig den Hügel hinauf und hatten die Sonne im Gesicht und den Geruch des Pferdes und den beißenden Gestank der nächtlichen Fuhren in der Nase. Am Tor vor dem schiefen braunen Haus hielt Graham an. Während Tilly zur Wäscheleine ging, hob Teddy Molly vom Wagen und schleppte sie auf die vordere Veranda. Sie hielt seinen Nacken umklammert und klimperte verschwörerisch mit ihren spärlichen grauen Augenwimpern. »Ich habe noch ein Päckchen glasierte Vo Vos und dazu ein Tässchen Tee – wie wär's damit?«

»Wie sollte ich so einem Angebot widerstehen?«

Sie saßen schweigend in der Küche. Vor ihnen lagen die rosa glasierten Vo Vos ordentlich drapiert auf Mollys bestem Teller.

Molly kippte den verschütteten Tee von ihrer Untertasse zurück in die Tasse und sagte: »Ich trinke am liebsten normalen Tee. Du auch?«

Teddy blickte in seine Tasse. »Normalen Tee?«

»Für dich hat sie normalen Tee gemacht – ich muss immer welchen aus Gras und Wurzeln trinken. Nimm doch noch ein Plätzchen.«

»Nein, danke, Mrs. Dunnage. Ein paar sollten für Tilly übrig bleiben.«

»Ach was, die isst sie sowieso nicht. Sie ernährt sich ausschließlich von Vogelfutter und Früchten und irgendwelchem anderen Zeug, das sie sich aus der Stadt schicken lässt. Sie kriegt sogar Sachen aus Übersee, aus Orten, von denen ich noch nie gehört habe. Dann mischt sie alle möglichen Kräuter zusammen – Heilkräuter behauptet sie – und braut irgendwelche Trünke. Und überhaupt tut sie so, als wäre sie eine Art Künstlerin. Aber warum will sie dann hier bleiben?«

»Künstler brauchen Platz, um sich schöpferisch entfalten zu können«, entgegnete Teddy. Er leerte seine Tasse, wischte sich den Mund am Ärmel ab und lehnte sich zurück.

»Du klingst fast so, als würdest du sie verstehen.«

»Mädchen wie sie brauchen Typen wie mich.«

Molly schüttelte den Kopf. »Ich lege keinen Wert auf ihre Gesellschaft. Sie behauptet ständig, ich sei ihre Mutter, aber ich habe ihr gesagt: ›Wer auch immer deine Mutter ist, muss in einer Hexenhöhle leben.‹« Sie nahm ihr Gebiss heraus und legte es auf ihre Untertasse. Tilly kam in die Küche und lud zwischen den beiden Verschwörern einen Stapel steifer Wäsche auf dem Tisch ab. Die Wäsche duftete wunderbar nach Sonne. Molly hielt ihr das Gebiss hin: »Kannst du das mal abspülen?« Dabei sah sie Teddy entschuldigend an und sagte: »Die lästigen Kokosnussreste.« Tilly hielt das Gebiss unter den Wasserhahn und drehte ihn voll auf.

»Gibt es eigentlich immer noch diese samstäglichen Tanzabende?«, lispelte Molly mit unschuldiger Miene. Tilly legte das Gebiss zurück auf Mollys Untertasse und begann gefährlich nah neben Teddys linkem Ohr steife Kissenbezüge und Handtücher zu schütteln und zusammenzulegen.

Teddy beugte sich wieder vor und sagte: »An diesem Samstag ist die große Football-Party, wir haben doch das entscheidende Finale gewonnen …«

»Oh, wie schön.« Molly bedachte Tilly mit einem honigsüßen Lächeln, sah dann wieder Teddy an und formte mit hochgezogenen Augenbrauen ein zahnloses »Nimm sie doch mit!«.

»Für Musik sorgen die O'Brien Brothers«, sagte Teddy und sah Tilly an, die unbeeindruckt weiter Wäsche zusammenlegte und die harten Stoffteile zu kleinen quadratischen Türmen aufstapelte.

»Wie ich gehört habe, sollen die O'Brien Brothers ziemlich gut sein«, stellte Molly fest.

»Sie sind superspitze«, bekräftigte Teddy. »Hamish O'Brien sitzt am Schlagzeug, Reggie Blood spielt die Geige, Big Bobby Pickett ist an der elektrischen Gitarre, und Faith O'Brien haut in die Tasten und singt dazu. Sie spielen Vaughan Monroe und so was in der Art.«

»Sehr schön«, sagte Molly.

Tilly faltete geräuschvoll weiter.

»Was sagst du dazu, Til?«, fragte Teddy. »Hast du Lust, mit dem bestaussehenden Mann der Stadt, der auch noch ein begnadeter Tänzer ist, über das glänzende Parkett zu wirbeln?«

Sie sah in seine funkelnden blauen Augen. »Ich hätte eine Riesenlust, wenn es einen solchen gäbe.«

Nancy kuschelte sich auf der Couch neben der Fernsprechvermittlung in das Federbett und die Kissen und ließ sich von Ruth die dampfende Tasse mit der braunen Flüssigkeit reichen. Sie schnupperten daran und musterten sie skeptisch.

»Es ist auf keinen Fall Milo«, stellte Nancy fest.

»Nein«, bestätigte Ruth. »Prudence meint, Tilly muss eine Art Kräuterhexe sein. Sie hat in irgendeinem Buch etwas darüber gelesen.«

»Ich habe uns aus dem Kühlschrank von Mr. A. ein bisschen Heilsalz besorgt«, sagte Nancy und klopfte auf ihre Blusentasche. »Für den Fall, dass uns schlecht werden sollte. Also – du zuerst.«

»Als wir dieses grüne unkrautartige Zeug probiert haben, ist uns ja auch nicht schlecht geworden.«

»Dafür haben wir hinterher geschlafen wie Babys.«

Ruth sah den braunen Trunk an. »Also dann – lass uns gleichzeitig trinken.«

Sie nippten an der Tasse und verzogen beide die Nase. »Ich denke, wir begnügen uns erst mal mit der Hälfte«, schlug Ruth vor. »Und warten ab, ob es irgendeine Reaktion gibt.«

Sie saßen mit weit aufgerissenen Augen da und warteten. »Spürst du irgendwas?«, fragte Nancy.

»Nein, gar nichts.«

»Ich auch nicht.«

Ein Klopfen an der Hintertür schreckte sie auf. Ruth sah sich um und betastete sich. Sie lebte noch und schien so weit in Ordnung. Also ging sie zur Tür und fragte: »Wer ist da?«

»Tilly Dunnage.«

Ruth öffnete die Tür einen Spalt breit. »Was willst du?«

»Ich habe etwas verloren. Das heißt, eigentlich habe ich es gar nicht erst bekommen.«

Ruths Augen weiteten sich. Hinter ihr kam Nancy herangekrochen und verbarg sich hinter der Tür.

»Es geht um ein Pulver«, erklärte Tilly. »Ein bräunliches Pulver.«

Ruth schüttelte den Kopf. »Wir haben es nicht gesehen. Wir wissen überhaupt nichts über irgendeine Pulverdose.«

»Verstehe«, sagte Tilly. Ruths Lippen waren braun verfärbt.

Ruth runzelte die Stirn und fragte: »Was für eine Art Pulver war es denn?«

»Es war nicht so wichtig«, erwiderte Tilly und wandte sich zum Gehen.

»Nicht etwa Gift oder etwas in der Art?«

»Es war ein Düngemittel für meine Pflanzen«, antwortete Tilly. »Kot von südamerikanischen Vampirfledermäusen. Der beste Dünger, den es gibt – wegen des Blutes, das die Tiere saugen.«

»Oh«, sagte Ruth.

Als Tilly wegging (und sich fragte, wo sie noch ein bisschen Henna herbekommen könnte), hörte sie es drinnen würgen und das Getrappel von eilenden Fußschritten. Im nächsten Moment ging im Badezimmer das Licht an.

Tilly schlenderte weiter Richtung Pratts. An der Leihbücherei traf sie Mae, die Milch und Wäscheklammern in der Hand hatte und auf dem Nachhauseweg war.

»Guten Morgen«, sagte Tilly.

»Morgen«, erwiderte Mae und ging weiter.

Tilly drehte sich um, sah dem davoneilenden Kleid mit den großen roten Blumen nach und rief: »Danke, dass Sie sich um Molly gekümmert haben!«

Mae hielt abrupt an und drehte sich ebenfalls um. »Ich habe gar nichts gemacht. Ich dachte, das wäre unverkennbar gewesen.«

»Sie haben verheimlicht, dass sie …« Tilly brachte die Worte geistesgestört oder verrückt nicht über die Lippen, weil so immer Barney bezeichnet worden war. Eines Tages waren in der Schule ein paar Leute aufgekreuzt, die ihn mitnehmen und wegsperren wollten, doch Margaret war schnell nach Hause gerannt und hatte Mae alarmiert. Seitdem wurde Barney immer von jemandem begleitet, selbst heute noch.

»Du solltest hier lieber für dich bleiben, das solltest du doch wissen«, entgegnete Mae und ging zurück zu Tilly. »Hier ändert sich nie irgendetwas, Myrtle.« Mit diesen Worten schritt sie von dannen und ließ Tilly konsterniert und sprachlos stehen.

Am nächsten Tag wehte kein Lüftchen, und eine tiefe Wolkendecke hatte sich wie eine Schicht Zitronenbutter auf Toast über die Erde gelegt und hielt sie warm. Irma Almanac saß auf ihrer hinteren Veranda und betrachtete den vorbeiplätschernden Bach, der erste Zeichen des Frühlings mit sich führte. Tilly schob ihre Mutter am Bachufer entlang auf sie zu.

»Wie geht's denn heute?«, fragte Molly.

»Es wird regnen«, erwiderte Irma. »Allerdings nur ein bisschen, gerade genug, dass sich der Staub setzt.« Während die beiden Frauen beieinander auf der Veranda saßen, ging Tilly in die Küche und machte Tee. Irma und Molly unterhielten sich ein wenig, wobei sie die wunden Punkte, die sie miteinander teilten, wohlweislich vermieden – nicht vorhandene Kinder und brutale Männer. Stattdessen redeten sie über die Kaninchenplage, über die geplante Impfung gegen Keuchhusten und über den Kommunismus sowie über die Notwendigkeit, weiße Bohnen wegen der möglichen Vergiftungsgefahr vor und nach dem Kochen und vor dem Zugeben in eine Suppe gründlich zu waschen und abzugießen. Tilly stellte etwas Gebäck vor Irma hin.

»Wo wir gerade von Gift reden …«, murmelte Molly.

»Ich habe Ihnen ein paar ganz besondere Plätzchen gebacken«, sagte Tilly.

Irma nahm eins zwischen ihre geschwollenen klumpigen Finger und probierte es. »Schmeckt ungewöhnlich«, stellte sie fest.

»Haben Sie schon mal irgendwas von Lois Pickett gegessen?«, fragte Molly.

»Ich glaube ja.«

»Dann sollten Sie wohl Recht haben, was den Geschmack angeht.«

Irma kaute und schluckte und fragte an Tilly gewandt: »Was mich mal interessieren würde: Warum kommt so ein hübsches und kluges Mädchen wie du zurück nach Dungatar?«

»Warum nicht?«

Deutlich vor Mittag verabschiedeten sie sich von Irma. Irma fühlte sich leicht und beschwingt und nahm alles um sich herum besonders intensiv wahr – den regungslosen Himmel, den nach verwesendem Schilfgras und faulendem Schlamm riechenden Bach, die angenehme Wärme ihres Büffelgrasrasens, die umherschwirrenden Mücken und die leichte Brise, die ihr sanft durchs Haar strich und sie an den Ohren kitzelte. Sie hörte ihre Knochen in ihrem Körper aneinander schaben, doch sie taten auf einmal nicht mehr weh; überhaupt waren ihre Schmerzen wie weggeblasen. Sie genehmigte sich gerade noch ein Plätzchen, als Nancys Kopf in der Tür zur Veranda erschien. »Hier stecken Sie also.« Irma schreckte zusammen. Sie spannte alle Muskeln an und wartete, dass ihr ein heißer, brennender Schmerz den Atem nahm, doch nichts passierte. Nancy war sichtlich verärgert. Sie hatte die Stirn in Falten gelegt und die Hände in die Hüften gestemmt. Hinter ihr schob sich das kahle Haupt von Mr. Almanac ganz langsam durch die Tür wie die Nase einer DC3. Irma kicherte.

»Sie waren nicht vorne, um Mr. A. in Empfang zu nehmen«, beschwerte sich Nancy und tätschelte Mr. Almanac den Kopf. »Wenn ich nicht über die Straße gerannt wäre, wäre er schnurstracks gegen die geschlossene Vordertür gelaufen.«

Irma liefen Tränen übers Gesicht, und ihr verformter alter Körper schüttelte sich vor Lachen. »Dann lasse ich die Tür in Zukunft eben offen«, sagte sie, beinahe jauchzend, und klopfte sich vor Heiterkeit auf die Schenkel.

Mr. Almanac fiel in seinen Stuhl wie eine Harke, die gegen eine Schubkarre kracht, und knurrte: »Dummes Weib!«

»Dann lasse ich Sie jetzt wohl besser allein«, sagte Nancy und stolzierte davon.

»Diese Dunnage-Frauen waren hier«, brummte Mr. Almanac.

»Stimmt«, bestätigte Irma vergnügt. »Die junge Myrtle hat meine Kleider mitgenommen. Sie will die Knöpfe gegen größere austauschen, damit ich besser mit ihnen zurechtkomme.«

»Was sie getan hat, kann sie nie wieder gutmachen«, stellte er klar.

»Sie war doch noch ein Kind …«

»Du hast ja keine Ahnung.«

Irma sah ihren Mann an, wie er da gebeugt über dem Tisch saß. Seine Nase berührte fast die Tischplatte, und seine Gesichtszüge hingen herab wie die Zitzen einer säugenden Hündin. Sie musste wieder losprusten.

In dieser Woche ließ Teddy sich noch dreimal auf dem Hügel sehen. Bei seinem ersten Besuch brachte er Flusskrebse und frische Eier mit, die Mae gerade erst eingesammelt hatte. »Sie hat gesagt, wenn euch welche fehlen, sollt ihr einfach Bescheid sagen.« Tilly nahm das Angebot erleichtert zur Kenntnis, doch ihr fielen trotzdem noch ein paar wichtige Dinge ein, die sie im Garten zu erledigen hatte, und sie ließ ihn die frisch gefangenen Flusskrebse allein mit Molly essen – sie wurden gekocht, geschält, in Salatblätter eingewickelt und mit selbst gemachtem Zitronenessig beträufelt. Tillys Portion stellte Teddy in den Kühlschrank, und sie aß sie am Abend vor dem Zubettgehen und schlürfte auch noch die Soße vom Teller, bevor sie ihn abspülte.

Bei seinem zweiten Besuch brachte er zwei Murray-Kabeljaufilets mit, die in einer Soße nach einem Geheimrezept mariniert und mit frischem Thymian bestreut waren. Tilly ging in den Garten und widmete sich ihrem Gemüsebeet, doch der Geruch der gebratenen Fischfilets lockte sie ins Haus.

Der Fisch zerging ihnen auf der Zunge und ließ ihre Geschmacksnerven regelrecht vibrieren. Als sie alles restlos aufgegessen hatten, legten Molly und Tilly ihre Fischmesser und ihre Gabeln nebeneinander und sahen auf ihre leeren Teller. Tilly sagte kühl: »Das war lecker.«

Molly rülpste und stellte fest: »Es war sogar ausgezeichnet. Du solltest nicht so unfreundlich zu ihm sein. Immerhin hat seine Mutter mir das Leben gerettet.«

»Seine Mutter hat dir Essen gebracht, das Mrs. Almanac zubereitet hat. Wenn dir jemand das Leben gerettet hat, dann ich.«

»Er ist ein liebenswürdiger junger Mann und würde dich gerne zum Tanz mitnehmen«, sagte Molly und zwinkerte ihm auffordend zu. Er lächelte liebenswürdig zurück und hob sein Glas.

»Ich habe aber keine Lust, zum Tanzabend zu gehen«, sagte Tilly und brachte die Teller zur Spüle.

»Alles klar, bleib nur hier und quäl mich weiter«, nörgelte Molly. »Steh mir ständig im Weg herum und pass auf, dass ich niemanden zu Hilfe hole. Übrigens ist das hier mein Haus.«

»Ich gehe trotzdem nicht.«

»Egal«, sagte Teddy schließlich. »Sie würde sowieso nur bei meinen Partnerinnen für Aufregung sorgen, mit denen ich sonst immer tanze … und bei allen anderen auch.« Er sah, wie sich Tillys Schultern versteiften.

Molly schmollte zwei Tage lang. Sie würdigte Tilly keines Blickes und rührte ihr Essen nicht an. In einer Nacht weckte sie sie dreimal, um ihr mitzuteilen: »Ich habe ins Bett gemacht.« Tilly wechselte die Laken. Als sie am dritten Nachmittag mit einem Korb voll trockener Bettwäsche in die Küche kam, rollte Molly blitzartig auf sie zu und fügte ihr mit der scharfen Kante der Fußstütze eine tiefe Schnittwunde am Schienbein zu.

Doch Tilly blieb standhaft: »Du kannst machen, was du willst – ich gehe nicht tanzen.«

Er sah sie durchs Fernglas mit einem Buch in der Hand auf der Verandatreppe sitzen und eilte mit einer Flasche Wein, sechs blutroten schrumpligen Tomaten aus eigener Ernte, ein paar Zwiebeln und Pastinaken, einigen Karotten (an denen noch feuchtwarme Erde haftete), einem Dutzend Eier, einem wohl gemästeten Huhn (das bereits gerupft und ausgenommen war) und einem nagelneuen Kochtopf den Hügel hinauf.

»Ich habe ihn aus Marigolds Mülltonne gefischt«, erklärte er. »Offenbar wusste sie nichts damit anzufangen.«

Tilly zog eine Augenbraue hoch und sah Teddy an. »Du gibst nicht so schnell auf, habe ich Recht?«

»Es ist ein so genannter Dampfkochtopf«, erklärte Teddy. »Ich zeige dir, wie man damit umgeht.« Er ging an ihr vorbei in die Küche. Molly rollte an ihren Platz am Kopfende des Tisches, steckte sich eine Serviette in den Kragen und zog sie vor ihrem neuen Kleid glatt. Teddy machte sich daran, geschmortes Huhn in Wein zuzubereiten. Als Tilly in die Küche kam, sagte Molly: »Ich bin heute Morgen schon überrascht worden, junger Mann. Mit dem heutigen Zug ist ein Plattenspieler für mich angekommen und hierher gebracht worden. Möchtest du beim Kochen vielleicht ein bisschen Musik hören?«

Teddy sah Tilly mit tränenden Augen an. Vor ihm auf dem Schneidebrett lag eine Hand voll gehackter Zwiebeln. Tilly hängte ihren Sonnenhut an einen Nagel und stemmte die Hände in die Hüften.

»Wenn sie den Tisch gedeckt hat, kümmert sie sich um die Zwiebeln«, sagte Molly.

Tilly legte eine Platte auf.

»Habt ihr schon von diesem neuen Musical gehört, das gerade in Amerika auf die Bühne gekommen ist?«, fragte Teddy. »Es heißt *South Pacific.* Bei uns wurde es noch nicht aufgeführt, aber ich habe einen Kumpel, der mir eine Schallplatte von dem Stück besorgen kann, sobald sie bei uns eintrifft. Hätten Sie gerne eine, Molly?«

»Der Titel klingt sehr romantisch.«

»Es ist auch sehr romantisch«, versicherte Teddy.

»Ich stehe überhaupt nicht auf Romantisches«, stellte Tilly klar. Auf dem Plattenspieler begann Billie Holiday gerade, ein Lied über gebrochene Herzen und schmerzerfüllte Liebe zu singen. Später, zu dem geschmorten Huhn in Wein, legte Tilly ein paar Jazzplatten auf. Teddy hatte diese Art Musik noch nie gehört, und da er sich nicht traute nachzufragen, um was es sich handelte, sagte er: »George Bernhard Shaw ist gestorben.«

»Tatsächlich?«, fragte Tilly. »Wenigstens lebt J. D. Salinger noch. Könntest du deinen Freund vielleicht bitten, mir eine Ausgabe von *Der Fänger im Roggen* zu besorgen? Das Buch ist noch nicht veröffentlicht.« Ihr Sarkasmus war nicht zu überhören.

Molly sah sie an, nahm ihre dampfende Schale mit dem gekochten Huhn vom Tisch und kippte sie sich über den Schoß. Das neue Trevirakleid, das Tilly erst diesen Tag fertig genäht hatte, löste sich auf ihren schrumpeligen Oberschenkeln auf. Tilly erstarrte.

»Nun sieh nur, wozu du mich getrieben hast«, sagte Molly und lachte. Plötzlich begann sie zu zittern, der Schock setzte ein und sie pfiff durch ihre schmalen elastischen Lippen.

Teddy riss schnell den Stoff weg, bevor er an ihren Oberschenkeln festklebte. Dann sah er Tilly an, die immer noch erstarrt am Tisch saß. »Butter«, zischte er. Sie sprang auf. Er selber zog seinen Flachmann aus der Tasche und flößte der alten Frau Whisky ein. Im nächsten Moment wurde sie ohnmächtig. Er schleppte sie zu ihrem Bett und verschwand kurz, kam aber bald wieder und setzte sich neben Tilly, die wortlos und grimmig neben dem Bett ihrer Mutter hockte. Kurz darauf kam Barney mit einem Fläschchen Creme aus Mr. Almanacs Drogerie und reichte es Teddy. »Ich habe es gemacht, wie du gesagt hast. Ich habe gesagt, dass die Creme nicht für Mad Molly ist.«

»Hast du etwa ihren Namen erwähnt?«, fuhr Teddy ihn an.

»Du hast mir doch gesagt, dass ich das nicht soll.«

»Also hast du ihn nicht genannt?«

»Nein. Ich habe nur deinen Namen erwähnt, und er hat gesagt, du sollst die Creme morgen auftragen.« Tilly sah zu Barney, der in der Tür stand. »Morgen«, wiederholte er. »Ich soll dir ausrichten, morgen.«

Teddy rieb seinem Bruder sanft die Schultern. »Alles klar, Barney.« Dann wandte er sich zu Tilly um und fragte: »Erinnerst du dich noch an meinen Bruder?«

»Danke, dass du uns die Creme gebracht hast«, sagte sie. Barney wurde rot und starrte die Wand neben sich an.

Als die beiden gegangen waren, schnupperte Tilly an Mr. Almanacs Creme und warf sie weg. Stattdessen zog sie einen Koffer unter ihrem Bett hervor, nahm verschiedene Kräuter und Salben heraus und rührte eine Paste an, die sie auf die Wunden auftrug.

Molly lag, von der Taille abwärts nackt, im Bett. Auf ihren Oberschenkeln schwollen zwei handtellergroße rote Blasen heran und füllten sich mit klarer Flüssigkeit. Tilly leerte mehrmals am Tag die Bettpfanne ihrer Mutter, verarztete ihre Wunden und tat alles, was die alte Frau verlangte. Schließlich schwollen die Blasen ab, und zurück blieben zwei Brandmale.

Kapitel 9

Draußen auf Windswept Crest saß Elsbeth regungslos mit geballten Fäusten und Tränen in den Augen am Erkerfenster. Mona drückte sich in der Küche herum, wischte bereits glänzende Oberflächen noch einmal ab, warf einen Blick in den Ofen, überprüfte die Deckel von irgendwelchen Behältern und blickte dabei hin und wieder verstohlen zu ihrer Mutter.

William war im Pub. Er lehnte an der Theke und dachte an seine Mutter und die Tatsache, dass gerade Abendbrotzeit war. Die Jugendlichen neben ihm leerten ihr Bier, torkelten im Zickzack zur Tür und machten sich auf den Weg zum Gemeindesaal. Von hinten klopfte ihm Scotty Pullit auf den Rücken. »Na los, du Trampeltier, lass uns dafür sorgen, dass die Mädels nicht mehr wissen, wo ihnen der Kopf steht.« Mit diesen Worten schlurfte er gebeugt und unentwegt hustend von dannen.

Vor dem Postamt blieb William stehen, klimperte in seiner Hosentasche mit ein paar Münzen und starrte die öffentliche Telefonzelle an. Er hatte sich immer noch nicht von seinem Treffen mit Mr. Pratt und dessen dickem Ordner mit der Aufschrift »Windswept Crest« erholt. Scotty Pullit erschien ein weiteres Mal neben ihm und reichte ihm seine Flasche mit dem klaren, brennenden Wassermelonenschnaps. William nahm einen Schluck, hustete, schnappte nach Luft und folgte Scotty und den anderen Footballspielern und den Farmersöhnen und -töchtern in den Gemeindesaal. Der ganze Raum war mit Luftballons und Papierschlangen geschmückt. William ging zum Getränkestand und rauchte und trank mit den anderen Jungs Bowle. Die jungen Mädchen der Stadt standen in Zweier- und Dreiergrüppchen beisammen und scharwenzelten plappernd und schwatzend zu den Ecktischen.

Die O'Brien Brothers stimmten ihre Instrumente. Hamish umkreiste knurrend sein Schlagzeug, während seine Frau am Klavier stand, Dehnungsübungen mit den Fingern machte und vor sich hin summte. Faith hatte sich in ein feuerwehrautorotes Viskosetaftkleid gezwängt. Ihre dunklen braunen Locken hatte sie à la Carmen Miranda mit jeder Menge Blumen hochgesteckt, an ihren Ohren baumelten Plastikrosen. Ihre Hand zierte ein zu ihrem Outfit passender riesiger Ring, der über drei Fingerknöchel reichte. Sie hatte viel zu viel Grundierung und Puder aufgetragen. »Die Blechmusikkapelle«, zischte Beula. Faith ließ ihren breiten Hintern in einem sich bauschenden Kleid auf einen winzigen Stuhl plumpsen, räusperte sich und trällerte Tonleitern bis zu einem schmerzhaft schrillen hohen C. Neben ihr strich Reginald – »Faiths Fiedler« – den Bogen über die Saiten seiner Geige und versuchte die Töne zu treffen, die Faith gerade anschlug. Bobby Pickett zupfte an seiner Fender und grinste zu dem schrill quietschenden Feedback breit durch seine Zahnlücke. Faith klopfte ein paar Mal ans Mikrophon, sagte »one two, one two« und blies dann einmal kräftig hinein. Ein schrilles, durchdringendes elektronisches Gequietsche ertönte und hallte von den Dachsparren wider. William zuckte zusammen und hielt sich die Ohren zu.

»Herzlich willkommen an diesem Samstagabend zu unserer schillernden Shuffletanzparty mit der Faithful O'Briens Band ...«

»Mit der ›Blood and O'Brien *Brothers* Band‹!«, rief Hamish von seinem Schlagzeug.

Faith verdrehte die Augen, stemmte die Hände in ihre üppigen Hüften und sagte durchs Mikrophon: »Hamish, das haben wir doch nun schon x-mal durchdiskutiert. Ihr seid keine Brüder – und basta.«

Hamish eröffnete das Konzert mit einem Beckenschlag, und die Gruppe stimmte die erste Strophe von »God save the King« an. Alle erhoben sich und nahmen Haltung an. Das Lied erinnerte William an seine Mutter, weshalb er nach Scottys Flasche mit dem Wassermelonenschnaps griff und sich einen ordentlichen Schluck genehmigte, um sein Gewissen zu beruhigen. Als die Hymne beendet war, führten die Footballspieler in einer langen Reihe kühn je ein Mädchen auf die Tanzfläche und drehten sich mit erhobenen Armen der Bilderleiste zu. Die Band legte jetzt mit »Buttons and Bows« richtig los, und die Paare machten alle gleichzeitig einen Schritt zur Seite und tanzten im Uhrzeigersinn durch den Saal. Als Nächstes spielte Faith O'Briens Familienband eine schwungvolle Version von »Sunny Side of the Street«. Ein Mädchen von einem benachbarten Hof schnappte sich einen pummeligen Farmer, der neben William stand, und die beiden wirbelten auf die Tanzfläche und tauchten in das bunte Getümmel aus wogenden Röcken, Nahtstrümpfen, hervorlugenden Unterröcken und flachen Absätzen ein. Obwohl sie schon seit zehn Jahren außer Mode waren, schob sich hier und da gemächlich ein ausgefranstes Wollkostüm durch die herumwirbelnden Rüschenkleider.

Gertrude Pratt schlenderte durch die Eingangstür und

steuerte auf den Getränkestand zu. Ihren Cardigan hatte sie sich locker über die Schultern gelegt, die Handtasche baumelte an ihrem Arm. William drehte sich um, trat im Sägemehl seinen Capstanstummel aus und wollte sich gerade auf den Nachhauseweg machen, doch direkt vor ihm hatte sich Gertrude aufgebaut. Er blickte in ihr volles Gesicht mit den zartbraunen Augen, lächelte sie entschuldigend an und wies auf die Tür hinter ihr. »Ich wollte gerade nach Hause …«

Sie trat einen Schritt vor, ergriff seine erhobene Hand und führte ihn mit einer geschickten Drehung auf die Tanzfläche, mitten zwischen die anderen Paare.

William hatte seit seinen Tanzstunden bei Miss Dimm nicht mehr getanzt. Damals war er fünfzehn gewesen und hatte sich ziemlich ungeschickt angestellt. Die junge Frau in seinen Armen erinnerte ihn an diese Zeit, auch wenn sie überraschend leichtfüßig über die Tanzfläche wirbelte, sich angenehm weich anfühlte und nach Parfüm duftete. Er spürte ihre wogenden Hüften, ihre warme Taille unter seinen Händen und ihr üppiges braunes Haar an seiner Wange. Plötzlich stolperte er, trat ihr auf die Zehen und stieß mit seinen Knien gegen ihre Beine. Daraufhin hielt sie ihn noch fester und zog ihn noch enger an sich, so dass ihre weichen Brüste sich gegen sein Revers pressten. Nach einer Weile hatte er mit Hilfe des liebenswürdigen Mädchens in seinen Armen wieder Tritt gefasst. Gertrude fühlte sich, als ob gerade ein paar Engel vorbeigeschwebt wären und sie sich im Himmel befänden.

Als das Stück zu Ende war, erbot sich William, Bowle zu holen. Am Getränkestand traf er Scotty und genehmigte sich einen großzügigen Schluck Wassermelonenschnaps. Scotty sah zu Gertrude hinüber: »Ich vermute, dieses Mädel auszuhalten, dürfte nicht ganz billig sein.«

»Tja«, entgegnete William bekümmert. »Im Moment hält ihr Vater sie von meinem Geld aus, würde ich sagen.« Er wünschte, er könnte sich irgendwie einen Teil davon zurückholen oder wenigstens weiter Kredit bekommen, dann hätte er etwas, um Fuß zu fassen. Ob er vielleicht ... er langte noch einmal nach dem Wassermelonenschnaps und ging dann zurück zu Gertrude Pratt, die am Tisch saß und auf ihre Bowle wartete. »Ganz schön warm hier«, sagte sie.

»Stimmt«, pflichtete William ihr bei.

»Wollen wir vielleicht ein bisschen frische Luft schnappen?«, schlug sie vor und griff nach seiner Hand.

Die Tänzer verharrten regungslos in ihren Positionen wie erstarrte Champions bei der Medaillenvergabe und warteten. Barney McSwiney blätterte in Faiths Notenblättern eine Seite weiter, während die übrigen Mitglieder der Band auf ihren Instrumenten klimperten und zupften und versuchten, den richtigen Ton zu treffen. Alle starrten auf Tilly Dunnage, die am Arm von Teddy McSwiney, des gefeierten Full Forward, den Saal betrat. Schließlich erblickte auch Faith das junge Paar. Die Band verstummte, und alle Köpfe wandten sich um. Irgendwo platzte ein Luftballon.

Tilly starrte angestrengt in die Ferne. Sie wusste, dass es ein Fehler war, gekommen zu sein. Es war noch zu früh, zu gewagt. Sie fing an zu schwitzen, und ihr wurde übel. Schuldgefühle überkamen sie, und sie sagte sich immer wieder: *Es war nicht meine Schuld.* Sie wollte auf der Stelle umdrehen, doch Teddy hatte seinen kräftigen Arm um ihre Taille gelegt und hielt sie fest.

»Ich kann hier nicht bleiben«, flüsterte sie ihm zu, doch er ging unbeirrt weiter und führte sie über die Tanzfläche. Die

Tanzpaare bildeten eine Gasse und starrten Tilly an. Sie trug ein auffallendes grünes Abendkleid, das äußerst elegant geschnitten war und an ihrem grazilen Körper wie angegossen saß. Es schmiegte sich wie eine zweite Haut um ihre Hüften, ihre Brüste und ihre Beine. Der Stoff – Georgette für sechsundzwanzig Cent der Meter – stammte von Pratts und war ein Sonderangebot gewesen. Die Frauen mit ihren rosa geschminkten Lippen und ihrem ordentlich in steife Kringel gelegtem Haar standen mit weit geöffneten Mündern da und zupften verstohlen an ihren kurzen, eher gewöhnlichen Kleidern. Die Mauerblümchen sanken in sich zusammen und wurden noch unscheinbarer, während die jungen Männer sich gegenseitig anstießen und Tilly bewundernde Blicke zuwarfen.

Tilly ließ sich steif durch den Saal an einen freien Tisch führen, der an der Seite direkt neben der Band stand. Sie setzte sich und hängte behutsam ihr Schultertuch über die Rückenlehne ihres Stuhls. Ihre Schultern wirkten im Kontrast zu dem Grün ihres Kleides kreideweiß; in ihrem Nacken hatte sich eine lange Locke gelöst und hing herab.

Teddy ging zum Getränkestand. Die Männer, die die Theke belagerten, ließen ihn vor. Er bestellte ihr eine Bowle, sich selbst ein Bier, ging zurück und setzte sich neben Tilly. Sie sahen auf zur Band, die ihrerseits auf sie hinabblickte. Tilly nahm Faith ins Visier und zog eine Augenbraue hoch. Faith blinzelte, wandte sich wieder ihrem Klavier zu, und in der nächsten Sekunde legte die Band wieder los und spielte »If You Knew Suzie, Like I Knew Suzie (Oh Oh)«.

Teddy lehnte sich zurück, schlug die Beine übereinander und legte den Arm um die Rückenlehne von Tillys Stuhl. Sie zitterte. Er stieß sie an. »Komm, lass uns tanzen.«

»Nein.« Sie blieb den ganzen Abend auf ihrem Stuhl sitzen und starrte die Band an. Eine Zeit lang gelang es ihr, ihre Schuldgefühle zu unterdrücken, doch dann wurden sie wieder aufgewühlt und schlugen ihr auf den Magen. Sie kannte das, dieses Verdrängen und Vergessen und plötzlich wieder von der Erinnerung eingeholt zu werden und sich nur noch verachtenswert vorzukommen. Während des ganzen Abends kam niemand an den Tisch des gefeierten Full Forward und seiner Begleiterin. Sie war froh darüber; so war es leichter für sie.

Als klar war, dass William nicht zum Abendessen nach Hause kommen würde, zog Mona sich in eine Ecke zurück, knipste das Licht an und schmökerte eine Weile in einem Buch. Das einzige Geräusch im Haus kam aus dem leise und monoton vor sich hin dudelnden Radio. Elsbeth Beaumont blieb im Dunkeln am Erkerfenster sitzen. Das helle Licht des Mondes beschien ihre Nase.

Irgendwann sagte Mona: »Ich denke, ich gehe jetzt zu Bett, Mutter.« Elsbeth ignorierte sie. In ihrem Zimmer zog Mona die Tür fest hinter sich zu, ging zum Toilettentisch und nahm ihren Handspiegel. Dann ließ sie die Jalousie herunter, rückte ihre Nachttischlampe in die richtige Position, zog ihren weichen Viskoseschlüpfer aus und hob ihren Rock hoch. Sie hockte sich auf die Bettkante, hielt sich den Spiegel zwischen die Beine, studierte ihren dunkel-violetten Schoß und lächelte über die dunklen Fältchen ihrer Feige. Dann zog sie sich langsam vor dem Spiegel aus. Die Träger ihres Unterrocks glitten von ihren Schultern und fielen auf ihre Füße. Als sie nackt war, liebkoste sie ihre Brüste, ließ ihre Hände den Hals hinunterwandern, und kurz darauf hatte Mona Beaumont unter ihrer Trevira-Tagesdecke ihren heimlichen Abendorgasmus.

Am Ufer des Bachs von Dungatar rieb William seinen erregten Unterleib begierig und drängend an Gertrudes wohlig warmen Oberschenkeln. Er nestelte an seinem Hosenschlitz herum, und ihm fiel nichts Besseres ein als: »Gertrude, ich liebe dich.«

»Ja«, entgegnete sie und spreizte ihre Beine noch ein bisschen weiter. Gertrude Pratt eroberte William Beaumont, indem sie ihm erlaubte, den Mittelfinger seiner rechten Hand in die weiche gleitende Feuchtigkeit ihrer dunkelvioletten inneren Schamlippen zu schieben, nicht ganz bis zu ihrer Knospe.

William kam dankbar und mit einem roten Kopf nach Hause. Seine Mutter saß immer noch am Erkerfenster. Draußen dämmerte bereits der Morgen heran. »Guten Morgen, Mutter«, begrüßte William sie. Sie wandte sich zu ihm um. Tränen rannen über ihre bleichen Wangen und tropften auf den Markasitpfau, der an einer Brosche vor ihrer Brust prangte. »Ich habe die ganze Nacht auf dich gewartet.«

»Das wäre nicht nötig gewesen, Mutter.«

»Du hast getrunken.«

»Ich bin kein kleiner Junge mehr, Mutter, und es ist Samstagabend – oder besser gesagt, es war Samstagabend.«

Elsbeth schniefte und tupfte sich die Augen mit einem Taschentuch ab.

»Ich hatte … einen netten Abend«, sagte er. »Nächstes Mal werde ich darauf bestehen, dass Mona mitkommt.« Mit diesen Worten drehte er sich um und ging pfeifend in sein Zimmer.

Teddy McSwiney brachte Tilly nach Hause und begleitete sie bis an die Tür.

»Gute Nacht«, sagte sie.

»So schlimm war es doch gar nicht, oder?«

Sie zog sich ihr Tuch fester um die Schultern.

»Ich kann mich um dich kümmern …« Er lächelte und beugte sich zu ihr vor.

Sie hatte ihren Tabak in einem Zipfel ihres Tuchs verknotet und wandte sich von ihm ab, um ihn in den Stofffalten zu suchen.

»… ich meine, natürlich nur, wenn du willst.«

Sie hielt ihr Tabakdöschen in der Hand und befeuchtete ein Zigarettenpapier. »Gute Nacht«, wiederholte sie und öffnete die Hintertür.

»Sie müssen sich eben erst an dich gewöhnen«, sagte Teddy und zuckte mit den Schultern.

»Nein«, entgegnete sie. »Ich muss mich an sie gewöhnen.« Mit diesen Worten schloss sie die Tür hinter sich.

TEIL ZWEI

Shantung

Ein schlicht gewebter Stoff aus unregelmäßig wirkender Wildseide mit Struktureffekt. Im natürlichen Zustand cremefarben, doch häufig in kräftigeren, leuchtenden Tönen gefärbt. In der Handhabung ein wenig steif und matt glänzend. Geeignet für Kleider, Blusen und Schmuckbesätze.

Fabrics for Needlework

Kapitel 10

Sergeant Farrat saß bis zur Brust in dampfendem Wasser. Neben ihm tickte der Wecker, und der Warmwasserhahn tropfte. Um seinen nassen rosigen Körper trieben Rosmarinzweige (zur Stimulierung des Geistes) und reichlich Zitronengras (als Duftverstärker). Die Haare hatte er sich mit dem Dotter von rohen Enteneiern einbalsamiert, der ihm in schleimigen Schlieren die Stirn herunterrann und sich an seinen weißen Augenbrauen mit der breiigen Aloe-vera-Masse seiner Gesichtsmaske vermischte. Vor ihm stand auf der über der Wanne angebrachten Seifenablage eine Tasse Kamillentee, daneben lag ein Notizblock. Er saugte an cinem Bleistift und dachte über das Kleidermuster nach, das er auf dem Block skizziert hatte. Man sollte es mit einer Feder schmücken, dachte er – vielleicht mit einer Pfauenfeder.

Der Wecker klingelte. Bis zu Beulas Ankunft hatte er noch eine Stunde. Sie würde ihn mit Klagen und hasserfüllten Anschuldigungen wegen der Vorkommnisse während der Feier am Samstag überhäufen. Er hielt sich die Nase zu, ließ sich in das braune Wasser gleiten und schrubbte die Schönheitspräparate ab. Dann stemmte er sich schwerfällig hoch, quetschte dabei seinen Hintern gegen den Emaillerand der Wanne und richtete sich schließlich auf. Sein Hodensack war tomatenrot und hing lang und dampfend zwischen seinen

Beinen. Er griff nach einem Handtuch und trottete tropfend in sein Schlafzimmer, um sich anzuziehen und für die bevorstehende Woche zurechtzumachen.

Als Beula Harridene aufkreuzte und von draußen gegen die Tür hämmerte, lehnte der Sergeant am Diensttresen und studierte in seinem Strickmagazin *Quaker Girl* die klein gedruckte Anleitung für das Strickmuster eines von BIKI aus Mailand entworfenen Pullovers. »Mit Stricknadeln Nr. 3 138 M anschlagen«, murmelte er vor sich hin, »10 cm glatt re. stricken, dann 1 R li., 21 R im Strukturmuster weiterarbeiten, Zunahme wie folgt: nach jeder 11. M 1 M zun., 8-mal wdh. …« Über seinen wurstigen Zeigefingern hing ein feiner Wollfaden, in den Händen hielt er zwei dünne Stricknadeln. Sergeant Farrat hatte seine Polizeiuniform an, doch seine Füße steckten in dünnen hellrosa Socken und feinen aprikosenfarbenen Ballettschuhen, deren weiße Satinbändchen er adrett um seine stabilen Knöchel geschnürt hatte. Er ignorierte Beula und brütete weiter über den Maschen auf seinen Nadeln und über der Strickanleitung. Schließlich legte er die Nadeln zur Seite, drehte eine Pirouette und ging ins Schlafzimmer, wo er sich Dienstsocken und Dienstschuhe anzog. Dann schloss er die Tür zu seinem Büro auf und lehnte sich wieder in der gleichen Position wie zuvor an den Tresen über sein Strickmagazin. Beula kam laut schimpfend hereingeplatzt.

»… und dann diese erbärmliche Unzucht, die wir Samstagabend in dieser Stadt erleben mussten – Sergeant Farrat – das ist doch einfach nur verabscheuenswürdig und abstoßend. Eins kann ich Ihnen sagen: Es wird eine Menge Ärger geben, wenn ich Alvin Pratt davon in Kenntnis setze, was seine Tochter …«

»Stricken Sie eigentlich, Mrs. Harridene?«

Beula blinzelte verstört. Er drehte die Zeitschrift um und schob sie ihr unter die Nase. Sie blickte auf das Strickmuster, ihr fliehendes Kinn verschmolz förmlich mit ihrem Hals.

»Ich bitte Sie, mir in klarem und deutlichem Englisch aufzuschreiben, was diese Abkürzungen bedeuten.« Er beugte sich an ihr Ohr und flüsterte verschwörerisch: »Es ist ein Geheimcode. Ich versuche gerade eine Botschaft meiner obersten Dienststelle zu dechiffrieren. Das Ganze ist streng vertraulich, aber ich weiß ja, dass Sie Geheimnisse für sich behalten können.«

In der Drogerie drehte Nancy Mr. Almanac behutsam mit dem Gesicht zur geöffneten Eingangstür und brachte ihn in Startposition. Sie schubste ihn leicht, und er tatterte, gezogen vom Trägheitsgesetz, los, wobei er einen erkennbaren Linksdrall hatte. Nancy schlug beide Hände vors Gesicht. Mr. Almanac kollidierte mit einem Tisch, prallte von ihm ab und kam schließlich an der Wand zum Stehen wie eine angelehnte Leiter.

»Warum lassen Sie mich heute nicht mal die Post abholen, Mr. A.?«

»Ich liebe meinen Morgenspaziergang.«

Nancy bugsierte seinen steifen Körper durch die geöffnete Tür auf den Bürgersteig, drehte ihn nach rechts und stieß ihn erneut leicht an.

»Immer schön in der Mitte bleiben«, mahnte sie und sah ihm nach, wie er mit seinem kopflos erscheinenden, vornübergebeugten Körper davontatterte. Dann eilte sie zurück in den Laden zum Telefon.

Ruth stand an ihrem Wasserkocher und öffnete über Wasserdampf einen dicken Brief, der an Tilly Dunnage adressiert war. Sie hörte es summen und ging zur Vermittlungsstation. Dort setzte sie sich den Kopfhörer auf, rückte die Sprechvorrichtung vor ihrem Mund zurecht und stöpselte das Kabel in die entsprechende Buchse für die Drogerie. »Nance, bist du's?«

»Ja, ich bin's. Er ist auf dem Weg.«

Ruth ging zurück zum Wasserkocher und hielt den Umschlag erneut über den heißen Dampf. Sie löste den Rest von dem Siegel und zog den Brief heraus. Da er in Spanisch geschrieben war, schob sie ihn ungelesen zurück in die Zustellungstasche und suchte die Post von Mr. Almanac zusammen. Dann ging sie zur Tür, öffnete die Jalousie und drehte das »GEÖFFNET«-Schild um. Anschließend begab sie sich vor das Postamt und wartete auf dem Bürgersteig auf Mr. Almanac, der geradewegs auf sie zugewankt kam.

»Guten Morgen«, begrüßte sie ihn und legte ihre Hand auf seine glänzende Glatze. Er trat noch eine Weile auf der Stelle, bis sein Gehirn das »Stop«-Signal an seine Füße übermittelt hatte.

»Guten Morgen«, erwiderte er. Ein Faden Spucke rann ihm aus dem Mund und landete zwischen seinen Schuhen auf dem Bürgersteig. Ruth klemmte ihm ein in braunes Packpapier gewickeltes, zusammengeschnürtes Bündel unter einen seiner steifen Arme, drehte ihn vorsichtig um hundertachtzig Grad und tippte ihn zwischen den Schulterblättern leicht mit dem Zeigefinger an. Er setzte sich wieder in Bewegung und tatterte von dannen.

»Immer schön in der Mitte des Bürgersteigs bleiben!«, rief Ruth ihm hinterher.

Einen Block weiter hörte Nancy vor der Drogerie für einen

Moment auf zu fegen und winkte ihrer Freundin zu. Reginald huschte in den Laden und bedeutete ihr, ihm zu folgen.

»Was kann ich für dich tun, Reg?«

Er machte einen gequälten Eindruck. »Ich brauche etwas gegen ... eine Art Ausschlag«, flüsterte er.

»Lass mal sehen«, forderte Nancy ihn auf.

Reg verzog das Gesicht. »Es ist eher eine wunde Stelle, wie aufgescheuert ...«

»Aha«, sagte Nancy und nickte verständnisvoll. »Dann brauchst du also etwas Linderndes.«

»Genau«, pflichtete Reg ihr bei und sah zu, wie sie Mr. Almanacs Kühlschrank öffnete. »Etwas Linderndes. Am besten nehme ich gleich zwei große Gläser.«

Muriel polierte gerade mit einem Tuch die Zapfsäulen vor ihrem Laden, als Beula Harridene aufgebracht und mit rotem Kopf auf sie zugestapft kam.

»Hallo, Beula.«

»Diese Myrtle Dunnage, oder Tilly, wie sie sich jetzt nennt, war doch tatsächlich am Samstagabend auf der Tanzveranstaltung.«

»Was du nicht sagst!«

»Mit diesem Teddy McSwiney.«

»Tatsächlich?«

»Du wirst im Leben nicht erraten, was sie anhatte – sofern sie überhaupt etwas anhatte: ein grünes Tischtuch, das sie bei euch gekauft hat. Sie hat es einfach um sich geschlagen. Hat so gut wie nichts verhüllt. Alle waren sprachlos vor Entsetzen. Diese Schlampe führt auch diesmal nichts Gutes im Schilde, sie ist noch schlimmer als ihre Mutter.«

»Das glaube ich auch«, pflichtete Muriel ihr bei.

»Und jetzt rate mal, mit wem Gertrude *den ganzen Abend* zusammen war.«

»Mit wem denn?«

Genau in diesem Moment fuhr William langsam in dem alten schwarzen Ungetüm seiner Mutter vorbei. Als sie sich zu ihm umwandten, hob er zwei Finger vom Lenkrad, nickte kaum merklich und fuhr weiter.

Muriel sah Beula fragend an und verschränkte die Arme vor der Brust. Beula nickte. »Eins kannst du mir glauben, Muriel: Bevor du dich's versiehst, schleppt er sie hinter den Friedhof.«

Lois rutschte auf Knien über den Boden. Eine ihrer verschmutzten Hände steckte in einem Eimer mit Seifenlauge, der Fußboden um sie herum war feucht und glänzte. Sie war eine untersetzte Frau, und beim Gehen schwabbelte ihr eine Fettschürze bis auf die Oberschenkel. Ihr kurzes graues Haar war zu einem Hahnenkamm frisiert, und von ihrem Kopf rieselten unentwegt weiße klebrige Schuppen und bedeckten ihre Schultern. Obwohl sie erst knapp einen Quadratmeter von Irma Almanacs Boden geputzt hatte, schwitzte sie bereits. Der Schweiß tropfte von ihrer geröteten Nasenspitze.

Irma setzte mit ihren eingerosteten verwachsenen Fingerknöcheln die Räder ihres Rollstuhls in Bewegung und schob sich zu ihrem Platz. Ihre Knochen schabten wie Kreide auf einer Tafel, und während sie auf den Herd zurollte, quietschte die Rollstuhlachse.

»Wo ist denn die Butter, Irmaschatz?«, fragte Lois.

Irma deutete mit ihren blauen Augen auf den Kühlschrank. Lois schmierte die Zahnkränze und die Naben mit Butter ein und schob den Rollstuhl mehrmals hin und her. Er hörte auf zu quietschen, doch Irma zuckte zusammen, und Tränen schossen ihr in die Augen.

»Sieht so aus, als könnten deine Knochen auch ein bisschen Butter gebrauchen, Irmaschatz.«

Irma sah zu, wie Lois ihren Boden schrubbte. Sie wünschte, sie hätte die Kraft ihr zu sagen, dass sie die Stühle auf den Tisch stellen und auch darunter einmal wischen solle. Seitdem sie Lois vor ein paar Jahren engagiert hatte, das Haus zu ›putzen‹, war die Stelle unter dem Tisch noch nie sauber gemacht worden.

»Wie war es denn beim Tanz am Samstag?«, fragte sie stattdessen.

»Na ja. Es liegt mir ja fern herumzutratschen ...«

»Natürlich.«

»... aber diese Myrtle Dunnage, die sich neuerdings Tilly nennt – also, die hat vielleicht Nerven, kann ich dir sagen. Sie ist in einem sehr gewagten Kleid erschienen – ein geradezu obszöner Fummel – und den ganzen Abend nicht von Teddy McSwineys Seite gewichen. Ein ziemlicher Taugenichts, wenn du mich fragst. Und ich will ja nichts sagen, genauso wie ich auch nicht über Faith O'Brien und ihr Treiben rede, aber es ist nur eine Frage der Zeit, bis diese Tilly für weiteren Ärger sorgen wird. Die junge Gertrude Pratt hat offenbar den ganzen Abend mit diesem William zugebracht ...«

»Gertrude sagst du?«

»... und Nancy hat mir erzählt, dass Beula jetzt glaubt, dass Gertrude bald heiratet. Kannst du dir Elsbeths Gesicht vorstellen?«

Kapitel 11

Sergeant Farrat saß auf seiner hinteren Veranda, ließ sich von der Morgensonne den Rücken wärmen und frühstückte. Er hielt die Spitze einer Banane zwischen den Fingern, drückte sie vorsichtig auf den Teller, damit sie nicht verrutschte, und schnitt sie der Länge nach durch. Dann zerlegte er sie gleichmäßig in zweieinhalb Zentimeter breite Scheiben, legte das Messer zur Seite und entfernte mit einer feinen Kuchengabel die Schale. Er schob sich eines der halbmondförmigen Stücke in den Mund und kaute es mit raschen Bissen. Er hatte von dem spektakulären grünen Kleid gehört und überlegte, ob er Tilly um eine Straußenfeder bitten sollte. Er aß ein wenig Toast mit Marmelade und klopfte sich die Krümel von seiner Kleidung – einem Rita-Hayworth-Ensemble, das er nach einem Foto aus einer Zeitschrift von Ritas Hochzeit mit Ali Khan kopiert hatte. Er hatte seinen Hut mit einer breiteren Krempe versehen – 45 Zentimeter Umfang – und diese mit hellblauem Tüll und weißen Krepppapierrosen geschmückt. Er seufzte. Dieses Ensemble wäre das perfekte Outfit für die Frühlingsrennen.

Auf dem Hügel war Tilly über ihre Nähmaschine gebeugt und nähte einen Fünfzehn-Zentimeter-Reißverschluss in das Oberteil eines dunklen, amethystfarbenen Kleides. Ihre erfahrenen Finger führten den Stoff gekonnt über die ratternde Stichplatte. Molly kam in die Küche und fegte auf ihrem Gang zur Hintertür mit ihrem Gehstock den Salz- und den Pfefferstreuer, eine Vase mit getrockneten Kräutern und eine Räucherpfanne von der Arbeitsfläche. Tilly nähte unbeirrt weiter. Draußen lehnte sich Molly gegen den Pfosten des Verandadachs und sah eine Gestalt auf sich zukommen: einen jungen Mann, der die Arme beim Gehen ungewöhnlich hoch schwenkte, um den Klumpfuß auszubalancieren, der am unteren Ende seines verkrüppelten Beines in einem enormen Stiefel steckte. Am Tor nahm er seinen zerbeulten Hut ab und grinste über das ganze Gesicht, das mit gelb gepunkteten roten Pickeln übersät war. Er stank nach Schweiß und hatte einen kleinen Mund mit zu vielen Zähnen. Seine Jacke war zu eng und seine Hose zu weit.

»Mrs. Dunnage?«, fragte er.

»Ich weiß, dass ich so heiße.«

Das Grinsen verschwand aus seinem Gesicht. »Ich bin's, Barney.«

»Sind wir miteinander verwandt?«

»Nein.«

»Gott sei Dank.«

»Ich möchte gerne zu Tilly, bitte.«

»Warum in aller Welt sollte sie dich sehen wollen?«

Barney zwinkerte nervös und schluckte. Er machte ein langes Gesicht und zerknautschte seinen Hut.

»Hallo, Barney.« Tilly stand hinter Molly und lächelte ihn an.

»Oh, Gott sei Dank«, sagte er. Dann sah er, dass sie nur einen kurzen, leuchtend blauen Seidenunterrock trug, und trat verlegen von einem Fuß auf den anderen; immer wenn er auf seinen Klumpfuß trat, sank er bedauernswert in sich zusammen.

»Hat Teddy dich geschickt?«

»Ja.«

»Barney ...« Sie ging die Verandatreppe hinunter und trat auf ihn zu. Er wich vor ihr zurück. »Würdest du bitte nach Hause gehen und Teddy mitteilen, dass ich keine Lust habe, mit ihm zu den Rennen zu gehen. Das habe ich ihm bereits gesagt, und ich habe es auch so gemeint.«

»Klar, ich weiß, aber ich dachte, dass du vielleicht Lust hättest, mit mir zu gehen. Bitte.« Er wippte erneut hin und her und quetschte seinen Hut zusammen.

Als Molly Anstalten machte, etwas zu sagen, wandte Tilly sich schnell zu ihr um und legte ihr die Hand auf den Mund. »Und wenn du dich umbringst, Molly«, versicherte sie ihr, »ich gehe nicht.« Mollys verbrühte Oberschenkel waren immer noch nicht ganz verheilt und brannten in warmem Wasser nach wie vor fürchterlich. Tilly wandte sich wieder dem niedergeschlagenen Jungen zu. »Nicht, dass ich nicht mit dir gehen wollte ...«

»Unsinn«, mischte Molly sich ein. »Natürlich will sie nicht mit dir gehen – weil du ein Spastiker bist.«

Tilly blickte zu Boden und zählte bis zehn, dann sah sie Barney wieder an. Er sah verletzt aus, und ihm standen Tränen in seinen kleinen blauen Augen. »Vielleicht hast du Lust, einen Moment mit reinzukommen. Ich muss nur noch kurz mein Kleid säumen. Es dauert bestimmt nicht lange.« Dann wandte sie sich wieder zu ihrer Mutter um. »Du bleibst, wo du bist.«

»Ich werde hier doch nicht verfaulen«, entgegnete sie und lächelte Barney an. »Komm mit rein, Kleiner, ich mache dir eine Tasse Tee. Lass dir bloß nichts von ihr zubereiten, sie ist eine Hexe. Es muss eine ziemliche Last sein, so einen Klumpfuß mit sich herumzuschleppen. Hast du auch einen Buckel?«

Sergeant Farrat stand vor dem Spiegel. Bis auf seinen neuen, hochtaillierten Bauch-weg-Elastikhüfthalter von Alston, der »die überflüssigen Rettungsringe verschwinden lässt und gleichzeitig das Zwerchfell schützt«, war er nackt. Er zog sich sorgfältig an, nahm seine Brownie-Boxkamera und bewunderte seine figurbetonte, schlankere Erscheinung. Im Spiegel fiel sein Blick auch auf das Rita-Hayworth-Ensemble, das hinter ihm auf dem Bett lag. Er runzelte sehnsüchtig die Stirn.

Die Haupttribüne war gerammelt voll, alle warteten auf das nächste Rennen. Elsbeth schien sich in der stickigen, von Pferdegeruch erfüllten Hitze sichtlich unwohl zu fühlen. Plötzlich erschien William Beaumont in Begleitung von Gertrude Pratt, die sich bei ihm eingehakt hatte. Hinter den beiden ging Alvin Pratt. Die Zuschauer hörten sofort auf, sich mit ihren Rennprogrammen Luft zuzufächern, und beobachteten die drei. Mona stockte der Atem, Elsbeth fasste sich an die Markasitbrosche an ihrem Ausschnitt. Dann wandte sie sich ab, hob ihr Opernglas an dic Augen und starrte angestrengt in die Ferne zu der verwaisten Absperrung. Mona hielt sich ihr Taschentuch vor den Mund und rückte näher an ihre Mutter heran. William, Gertrude und Alvin bahnten sich einen Weg durch die Menge und nahmen neben Elsbeth Platz. Alvin begrüßte Elsbeth mit einem breiten Grinsen, während Gertrude lächelnd irgendeinen unbestimmten Punkt hinter den Baumwipfeln fixierte und William höflich den anderen, sie immer noch anstarrenden Leuten auf der Tribüne zunickte.

Schließlich fragte Alvin: » Haben Sie schon gesetzt, Elsbeth?«

»Ich zocke nicht«, erwiderte sie.

Alvin lachte kurz auf. »Verstehe, Sie sind nur hier, um ein bisschen zu gucken.«

Elsbeth senkte ihr Fernglas und reichte es Mona.

Alvin fuhr aufgekratzt fort: »Ich denke, ich setze auf Nummer dreizehn, auf *Married Well*.«

Die Zuschauer fingen allmählich wieder an, mit den Rennprogrammen zu fächern. Elsbeth kreischte: »Wer bei uns einheiratet, hat in der Tat *auf Sieg* gesetzt.«

Gertrude wurde rot, William biss sich auf die Oberlippe und starrte betreten auf seine Schnürsenkel. Alvin stand auf, räusperte sich und sagte laut und deutlich: »Da ich sicher war, dass wir uns hier über den Weg laufen würden, Mrs. Beaumont, habe ich die Gelegenheit genutzt, Ihnen Ihre unbezahlten Rechnungen mitzubringen ... Rechnungen aus den vergangenen zwei Jahren.«

Er öffnete seine Jacke und langte in die Innentasche. »Ich dachte, ich spare mir das Porto. Sie wissen ja, wie das ist.« Sie riss ihm das dicke Bündel mit den Rechnungen aus der Hand. Gertrude stand auf und stapfte durch die sich teilende Menge.

William erhob sich ebenfalls, blieb neben Alvin stehen, starrte finster seine Mutter an und fauchte: »Einen schönen Tag noch!« Mit diesen Worten stürmte er davon und bahnte sich einen Weg zwischen den Strohhüten, den Bretons und den Baretts. Hinter ihm wedelten die Leute mit ihren weißen Handschuhen wie verrückt mit ihren Rennprogrammen.

Tilly kam in ihrem neuen Kleid und mit einem breitkrempigen Strohhut auf dem Kopf in die Küche. Barney sprang auf und stieß dabei den Stuhl um. Er stand da wie ein begossener Pudel und schluckte. An seinem viel zu langen Kinn klebten Reste von Kokosnussbiskuits und rosa Zuckerguss. Tilly stand in ihrem leuchtenden amethystfarbenen Kleid in der grauen Küche und wurde von hinten angestrahlt. Es war aus Shantung, hatte einen tiefen viereckigen Ausschnitt und ein eng geschnittenes Oberteil. Das Rockteil schmiegte sich wie eine zweite Haut um ihre Oberschenkel. Ihre Knie umschmeichelten mehrere kurze Stufen aus Satinrüschen, die beim Gehen auf und nieder wogten. Ihre Arme und Beine waren nackt, und Barney dachte, dass es sicher nicht ganz einfach war, in den schwarzen Riemchensandalen die Balance zu halten.

»Also, Barney«, sagte Tilly, »ich denke, es ist nur fair, wenn du Bescheid weißt. Dein Bruder hat dich geschickt, um mich zu fragen, ob ich mit dir zu den Rennen gehe. Aber wenn wir da sind, wird er mich dir aus der Hand reißen und dir ein bisschen Geld in die Hand drücken, damit er dich los ist. Glaubst du, das ist in Ordnung?«

»Nein«, entgegnete Barney. »Das ist nicht in Ordnung. Und deshalb habe ich mir das Geld schon vorab geben lassen.«

Teddy wartete in seinem uralten, aber auf Hochglanz polierten Ford an der Ecke vor der Leihbücherei, als Tilly in ihrem seidenen Kleid, das im Sonnenlicht schimmerte, am Arm seines humpelnden Bruders herangeschlendert kam. Sie spazierten, in eine angeregte Unterhaltung vertieft, am Bachufer entlang und ignorierten ihn auch noch, als er auf der Oval Street gemächlich neben ihnen herzuckelte. Schließlich erreichten sie den Footballplatz, der sich außerhalb der Spielzeit mitunter in eine Rennbahn oder ein Kricketfeld verwandelte. Die Frauen in ihren praktischen, durchgeknöpften Blumenkleidern mit den angesetzten Kellerfaltenröcken blieben stehen und starrten Tilly an. Mit heruntergefallenen Kinnladen und hochgezogenen Augenbrauen zeigten sie auf sie und flüsterten: *Sie hält sich wohl für ein Mitglied des Königshauses.* Tilly ging an Barneys Arm zu den Ställen. Teddy schritt neben ihnen her, lächelte den Gaffern zu und tippte zum Gruß immer wieder an seinen Hut. Die drei wandten der Menge den Rücken zu, beugten sich über das Stallgatter und beobachteten die Pferde. »Mein bester Freund ist Graham«, sagte Barney. »Er ist auch ein Pferd.«

»Du bist auch eins«, murmelte Teddy.

»Ich mag Pferde«, erklärte Tilly.

»Mum sagt, ich bin nicht ganz gar. Und Dad sagt, von einem Groschen bin ich nur fünf Pfennig.«

»Über mich sagen die Leute auch alle möglichen Dinge, Barney«, entgegnete Tilly. Leise Zischlaute drangen zu ihnen, und Teddy hörte Tilly ganz ruhig und leise sagen: »Wir können hier verschwinden und nach Hause gehen, wenn du willst.« Er drehte sich um und blickte in die Gesichter einiger Frauen, die sich hinter ihnen aufgebaut hatten. Sie standen in Zweierpaaren und kleinen Grüppchen zusammen und sahen an ihren eigenen Kleidern herunter – pastellfarbene Viskosedrucke, Schulterpolster, geraffte Taillen, auffallend spitz auslaufende Brustabnäher, züchtige hohe Kragen, Dreiviertelärmel, Tweed-Kostüme, Handschuhe und plumpe, die Augen verhüllende, den Kopf quetschende Hüte.

Es war das violette Kleid. Sie redeten über Tillys Kleid.

»Es besteht kein Anlass zu verschwinden«, stellte Teddy klar.

Gertrude Pratt löste sich aus der gaffenden Menge und drängte sich zwischen Tilly und Barney. »Hast du das Kleid genäht?«, fragte sie Tilly.

Tilly sah sie an und erwiderte vorsichtig. »Ja, ich bin gelernte Damenschneiderin. Barney kennst du ja, oder?« Sie deutete auf Barney, der sich hinter Gertrudes Rücken herumdrückte.

»Jeder kennt Barney«, entgegnete Gertrude abfällig, ohne den Blick von Tillys Gesicht abzuwenden. Es war ein ungewöhnliches Gesicht mit einer pflaumenweichen Haut wie aus Alabaster. Sie sah aus wie einem Film entstiegen und hatte eine ungewöhnliche Ausstrahlung.

»Aha, da bist du also, Gertrude!«, rief jemand. Es war Sergeant Farrat.

Gertrude drehte sich um und sagte: »Oh, was für ein hübscher Regenschirm.«

»Ja, aus dem Fundsachenfundus. William sucht dich. Ich glaube, er ist drüben bei ...«

Gertrude drehte sich wieder zu Tilly um. »Der Sergeant meint William Beaumont. William und ich sind verlobt – jedenfalls so gut wie.«

»Gratuliere«, sagte Tilly.

»Du bist also gelernte Damenschneiderin?«

»Ja«, bestätigte Tilly.

»Wo hast du gelernt?«

»In Europa.«

»Da kommt er ja«, sagte Sergeant Farrat.

Gertrude eilte ihrer Errungenschaft entgegen. Sie fing William ab und wollte ihn wegziehen.

»Du siehst wirklich bezaubernd aus, Tilly«, stellte der Sergeant fest und strahlte sie an, doch Tilly musterte Gertrudes jungen Begleiter, der sie ebenfalls fixierte.

»Ich erinnere mich an ihn«, sagte sie schließlich.

»In der Schule hat er sich immer in die Hose gemacht«, kam von Teddy.

William dachte, dass diese groß gewachsene junge Frau mit dem ungewöhnlichen Gesicht und den kräftigen Schultern wirklich umwerfend aussah. An jeder Seite wurde sie von einem McSwiney flankiert. Sie standen da wie Wachposten neben einer angestrahlten Statue.

Gertrude zerrte an Williams Arm. »Ist das etwa …?«, begann er.

»Myrtle Dunnage und die McSwineys«, fiel sie ihm ins Wort. »Sie haben einander verdient.«

»Ich habe schon gehört, dass sie zurück ist«, sagte William und starrte Tilly weiter an. »Sie sieht verdammt gut aus.« Gertrude zerrte erneut an seinem Arm. Er sah hinab auf seine pummelige Freundin. Die Sonne schien ihr ins Gesicht, und ihre braunen Augen und ihre Nase waren gerötet vom Weinen.

An diesem Abend lag Gertrude mit gespreizten Knien auf dem Rücksitz des Wagens. Williams Arm war bis zum Ellbogen in ihrem Unterrock vergraben; er drückte seine Lippen auf ihren Mund und keuchte erregt, als sie plötzlich ihr Gesicht wegdrehte und sagte: »Ich glaube, es ist an der Zeit.«

»JA!«, sagte er und griff nach seinem Hosenschlitz.

»NEIN!«, gab Gertrude zurück und stieß ihn weg. Sie versuchte, sich von William zu befreien, der immer noch wie eine Qualle über ihr lag und an ihrem Nacken saugte. Schließlich schaffte sie es, unter ihm wegzukriechen, und war im nächsten Augenblick verschwunden. William blieb allein zurück im Auto seiner Mutter. Er keuchte vor Erregung. Enttäuscht kratzte er sich am Kopf, rückte seine Krawatte zurecht und seufzte. Dann fuhr er zum Station Hotel, doch der

Pub schien bereits geschlossen. Oben vom Hügel flimmerte ein schwaches gelbes Licht. Er fuhr darauf zu und rauchte am Fuß des Hügels eine Zigarette. Mona zufolge war das Dunnagemädchen offenbar in der Welt herumgekommen und trieb Miss Dimm in der Leihbücherei mit den ausgefallensten Buchbestellungen in den Wahnsinn. Ruth Dimm hatte berichtet, dass sich in Tillys Post sogar einmal im Monat eine französische Zeitung befand.

Schließlich fuhr er nach Hause. Seine Mutter erwartete ihn bereits. »Warum?«, schluchzte sie.

»Warum nicht?«

»Du kannst sie unmöglich heiraten. Sie ist eine dumme Kuh!«

»Das kann ich sehr wohl, wenn ich will!«, stellte William klar und streckte sein Kinn vor.

Elsbeth stand vor ihm, sah ihren einzigen Sohn an und kreischte: »Sie hat dir den Kopf verdreht – und es bedarf keiner besonderen Vorstellungskraft, um zu wissen, wie!«

William erhob die Stimme zur Beaumontschen Schrillheit: »Ich will eine Zukunft haben, ein Leben!«

»Du hast ein Leben!«

»Aber keins, wie ich es mir vorstelle!« Mit diesen Worten stapfte er auf sein Zimmer zu.

»NEIN!«, heulte seine Mutter.

Er drehte sich um. »Entweder sie oder Tilly Dunnage.«

Elsbeth sank in einen Stuhl. Als er an Monas Zimmer vorbeikam, rief er: »Und du solltest auch endlich jemanden finden, Schwesterherz!«

Mona stoppte für einen Moment ihr feuchtes Reiben unter der Bettdecke und biss ins Laken.

Am nächsten Tag suchte William Alvin Pratt auf. Am

Abend war alles für Williams nicht standesgemäße Hochzeit arrangiert, und seine Mutter stand wieder da, wo sie eigentlich hingehörte.

Kapitel 12

Marigold Pettyman, Lois Pickett, Beula Harridene und Faith O'Brien standen vor dem leeren Schaufenster von Pratts. Alvin hatte die Auslage mit den Sonderangeboten vor zwei Tagen entfernt. Purl, Nancy und Ruth gesellten sich ebenfalls zu dem Grüppchen. Schließlich beugte sich Alvin, verstaubt und brötchenfarben, in das Schaufenster, wischte ein paar tote Schmeißfliegen zur Seite und legte einen geöffneten Katalog aus, auf dessen aufgeschlagenen Seiten fünf bunte Hochzeitstorten zu sehen waren. Direkt daneben stellte er ein silbernes Tablett mit einer zweistöckigen, kunstvoll verzierten prächtigen Hochzeitstorte. Er bedachte seine hübsche Kreation mit einem liebevollen Lächeln und zog dann vorsichtig die Spitzenvorhänge zu, die hinter der Auslage hingen.

Im Laden standen Muriel, Gertrude und Tilly über den Kurzwarentresen gebeugt und blätterten in einer Zeitschrift. Molly saß neben ihnen in ihrem Rollstuhl und sah zur Tür hinaus.

»Lois Pickett sieht immer aus wie ein teebeflecktes Taschentuch«, sagte sie.

Tilly warf ihr einen finsteren Blick zu.

»Und wir alle wissen, wie unausgeglichen Marigold Pettyman dieser Tage ist.«

Das Hochzeitskleid, das sie gerade betrachteten, war trägerlos und hatte eine betont schmale Taille, die von einer breiten Satinschärpe gehalten wurde. Das Überkleid war aus dezent mit Perlen besetztem Tüll. Das Oberteil des Kleides zierte eine bauschige Satinschleife, die das Dekolleté angemessen verhüllte.

Gertrude zeigte auf ein anderes Modell und sagte: »Das ist es. Dies Kleid gefällt mir am besten.«

»Es ist wunderschön, Gert«, pflichtete Muriel ihr bei, trat einen Schritt zurück und stellte sich ihre Tochter in dem weißen Hochzeitskleid vor.

»Es würde zumindest deine Oberschenkel kaschieren«, mischte sich Molly ein. Tilly schob ihre Mutter zu den Eisenwaren hinüber und parkte sie vor einem Regal mit einer umfangreichen Auswahl an Nägeln. Was die Oberschenkel betraf, hatte sie durchaus Recht, aber Gertrudes Taille eignete sich durchaus, betont zu werden; ein solcher Schnitt ließe sogar ihre Hüften schmaler erscheinen. Dann waren da noch der quadratische Hintern, die unförmigen, abflussrohrähnlichen Beine sowie die dazu passenden Arme, und da Gertrude unter ihrer Strickjacke stark behaart war, kam bloße Haut überhaupt nicht in Frage. Außerdem hatte sie eine Hühnerbrust. Tilly betrachtete noch einmal das Hochzeitskleid, das Gertrude so gut gefiel, und sagte: »O nein, da können wir dir ein viel schöneres Kleid machen.« Gertrude holte tief Luft.

Teddy lehnte an der Theke und ließ sich von Purl alles über die bevorstehende Hochzeit erzählen.

»... und Elsbeth tobt natürlich. Ruth sagt, dass sie bisher noch nicht einmal die Einladungen verschickt hat, aber Myrtle Dunnage hat in Winyerp angerufen und sechs Meter Stoff und fünf Meter Spitze bestellt. Sie sollen Freitag eintreffen.«

»Freitag?«, wiederholte Teddy.

»Mit dem Zug.«

Am Abend erschien Teddy auf dem Hügel auf der Veranda und lamentierte über die Unzuverlässigkeit der Post in der Weihnachtszeit und über die von Hamish beklagte Unpünktlichkeit der neuen dieselgetriebenen Züge. Tilly lehnte am Türpfosten, verschränkte die Arme vor der Brust und hob eine Augenbraue.

»... und überhaupt scheint es von Williams Seite eine überstürzte Entscheidung zu sein«, fuhr Teddy fort, »eine sehr überstürzte Entscheidung.«

»Du meinst also, dass Gertrude ihr Hochzeitskleid so schnell wie möglich braucht, oder?«

»Nein, aber ich wette, dass Gertrude es so sieht, damit sie ihm so schnell wie möglich sagen kann, dass alles bereit ist.«

»Vielleicht überlassen wir das alles am besten einfach den Zügen und dem Schicksal.«

»Aber dann würde womöglich nie jemand erfahren, wie gut du nähen kannst«, wandte Teddy ein. Er steckte die Hände in die Hosentaschen, blickte hoch zu den Sternen und fuhr fort: »Zufälligerweise fahre ich morgen nach Winyerp.« Er sah sie wieder an. »Molly könnte die Fahrt gefallen. Schon mal in einem Auto mitgefahren, Molly?«

»Ich mache mir nicht viel aus Autos«, entgegnete sie.

Teddy verkündete, dass er gegen acht Uhr losfahren wolle.

Als er am nächsten Morgen zu seinem Auto kam, saß Tilly bereits auf dem Beifahrersitz. Mit ihrem tief sitzenden, glockenförmigen Hut und ihrer getönten Brille war sie hübsch anzusehen. Sie sah auf ihre Uhr und vertrieb eine Fliege. »Hallo«, begrüßte Teddy sie. Dann ließ er sie in Ruhe, setzte sie um neun Uhr ab und schlug vor, sich mittags im Pub zu treffen. Dort bestellte er ihr einen Gemüseteller und ein Stout, nahm ihr ihre Einkaufspakete ab und ließ ihr den ganzen Nachmittag Zeit, ihre Erledigungen zu machen. In der Abenddämmerung setzte er sie auf dem Hügel ab. Als sie das Haus betrat, sah sie, dass Molly ihre Nähmaschine komplett auseinander genommen hatte. Es kostete sie drei Tage, sämtliche Teile zu finden und die Maschine wieder zusammenzusetzen.

Eine Woche vor Weihnachten saß Tilly am Küchentisch über ihre Nähmaschine gebeugt. Sie war glücklich, dass sie wieder etwas Kreatives zu tun hatte. Molly saß in ihrem Rollstuhl neben dem Ofen und ribbelte den Pullover auf, den sie anhatte. Auf ihren Knien wuchs ein gekräuseltes Nest aus Wollfäden. Tilly warf einen Blick auf das wollige Gewusel: »Warum machst du das?«

»Mir ist warm.«

»Dann roll doch einfach ein Stück vom Feuer weg.«

»Will ich aber nicht.«

»Dann mach, was du willst.«

Sie trat das Pedal ihrer elektrischen Nähmaschine fest nach unten. Molly griff nach dem Schürhaken, versteckte ihn unter der Decke, die über ihren Knien lag, und rollte langsam ein Stück vor.

Tilly zog den glatten Stoff konzentriert unter dem Nähfuß her, die Nadel raste und ratterte. Derweil fingerte Molly unter ihrer Decke herum, fand den Schürhaken, hob ihn hoch und ließ ihn genau in dem Moment, als Teddy am Fliegengitter klopfte, auf Tillys Kopf niedersausen. Er hörte einen Schrei und im nächsten Moment ein Stolpern.

Er stürzte in die Küche. Tilly stand in einer Ecke und hielt sich den Hinterkopf, während Molly mit Unschuldsmiene neben dem Feuer saß und in aller Seelenruhe ihren Pullover aufribbelte. Auf dem Boden neben dem Tisch türmten sich Spitze und Satin wie Wolkenkissen.

»Was ist passiert?«, fragte Teddy.

»Sie hat mich geschlagen«, erwiderte Tilly.

»Stimmt gar nicht«, protestierte Molly.

»O doch. Du hast mir den Schürhaken übergezogen.«

»Lügnerin. Du legst es nur darauf an, dass ich von hier weggeschafft werde. Außerdem bist du hier die Gefährlichere von uns beiden. Du hast mein Opossum umgebracht.« Molly begann zu schluchzen.

»Es hat sich bloß wieder auf den Baum verzogen, weil es den Rauch im Abzug nicht mochte«, entgegnete Tilly und rieb sich den Kopf. »Du kannst es jederzeit sehen.«

»Und warum rührst du immer in deinem Hexenkessel herum?«

Teddy ließ seinen Blick zwischen beiden Frauen hin- und herwandern, ging dann zu Molly, tätschelte ihren knochigen Nacken und reichte ihr ein Taschentuch. »Ist ja schon gut«, versuchte er sie zu beruhigen.

Molly ließ sich gegen ihn fallen und heulte wie ein Schlosshund. Teddy reichte ihr seinen Flachmann. »Hier, das ist jetzt genau das Richtige.« Sie nahm die Flasche und setzte sie sich an den Mund.

Teddy ging zu Tilly und streckte die Hand aus. »Lass mal sehen.«

»Ist schon in Ordnung«, sagte sie und drückte sich noch

weiter in die Ecke. Doch er ließ sich nicht abwimmeln, fuhr mit den Fingern durch ihr prächtiges Haar und tastete ihren warmen Kopf ab. »Du hast eine dicke Beule am Hinterkopf.« Er drehte sich zu Molly um, die genau in diesem Moment seinen Flachmann vorne unter ihrem Nachthemd verschwinden ließ.

»Geben Sie mir die Flasche zurück.«

»Hol sie dir doch!«

Teddy verzog das Gesicht, woraufhin Tilly mit beiden Händen unter dem Nachthemd ihrer Mutter herumwühlte, den Flachmann hervorzog und ihn Teddy reichte.

»Er ist leer«, stellte er fest.

Tilly raffte Gertrudes angefangenes Hochzeitskleid zusammen und legte es zurück auf den Tisch.

»Ich bin eigentlich gekommen, um euch für morgen Abend auf einen Weihnachtsdrink einzuladen, aber ...« Er sah Molly an und schüttelte vorwurfsvoll den leeren Flachmann.

»Oh, wie schön, ich komme gerne«, sagte Molly und rülpste.

»Ich komme nicht«, sagte Tilly.

»Das macht nichts. Du holst mich sicher ab, nicht wahr, mein Junge?«

Er kam tatsächlich, um sie abzuholen, und Tilly brachte er Rosen mit – einen riesigen Strauß samtweicher scharlachroter Rosen, die einen schweren süßen Duft nach Sommer und einen Hauch von Bachwasser verbreiteten. Tilly staunte.

»Ich habe gestern Abend mein Leben riskiert, um dir diesen Strauß zu besorgen.«

»Aus welchem Garten sind sie? Aus Beulas oder aus Sergeant Farrats?«

Teddy zwinkerte. »Komm doch mit auf einen Drink!«

»Nein.«

»Nur einen einzigen.«

»Ich weiß es sehr zu schätzen, wenn du mir Molly für ein Stündchen abnimmst. Ehrlich.«

»Du kannst doch trotzdem mitkommen.«

»Ich bin gerne ein bisschen allein.«

Molly wartete an der hinteren Verandatreppe. »Komm schon!«, rief sie. »Soll sie doch zu Hause bleiben und schmollen.«

Von der Treppe startete Teddy noch einen letzten Versuch. »Nun komm schon. Bitte. Wir haben es wirklich gemütlich da unten, wie in alten Zeiten. Unter dem Weihnachtsbaum stapeln sich die Geschenke für die Kinder, und alle haben leuchtende Augen und jauchzen vor Freude.«

Tilly lächelte, schloss die Tür und sagte leise: »Das würde mir das Herz brechen.«

Kapitel 13

Elsbeth zog sich in ihr Bett zurück und wollte mit den Hochzeitsvorbereitungen nichts zu tun haben. William war darüber ein bisschen unglücklich, aber alles in allem schienen die Dinge sich in eine gute Richtung zu entwickeln. Mr. Pratt ließ ihn wieder anschreiben, so dass er ernsthaft daran denken konnte, das Anwesen auf Vordermann zu bringen. Als Erstes würde er ein paar Pfähle kaufen und diverse Zäune ausbessern, dann brauchte er einen neuen Traktor. Bei der nächsten Ernte wäre er schon ein Familienvater, der Frau und Kind zu unterhalten hatte, und Gertrude würde sich anpassen …

Er las ihr ein Sonett vor – Shakespeare, Sonett Nummer 130. »Wie hat es dir gefallen?«

»Was?«

»Das war Shakespeare, William Shakespeare.«

»Sehr schön.«

»Finde ich auch – was hat dir besonders daran gefallen, Gertrude?«

»Die meisten Gedichte sind mir zu lang – dies nicht.«

Sie standen vor der Hintertür der Pratts. Über ihnen brannte eine Glühbirne, die von Nachtfaltern umschwirrt wurde. William drehte unentwegt seinen Hut in den Händen und sagte: »Mona meint, die Einladungen sind fertig zum Verschicken …«

Mona hatte im Traum nicht daran gedacht, jemals irgendjemandes Brautjungfer zu sein. Da Elsbeth sich weigerte, eine Gästeliste zu erstellen, stellte Mona Gertrude eine zur Verfügung. Sie schrieb einfach alle Verwandten auf und fügte sämtliche Schulkameraden hinzu, die William je gehabt hatte.

»... Ich hatte eigentlich eher an eine kleine Hochzeit gedacht. Mir war gar nicht klar ...«

»Küss mich, William. Du hast mich schon seit Ewigkeiten nicht mehr geküsst«, schmollte Gertrude.

Er küsste sie flüchtig auf die Wange, doch sie zog ihn zu sich heran.

»Gertrude, ich wollte dir mitteilen, äh, dir sagen, äh, ich weiß ja, dass du dein Kleid schon hast und alles ...«

»Es ist ein Hochzeitskleid, William, ein richtiges Hochzeitskleid.«

»... und die ganzen Vorbereitungen gehen so, na ja, so schnell vonstatten, also wie es aussieht, machst du einen exzellenten Job. Ich frage mich nur – weil, es ist ja eine Entscheidung fürs Leben – also ... ich meine, es war doch alles recht überstürzt ... na ja, was ich sagen will: Wenn du nicht sicher bist, ob du da draußen mit mir und Mutter und Mona glücklich wirst, können wir getrost noch ein bisschen warten – bis wir uns der Sache noch sicherer sind und nicht so viel um die Ohren haben, vielleicht bis nach der Ernte ... wir könnten problemlos ... also, ich hätte dafür jedenfalls größtes Verständnis.«

Gertrudes Kinn zog sich zusammen und bekam Grübchen, ihre Augenpartien kräuselten sich wie aufgeplatzte Aprikosen. »Aber du, ich meine wir ... Ich hätte nie ... Ich dachte, du liebst mich. Und was ist mit meinem Ruf?« Vorne im Haus ging ein Licht an. Gertrude sank auf die Holzbohlen und hockte sich, die Hände vors Gesicht gepresst, zwischen die alten Schuhe und die Gartengeräte. William seufzte, beugte sich zu ihr hinab und tätschelte ihr die Schulter.

Als am Eingang der Kirche Unruhe aufkam, starrte William angestrengt auf seine Schnürsenkel. Alle Kirchenbesucher wandten sich um, und es erhob sich ein allgemeines »Oooh«. Faith stimmte »Here Comes The Bride« an, und William schloss die Augen. Dann holte er tief Luft, wandte sich zum Mittelgang um und öffnete die Augen wieder. Die tiefen Runzeln auf seiner Stirn verschwanden, die Farbe kehrte zurück in seine Wangen, seine verkrampften Schultern entspannten sich, und er federte auf den Zehenspitzen. Die Nerven – es waren einfach seine Nerven gewesen. Sie war wunderschön. Ihre dunklen kastanienbraunen Locken waren zu einer anmutigen Welle hochgesteckt, die von mehreren Rosen gehalten wurde. Ihre samtbraunen Augen funkelten. Ihr Nacken wirkte schlank und ihre Haut makellos. Sie trug ein apricotrosa-changierendes feines Seidentaftkleid mit einem – allerdings nicht allzu gewagten – halsfernen Ausschnitt und dreiviertellangen Ärmeln aus hauchdünnem zartweißem Tüll. Das Oberteil schmiegte sich eng an ihre mit einem breiten Band umwickelte Taille; um die Hüften herum wurde das Kleid weiter und umschmeichelte elegant ihre Beine. Ihren kräftigen Po kaschierte eine große, weich fallende Schleife, aus der einzelne Bänder herabfielen und eine drei Meter lange Schleppe bildeten, die sie hinter sich herzog, während sie langsam auf ihn zuschritt und der hauchdünne Seidentaft um ihre Beine schwebte. Gertrude Pratt sah prall und knackig aus, und sie wusste es. Mona schlich gebückt und zitternd hinter ihr her. Ihr Haar fiel ihr in weichen Locken über die Schultern, und sie trug einen Kranz aus rostfarbenen, taufrischen Rosen, die hervorragend zu ihrem rostroten Seidentaftkleid passten, das ebenfalls einen halsfernen Ausschnitt hatte. Es war so geschnitten, dass Monas spärlich vorhandene Kurven vorteilhaft betont wurden. Die Seide umschmeichelte ihre Oberschenkel und war an den Knien leicht ausgestellt. Ihre abfallenden Schultern bedeckte ein Kuttenkragen aus transparentem weißem Tüll, der im Rücken zu einer großen augenfälligen Schleife gebunden war und tief herabfiel. Sowohl die Braut als auch die Brautjungfer hielten riesige Sträuße leuchtender Rosen in den Händen. Als sie den Gang entlangschritten, stellten die Frauen unter den Kirchenbesuchern staunend fest, dass die Schneiderin, die diese Kleider genäht hatte, im Umgang mit der Schere und Stoffen eine wahre Zauberin sein musste. Gertrude sah William an, der sie anstrahlte, und in diesem Moment wusste sie, dass nichts mehr schief gehen konnte.

Elsbeth saß mit versteinertem Gesicht auf der vordersten Kirchenbank. Sie hatte sich erst aus dem Bett erhoben, als Williams Kommilitonen und ihre komplette Verwandtschaft auf Windswept Crest eingefallen waren und aufgekratzt und ausgelassen über das freudige große Ereignis ratschten und tratschten. Ihre extravagante Cousine Una aus Melbourne beugte sich zu ihr und flüsterte ihr mit einem wohlwollenden Lächeln zu: »Exquisit.« Elsbeth sah sich skeptisch um, dann schwoll ihr die Brust. Ihr Kinn straffte sich, und sie setzte ihr »Irgendjemand-hat-hier-Hundekacke-unter-den-Stiefeln«-Gesicht auf und sagte an ihre Cousine gewandt: »In der Tat, die Familie meiner Schwiegertochter ist im Handel tätig und verkehrt in wichtigen Geschäftskreisen.« Gertrude stand strahlend und selbstsicher am Arm ihres Vaters vor dem Altar. Muriel brach in Tränen aus, lief rot an und bekam keine Luft mehr, so dass man sie ins Freie geleitete, wo sie ihren Hüfthalter auszog. Die Trauzeremonie verpasste sie.

Danach stellte sich das elegante Brautpaar mit Angehörigen und Freunden im gleißenden Sonnenschein vor der Kirche auf und strahlte in die klickenden Kameras. Kleine Mädchen in hübschen Kleidern hängten Gertrude Hufeisen aus Spitze über den Arm, während Sergeant Farrat Williams Arm ausgiebig und anhaltend wie einen Pumpschwengel auf- und niederdrückte – dabei studierte er aufmerksam die feinen Details der edlen Kleider. Bevor sie den Triumph Gloria bestiegen, winkten Gertrude und William den Neugierigen und Schaulustigen zu – Purl und Fred, Lois, Nancy, Ruth und ihrer Schwester Miss Dimm und natürlich Beula, die sich allesamt in Morgenmänteln und Pantoffeln vor dem Zaun aufgebaut hatten. Muriel hätte gerne auch ihre lebenslangen Freunde und treuen Kunden zur Hochzeit ihrer einzigen Tochter eingeladen, doch Gertrude hatte abgewunken und gesagt: »Wir werden schon Evan und Marigold Pettyman und den Sergeant dabei haben – da müssen wir uns nicht auch noch den Rest der Bagage aufladen.«

Im Festsaal saßen die Hochzeitsgäste vergnügt an gestärkten Damasttischtüchern. Die Decke war mit Pfingstrosen aus Krepppapier und Satinbändern geschmückt. Die Damen von der Landfrauen-Vereinigung schenkten Champagner für den Toast ein und servierten den Männern Bier und den Frauen Wein. Zum Abendessen gab es kalten Hühnersalat und als Nachtisch Pavlova.

Tilly Dunnage kam gerade rechtzeitig zu den Reden. Sie stand vor der Hintertür in der Dunkelheit und ließ verstohlen ihren Blick über die sitzenden Gäste schweifen. William erhob sich und klopfte mit einem Löffel gegen sein Glas. Er hatte einen roten Kopf und begann freudestrahlend:. »Im Leben eines jeden Mannes kommt irgendwann die Zeit ...« Gegen Ende dankte er seiner Mutter, seinem verschiedenen Vater, seiner Schwester, Mr. und Mrs. Pratt, seiner hübsch zurechtgemachten, vor Glück strahlenden Braut, den zahlreichen Helfern vom Cateringservice und seinen Freunden, die beim Ausschenken der Getränke halfen, ohne all die nichts von dem, was den heutigen Tag zu so einem besonderen Ereignis mache, möglich gewesen wäre; ferner dankte er dem Pfarrer für seine schönen Worte und Sergeant Farrat und Miss Beula Harridene für die wunderschönen Blumen. Er schloss mit den Worten: »... ich hoffe, dass ich niemanden vergessen habe, und schlage vor, dass wir jetzt ohne weitere lange Reden das Glas erheben ...« Fünfzig Stühle schabten im selben Augenblick über den Boden, als die Gäste sich in einem Ruck erhoben und zusammen mit William auf den König und das Land, den Premierminister und das freudige Ereignis und die Zukunft tranken. Bravo!

Jede Frau, die an diesem Nachmittag in der War Memorial Hall saß, hatte angestrengt und mit angehaltenem Atem auf ein Wort des Dankes an die Schneiderin des Hochzeitskleides gewartet. Doch sie wurde nicht erwähnt.

Tilly saß mit einem Glas Bier und einer Zigarette zu Hause neben dem Feuer und dachte an ihre Schulzeit zurück. Die kleine pummelige Gertrude musste ihre Zöpfe immer mit zusätzlichen Gummis zusammenbinden, weil sie so dickes Haar hatte. In der Mittagspause saß Tilly immer auf einer Holzbank am Rande des Schulhofes und sah den Jungen beim Kricketspielen zu, während die kleine Gertrude, Nancy, Mona und ein paar andere Mädchen in einer anderen Ecke Himmel-und-Hölle spielten.

Ein Kricketball hüpfte aus dem Spielfeld und landete hinter ihr. Stewart Pettyman rief: »Hol den Ball, Dunnybum, hol ihn!«

Ein anderer Junge rief: »Nein, bloß nicht, sonst nimmt sie ihn wieder mit auf die Mädchentoilette!«

»Yeah, dann schnappen wir sie uns eben wieder!«

Und dann riefen alle zusammen: »Hol den Ball, Dunnybum, und dann schnappen wir dich, hol den Ball Dunnybum, und dann stopfen wir dir den Mund mit Kacke.« Die Mädchen fielen in das Gebrüll mit ein. Myrtle floh ins Schulgebäude.

Nach der Schule rannte sie nach Hause, aber Stewart wartete schon auf sie und verstellte ihr an der Ecke der Leihbücherei den Weg. Er packte sie am Nacken und zerrte sie neben der Bücherei auf den Boden. Dann presste er ihre Gurgel gegen die Wand, schob seine Hand unter ihren Schlüpfer und rieb sie grob zwischen den Beinen. Myrtle kriegte keine Luft mehr, und das Essen kam ihr hoch und stieg ihr brennend in die Nase.

Als er fertig war, sah er ihr in die Augen wie ein roter Teufel. Er war feucht und roch erhitzt, wie nach Pipi. Dann sagte er: »Jetzt bleib ganz still stehen, Dunnybum, rühr dich bloß nicht von der Stelle, sonst komme ich heute Abend zu dir nach Hause und bringe deine Mutter um, diese Schlampe, und wenn sie tot ist, komme ich zu dir.«

Myrtle stand regungslos mit dem Rücken zur Wand. Er ging ein paar Schritte zurück und starrte sie mit seinen teuflischen Augen an. Myrtle wusste, was er vorhatte, es war seine bevorzugte Art, ihr wehzutun. Er senkte den Kopf und rannte wie von Sinnen, so schnell er konnte, auf sie zu wie ein angreifender Stier. Sein Kopf zielte direkt auf ihren Bauch. Sie holte tief Luft, spannte die Bauchmuskeln an und schloss die Augen – womöglich brachte er sie jetzt um.

Sie beschloss zu sterben.

Dann änderte sie ihre Meinung.

Sie trat einen Schritt zur Seite.

Der Junge raste mit voller Wucht mit dem Kopf voran gegen die rote Backsteinmauer der Bücherei. Er brach zusammen und stürzte ins warme trockene Gras.

Molly kam hereingerollt. Sie hatte ihren Rollstuhl inzwischen richtig lieb gewonnen und geschmückt. Wenn sie am Feuer oder auf der Veranda in der Sonne saß, band sie Wollfäden und geflochtene Bändchen um die Armlehnen oder zog Klettergeranien durch die Speichen. Das Sitzpolster hatte sie mit diversen kleinen quadratischen Strickdecken ausgelegt. Wenn sie Lust hatte, erhob sie sich aus ihrem farbenprächtigen Rollstuhl und wanderte mit ihrem Gehstock im Haus umher, brachte in den Geschirrschränken alles durcheinander, holte die Vorhangschienen von der Decke oder stieß von den Abstellflächen alle möglichen Gegenstände auf den Boden. Sie rollte zum Ofen, parkte neben der jungen Frau, die ins Feuer starrte, und fragte: »Wie war das Fest, Aschenputtel?«

»Die Kleider waren wunderschön«, erwiderte Tilly. Sich selbst sagte sie, dass sie von dieser Stadt nichts zu erwarten hatte. »Es war eine Hochzeit.«

»Schande.«

Gertrude schlüpfte aus ihrem Hochzeitskleid und hängte es auf einen Kleiderbügel. Sie betrachtete sich im Badezimmerspiegel – eine unauffällige Brünette mit wabbelnden Oberschenkeln und unschönen Brüsten. Sie ließ das teefarbene Seidennegligee über ihre fröstelnden Brüste gleiten und sah erneut in den Spiegel.

»Ich bin jetzt Mrs. William Beaumont von Windswept Crest«, sagte sie laut.

William lag in seinem gestreiften Flanellpyjama im Bett, die Jacke bis zur Brust aufgeknöpft, und las gleichgültig in einem Buch. Als sie neben ihm ins Bett schlüpfte, sagte er: »Also gut«, rollte zur Seite und knipste das Licht aus. Sie nahm ein Stück Frottee aus ihrem Kulturbeutel und bugsierte es umständlich unter ihren Po.

William tastete sich in der Dunkelheit zu ihr. Sie umarmten und küssten sich. Er fühlte sich hart an und zugleich flanellweich. Sie fühlte sich schwammig und glibberig an.

Er legte sich auf sie, und sie spreizte die Beine. Etwas Warmes, Hartes kam aus seinem Schlafanzug hervor und rieb und stieß zwischen ihren Oberschenkeln herum. Er robbte auf ihr herum und keuchte ihr ins Ohr, während sie unter ihm hin und her rutschte, bis sein Penis schließlich die feuchte Stelle zwischen ihren Schamhaaren fand und zustieß.

Er lag lang gestreckt neben ihr. »Habe ich dir wehgetan, Liebes?«

»Ein bisschen«, erwiderte sie. Irgendwie war es ganz anders gewesen, als in der Beschreibung in *Married Life.* Es war nur ein ganz kurzer lokaler Schmerz gewesen, ein plötzliches unbehagliches Gefühl. Als Kind hatte sie einmal als Mutprobe in einen hohlen Baumstamm gefasst. Ihre Finger waren in etwas Warmem, Dünnflüssig-Feuchtem, Schleimigem, Klebrig-Kratzendem gelandet – zerbrochene Eier. In dem Baumstamm war ein Vogelnest gewesen. Damals hatte sie ein ähnlich befremdliches Unbehagen verspürt.

»Gut«, sagte William und gab ihr einen Kuss auf die Wange. Er hatte das Gefühl, dass es gut gelaufen und durchaus befriedigend gewesen war. Im Grunde hatte er es mit seiner in der Hochzeitsnacht bezwungenen Braut genauso gehalten wie mit dem einen kleinen Schokoladenei, das er als Kind immer am Ostersonntag im Anschluss an den Elfuhrgottesdienst bekommen hatte. Er hatte ganz bewusst nur einen kleinen Teil des Eis von dem Stanniolpapier befreit und dann ein winziges Stückchen Schokolade herausgebrochen und davon gekostet. Doch er hatte der Versuchung nie widerstehen können und schnell immer weitere Stücke herausgebrochen, bis er das ganze Ei in sich hineingestopft hatte. Anschließend hatte er sich immer sowohl zufrieden als auch eigenartig unbefriedigt gefühlt.

»Bist du glücklich?«, fragte er.

Seine Frau antwortete: »Jetzt bin ich glücklich.« William suchte ihre Hand und hielt sie.

Gertrude behielt das kleine Frotteetuch die ganze Nacht unter ihrem Po. Am Morgen inspizierte sie eingehend die ungleichmäßigen roten Flecken, schnupperte an ihnen und wickelte das Tuch dann in braunes Papier, um es in einem geeigneten Moment diskret im Mülleimer verschwinden zu lassen. Unter der Dusche summte sie vergnügt vor sich hin. Die frisch gebackene Mrs. Beaumont lehnte das Angebot ab, sich ein Frühstückstablett ans Bett bringen zu lassen, und erschien stattdessen ordentlich zurechtgemacht und strahlend am Tisch. Elsbeth und Mona starrten angestrengt auf ihre Eier, als ob es dort irgendetwas Interessantes zu sehen gäbe, während William sich hinter einer ausgebreiteten Zeitung versteckte, doch Gertrude wurde keineswegs rot.

»Guten Morgen allerseits«, sagte sie.

»Guten Morgen«, kam es im Chor zurück.

Es folgte betretenes Schweigen.

»Mensch«, sagte Mona schließlich. »Jetzt ist tatsächlich jede Seite des Tisches besetzt.«

»Wann ist die Ernte eigentlich vorbei?«, fragte Gertrude.

»Wie ich dir bereits sagte, Liebling, das hängt ganz vom Wetter ab«, erwiderte William und sah Hilfe suchend zu seiner Mutter. Elsbeth starrte aus dem Fenster.

»Kannst du nicht jemanden einstellen, der die Ernte beaufsichtigt?«

»Nun, Liebes, es gibt natürlich Edward McSwiney, aber ich …«

»Oh, William, nicht wieder diesen furchtbaren Mann!« Elsbeth stellte geräuschvoll ihre Teetasse auf die Untertasse und verschränkte die Arme vor der Brust.

Gertrude lächelte honigsüß. »Meine Flitterwochen sind mir wirklich nicht so wichtig, William, wirklich nicht, aber … eine umgehende Reise nach Melbourne ist *unabdingbar*. Ich muss unbedingt neuen Stoff für die Vorhänge in unserem Zimmer kaufen …«

»Für mich waren sie völlig ausreichend«, fiel Elsbeth ihr ins Wort.

»Noch jemand Tee«, fragte Mona und drehte die Teekanne.

»Hör sofort auf, die Kanne zu drehen«, fuhr Elsbeth sie an. »Du wetzt noch einen Kreis in den Tisch.«

»Wir brauchen neue Bettwäsche, und ich benötige auch sonst noch ein paar Dinge, damit ich meine Aussteuer komplettieren und mein neues Leben angemessen beginnen kann.« Gertrude biss in ihr Toastbrot und streute etwas Salz auf den Teller neben ihrem Ei. Elsbeth warf William einen vernichtenden Blick zu, woraufhin er erneut hinter seiner Zeitung versank.

Mrs. William Beaumont fuhr unbeirrt fort: »Dad ist Kunde bei Myers, und er hat mir einen Blankoscheck ausgestellt.«

William lief rot an. Aus Elsbeths Gesicht wich jegliche Farbe, und Mona rief: »Oh, nichts wie los! Wir waren schon seit Jahren nicht mehr richtig einkaufen.«

Gertrude betrachtete skeptisch den angelaufenen Teelöffel in ihrer Hand und köpfte ihr weich gekochtes Ei.

Kapitel 14

Tilly saß im Schatten der wuchernden Glyzine und beobachtete einen langen Güterzug, der sich langsam vom Silo entfernte, gemächlich um die Südkurve kroch und hinter dem Hügel verschwand. Er rumpelte nach Westen, dem verschwommenen Horizont entgegen. Es war wieder Sommer und heiß. Weihnachten und die Scherzeit waren gekommen und gegangen, und die Sonne hatte die Früchte auf den Feldern reifen lassen. Riesige Loks rangierten Getreidewaggons neben dem quadratischen Wellblechsilo, und das Rumpeln der rollenden Stahlkolosse und das Aneinanderschlagen von Metall gegen Metall war überall in Dungatar zu hören.

Wenn die Loks kommen, zieht es auch die Kinder zum Spielen zum Silo, wo sie dem Schauspiel zusehen. Es kommen Züge mit leeren Waggons herangerollt, um mit Weizen beladen zu werden, während die Waggons, die aus Winyerp herangeschleppt werden, bereits mit Hirse gefüllt sind. Winyerp liegt selbstgefällig inmitten einer ausgedehnten sanften Hügellandschaft, die Hektar um Hektar mit braunen Hirsefeldern bedeckt ist. Die Farmen um Dungatar hingegen gleichen goldenen Weizenseen. Während der Ernte speien die Mähmaschinen die Körner in die Auflieger schwerer Sattelschlepper, welche das Korn zum Silo transportieren und dort entladen. Wenn die Berge von Weizen getrocknet sind, wird eine riesige Spirale abgesenkt, die die Körner hoch und auf ein Förderband schleudert, das sie zur Beladestation bringt. Dort rieseln sie in einen leeren Waggon, bis er komplett mit seiner gold-gelben Ladung gefüllt ist. In der heißesten Zeit des Tages ist das Silo ständig in eine stickige Wolke aus Weizenstaub eingehüllt. Die vollen Waggons werden in der Nähe geparkt, bis die Loks heranrollen und sie aneinander schieben. Sie werden miteinander verkuppelt, anschließend an die bereits mit Hirse beladenen Waggons aus Winyerp angehängt, und dann schleppen die Loks die bis zum Rand mit staubigen goldenen und braunen Körnern gefüllten Züge fort aus dem endlosen Getreidegürtel, in dem die meiste Zeit des Jahres die Sonne scheint und es viel zu selten regnet. Auf ihrem Weg legen die Loks immer wieder Zwischenstopps ein, um auf Abstellgleisen betankt zu werden oder an unterwegs liegenden Getreidesilos weitere Waggons anzukuppeln und an einen fernen Hafen zu transportieren. Wer an einem Bahnübergang im Auto auf die Weiterfahrt wartet, kann bis zu fünfzig vorbeirumpelnde Waggons zählen.

Der Weizen wird zu Mehl verarbeitet oder vielleicht auch in ferne Länder verschifft. Die berühmte Winyerper Hirse dient als Viehfutter.

Wenn das Silo geleert ist, kehrt in der Stadt wieder Ruhe ein, und die Kinder gehen zum Spielen an den Bach. Die Erwachsenen warten auf den Start der Footballsaison. Der Zyklus war Tilly vertraut wie ein Kalender.

Molly kam aus der Küche geschlichen und stieß Tilly mit ihrem Gehstock an. »Was starrst du da an?«

»Das Leben«, erwiderte Tilly und hob ihren Weidenkorb

auf. »Ich bin bald zurück«, sagte sie und lief den Hügel hinab.

»Lass dir ruhig Zeit!«, rief Molly hinter ihr her. »Mir wäre es lieber, mein Opossum käme zurück.«

Als Tilly auf sie zukam, unterbrachen Marigold Pettyman und Beula Harridene ihre Unterhaltung. »Du glaubst, du kannst nähen, nicht wahr?«, spottete Beula.

»Ich habe gehört, du hast die Schnitte für diese Kleider aus einer *Women's Weekly* kopiert«, sagte Marigold vorwurfsvoll, als ob es sich dabei um eine besonders hinterlistige Tat handelte. »Kannst du auch etwas ausbessern?«

Tilly sah die missgünstigen Frauen an und erwiderte knapp: »Ja, das kann ich.« Mit geballten Fäusten und zusammengebissenen Zähnen stapfte sie mit ihren Einkäufen zurück den Hügel hinauf. Oben saß Lois Pickett auf der Verandatreppe und umklammerte eine ausgebeulte zerknitterte Papiertüte. »Ihr habt wirklich einen schönen Blick von hier oben«, sagte sie. »Und der Garten macht auch was her.«

Tilly ging an ihr vorbei auf die Veranda. Lois erhob sich. »Ich habe gehört, du kannst nähen. Es heißt, du hast das Kleid, das du bei den Rennen getragen hast, selbst gemacht, und Muriel sagt, dass du für Gertrudes Hochzeitskleid nicht einmal ein Muster verwendet hast, sondern nur eine Schneiderpuppe.«

»Kommen Sie doch mit rein«, sagte Tilly freundlich.

Lois kippte die Papiertüte über dem Küchentisch aus und breitete ein altes muffiges, vor Schmutz steifes Kleid aus. Dann zeigte sie auf die Achseln und sagte: »Die sind hinüber, siehst du?« Tilly guckte gequält, schüttelte den Kopf und öffnete den Mund, um etwas zu sagen, doch genau in diesem

Moment rief Purl Bundle von der Veranda JUHU und kam auf ihren hochhackigen Pantoletten durch die Tür geklackert. Sie trug eine knallrote dreiviertellange Hose, lächelte breit unter ihrer blonden Bardamenfrisur und schob Tilly mehrere Meter Satin und Spitze entgegen. »Ich hätte gern schöne neue Nachtkleidung und Unterwäsche, damit auf den alten Matratzen wieder ein bisschen Frühling einkehrt. Vielen Dank.«

Tilly nickte und sagte: »In Ordnung.«

Lois fragte: »Vielleicht könntest du einfach das Oberteil von dem Kleid abschneiden und mir einen Rock daraus machen?«

Am Nachmittag saß Molly auf der Veranda und kratzte sich unter den diversen Decken, die über ihren Knien lagen. Zu ihren Füßen lungerte Barney mit seiner dicken, herabhängenden Unterlippe auf der Treppe herum und staunte Bauklötze. Tilly schlug mit ihrem Holzschläger Nummer drei Golfbälle zwischen die Müllhalde und den Wohnplatz der McSwineys. Einer der Bälle zischte über Miss Dimm hinweg, die in diesem Moment über die Hügelkuppe spaziert kam. Sie hatte das Gesicht gen Himmel gewandt und einen Arm ausgestreckt, um nicht gegen irgendwelche Hindernisse zu laufen. Unter dem anderen Arm trug sie einen Ballen blau-weiß karierte Baumwolle und eine Papiertüte voller Knöpfe, Reißverschlüsse und Muster für Schuluniformen in den Größen sechs bis zwanzig. Miss Dimm war extrem kurzsichtig, doch da sie zugleich sehr eitel war, trug sie ihre Brille nur im Klassenzimmer. Seit Menschengedenken hatte sie eine kurz geschnittene Pagenkopffrisur und immer eine weiße Bluse an, die fest in einem weit geschnittenen, gerafften Rock steckte. Sie hatte einen enormen Hintern, doch dafür erfreute sie sich kleiner zarter Füße, weshalb sie immer in mit Bändern geschnürten Sandaletten umhertrippelte und im Sitzen immer die Füße übereinander schlug und ihre Knöchel zur Schau stellte. Sie stolperte zur Golftasche vor und betastete die hinausragenden Golfschläger.

»Golfschläger«, sagte Tilly und hielt einen hoch.

»Oh«, entgegnete Miss Dimm. »Sie Glückliche – Sie scheinen ja jede Menge davon zu haben! Ich bin auf der Suche nach der kleinen Myrtle Dunnage.« Mit diesen Worten ging sie weiter, auf das Haus zu. Auf der Veranda starrte sie den rosa-blauen Teewärmer auf Mollys Kopf an und sagte: »Ich komme im Auftrag des Lehrer- und Elternausschusses der öffentlichen Schule von Dungatar und möchte zu Myrtle Dunnage, bitte. Wo finde ich sie? Ich sehe sie gar nicht.«

»Das glaube ich gern«, entgegnete Molly. »Schade eigentlich, dass Sie nichts sehen, sonst wüssten Sie nämlich, was wir jedes Mal ertragen müssen, wenn wir Sie sehen.«

»Kommen Sie rein, Miss Dimm«, sagte Tilly.

»Ach, da bist du.« Miss Dimm wandte sich der sonnengesprenkelten Glyzine hinter Molly zu und streckte ihr die Hand entgegen.

Sie vereinbarten einen fairen Preis für neun Schuluniformen und redeten über die erforderlichen Anproben. Als Miss Dimm sich verabschiedete, bedankte sie sich noch einmal bei Mollys Hut, stolperte die kleine Treppe hinunter, fand das Gleichgewicht wieder und stakste von dannen. Barney hatte die Golfbälle eingesammelt, in Tillys Weidenkorb deponiert und schlug sie mit ihrem Eisenschläger Nummer eins von der Hügelkuppe, als die unansehnliche Lehrerin neben ihm strauchelte, einen Purzelbaum schlug und mit flatterndem Unterrock und sich verheddernden

Sandalettenbändern den Hang hinabrollte und aus seinem Sichtfeld verschwand.

Teddy, der gerade den Hügel hinaufkam, wurde von Miss Dimm von den Beinen gerissen. »O Gott«, stöhnte er und krabbelte zu ihr. Sie lag flach auf dem Rücken, der Rock war ihr über das Gesicht gerutscht, und ihre eingedellten Oberschenkel, die aussahen wie purpurner Brokat auf Schweineschmalz, waren unverhüllt den Blicken der Welt ausgesetzt. Barney beugte sich über die Hügelkuppe.

»Du Idiot!«, rief Teddy zu ihm hoch, während er aufstand und sich das Gras von seiner neuen karierten Hose klopfte. »Was machst du denn?«

»Golf spielen«, erwiderte Barney und hielt den Eisenschläger Nummer eins hoch.

»Die Bälle landen alle auf meinem Dach.«

»Guter Schlag«, stellte Tilly an Barney gewandt fest und schüttelte ihm die Hand. »Du hast dir eine Tasse Tee verdient.« Mit diesen Worten führte sie ihn zum Haus.

Teddy zwinkerte seinem dünnen pickligen buckligen Bruder zu, der mit der schönsten Frau davonhumpelte, die er je gesehen hatte. Dann half er Miss Dimm auf die Beine. »Kommen Sie, ich bringe Sie bis zum Weg.«

»Oh, vielen Dank … Wer sind Sie?«

Am nächsten Morgen blätterte Faith durch eine *Women's Illustrated*, während Tilly vor ihr kniete und den Saum ihres Kleides feststeckte. Die Schlagzeile auf dem Titel lautete: »Die extravagante Mode von Dior versetzt Frauen zurück ins vergangene Jahrzehnt – Balenciaga verstößt gegen alles Dagewesene, Seite 10.« Faith buchstabierte den Namen »Bal-en-sie-aga« und überflog die Artikel und Modeseiten – Kasack, weicher abstehender Kragen, Chemise, Seersucker, Denim, Amerika, Anna Klein, Galanos, Chanel, Schiaparelli, Molyneux und weitere Namen, die sie nicht aussprechen konnte. »Ruth erzählt, du kriegst jede Menge Pakete aus der Stadt«, sagte sie schließlich und sah zu Tilly hinab. »Und in Französisch geschriebene Postkarten von jemandem namens Madeleine?«

Tilly erhob sich und zupfte des Oberteil des Kleides ein wenig zurecht, so dass es etwas höher über Faiths Dekolleté saß. Faith zog es sich wieder herunter.

Molly räusperte sich und sagte in ihrer besten Elsbeth-Beaumont-Stimme: »Sie behauptet, dass sie sich um Madame Madeleine Vionnet gekümmert hat, die berühmte Pariser Modeschöpferin.« Sie sah Tilly vorwurfsvoll an und fuhr fort: »Wahrscheinlich hat sie das nicht *überlebt*.«

»Sie war sehr alt«, nuschelte Tilly zwischen den Nadeln, die sie mit den Lippen festhielt.

»Hat sie dir das Nähen beigebracht?«, fragte Faith.

Molly richtete ihre Nase auf die Bilderrahmen und sagte: »Offenbar hat Madame Vionnet unser kleines Genie wegen ihrer außergewöhnlichen Begabung für den Schrägschnitt an Balenciaga weiterempfohlen.« Sie schnalzte mit der Zunge und gab einen feuchten furzartigen Ton von sich.

»Ich habe von beiden noch nie etwas gehört«, stellte sie fest.

»Elsbeths Cousine Una hat gesagt, dass Gertrudes Hochzeitskleid sehr pariserisch wirkte«, sagte Faith. »Irgendwann fahre ich auch einmal nach Paris.« Sie sah verträumt in die Ferne.

»Mit wem denn?«, gackerte Molly hämisch.

»Wenn Sie wollen, können Sie so lange warten, bis ich den Saum fertig habe.«

Faith sah zu Molly hinüber.

»Molly kann es sich auch draußen auf der Veranda bequem machen«, versuchte Tilly sie zu überzeugen. »Möchten Sie vielleicht eine Tasse Tee?« Faith nickte und zog das Kleid aus. Sie saß im Unterrock und mit Strümpfen da, las in Tillys Zeitschriften und studierte die Fotos. Als Tilly ihr das perfekt gesäumte Kleid reichte, legte Faith die Zeitschriften zur Seite und sagte: »Ich hätte mir das Ganze eigentlich sparen sollen. Es ist schließlich nur ein alberner alter Kellerfaltenfummel, der eigentlich aussortiert gehört. Wahrscheinlich endet er an einem der McSwiney-Mädchen.«

Als Nächstes kam Muriel. »Näh mir irgendetwas, das mir steht, diesmal etwas, das ich auch bei der Arbeit tragen kann. Aber es soll richtig gut aussehen, so wie das Kleid, das du mir für Gerts Hochzeit genäht hast.«

»Mit Vergnügen«, sagte Tilly.

Als Ruth am nächsten Morgen mit den Postsäcken vom Bahnhof kam, kippten sie und Nancy den gesamten Inhalt auf den Boden und suchten Tillys dicken braunen Umschlag heraus. Sie öffneten ihn und blätterten durch ihre neue Zeitschrift, bis sie auf die Titelgeschichte stießen – farbige Fotos von einer New Yorker Modenschau mit den neuesten Entwürfen von Emilio Pucci und Roberto Capucci. Sie studierten die Kollektionen und die dürren Models mit den betonten Wangenknochen und den geschminkten Augenlidern und staunten: »Die machen was her, findest du nicht?« Nancy machte sich auf den Weg zum Hügel.

Tilly wurde vom Klopfen an der Hintertür geweckt. Sie musste dringend zur Toilette und hatte noch Schlaf in den Augen. Als sie ihr Haar löste, fiel es ihr wild über die Schulter und umhüllte sie wie ein Seidensarong. Ihre bloßen Schultern brachten Nancy ganz durcheinander, deshalb hielt sie ihr schnell die Januarausgabe der *Vogue* vor die Nase, zeigte auf ein Model in einem eleganten, in hellen Farben leuchtenden Hosenanzug mit Keilhose und sagte: »Siehst du dieses Model hier? So einen Anzug will ich auch.«

Da Tilly sie etwas verstört ansah, fuhr sie fort: »Den Stoff kannst du dir von deinen Freunden in Melbourne besorgen. Und zeig ihn bitte niemandem, ich habe keine Lust auf irgendwelche Nachahmer.«

»Oh«, sagte Tilly. »Der Hosenanzug soll es also sein.«

»Ich habe ein Paket für dich. Und eine Postkarte aus Florenz.«

Nancy reichte ihr beides und verschwand.

An diesem Abend saß Teddy auf der Veranda, nippte an einer Flasche Bier, rauchte und sah Barney zu, der Unkraut aus Tillys Gemüsebeet rupfte und in eine Schubkarre warf. Immer wenn die Schubkarre voll war, schob Teddy sie zum Pferdewagen und entlud sie auf der Ladefläche. Graham sah sich jedes Mal um und schnaubte, wenn Teddy mit der leeren Schubkarre wieder abzog, verlagerte sein Gewicht und ließ den Kopf wieder hängen. Molly kam aus der Küche gerollt und zog unter ihrer Kniedecke ein leeres Glas hervor. Teddy schenkte ihr den Rest seines Bieres ein und ging zur Fliegengittertür. Tilly stand mit einem halb fertigen Teil aus feinstem Gewebe am Küchenfenster und nähte sorgfältig mit der Hand. »Ich dachte, ich mache noch einen kleinen Spaziergang«, sagte Teddy, »runter zum Bach, ein bisschen die Angel auswerfen. In der Abenddämmerung ist es da unten sehr schön, wir könnten …«

»Ich habe hier noch jede Menge zu erledigen«, sagte sie und

lächelte ihn an. Es war ein Lächeln, das von Herzen kam und ihr ganzes Gesicht strahlen ließ.

»Wunderschön«, sagte er.

Kapitel 15

Nancy befestigte eine neue Bürste an ihrem alten Besenstiel, und Muriel putzte mit einem terpentingetränkten Knäuel Zeitungspapier das Schaufenster von Pratts. Beula Harridene kam um die Ecke gerauscht und blieb zwischen den beiden Frauen stehen. »Oh, neue Kleider?«, fragte sie.

Die beiden Frauen grinsten und nickten. »Du solltest dir auch etwas nähen lassen«, sagte Muriel. »Diese Tilly kann wirklich zaubern.«

»Das glaube ich gern«, entgegnete Beula, »wenn sie euch tatsächlich glauben gemacht hat, dass ihr in diesen Fummeln gut ausseht.«

In diesem Augenblick rollte der Triumph Gloria zurück in die Stadt. Die Frauen unterbrachen ihre Unterhaltung und sahen zu dem Wagen. Neben William, der fuhr, saß ein fremder Mann auf dem Beifahrersitz. Gertrude, Elsbeth und Mona saßen hinten und hatten einen neuen Hut auf dem Kopf. Auf dem Gepäckträger oberhalb der Stoßstange waren drei große, noch neu glänzende Koffer festgegurtet, und hinter dem Wagen ruckelte ein nagelneuer Anhänger her, auf dem diverse große Kisten festgezurrt waren. Als der geräumige alte Wagen in die Hauptstraße einbog, stellte Evan Pettyman seine Tasse Kaffee ab, die er sich immer am späten Vormittag gönnte, und trat ans Fenster, um die triumphale Rückkehr der

Beaumonts zu beobachten. In der Schule setzte sich Miss Dimm ihre Brille auf, um zu sehen, was da Riesiges vorbeigeglitten kam, und auf dem Balkon des Pubs hörte Purl auf, Vorleger auszuschütteln, und sah ebenfalls dem Wagen nach.

Die Bewohner von Dungatar hatten plötzlich einiges zu erwarten, das lag in der Luft. Die schicke Hochzeitsgesellschaft mit ihren mit der neusten Collins-Street-Mode voll gestopften Koffern würde ziemlich bald feststellen, dass sich auch die Frauen der Stadt spektakuläre neue Outfits zugelegt hatten und sich inzwischen jeder Kleidersaum mit der aktuellen Mode Europas messen konnte.

Am Samstagmorgen betraten Elsbeth Beaumont und ihre Schwiegertochter in neuen Kleidern und mit dazu passenden Hüten und Handschuhen Pratts General Store. Um Punkt neun Uhr standen sie, eingehüllt in etliche Meter Taft, in ihren weit geschwungenen Dior-Kleidern zwischen den schmuddeligen Regalen; ihre Säume wischten über die Deckel von Nugget-Stiefelpoliturdosen und Fläschchen mit weißer Schuhcreme und brachten die aufgehängten Schuhanzieher zum Klappern.

»Du liebe Güte«, sagte Muriel. »Wie seht ihr denn aus?«

»Hallo, Muriel«, entgegnete Elsbeth, ohne die Zähne richtig auseinander zu nehmen.

»Hallo, Mutter.« Gertrude beugte sich vor und ließ sich ein Küsschen auf die Wange drücken.

»Hattet ihr eine gute Reise?«, fragte Muriel gelangweilt.

»Oh, es war wun-der-bar!«, erwiderte Gertrude.

Elsbeth nickte zustimmend. »Grooßartig.«

Muriel kam hinter dem Tresen hervor. Ihre Schuhe benötigten dringend eine Politur, und ihr Haar konnte den einen oder anderen Bürstenstrich gebrauchen, aber auch sie hatte sich neu eingekleidet. Sie trug eine lange, saphirgraue, fein gewebte Leinentunika mit einem raffiniert geschnittenen Dekolleté und darunter einen gerade bis zu den Waden fallenden Rock. Auf dem Rücken war die Tunika über Kreuz gewickelt und von einem Halbgürtel gehalten. Ihr neues Outfit war perfekt genäht, elegant und praktisch und stand ihr ausgesprochen gut. Gertrude und Elsbeth waren zugleich überrascht und verstimmt.

»Wo ist Vater?«, fragte Gertrude.

»›Vater‹ ist wie immer draußen hinterm Haus zu finden, Gert«, erwiderte Muriel. »Wenn du ›He, Dad‹ rufst, wird er dir wie früher antworten.«

»Würdest du ihm vielleicht sagen, dass ich wieder da bin und wir mit ihm reden müssen?«

Muriel verschränkte die Arme vor der Brust und sah ihrer Tochter in die Augen. »Reg«, sagte sie. Reginald klappte den Mund zu. »Könntest du mir einen Gefallen tun und Alvin holen?« Er stellte das Tablett mit den Innereien, das er gerade in den Händen hielt, auf seine marmorne Theke und ging Alvin suchen.

Die neue Gertrude fuhr fort: »Elsbeth und ich haben für das kommende Jahr einen Haufen aufregender Dinge vor. Wir werden in *Duungatah* etwas veranstalten, was es noch nie gegeben hat. Es wird ein Riesenspaß werden, nicht wahr, Elsbeth?«

Elsbeth schloss die Augen, zog vor lauter Wonne die Schultern hoch und rief entzückt: »Ein *Riesen*spaß!«

Reginald kam zurück. »Verzeihung, die *Damen*, der Herr ›Vater‹ lässt ausrichten, dass er zur Verfügung steht, so schnell er kann.« Er machte eine angedeutete Verbeugung.

»Danke«, entgegnete Elsbeth freundlich. Reg ging zurück zu seinen Innereien und Tierrümpfen.

»Sieh da, hallo, hallo!«, dröhnte Alvin in seiner freundlichsten Gemischtwarenhändlerstimme. Er ging mit ausgebreiteten Armen auf seine Tochter zu (die er so erfolgreich abgestoßen hatte), umfasste ihre Taille, hob sie hoch und wirbelte sie herum, so dass ihre Dior-Unterröcke hochflogen und Staub aufgewirbelt wurde. Dann stellte er sie mit einem Hüsteln und einem angestrengten Seufzer unbeholfen wieder auf dem Boden ab. Sie war schwerer, als er gedacht hatte. »Mein kleines Mädchen«, säuselte er strahlend und tätschelte ihre Pausbacken mit seinen mit Mehl bestäubten Händen. Gertrude zuckte zusammen und tauschte einen missbilligenden Blick mit Elsbeth. Dann rückte sie ihren Hut zurecht.

»Jetzt weiß ich, was es ist!«, sagte Alvin. »Du hast einen neuen Hut!« Er nickte Muriel zu, die die Augen verdrehte.

»Daddy, Elsbeth und ich möchten dich bitten, diesen Handzettel gut sichtbar im Schaufenster aufzuhängen und auch im Laden an einigen Stellen welche auszulegen. Wir haben etliche Matritzenabzüge angefertigt, und in der Lokalzeitung wollen wir auch auf unser Vorhaben hinweisen …«

»Wir haben einen Social Club gegründet«, verkündete Elsbeth. »Ich bin die Schriftführerin, Trudy ist die Vorsitzende und Mona unsere Schreibkraft. Wir dachten, Muriel könnte unsere Schatzmeisterin werden und …«

»Trudy?«

»Ja, Mutter, von jetzt an nenn mich bitte nur noch *Trudy*. Unsere erste Versammlung ist für Montag angesetzt, und sie findet bei uns zu Hause statt, auf Windswept Crest. Wir haben schon sämtliche Termine für die geplanten Veranstaltungen, und wir wollen die Bewohner von Dungatar versammeln, um die Aufgaben zu verteilen. Vor allem brauchen wir Spendeneintreiber … wir planen Teegesellschaften, Krocketspiele, Tanzveranstaltungen …«

»Einen *Ball*«, korrigierte Elsbeth sie. »Einen Ball, um Spenden zu sammeln.«

»Genau, einen Ball, den größten und tollsten Ball, den es hier je gab …«

»Und es wird eine Schauspielgruppe geben«, ergänzte Elsbeth begeistert, »und eine spezielle Abteilung für SPRECH-ER-ZIEH-UNG.«

»Genau!«, sagte Gertrude und nickte Elsbeth zu, woraufhin diese Alvin die Abzüge hinhielt. Auf ihnen stand fein säuberlich in fetten Buchstaben: TRUDY UND ELSBETH BEAUMONT laden DIE FORTSCHRITTLICH EINGESTELLTEN FRAUEN DUNGATAHS ZU EINER VERSAMMLUNG ein. Darunter folgte ein Absatz in merkwürdig verschnörkelter Druckschrift. Alvin schob die Daumen unter die Bänder seiner Schürze. Es folgte ein längeres Schweigen.

»Dunga*tah?«,* fragte er schließlich.

»Wo ist eigentlich Mona?«, wollte Muriel wissen.

»Sie lernt Reiten und Dressur«, erwiderte Gertrude. »Wir haben einen neuen Mann eingestellt.«

»Mona hat doch entsetzliche Angst vor Pferden«, stellte Muriel erstaunt fest.

»Das ist ja das Verrückte«, entgegnete Trudy und schüttelte den Kopf.

Alvin schien überrascht. »Ihr habt eine neue Kraft?«

»Er heißt Lesley Muncan und ist ein wahrer Gentleman«, verkündete Elsbeth und rümpfte, zu Alvin gewandt, die Nase.

Alvin lächelte ungerührt weiter und sagte: »Na, so was.«

Dann nahm er die beiden Frauen von Kopf bis Fuß in Augenschein und musterte sie von den wogenden Federn, die ihren spektakulären Kopfschmuck zierten, bis hin zu den zusammengedrückten Zehen, die in modischen neuen Schuhen steckten. »Wie mir scheint, habt ihr euch in Melbourne reichlich eingedeckt.«

Gertrude lächelte Elsbeth verschwörerisch zu, die ihrer Schwiegertochter kameradschaftlich den Arm drückte.

»Dann nehme ich an, dass die Ernte gute Einnahmen gebracht hat und William ziemlich bald mit einem Scheck hier aufkreuzt – schließlich sind da noch die ausstehenden Schulden zu begleichen, *Mrs. Beaumonts*, und ich hoffe doch sehr, ihr habt von eurer Einkaufstour sämtliche Quittungen mitgebracht, dann können wir sie nämlich kurz in meinem Büro durchgehen und sie eurem bestehenden Anschreibkonto hinzufügen.«

Das Lächeln verschwand schlagartig aus den Gesichtern der beiden Beaumontfrauen. »Aber Daddy, ich dachte ...«, begann Gertrude.

»Ich habe gesagt, du darfst DIR eine kleine Aussteuer zulegen«, fiel Alvin ihr ins Wort. Dann sah er Elsbeth an und rümpfte die Nase.

Elsbeth steckte Muriel die Handzettel zu und bedachte ihre neue Schwiegertochter mit einem finsteren Blick.

Septimus Crescant saß an der Ecke der Theke und unterhielt sich mit Hamish O'Brien. Purl stand hinter der Theke und lackierte sich die Fingernägel, während Fred, Bobby Pickett und Scotty Pullit am Tisch saßen, an ihren Gläsern nippten, rauchten und immer wieder die Karten mischten. Schließlich sah Fred auf Teddys leeren Stuhl und sagte: »Fangen wir an, oder was?« Reginald gab die Karten, und jeder der Männer warf zehn Zweischillingmünzen auf den Tisch.

Das Telefon klingelte. Purl ging zur hinteren Wand, nahm den Hörer ab und achtete darauf, dass der Nagellack auf ihren frisch lackierten Fingernägeln nicht verschmierte. Bobby winkte ihr mit seinen Karten zu und formte die Worte: »Sag ihr, dass ich gerade aufgebrochen bin.«

»Hallo, Station Hotel …«

Die Pokerspieler ließen sie nicht aus den Augen.

»Hör zu, meine Liebe, ich weiß die Einladung sehr zu schätzen, aber ich habe am Sonntag wirklich keine Zeit, alles klar? Tschüss.« Purl legte den Hörer zurück auf die Gabel.

»Das war die bemitleidenswerte arme Mona, die nicht nur so heißt, sondern auch ewig allein ist. Sie hat im Namen des Dungatarer Social Clubs angerufen und mich zu ihrer Gründungsversammlung draußen auf dem Fart Hill eingeladen, auf der sie ihren ersten Krockettag zum Eintreiben von Spendengeldern und ihre erste Teegesellschaft besprechen wollen – ach, und dann soll es auch noch einen ›Präsentationsabend‹ geben.«

»Na, dann gibt es ja etwas, worauf man sich freuen kann«, sagte Fred lakonisch.

Purl schloss die Augen und schüttelte langsam den Kopf: »Ich kann es kaum erwarten.«

Die Männer widmeten sich wieder ihren Karten, Hamish und Septimus setzten ihre Diskussion fort. »Eins ist klar«, sagte Hamish, »der ganze Schlamassel fing mit dem Ackerbau an, denn der hat dazu geführt, dass die Menschen ihre Ernte beschützen mussten. Also haben sie sich in Gruppen zusammengerottet und Mauern errichtet, um ihre hungrigen, weniger entwickelten Stammesgenossen der Jungsteinzeit abzuwehren.«

»Falsch«, widersprach Septimus, »das Rad hat die Menschheit in den Abgrund gerissen.«

»Ach was. Das Rad hat doch den Transport von Sachen erleichtert.«

»Dann kam die industrielle Revolution, und die Mechanisierung hat erst recht alles zu Grunde gerichtet …«

»Was hast du denn gegen Dampfmaschinen? Dampf ist absolut harmlos, und es gibt kaum ein schöneres Geräusch, als einen vorbeirauschenden Zug, der mit Höchstgeschwindigkeit von einer Dampflok gezogen wird …«

»Diesel ist sauberer«, stellte Septimus fest und nippte an seinem Bier.

Der Kartengeber hörte auf zu mischen, und alle Blicke wanderten zu den beiden streitenden Stammgästen an der Ecke der Theke.

Hamish wandte sich um und sah seinem Trinkkumpan in die Augen. »Und damit du's weißt: Die Erde ist rund.«

Mit diesen Worten goss er sein noch halb volles Glas Guinness in aller Seelenruhe in Septimus' Helm, der neben der Theke auf dem Boden lag. Im Gegenzug kippte Septimus Hamish den restlichen Inhalt seines Bierglases über den Kopf. Das Bier tropfte ihm von seinem Walrossschnauzer. Hamish hob seine geballten Fäuste, nahm eine klassische Jack-»Nonpareil«-Dempsey-Pose ein und tänzelte vor seinem Kontrahenten hin und her, wobei er seine Arme vor- und zurückschnellen ließ wie Kuppelstangen zwischen den Rädern eines Zuges. Purl wedelte hastig mit den Händen, damit ihre Fingernägel trockneten, Fred seufzte.

»Na los, Septimus, heb deinen Arsch, lass uns rausgehen!«

Hamish wollte ihm genau in dem Moment einen Jab verpassen, als Septimus sich zu seinem Helm hinabbeugte. Die nächsten beiden Jabs landeten ebenfalls in der Luft, doch der dritte traf, als Septimus wieder hochkam und die Arme hob, um sich den Helm aufzusetzen. Man hörte es leise, aber hörbar knacken, wie wenn ein rohes Ei auf den Küchentisch fällt. Septimus krümmte sich und hielt seine blutende Nase.

»Hamish«, sagte Fred. »Ich denke, es ist Zeit für dich, nach Hause zu gehen.«

Hamish setzte seine Bahnhofswärtermütze auf, winkte von der Tür noch einmal allen vergnügt zu und rief: »Dann bis morgen!«

Purl reichte Septimus ein Taschentuch.

Septimus ging ebenfalls zur Tür. »In dieser Stadt kann ein Mann die Frau seines Nachbarn vernaschen und ungeschoren davonkommen, aber die Wahrheit zu sagen, kann einem eine blutende Nase einbringen.«

»Kann es«, bestätigte Fred, »aber wenn ich du wäre, würde ich mich etwas zurückhalten, sonst hast du beim nächsten Mal eine *gebrochene* Nase.« Septimus verließ den Pub.

Purl erkundigte sich, ob Reg den Footballverein auch in diesem Jahr kostenlos mit Fleisch versorge.

»Ja«, erwiderte Scotty. »Und als Zeitnehmer fungiert er auch wieder.«

Ruth und Miss Dimm, Nancy und Lois Pickett, Beula Harridene, Irma Almanac und Marigold Pettyman wurden ebenfalls vom Gründungskomitee des Dungatarer Social Clubs angesprochen. Faith war nicht zu Hause. Sie probte gerade – mit Reginald. Mona lud die Frauen zur Gründungsversammlung nach Windswept Crest ein und bat sie, Kuchen mitzubringen. Die neu geworbenen Mitglieder des Dungatarer Social Clubs riefen umgehend bei Ruth in der Telefonvermittlung an und verlangten, mit Tilly Dunnage verbunden zu werden.

»Im Moment hat Elsbeth sie gerade an der Strippe«, erklärte Ruth. »Als Nächstes telefoniere ich mit ihr, und dann stelle ich euch nacheinander zu ihr durch.«

Als Ruth auf dem Hügel ankam, hämmerte sie gegen die Hintertür und rief: »Ist jemand da?«

»Wir dürften wohl kaum bei irgendjemand zu Besuch sein, oder?«, kam prompt Mollys Antwort.

Dann trafen auch die anderen ein und mussten bei Molly in der Küche warten. Molly saß gebeugt in ihrem geschmückten Rollstuhl und stocherte mit ihrem Gehstock an einem brennenden Holzscheit herum. Sie schnäuzte sich mit der Hand die Nase, schnipste den grünen Schleim in die Glut und sah aufmerksam zu, wie er blubbernd und zischend verdampfte.

Tilly führte ihre Kundinnen professionell und freundlich eine nach der anderen ins Esszimmer und besprach mit ihnen ihre Wünsche und Vorstellungen. Sie registrierte, dass die Mitglieder des neu gegründeten Dungatarer Social Clubs über Nacht einen Akzent angenommen hatten – eine deutlich artikulierte Dungatarer Interpretation höfischen Englischs.

Die Wünsche ihrer Kundinnen waren simpel. – »Ich will besser aussehen als alle anderen, vor allem besser als Elsbeth.«

Draußen auf Windswept Crest saß der neue Mann, Lesley Muncan, der von kleiner Statur war, mit übereinander geschlagenen Beinen in der Küche und starrte Monas Hintern an; sie war über die Spüle gebeugt und machte den Abwasch.

Lesley hatte in der Wäscherei des Hotels gearbeitet, in dem die Beaumonts während ihrer Flitterwochen abgestiegen waren, und hatte William eines Morgens Zeitung lesend im Foyer angetroffen.

»Die Frauen sind zum Einkaufen ausgeflogen und verpulvern Ihr ganzes Geld, habe ich Recht?«, hatte er gewitzelt.

»Genau«, hatte William überrascht erwidert.

»Genießen Sie Ihren Aufenthalt?«

»Ja«, sagte William. »Und Sie?«

Lesley rückte seine Manschetten zurecht und erwiderte: »Das Hotel ist schön. Sie sind vom Land, habe ich Recht?«

»Ja«, bestätigte William mit einem Lächeln.

Lesley sah sich schnell im Foyer um und setzte sich zu William aufs Sofa. »Ich habe viel mit Pferden gearbeitet und bin gerade auf der Suche nach einer passenden Stelle. Sie kennen nicht zufällig jemanden, der einen Reitlehrer gebrauchen könnte?«

»Tja ...«, erwiderte William.

Lesley sah flüchtig zur Rezeption. »Ich könnte als Pferdepfleger arbeiten, kann aber auch im Stall mit anfassen. Und ich kann sofort anfangen.«

In diesem Augenblick kamen Elsbeth, Trudy und Mona aufgekratzt und eine Duftwolke aus der Parfümabteilung von Myers hinter sich her ziehend durch die Tür gerauscht. Lesley sprang auf und half ihnen mit den Einkaufspaketen.

William sagte: »Dieser Herr ist wie wir Gast in diesem Hotel. Mr. ...?«

»Muncan, Lesley Muncan, hocherfreut, Ihre Bekanntschaft zu machen.«

»Mr. Muncan kennt sich mit Pferden aus«, fuhr William fort.

»Oh, tatsächlich?«, hatte Gertrude gesagt.

»Mona«, sagte Lesley schließlich und klopfte mit dem Zeigefinger die Asche seiner Zigarette ab, »wenn ich meinen Fuß in einen Steigbügel stellen kann, schaffst du das auch – es ist noch früh genug, es zu lernen, meine Liebe.«

Mona hatte Angst vor Pferden, aber sie wollte Lesley gefallen. »Ich werde es versuchen«, versprach sie und fuhr unaufhörlich mit dem Spültuch über den längst sauberen Teller. Mona wollte nicht länger allein bleiben; sie wollte einen Partner. Ihre Mutter und Trudy waren inzwischen dicke Freundinnen, und Mona fühlte sich oft einsam in dem großen Haus. Dann setzte sie sich ans Erkerfenster, sah hinaus auf die Ställe und beobachtete Lesley bei der Arbeit. Er hatte sein Quartier im Dachboden aufgeschlagen, doch in den vergangenen Tagen war er immer in die Küche gekommen, wenn er sie am Fenster gesichtet hatte.

»Gut«, sagte er. »Schließlich ist es der ausdrückliche Wunsch deiner Mutter – und wir wollen die Chefin ja nicht enttäuschen, oder?«

Elsbeth, Trudy und William entspannten sich in der Bibliothek, dem bisherigen »Gästezimmer« – es war ein fensterloser Raum in der Mitte des schlecht geschnittenen Hauses, der zum Abstellen von allem möglichen Krempel genutzt worden war. William hatte sich angewöhnt, Pfeife zu rauchen. Die Pfeife aus dem Mund zu nehmen und mit ihr eine weit ausholende Bewegung zu machen schien ihm eine geeignete Geste, seinen Vorstellungen Nachdruck zu verleihen. Im

Grunde gab er meistens Trudys Ansichten zum Besten, aber sie ließ sie ihn gern als seine eigenen ausgeben. Auf diese Weise konnte sie sagen: »Aber William, du hast doch selber gesagt, dass eine Ledergarnitur länger hält.« Vom neuen Plattenspieler tönte leise *South Pacific* »Bali Haiiiiii, come to meeeeeee«. Ohne jede Vorwarnung erstarrte Trudy plötzlich, schlug sich die Hand vor den Mund und stürmte aus dem Zimmer. Elsbeth und William sahen sich mit hochgezogenen Augenbrauen an.

Mona eilte aufgeregt über den Flur und rief: »Mummy, William, kommt schnell!«

Lesley rief: »Sie hat sich über dem Geschirr erbrochen!« Er schloss die Augen und rieb sich mit dem Handrücken die Stirn.

»Was hast du denn, Trudy?«, fragte William und ging zu ihr. Elsbeth legte sich die Finger auf die Lippen und stützte sich auf den Kühlschrank.

»Ich setze den Kessel auf«, schlug Mona vor.

»Hast du dich in letzter Zeit manchmal unwohl gefühlt«, fragte Elsbeth plötzlich interessiert.

»Ich bin nur hin und wieder ein bisschen müde, das ist alles.«

Elsbeth warf ihrem Sohn einen viel sagenden Blick zu, und dann blickten sie beide voller Liebe und Dankbarkeit Trudy an. Sie streckten ihre Arme nach ihr aus, und Lesley murmelte der Decke zu: »O mein Gott, sie ist schwanger.«

Mona drückte sich die Teekanne fest an die Brust und sagte: »Dann wollt ihr wohl auch noch mein Zimmer haben und es als Kinderzimmer nutzen.« Elsbeth ging zu ihrer Tochter, zischte »selbstsüchtiges kleines Miststück« und verpasste ihr eine schallende Ohrfeige.

Kapitel 16

Eines Abends sah Beula Harridene während eines Abendspaziergangs, wie Alvin Pratt mit einer Taschenlampe in den Kofferraum eines Vertreterautos leuchtete und eine Kollektion billiger Stoffe durchsah. Am nächsten Morgen entdeckte sie die Stoffe zu völlig überhöhten Preisen auf Muriels Tresen wieder. Auch die Auswahl an Knöpfen, Reißverschlüssen und Perlen war gewaltig gestiegen; sie stammten aus Spezialgeschäften in Richmond, sonstige Accessoires erwarb Alvin bei den Großhändlern an der Collins Street und verkaufte sie den heftig miteinander konkurrierenden Bewohnern Dungatars mit hundert Prozent Preisaufschlag weiter. Dieser Tage trugen die Frauen Morgenröcke aus »importiertem« Brokat mit Knöpfen aus Elfenbein oder Strass und wandelten wie Filmstars in pastellfarbenen Gewändern aus Seidenchiffon oder in Keilhosen aus Samt mit breiten Taillenbändern und hochgeschlossenen Pullovern in ihren Häusern umher.

Für Miss T. Dunnage, Dungatar, Australien, kamen weiterhin regelmäßig große Kisten mit der Post. Eines Abends fuhr Sergeant Farrat auf dem Hügel vor, als Ruth gerade dabei war, eine dieser Kisten zur Veranda zu schleifen. »Du liebe Zeit«, sagte der Sergeant, »was ist denn da drin – Gold?«

»Nähutensilien«, erwiderte Tilly. »Garne, Muster, Pailletten, Modezeitschriften, Federn ...«

»Federn?«, rief Sergeant Farrat und rieb sich die Hände.

»O ja«, bestätigte Ruth, »jede Menge Federn der unterschiedlichsten Art.«

Tilly sah sie kühl an und zog eine Augenbraue hoch. Ruth schlug sich die Hand vor den Mund. Sergeant Farrat registrierte genau, was zwischen den beiden Frauen vorging. »Sind auch Straußenfedern dabei?«

»Ich weiß es nicht, Sergeant«, erwiderte Ruth. »Ich könnte mir *vorstellen*, dass welche dabei sind, ich meine, ich habe natürlich *keine Ahnung*, was sich genau in der Kiste befindet, aber alle reden doch über ihre neuen Kleider, die sie auf dem Präsentationsabend des neuen Social Clubs tragen wollen …«

Sie sahen hinab auf die Kiste. Die Siegel waren durchgerissen, und da, wo die Nägel gewesen waren, klafften nackte Löcher. Dafür hatte jemand die Kiste mit neuen Nägeln notdürftig wieder zugenagelt. Das ursprüngliche Klebeband war entfernt und durch einen standardmäßigen Postklebestreifen ersetzt worden. »So«, sagte Ruth, »ich mache mich dann mal wieder auf den Weg. Purl wartet auf ihre neuen Schuhe, und für Faith sind neue Notenblätter zum Üben gekommen.« Sie sahen ihr nach, wie sie mit ihrem Postwagen davonzuckelte. Der Sergeant lächelte Tilly an und fragte: »Wie geht's deiner Mutter denn so?«

»Sie ist nicht mehr verwahrlost, wie vor meiner Ankunft«, erwiderte Tilly, verschränkte die Arme vor der Brust und sah den Sergeant an.

Sergeant Farrat nahm seine Dienstmütze ab und hielt sie sich vor die Brust. »Tja«, sagte er und sah auf den Boden.

»Es ist wirklich erstaunlich, was ein bisschen vernünftige Ernährung ausrichten kann«, fuhr Tilly fort. »Sie hat gute

Tage, und manchmal auch nicht so gute, aber sie ist immer guter Dinge, und manchmal fasst sie sogar wieder einen klaren Gedanken.« Sie schleppten die Kiste in die Küche.

»Ich war immer davon ausgegangen, dass Mae sich um sie kümmert«, sagte der Sergeant.

Molly kam in ihrem Morgenmantel und ihren Pantoffeln in die Küche geschlurft. Sie zog ein Stück Seil hinter sich her, blieb vor dem Sergeant stehen und sah ihn gespannt an. »Sie ist in Schwierigkeiten, habe ich Recht? Wundert mich überhaupt nicht.«

»Willst du dich auf ein Tässchen Tee und ein Stück Kuchen zu uns setzen?«, wandte sich Tilly an ihre Mutter.

Molly ignorierte Tilly und beugte sich zu dem Sergeant. »Mein Opossum ist verschwunden«, sagte sie. »Aber ich glaube, ich weiß, was ihm passiert ist.« Sie zeigte mit dem Kopf auf einen großen Topf, der auf dem Ofen vor sich hin köchelte.

»Verstehe«, entgegnete er und nickte ernst. Molly schlurfte weiter, Tilly reichtc dem Sergeant eine Tasse Tee. Er klopfte mit der Seite seines Schuhs gegen die Kiste und ging um sie herum. »Um sie aufzukriegen, braucht man eine Zange«, stellte er fest. Tilly reichte ihm die Zange, und er stellte seine Teetasse ab und kniete sich vor die Kiste. Er stemmte den Deckel auf, fasste hinein, zog diverse Pakete heraus, hielt sie sich vor die Nase und roch an ihnen. »Darf ich sie aufmachen? Bitte.«

»Tja, eigentlich wollte ich gerade …«

Er riss gierig an den Ecken das Packpapier auf, zog die Stoffe heraus und rieb sie zwischen Daumen und Fingern. Dann legte er sie behutsam auf den kleinen Nähtisch. Tilly überflog die Skizzen, die sie angefertigt, und die Maße, die sie genommen hatte, und legte sie zu den Stoffen. Sergeant Farrat hatte sich bis zum letzten Paket am Boden der Kiste vorgearbeitet. Er drückte es sich an die Brust, zerriss das braune Papier und brachte meterweise magentaroten leuchtenden Seidenorganza zum Vorschein. »Oh!«, rief er entzückt und vergrub das Gesicht in der duftenden Stoffmasse. Dann hob er abrupt den Kopf, riss entsetzt den Mund auf und schlug sich ein paar Mal mit der Hand auf seine erröteten Wangen.

»Er ist wunderschön, nicht wahr?«, sagte Tilly. »Er ist für mich.«

Der Sergeant ging zu ihr, nahm ihre Hand und sah ihr in die Augen. »Könnte ich bitte eine von deinen Straußenfedern haben?«

»Gerne.«

Er küsste ihr die Hand. Dann legte er sich den magentaroten Seidenorganza um die Schultern wie eine riesige Schleppe und ging graziösen Schrittes in imaginären Stöckelschuhen zum Spiegel. Er drehte sich nach allen Seiten, erfreute sich an seinem Spiegelbild und wandte sich zu Tilly um: »Ich verstehe eine Menge von Pailletten und Strass, und ich wette, ich kann mindestens so schnell Hohlsäume nähen wie du – und was Reißverschlüsse, Maßnehmen oder Posamentenbesatz angeht, bin ich auch ein ziemliches Ass.«

»Was halten Sie von Halskrausen und Rüschen?«

»Ich hasse sie.«

»Ich auch«, sagte sie.

Jenseits von Windswept Crest erstreckten sich die ordentlich abgemähten Stoppelfelder bis zum Horizont wie eine riesige Kokosfasermatte. Auf dem Anwesen der Beaumonts standen weidende Rinder in den niedrigen grauen Stoppeln – den Überresten der letzten Ernte. Inmitten des Meers von Stoppelfeldern gab es eine grüne Oase, das Wohnhaus der Beaumonts, das von Gummibäumen umgeben war und dessen Dach sich rot vom klaren Himmel abhob. Parkende Autos glänzten in der Sonne, und vor der grünen Insel waren kleine gestreifte Festzelte aufgebaut worden. Auf einer Koppel drehte ein Pferd steif seine Runden und vollführte kleine Sprünge. Es wurde von einer kleinen Gestalt in einem roten Mantel an der Longe geführt: Lesley, der verschiedene Dressurschritte demonstrierte. Auf dem frisch gemähten Streifen, der zum Bach hin abfiel, der an dieser Stelle von graugrünen, überspülten Gummibäumen gesäumt war, stand ein kleines Grüppchen beisammen. William setzte Bobby und Reg die neuesten Entwicklungen auseinander. »Wir haben uns von Ed McSwiney einen neuen Hof und Ställe für die Reitaktivitäten bauen lassen. Der Tennisplatz wird gerade renoviert, und für die Gartenanlagen und die Geflügelausläufe und so weiter haben wir ein neues Bewässerungssystem ausgehoben – und natürlich seid ihr alle hier, um den neuen Krocketrasen auszuprobieren, und dann glaube ich, will Mutter noch ein weiteres Projekt verkünden, wenn sie die Auszeichnungen für die mitgebrachten Kuchen verleiht ...«, das Lächeln verschwand aus Williams Gesicht, und seine Stimme wurde leiser, »... und was die landwirtschaftliche Seite angeht, habe ich auch alle möglichen Pläne, wenn ich erst einmal die neuen Maschinen bekomme ...« Er schob die Hände in die Hosentaschen und schlenderte weiter.

Scotty Pullit sagte: »Deshalb sind wir hier – weil wir das alles bezahlen sollen.«

»Ein schöner Rasen«, stellte Bobby fest. Die Footballspieler musterten den Krocketrasen und grinsten.

Muriel ging an den Ställen entlang, sammelte das Geld ein

und stopfte die Einnahmen in eine braune Papiertüte. Dann schlurfte sie mit ihrem Segeltuchstuhl unter dem Arm hinüber zu Trudy, klappte ihn aus, streifte ihre verstaubten weißen Sandalen ab und ließ sich neben ihre Tochter, die es sich auf der Veranda auf einer Liege gemütlich gemacht hatte, plumpsen. Trudy sah ihre Mutter nervös an. An jedem einzelnen Haar ihres Damenbartes klebte Lippenstift, die Härchen sahen aus wie feine Streichhölzer mit roten Köpfen. Außerdem benötigte sie eine Haartönung und eine Dauerwelle, und ihre Füße waren trocken und eingerissen und glichen großen langen Warzen.

»Bei uns sind heute einige meiner neuen Verwandten zu Besuch«, sagte Gertrude. »Aus Toorak.«

»Elsbeths Cousine Una?«, fragte Muriel.

»Du hast dich ihr noch gar nicht vorgestellt!«

»Wir haben uns doch schon vor langer Zeit kennen gelernt, Gert…«

»*Trudy*, ich heiße Trudy, wie oft soll ich dir das noch sagen?«

»Sie leben nicht in Toorak, sie leben gleich nebenan – in Prahran.« Muriel stand abrupt auf, nahm ihren Stuhl und warf die Papiertüte auf Trudys Schoß. »Ich sollte es wohl wissen. Schließlich bin ich in South Yarra geboren und groß geworden.« Mit diesen Worten zog sie davon. Die Sandalen baumelten in ihrer Hand, ihr Rock war zwischen ihren Pobacken eingeklemmt. Sie sah hinab auf den zwischen ihren Füßen dahingleitenden Boden und sagte: »Meine eigene Tochter hat sich in die Art Mensch verwandelt, der ich nie wieder begegnen wollte, als ich hierher gezogen bin.«

Graham hob seine lange, staubige samtene Nase und wandte den Kopf um. Er hatte sich bereits durch eine halbe Reihe

Karotten, etwa fünfzehn Eisbergsalatköpfe, ein oder zwei Tomatenpflanzen mit noch unreifen Früchten, einige Bohnen und ein oder zwei Salatgurken gemampft. Da seine Vorliebe für Salatgurken sich in Grenzen hielt, wandte er sich wieder den Karotten zu, zupfte sie an ihren grünen Büscheln aus der Erde, schüttelte sie und ließ sie zwischen seinen dicken weichen Lippen verschwinden. Faith kam vorbeigeschlendert. Sie war unterwegs zu einem Rendezvous mit Reginald und sagte lächelnd: »Du bist aber ein ungezogenes Pferd.«

Hamish war am anderen Ende des Anwesens damit beschäftigt, die Signale seiner Modelleisenbahn zu justieren, während die kleine Dampfeisenbahn auf den Miniatur-Stahlschienen tutend im Kreis herumzuckelte und eine Runde nach der anderen drehte. »Ihr dürft nicht zu nah rangehen«, knurrte er den zusehenden Kindern zu. »Die ganze Anlage ist sehr empfindlich, alles ist genau eingestellt und aufeinander abgestimmt ... hört euch diesen Rhythmus an ... Großartig, nicht wahr? Es gibt natürlich noch ein besseres Modell als dieses, die D-Klasse, Typ 4-6-0. Dieses Modell hat zwei achtundvierzig Zentimeter Zylinder, gekuppelte Räder mit einem Durchmesser von eins Komma fünfundsiebzig Zentimeter. HERRJE, ICH HABE DOCH AUSDRÜCKLICH GESAGT: NICHT ANFASSEN, STELL DEN WASSERTURM SOFORT ZURÜCK!«

Sechs von Lesleys jungen Schülern kamen auf Reitpferden und Shetlandponys in die Mitte der Koppel geritten. »Ladys und Gentlemen, liebe Eltern ...«, begann Lesley und lächelte seinem ländlichen Publikum zu, das von entlegenen Anwesen gekommen war und in Reithosen neben den Pferdetransportern an Klapptischen saß und picknickte. Die Leute nickten zurück. Hinter ihm bewegten sich die Ponys in einer ungeraden Reihe diagonal über die Koppel. »Bei der Dressur kommt es auf folgende Fähigkeiten an: Rhythmus, Gelenkigkeit, Antriebskraft, Verständigung zwischen Pferd und Reiter, Geradlinigkeit und Gefasstheit des Pferdes. Der Rhythmus ist der Takt, und das Tempo ist die Zeiteinheit zwischen den Takten beziehungsweise zwischen den Schritten. Ein Reiter muss die Musik wahrnehmen, die das Pferd spielt.« Die Eltern vom Lande deuteten mit ihren Thermoskannenbechern hinter ihn und lachten. Lesley drehte sich um und sah, dass die Reitpferde und die Shetlandponys sich allesamt in eine Ecke der Koppel verdrückt hatten, wo sie unruhig hin und her liefen, sich gegenseitig bissen, austraten und versuchten, die Kinder abzuwerfen, die schreiend in ihren Satteln saßen.

Teddy entfernte die Tore vom Krocketrasen und begann mit einem Kick-to-Kick-Spiel. Irgendjemand landete einen Fehlschuss, und der Ball hüpfte auf den Bach zu, doch Faith, die gerade den Hang hochkam und sich Gras aus dem Haar und von der Kleidung zupfte, hob ihn auf. Sie schoss ihn mit einem kurzen kräftigen Punt zurück und blieb, wo sie war, an der hinteren Linie in der Nähe des Bachs. Der Ball landete direkt in Scotty Pullits gesenkten Unterarmen. Nancy gesellte sich zu der vor dem Wohnhaus versammelten Gruppe und ging dann weiter zu Ruth. Teddy rief alle Spieler in der Mitte des Rasens zusammen, und sie knobelten zwei Mannschaften aus. Als Torpfosten stellten Bobby, Reginald und Barney die Stangen von Springreithindernissen in Zweihundertliter-Tonnen auf. Eine Münze wurde geworfen, und die Spieler trotteten auf ihre jeweiligen Positionen. Barney bekam ein weißes Hemd in die Hand gedrückt und den Auftrag, es immer zu schwenken, wenn der Ball zwischen den Torpfosten landete. Er baute sich stolz auf der ihm zugewiesenen Position auf, hielt das Hemd hoch und war bereit. Teddy hatte den ersten Versuch, und als der Ball auf die Torpfosten zuflog, rief er: »Pass auf, Barney!« Barney ließ das Hemd sinken und markierte den Ball. Reginald Blood erklärte den Schuss für ungültig. Als Teddy seinem Bruder einen leichten Klaps auf den Hinterkopf verpasste, verkündete Reg einen weiteren Punktabzug für Teddys Mannschaft. Es folgte ein heftiger Wortwechsel, das Geschrei schallte über den Bach, und das kreischende Gelächter hallte von den Gummibäumen wider und ließ die Kämme der schlafenden rosa Kakadus anschwellen. Elsbeth Beaumont richtete die Aufmerksamkeit ihrer Verwandten auf die Pferdetransporter und Farmeigentümer. Sie rümpfte die Nase und sagte: »Es ist immer das Gleiche mit diesem Pöbel.«

Während die anderen Football spielten, zählte Trudy Beaumont die Einnahmen.

Mona und Lesley ruhten sich in der Düsternis der Ställe auf den Heuballen aus. »Ich denke, ich werde wieder mein Brautjungfernkleid tragen«, sagte Mona und seufzte.

»Wie sieht es aus?«

»Es ist rost…«

»Ach so, das mit dem halsfernen Ausschnitt. Warum lässt du dir nicht von dieser Skandalnudel Tilly – wie war noch mal ihr Name? – etwas Neues anfertigen? Wie ich gehört habe, ist sie gar nicht teuer.«

»Mutter sagt, dass ich das orangefarbene Kleid noch nicht oft genug getragen habe.« Sie zupften an Strohhalmen herum und ließen ihre in Reitstiefeln steckenden Beine baumeln.

»Gehst du, äh, gehst du heute Abend mit jemand Bestimmtem zu der Präsentation, Maestro?«

»Aber natürlich«, erwiderte Lesley mit schriller Stimme. »Um sieben hole ich Lois Pickett ab.«

»Verstehe«, entgegnete Mona.

Lesley verdrehte die Augen. Mona dämmerte, dass ihr Freund, der Maestro, einen Witz gemacht hatte. Sie ließen sich gackernd zurück ins Heu fallen.

Als Mona an diesem Abend an Lesleys Arm durch die Saaltür schritt, strahlte sie übers ganze Gesicht. Sie trug ein schlichtes blaues Viskosekleid mit einem Überrock und einer Quetschfalte vorne in der Mitte, das sie schon seit Jahren besaß, doch sie hatte sich als Accessoire ein rotes geblümtes Tuch um die Schultern gelegt und sich eine rote Blume hinters Ohr gesteckt. Sie konnte ohne weiteres mit den anderen Frauen mithalten, die nach wie vor ihre langen schwarzen Handschuhe, taillenbetonenden Plisseeröcke aus Taft oder gechintzer bedruckter Baumwolle sowie Prinzesskleider in aktuellem Design bevorzugten. Allerdings waren sie alle von Tilly Dunnage geändert und aufgefrischt worden, hatten einen europäischen Touch bekommen und sahen beinahe avantgardistisch aus. Im Saal ging es hoch her, und es wurde in schrillen Tönen aufgeregt durcheinander geredet.

Lesley wandte sich Mona zu. »Schultern gerade, Brust raus. Geh so, wie ich es dir gezeigt habe!«

Als Trudy und Elsbeth die Bühne betraten und ans Mikrophon gingen, verstummte die Menge im Saal. Alle sahen die beiden Frauen erwartungsvoll an. Elsbeth trug ein exquisites, rot schimmerndes Gesellschaftskleid aus durchwirktem Taft. Es hatte einen sehr tiefen Ausschnitt und einen weiten schulterfreien Kragen; Tilly hatte ein raffiniertes und kompliziertes Oberteil im modernen Wickelstil kreiert.

Die Schwangerschaft hatte Trudy noch einmal weitere neunzehn Kilo beschert. Ihr Gesicht war geschwollen, ihre Wangen wölbten sich wie Spinnaker. Wasseransammlungen schwappten um ihr Hinterteil wie Rettungsringe auf hohen Wellen, schwabbelten kaskadenartig ihre Beine hinunter und verdickten sich um ihre Knöchel herum. Um von Trudys Erscheinung abzulenken, hatte Tilly ein Kleid entworfen, das sehr en vogue war; es war edel und kaschierte Trudys Problemzonen perfekt. Es war ein wadenlanges marineblaues Seidentaftkleid mit einer trägerlosen Stäbchenkorsage, gerafft, um ihren runden Bauch unterzubringen, und es fiel von der Taille in tief eingelegten Falten zum Saum herab.

Mona schritt auf die Bühne zu, Lesley folgte ihr. Er beugte sich zu ihr vor und flüsterte ihr aus dem Mundwinkel zu. »Es schneit unten im Süden.«

Sie sah zur Tür. »Mir ist nicht kalt.«

»Man sieht deinen Unterrock.« Er deutete mit den Augenbrauen auf ihren Saum und zeigte dann mit dem Kopf zur Tür. Sie traten leise zurück in die Dunkelheit. Lesley hielt Monas Schultertuch, während sie an den Trägern ihres Unterrocks herumfingerte und eine Sicherheitsnadel hervorzog, die sie an ihrem Schlüpfer befestigt hatte.

»Beeil dich!«, drängte Lesley. »Sie fangen jeden Moment mit der Begrüßungsrede an.«

Mona zog sich ihr Kleid aus und drückte es Lesley in die Hand. »Halt das mal bitte kurz.«

»Ladys und Gentlemen«, trillerte Elsbeth. »Herzlich willkommen beim Präsentationsabend des ersten Social Clubs, den es je in Dungatar gegeben hat.« Sie hielt inne, und alle klatschten. »Heute Abend stellen wir die Mitglieder unseres Gründungskomitees vor, und wir wollen über unsere Pläne reden, wie wir für unseren Social Club Gelder zusammentragen können! Unser Tee- und Krocketnachmittag hat sich als ein sehr viel versprechender Auftakt erwiesen! Für alle, die dagewesen sind, war es ein rundum gelungener Tag, und es ist schon einiges an Spenden zusammengekommen!« Sie strahlte das Publikum an, doch niemand klatschte. Also fuhr sie fort: »Ohne die aufopfernde Hilfe der Damen des Gründungskomitees unseres Social Clubs wäre es uns selbstverständlich nicht möglich gewesen, genügend Spenden für die Ausrichtung unseres großen Balls zusammenzutragen, bei dem sämtliche Erlöse wiederum dem Verein zufließen sollen. Lange Rede, kurzer Sinn – ich freue mich sehr, Ihnen jetzt die Mitglieder unseres Gründungskomitees vorstellen zu dürfen. Zunächst wäre da unsere Schriftführerin und Schatzmeisterin Mrs. Alvin Pratt.« Die Gäste applaudierten, und Muriel trat strahlend auf die Bühne und verbeugte sich.

»Ein ganz besonderer Dank gilt unserer unermüdlichen Schreibkraft und unserem Mädchen für alles, Miss Mona Beaumont ...«

Doch Mona war nirgends zu sehen. Im Publikum erhob sich ein Murmeln, die Anwesenden sahen sich nach allen Seiten um. Nancy, die hinten im Saal an der Tür lehnte, winkte Trudy zu und huschte nach draußen. »He, Mona!«

»Was ist?«

»Du bist dran.« Nancy kam wieder in den Saal. »Sie kommen!«, rief sie, woraufhin Trudy und Elsbeth das Publikum anstrahlten.

Mona und Lesley stolperten zurück in den Saal, und das

Publikum begann zu klatschen. Sie steuerten die Bühne an, und Mona stieg hinauf und stellte sich zwischen ihre Mutter und ihre Schwägerin. Der Applaus verebbte, irgendjemand kicherte. Im Publikum erhob sich erneut ein Gemurmel, Füße schabten über den Boden. Die Ladys schlugen sich die Hände vor die Münder, die Männer sahen zur Decke.

In dem Augenblick merkte Lesley, was los war. Mona trug die Innenseite ihres Kleides außen.

Tilly stand in ihrem Cottage, umgeben von den bunten Abfällen ihrer Arbeit. Die vergangenen zwei Wochen waren anstrengend gewesen; sie hatte tagein, tagaus mit der Hand genäht, Falten gelegt und gezupft und gearbeitet. Und nun stand der Ball vor der Tür. Teddy kam vorbei; er trug eine neue blaue Levi's, ein strahlend weißes T-Shirt und eine Lederjacke mit jeder Menge Reißverschlüssen und Nieten. Sein Haar hatte er mit Brylcream pomadisiert, und er hatte eine lässig nach vorne gebeugte Körperhaltung eingenommen mit dazu passender cooler Miene. Sein neues Erscheinungsbild stand ihm gut.

Tilly sah ihn an und lächelte: »Willst du etwa in Lederkluft und Jeans zum allerersten Event des neuen Social Clubs gehen?«

»Was ziehst du denn an?«

»Ich bleibe zu Hause.«

»Nun komm schon.« Er ging auf sie zu.

»Ich habe nichts Passendes zum Anziehen.«

»Nimm einfach irgendetwas, du wirst sowieso besser aussehen als alle anderen.«

Sie lächelte. »Als ob mir das viel helfen würde!«

»Wir verkrümeln uns einfach in eine Ecke und sehen uns

die wunderschönen Kreationen an, mit denen Miss Dimm, Lois und Muriel durch den Saal stolzieren.« Er hielt inne. »Ich verstehe, was du meinst.« Er ließ sich in den Stuhl plumpsen, der neben dem Feuer stand, und legte die Füße auf die Holzkiste.

Molly sah Teddy an, hob die Oberlippe und beförderte mit Hilfe ihrer Zunge einen feinen Spuckefaden in die Flammen. »Du glaubst wohl, dass du gut aussiehst, habe ich Recht?«

»Wir könnten nach Winyerp fahren und ins Kino gehen«, schlug Teddy vor. »Oder wir bleiben den ganzen Abend mit Molly hier sitzen.«

»Was läuft denn?«, fragte Tilly interessiert.

»*Sunset Boulevard*, mit Gloria Swanson.«

»Fahrt ruhig ins Kino und macht euch einen netten Abend«, sagte Molly. »Macht euch um mich keine Sorgen, ich bin schon okay hier … allein. Ganz für mich, wie früher.«

Molly bestand darauf, in Teddys Ford vorne zu sitzen; immerhin war es die erste Autofahrt ihres Lebens. »Wenn ich sterben sollte, will ich den Baum, gegen den ich knalle, wenigstens sehen«, sagte sie und verlangte als Nächstes, dass sie sich im Kino ganz vorne hinsetzten, direkt unter die Leinwand. Sie saß zwischen den beiden und johlte und lachte über Tom und Jerry und gab ständig über alles Mögliche lautstarke Kommentare von sich. »Das ist kein wirkliches Auto, in dem sie sitzen, es ist nur eine Attrappe … Er ist nicht besonders überzeugend, meint ihr nicht auch … Jetzt hat sie ihn geküsst, aber ihr Lippenstift ist gar nicht verschmiert, und ihre Augen sehen aus wie Achselhöhlen … Steht auf und geht mir aus dem Weg – ich muss sofort aufs Klo.«

Zu Hause boten sie ihr an, ihr beim Zubettgehen behilflich zu sein, doch sie sträubte sich. »Ich bin noch nicht müde«, sagte sie, unterdrückte ein Gähnen und sah hinauf zum sternklaren Himmel. Teddy ging ins Haus, holte ein Glas, goss aus seinem Flachmann etwas Schnaps hinein und reichte es Molly. Sie trank das Glas aus, hielt es Teddy hin und verlangte nach mehr. Teddy warf Tilly einen Blick zu, sah, dass sie hinunterblickte zum hell erleuchteten Gemeindesaal, von dem einzelne Gesprächsfetzen zu ihnen drangen, und gab Molly noch einen Nachschlag. Wenig später hievten sie sie ins Bett.

Sie setzten sich wieder nach draußen unter den Sternenhimmel und sahen zu, wie die Lichter im Gemeindesaal schließlich erloschen und die feine Gesellschaft sich zerstreute.

Teddy wandte sich Tilly zu. »Wo bist du damals von hier aus hingegangen?«

»Nach Melbourne, auf die Schule.«

»Und danach?«

Sie antwortete nicht. Er sah sie ungeduldig an und sagte: »Komm schon – ich bin's, nicht die anderen.«

»Es ist nur … also ich habe bis heute noch nie mit jemandem darüber geredet.«

Er behielt sie im Blick, und seine Augen waren eine stumme Aufforderung, weiterzureden.

Schließlich sagte sie: »Ich habe einen Job in einer Fabrik angenommen. Es war vorgesehen, dass ich dort für immer arbeite und meinem so genannten Wohltäter zurückzahle, was er für meinen Unterhalt aufgebracht hatte, aber es war furchtbar. Wenigstens war es eine Textilfabrik.«

»Wusstest du, wer dein so genannter Wohltäter war?«

»Ja, ich habe es immer gewusst.«

»Und dann?«

»Ich bin abgehauen und nach London gegangen.«

»Und dann nach Spanien.«

»Ja, Spanien, Mailand, Paris.« Sie wandte den Blick von ihm ab.

»Und dann? Da ist noch etwas, habe ich Recht?«

Sie stand auf. »Ich glaube, ich gehe jetzt rein.«

»Okay, okay.« Er hielt sie am Knöchel fest, und da sie nichts dagegen zu haben schien, stand er ebenfalls auf und legte ihr einen Arm um die Schultern. Sie schmiegte sich an ihn, aber nur ganz zaghaft.

Kapitel 17

Mona hörte schließlich auf zu weinen, da Lesley schon anfing zu kichern. In der Zwischenzeit hatten Trudy und Elsbeth sich eine Lösung einfallen lassen.

»Sie müssen sie heiraten ...«, sagte Elsbeth.

Damit wären alle Probleme aus der Welt.

Lesley setzte sich abrupt hin. »Aber ich will gar nicht ...«

»... oder die Stadt verlassen«, stellte Trudy klar.

Lesley ließ sich von Tilly einen neuen Reitdress anfertigen – eine himmelblau-rosafarbene Weste aus Seide und eine eng sitzende makellos weiße Reithose. Von RM Williams in Adelaide ließ er sich neue kniehohe Reitstiefel mit Blockabsätzen kommen. Mona trug wieder ihr Brautjungfernkleid und hatte sich eine weiße Rose hinters Ohr gesteckt. Die Hochzeit fand im kleinen Kreis auf Windswept Crest im Vorgarten statt. Sergeant Farrat nahm die kurze Trauzeremonie vor. Anschließend brachte William Mr. und Mrs. Lesley Muncan zum Bahnhof. Als der Zug abfuhr, winkten die beiden ihm zu. William stand mit der Pfeife im Mund zusammen mit Hamish und Beula auf dem Bahnsteig. Das Gründungskomitee des Dungatarer Social Clubs hatte den frisch Vermählten zur Hochzeit zwei Zugkarten geschenkt, und so durften Mr. und Mrs. Lesley Muncan eine Nacht in der Grand Suite des Grand

Hotels in Winyerp verbringen, von der aus man den Fluss überblickte.

Als das frisch vermählte Paar nur fünf Minuten, nachdem er es in die Suite geführt hatte, bereits wieder an der Rezeption erschien, war der Rezeptionist sehr überrascht.

»Wir besichtigen die Sehenswürdigkeiten«, erklärte Lesley. »Gegen halb sechs sind wir wieder da und holen den Schlüssel, und um sechs kommen wir nach unten zum Abendessen.«

»Wie Sie wünschen«, entgegnete der Rezeptionist und zwinkerte ihm zu.

Nach dem Abendessen gingen sie hinauf. An der Tür der Grand Suite – dem großen, am nächsten zum Bad gelegenen Eckzimmer mit dem Bogenfenster – wandte Lesley sich zu seiner neuen Ehefrau um: »Ich habe eine Überraschung für dich.«

»Ich auch.« Tilly hatte für ihre Aussteuer zwei Kleidungsstücke angefertigt, eines davon war ein ziemlich gewagtes Negligee – speziell von Tilly für sie entworfen.

Lesley schwang die Tür der Grand Suite auf. Auf dem Blumenständer direkt neben dem Bett stand ein mit Eiswürfeln gefüllter Emaillekübel, in dem sich eine Flasche Sekt befand. Daneben standen zwei kleine Biergläser, und zwischen den Gläsern steckte eine Karte. Vorn auf der Karte stand mit goldenen Hochzeitsglöckchen und Bändchen verziert »Alles Gute zur Hochzeit!« Innen auf der Karte hatte die Frau des Rezeptionisten geschrieben:

»Herzliche Glückwünsche und viel Glück
von uns allen.«

»Oh, Maestro«, sagte Mona. »Ich bin sofort zurück.« Sie nahm ihren Koffer und verschwand im Badezimmer. Lesley eilte auf die Männertoilette, beugte sich über die Kloschüssel und würgte. Schließlich ging er aschfahl und mit Schweißhänden zurück in die Grande Suite, wo Mona nervös in ihrem neuen Negligee auf der Chenille-Tagesdecke lag.

Lesley war überwältigt. »O mein Gott, Mona.« Er nahm ihre Hände, zog sie hoch, trat einen Schritt zurück und ging zweimal um sie herum. Dann ließ er seine Hände bis zu den Ellbogen unter das knisternde feine Seidennegligee fahren und sagte: »Mona, du siehst HINREISSEND aus.« Er öffnete die Flasche, füllte die Gläser, und sie nahmen sich in die Arme.

Mona wurde rot. »Ich sollte wohl besser nicht zu viel trinken ... Liebling.«

»Unsinn«, entgegnete Les und gab ihr ein Küsschen auf die Wange. »Du willst doch eine brave Ehefrau sein, oder soll ich dich etwa mit deiner Reitgerte auspeitschen?« Sie quietschten vor Vergnügen und stießen an.

Als die Flasche halb leer war, holte Lesley eine zweite aus seinem Koffer und stellte sie in den Sektkübel. Als auch die zweite Flasche halb leer war, fiel Mona aufs Bett, und so trank Lesley den Rest allein aus. Dann bettete er sich neben Mona, bedeckte seinen Nacken und seine Schultern mit den Falten ihres Negligees, steckte den Daumen in den Mund und schlief sofort ein, wohlig eingekuschelt in den seidenen, mit Maiglöckchenparfüm getränkten Stoff.

Mona wachte mit Kopfschmerzen auf. Das Erste, was sie sah, war ihr frisch gebackener Ehemann – er stand angezogen und adrett zurechtgemacht am Fenster und war fertig für die Heimreise. Ihr stockte das Herz. Sie war zutiefst verletzt, ihr Kinn bebte, und vor Kummer hatte sie einen Kloß von der Größe einer Quitte im Hals. Sie konnte kaum schlucken. Nicht einmal eine Umarmung war sie ihm wert!

»Mach schon, Frau«, drängte Lesley lächelnd, »unten erwartet uns eine schöne heiße Tasse Kaffee.«

Zurück auf Windswept Crest zeigte Trudy Mona ihr ehemaliges Zimmer – es war inzwischen zu einem Kinderzimmer umfunktioniert worden. Dann händigte ihre Mutter ihr einen Scheck aus.

»Mutter …« Monas Gesichtszüge hellten sich auf.

»Es ist kein Geschenk, es handelt sich um dein Erbe. Und das Ganze hat mir eine Menge Schwierigkeiten beschert. Wie du siehst, ist der Scheck auf Alvin Pratt Immobilien ausgestellt, es ist eine Anzahlung für das leer stehende Cottage in der Stadt.« Sie machte auf dem Absatz kehrt und rief im Gehen von der Stalltür zurück: »Ab jetzt ist Lesley für dich verantwortlich!«

Noch am selben Nachmittag zogen Mr. und Mrs. Lesley Muncan in das schlichte Handwerkercottage, das sich zwischen dem ordentlichen Haus von Evan und Marigold Pettyman und dem komfortablen Schindelbrett-Haus von Alvin und Muriel Pratt befand.

Faith schnitt einzelne Buchstaben aus einer *Women's Weekly* aus und klebte sie sorgfältig auf einer rosafarbenen Pappe zu Worten zusammen. Dann zog sie Luftballons und Luftschlangen durch die Buchstaben und streute etwas Glitzerstaub darüber. Schließlich schnitt sie noch aus einer Weihnachtskarte eine Glocke aus und klebte sie neben das Wort »Musik«.

Kommt alle auf jeden Fall
und begrüßt die neue Football-Saison mit einem Tanz.
Der Dungatarer Social Club lädt ein zum großen Ball

mit der neuen Musik der neuen
»Faithful O'Briens«
UND
der Wahl der
BALLKÖNIGIN
Reservierungen bei Bobby oder Faith

Hamish winkte gerade den Nachmittagszug herein, als Faith sich auf den Weg zu Pratts machte. Sie blickte kurz zu ihm hinüber. Als der Zug hielt, half Hamish einer fremden Frau beim Aussteigen. Sie sah sich besorgt um und fragte: »Wann geht der nächste Zug zurück?«

»Übermorgen Vormittag um Punkt halb zehn, es ist eine Dampflok der D-Klasse ...«

»Gibt es auch einen Bus?«

Hamish legte die Hände hinter seinen Rücken und verschränkte seine Finger. »Nein«, sagte er dann.

»Vielen Dank«, entgegnete sie und ging.

Hamish zeigte auf Edward McSwiney, der mit seinem Pferdewagen vorm Bahnhofseingang stand. »Sie können sich von unserem Taxi ins Hotel bringen lassen.« Die Frau hielt sich einen behandschuhten Finger unter die Nase und zeigte auf die schweinsledernen Koffer, die zwischen den Postsäcken und den Kisten mit den Hühnern auf dem Bahnsteig standen. Hamish reichte Edward die Koffer hoch, während die Fremde ihr Aktenköfferchen aufnahm und vorsichtig in einem großen Bogen um Graham herumging. Sie stakste mit ihren Pumps aus Krokodilleder über die holprigen Betonbürgersteige und landete schließlich im Foyer des Station Hotels. Dort nahm sie ihre Sonnenbrille ab, zog ihre Handschuhe aus und räusperte sich. Fred sah von seiner Zeitung auf und blickte suchend zur Theke. Sie räusperte sich noch einmal, woraufhin Fred durch die Tür ging, die in den Empfangsbereich für Hotelgäste führte. Er musterte sie über den Rand seiner Bifokalbrille: Sie hatte verstaubte Pumps an den Füßen, schlanke, aber wohlgeformte Waden und trug einen Futteral-Rock und eine Safari-Jacke, unter der eine weiße Bluse aus Lochstickerei zum Vorschein kam. Er konnte ihre Unterwäsche durchschimmern sehen.

»Haben Sie sich verirrt?«

»Ich hätte gerne ein Zimmer für zwei Nächte, bitte. Mit Bad.«

Sie hielt ihm ihren Mantel hin. Fred schob das Gästebuch beiseite, legte sich den Mantel über den Arm und lächelte freundlich. »Gewiss doch, gnädige Frau, Sie können das Zimmer direkt neben dem Bad haben. Es ist ein Gemeinschaftsbad, aber wenn man von Scotty Pullit absieht, sind Sie der einzige Gast, und Scotty hat in den vergangenen neun Jahren nicht ein einziges Mal gebadet, also haben Sie es zu Ihrer alleinigen Verfügung. Es ist ein schönes Zimmer. Die Fenster gehen nach Westen raus, so dass Sie den Sonnenuntergang sehen können. Außerdem bietet es eine herrliche Aussicht auf einen Hügel mit einem hübschen Cottage und einen wunderbaren Weitblick auf die Ebene.«

Edward kam durch die Vordertür und stellte behutsam die Koffer neben ihren Knien ab. »Vielen Dank«, sagte sie, deutete ein Lächeln an und wandte sich wieder Fred zu, der sich bückte, ihre Koffer hochhob und sie nach oben in ihr Zimmer führte. Sie sah sich um, öffnete die Schränke, setzte sich aufs Bett, hob ein Kissen hoch, um die Bettwäsche zu prüfen, und betrachtete sich dann im Spiegel.

»Sind Sie von weit her?«

»Ich dachte, ein oder zwei Nächte auf dem Land wären eine ganz willkommene Abwechslung.« Sie sah Fred an. »Hoffentlich habe ich da nicht falsch gelegen.«

»Wollen Sie zu Abend essen?«

»Das kommt darauf an«, erwiderte sie und trat hinaus auf den Balkon.

Fred erklärte ihr, wenn sie etwas brauche, solle sie einfach nach ihm rufen, und eilte nach unten, um Purl zu suchen.

Die Fremde setzte sich in die Nachmittagssonne. Sie zündete sich eine Zigarette an und inhalierte tief. Dann sah sie hinab auf die Hauptstraße, bemerkte, was die Leute anhatten, und ihr blieb vor Staunen der Mund offen stehen. Die Frauen Dungatars waren erstaunlich gut gekleidet. Sie bummelten in prächtigen Kleidern von der Leihbibliothek zur Drogerie und wieder zurück, bewiesen in ihren Hosenanzügen aus Synthetik einen exzellenten Geschmack und wandelten in Sommerkleidern mit gerade in Europa in Mode gekommenen asymmetrischen Ausschnitten durch den Park.

Sie ging hinab in die Ladys Lounge. An einem Tisch saßen ein paar Frauen, tranken frischen Zitronensaft und unterhielten sich. Sie trugen Balenciaga-Kopien mit Astrachanbesätzen. Sie blickte durch die Hoteltür und sah draußen ein Grüppchen Frauen stehen, die gewöhnliche Weidenkörbe in den Händen hielten und irgendetwas im Schaufenster eines Gemischtwarenladens zu lesen schienen. Eine fette Frau mit unansehnlichem Haar trug ein gerade fallendes loses Prinzesskleid aus Wollkrepp mit einem halsfernen Kragen und Kimonoärmeln, die herabhingen wie kalter Honig und ihrer kühlschrankartigen Figur schmeichelten. Eine kleine spitze Frau trug einen zart rosafarbenen doppelreihigen Hosenanzug mit breit fallendem Reverskragen und violettem Besatz, was ihren lederartigen Teint etwas weicher erscheinen ließ. Neben ihr lehnte ein Mädchen mit einer jungenhaften Figur auf einem Besen. Das Design ihres Kleides – da war sich die Fremde sicher – existierte noch gar nicht. Es war ein feines schwarzes Wollkleid mit einem flachen bootförmigen Ausschnitt und kurzen Ärmeln. Das Oberteil endete sanft in einem breiten schwarzen kalbsledernen Gürtel mit einer riesigen schwarzen Schnalle. Das Rockteil war eng und knielang! Dann standen da eine herausgeputzte, sich sehr schwungvoll gebärdende Blondine in einer dreiviertellangen Pannésamt-Hose, eine Ladeninhaberin in einem schicken Tunika-Anzug aus Faille-Seide und eine kleine dralle Frau in einer seidenen Caprihose und einem sehr eleganten ärmellosen Paletot. Die Fremde ging zurück auf ihr Zimmer und rauchte. Sie fragte sich, wie es möglich sein konnte, dass die Pariser Mode ihren Weg in diese gottverlassene Gegend gefunden hatte und die vernachlässigten Körper einfacher Hausfrauen in einer ländlichen Provinz schmückte.

»Die Ankündigung hat Faith gut hingekriegt«, stellte Ruth fest.

Alle nickten.

»Sehr künstlerisch«, sagte Marigold.

»Es steht nicht drauf, was der Eintritt kostet«, zischte Beula aus dem Hintergrund.

»Die Eintrittspreise sind doch immer gleich«, stellte Lois klar.

»Dies Mal nicht«, nickte Beula lebhaft. »Der Footballclub braucht neue Schiedsrichtertrikots, und Faith kassiert für die Band – sie haben viel geprobt, neue Stücke eingeübt und schon wieder einen neuen Namen.«

»Na ja, du musst es ja wissen«, sagte Purl.

Beula stemmte die Hände in die Hüften. »Und Winyerp kommt auch.«

Alle starrten sie an.

»Winyerp kommt?«, fragte Lois.

Beula schloss die Augen und nickte langsam.

»Dann sollte man wohl besser einen Tisch reservieren …«, meinte Muriel.

»…damit wir zusammensitzen«, fügte Lois hinzu.

Sie starrten erneut auf die Ankündigung.

Nancy, die mit ihrem Besen hinter ihnen stand, meldete sich zu Wort. »Vor kurzem ist eine neue Kiste für sie angekommen.«

»Woher kam sie diesmal?«

»Aus Spanien?«

»Oder Frankreich?«

»Weder noch«, ertönte die Stimme von Sergeant Farrat. »Aus New York.« Die Frauen zuckten zusammen und wandten sich um. »Ja«, bestätigte er. »Aus New York. Ich war dabei, als sie die Kiste geöffnet hat.«

»Ich habe mir schon etwas ausgesucht«, verkündete Purl. »Ihr solltet mal sehen, was ich anziehe.«

»Ich habe auch schon etwas bestellt.«

»Meins ist natürlich ganz anders.«

»Ich werde etwas sehr Außergewöhnliches tragen.«

»Sie sollten erst mal den Stoff sehen, den Tilly für sich selbst bestellt hat!«, sagte der Sergeant. Er hob die Schultern, schloss verzückt die Augen und legte die Hände auf seine Wangen. »Seidenorganza – magentafarben! Und erst das Design ihres Kleides – sie ist eine *wirkliche* Modeschöpferin: die Struktur Balenciagas, die Schlichtheit Chanels, die Ausschmückung Vionnets und die Kreativität Delaunays.« Mit diesen Worten ging er weiter. Seine Dienstmütze saß perfekt, seine Schuhe glänzten.

»Das Beste behält sie immer für sich selbst«, maulte Beula. Die Frauen wandten sich um, sahen zum Hügel und kniffen die Augen zusammen.

Purl wartete mit dem Bestellblock in der Hand und gezücktem Kugelschreiber. Die Fremde studierte die drei Essen auf der Menütafel.

»Was darf's denn sein, meine Liebe?«

Die Frau blickte hoch und fragte: »Woher haben Sie Ihr Kleid?«

»Von einem Mädchen von hier. Ich würde Ihnen entweder das Steak mit Salat empfehlen oder, wenn Sie nicht besonders hungrig sind, die Suppe. Ich kann aber auch eine Pastete warm machen oder Ihnen ein Sandwich zubereiten …«

»Hat dieses ›Mädchen von hier‹ nach dem normalen Geschäftsschluss noch geöffnet?«

Purl seufzte. »Ich nehme an, dass sie zu Hause sein dürfte.«

»Wo wohnt sie?«

»Oben auf dem Hügel.«

»Vielleicht könnten Sie mir erklären, wie ich …«

»Ich erkläre Ihnen den Weg, wenn Sie Ihr Steak gegessen haben – wie hätten Sie's denn gerne?«

Die Reisende stand in Unterrock und Strümpfen vor dem Feuer und blätterte durch Tillys Skizzenbuch. Ihr Chanel-Kostüm hing über einem Stuhl. Tilly stand mit ihrem Notizblock und ihrem Maßband neben ihr und bewunderte ihre weich fallende Dauerwelle und ihre gepflegten schlanken Hände.

»Okay«, sagte die Reisende und lächelte. »Ich möchte auf jeden Fall so ein Wildseidenkleid mit Mandarinkragen wie diese Bardame, und dann hätte ich gerne diese Dior-Interpretation und diesen Hosenanzug – eine Eigenkreation von Ihnen, nehme ich an.« Sie blätterte weiter durch Tillys Entwürfe.

»Haben Sie gar keine Änderungswünsche?«, fragte Tilly.

»Es dürften allenfalls ein paar unbedeutende Kleinigkeiten sein, mit denen ich selber klarkomme.« Sie sah Tilly an. »Einige der Entwürfe sind offenbar Originale.«

»Ja – meine Originaldesigns.«

»Ich verstehe.« Sie klappte das Skizzenbuch zu und sah Tilly an. »Warum kommen Sie nicht mit und arbeiten für mich?«

»Ich habe hier mein eigenes Geschäft.«

»Hier? Was genau meinen Sie mit ›hier‹?«

»Mit ›hier‹ meine ich hier, wo ich lebe, jedenfalls fürs Erste.«

Die Reisende lächelte süffisant. »Sie vergeuden hier Ihr Talent …«

»Im Gegenteil. Ich bin hier von großem Nutzen. Aber wie auch immer, auf dem Papier habe ich bereits ein kleines Vermögen verdient, aber bevor man mich nicht bezahlt hat, kann ich nicht in die Collins Street ziehen.«

Die Reisende richtete ihren Blick auf die geschlossene Tür hinter Tilly. »Ich würde gerne mal Ihr Nähzimmer sehen.«

Tilly lächelte. »Würden Sie mich in *Ihr* Nähzimmer lassen?«

Etwas später brachte sie die Reisende zur Hintertür und reichte ihr eine Taschenlampe. »Stecken Sie die Lampe am

Fuß des Hügels einfach in den Briefkasten. Von da aus ist der Weg von Straßenlaternen beleuchtet.«

»Vielen Dank«, sagte die Reisende. »Lassen Sie mir eine Rechnung zukommen?«

»Ja.«

»Ich werde Sie bezahlen.« Sie gaben sich die Hand. »Sollten Sie je in Erwägung ziehen ...«

»Ich weiß Ihr Angebot wirklich zu schätzen, vielen Dank, aber wie ich bereits sagte: Im Moment kommt ein Umzug für mich aus verschiedenen Gründen nicht in Frage. Ich weiß, wo ich Sie finde.« Mit diesen Worten schloss Tilly hinter ihr die Tür.

Als der Ball näher rückte, kamen sie zu Scharen auf den Hügel, hämmerten an Tillys Hintertür und verlangten mit schneidenden Stimmen einzigartige Designs und individuelle Accessoires. Sie zeigte ihnen Fotos berühmter europäischer Schönheiten und versuchte ihnen zu erklären, was man unter Stil verstand und wie sich Stil von Mode unterschied. Sie riet ihnen, sich ihr Haar entweder abzuschneiden (mit dem Ergebnis, dass plötzlich erstaunlich viele Frauen wie Louise Brooks herumliefen) oder es sich jeden Abend hundertmal zu bürsten. Sie demonstrierte ihnen, wie man sich die Haare toupiert, und zeigte ihnen Pompadourfrisuren und andere Frisuren. Sie überredete sie, sich Haarspangen und perlenbesetzte Muscheln schicken zu lassen sowie falsche Blumen, Zöpfe, Haarbänder, strassbesetzte Haarnadeln und Kämme, Modeschmuck in Form von Gemüse, bunte Glasperlen und Knöpfe in Zigarettenform. Sie ließ sie aus Perlen und alten Halsketten Ohrringe und Armbänder aufziehen und bei Mr. Almanac Haarfärbemittel und Henna kaufen (der diese Produkte seit der Belle Epoque führte), sie demonstrierte ihnen die korrekte Anwendung von Chadlee und Ambre Solaire und zeigte ihnen, wie man helle Grundierung oder indigoblaue Wimperntusche auftrug. Sie brachte sie dazu, sich neue Unterwäsche zuzulegen, und zitierte Dorothy Parker – *in ihrer Knappheit liegt der Reiz von Unterwäsche.* Sie erzählte ihnen etwas über Körperform und setzte ihnen auseinander, wie die Formen ihres jeweiligen eigenen Körpers betont werden konnten und warum das von Vorteil war. Sie entwarf für jede ihrer Kundinnen spezielle Schnittmuster und Designs und wies sie darauf hin, dass sie dreimal zur Anprobe kommen mussten. Außerdem erklärte sie ihnen, dass sie sich ein Parfüm aussuchen mussten, das die Anmutung ihrer jeweiligen Kleider reflektierte. Also eilten sie ein weiteres Mal zu Mr. Almanac, und Nancy ließ extra einen Parfümeur kommen und bat zu einem Nachmittag allgemeinen Schnupperns und Betupfens. Tilly versuchte, die Frauen über feine Stoffe aufzuklären, hängte sie ihnen um und schlug sie um ihre Körper, damit sie wussten, wie es sich anfühlte, von kostbarem Tuch liebkost zu werden und wohlhabend zu sein, und sie sorgte dafür, dass sie, wenn sie sich mit den edlen Kreationen ihrer genialen schöpferischen Begabung umhüllten, wenigstens eine Ahnung von richtigem Benehmen hatten.

Auch die Faithful O'Briens kamen – Faith und Hamish, Reginald Blood und Bobby Pickett – und wollten neue Outfits für ihre Auftritte. Faith favorisierte für die Männer Anzüge in zwei verschiedenen Rottönen mit paillettenbesetzten Revers und für sich selbst Pailletten von Kopf bis Fuß. Bobby Pickett stand mit ausgebreiteten Armen in der Küche, während Tilly ihr Maßband um die verschieden Partien seines voluminösen Körpers schlang und Zahlen in ihr Notizbuch schrieb. Reg und Faith saßen geduldig am Küchentisch, blätterten durch internationale Modezeitschriften, staunten schweigend über die Fotos und stießen einander dabei immer wieder an. Molly kam herbeigerollt, stoppte ihren Stuhl am Tisch neben Hamish, legte ihm eine Hand aufs Knie und ließ sie hochwandern bis zu seinen Oberschenkeln und seinem Schritt. Er wandte ihr sein Walrossgesicht zu und zog seine buschigen orangefarbenen Augenbrauen hoch, woraufhin sie ihn anlächelte und ihre Lippen zu einem Kuss formte. Er stand schnell auf und sah Tillys Schallplattensammlung durch.

»Legen Sie doch eine auf«, sagte Tilly.

Hamish legte vorsichtig eine Platte auf den Plattenteller, hob den Tonarm und senkte behutsam die Nadel. Es kratzte einmal, dann erfüllte eine gefühlvolle Musik den Raum.

»Was ist das denn für ein furchtbares Gejaule?«, fragte Faith missbilligend.

»Musik zum Einschlafen«, entgegnete Hamish.

»Blues«, erklärte Tilly.

»Mir gefällt sie«, stellte Reg fest. »Die Stimme der Sängerin klingt zwar ein bisschen blechern, aber sie hat irgendetwas …«

»Schmerzen, würde ich sagen«, grummelte Hamish.

»Wie heißt sie?«, fragte Reg.

»Billie Holiday.«

»Genauso klingt sie auch«, stellte Hamish fest, »als hätte sie dringend Urlaub nötig.«

Sergeant Farrat kam bei Einbruch der Dunkelheit, um lange flache Pakete abzuholen, die Spitze, Seidenstoffe, Perlen und Federn enthielten, und sorgfältig und ordentlich zusammengelegte Kleider, die abschließend nur noch einmal mit einem feuchten Tuch oder einem Spritzer Regenwasser gebügelt werden mussten. Tilly sagte: »Ich kann Faith einfach nicht die roten Pailletten ausreden.«

»Faith ist der Typ Frau für rote Pailletten«, entgegnete der Sergeant und ging zum Kleiderständer.

Tilly warf die Hände in die Luft. »Dies ist eine Stadt der runden Schultern und unförmigen Beine.«

»Und so wird es auch immer bleiben, aber ich bewundere, was du aus ihnen machst. Wenn sie es bloß zu schätzen wüssten.«

»An welchem Tisch sitzen Sie?«

»Mir bleibt nichts anderes übrig, als am Tisch der Beaumonts zu sitzen«, erwiderte der Sergeant. »Zusammen mit den Pettymans – wir Amts- und Würdenträger werden immer zusammengesetzt.« Er seufzte. »Ich werde dich zum Tanz auffordern, soll ich?«

»Ich komme nicht.«

»Wie bitte? Was meinst du, wie du aussehen wirst in dem traumhaften magentafarbenen Seidenorganza! Du musst kommen! In Teddys Begleitung kann dir nichts passieren.« Sergeant Farrat schüttelte das Paket, das er in den Händen hielt. »Wenn du nicht versprichst zu kommen, werde ich das hier nicht beenden.«

»Sie sind es den Kleidern schuldig, sie fertig zu stellen«, entgegnete Tilly. »Außerdem könnten Sie sowieso nicht widerstehen.«

Und so fuhr er nach Hause und verbrachte den Rest des Abends damit, Säume umzunähen, Besätze zu applizieren und zum Schluss die Haken und Ösen verschwinden zu lassen.

Lesley Muncan hielt seine Frau auf Armeslänge von sich und blickte zur Decke. Auf dem Plattenteller drehte sich eine Schallplatte, blieb in einer der äußeren Rillen hängen und kratzte endlos vor sich hin. Mona, die ihre Hände um seine Schultern gelegt hatte, verstärkte ihren Griff, zog ihn zu sich heran und küsste ihn auf die Wange. »Mona, lass das!«, bat er und befreite sich von ihr.

Sie rang die Hände. »Lesley, ich …«

»Ich habe dir doch gesagt, dass ich nicht kann!« Er stampfte mit dem Fuß auf und vergrub sein Gesicht in den Händen.

»Warum nicht?«

Lesley hielt sein Gesicht weiter bedeckt. »Es funktioniert einfach nicht«, sagte er kummervoll durch die Hände hindurch. »Warum nicht, weiß ich auch nicht.«

Mona ließ sich auf das alte Sofa plumpsen und zog das Kinn kraus. »Warum hast du mir das nicht vorher gesagt?«, fragte sie mit weinerlicher Stimme.

»Ich wusste es nicht«, jammerte Lesley.

»Erzähl mir doch nichts«, schluchzte sie. »Du lügst.«

»Wie du meinst!«

»Du brauchst gar nicht böse mit mir zu sein«, jammerte Mona und zog ihr Taschentuch aus ihrem Ärmel. Lesley seufzte, ließ sich neben ihr auf das Sofa fallen, verschränkte die Arme vor der Brust und starrte auf seine Pantoffeln. Schließlich fragte er: »Willst du, dass ich gehe?«

Mona verdrehte die Augen.

Er wandte sich zu ihr. »Ich habe keine Familie, keine Freunde.«

»Aber du hast doch gesagt …«

»Ich weiß, ich weiß.« Er nahm ihre Hände. »Meine Mutter ist tot, so weit stimmt es. Sie hat mir ihre Spielschulden hinterlassen und einen von Krankheiten befallenen, verseuchten Stall mit ein paar altersschwachen Pferden. Die Pferde sind längst zu Klebstoff oder Gelatine verarbeitet und die Ställe niedergebrannt.«

Mona sah auf ihren Schoß.

»Mona, sieh mich an«, bat Lesley. »Bitte.«

Sie sah weiter nach unten. Er seufzte.

»Mona, du hast auf der ganzen Welt keinen einzigen wahren Freund, und mir geht es genauso …«

»Also bist nicht einmal du mein wahrer Freund?«

Lesley stand auf und stemmte die Hände in seine Hüften. »Was ist denn in dich gefahren?«

»Ich versuche bloß, irgendwie allein klarzukommen«, erwiderte sie und sah zu ihm auf. »Ich liebe dich, Lesley.« Er brach in Tränen aus. Mona stand auf und hielt ihn fest, und so standen sie lange Zeit mitten im Wohnzimmer und hielten einander, während die Platte immer noch vor sich hin kratzte. Schließlich sagte Mona: »Niemand will uns«, und sie fingen beide an zu lachen.

»Also«, sagte Lesley und schnäuzte sich in Monas Taschentuch, »wo waren wir stehen geblieben? Es war ein Walzer, oder?«

»Ich kann nicht besonders gut tanzen«, gab Mona zu bedenken.

»Ich kann alles Mögliche nicht besonders gut«, entgegnete er ruhig, »aber lass uns einfach das Beste draus machen. Was meinst du?«

»Ja«, sagte Mona. Lesley verpasste dem Plattenspieler einen leichten Stoß, und als die Eröffnungstakte von »An der schönen, blauen Donau« quietschend ertönten, begannen Mr. und Mrs. Muncan Walzer zu tanzen.

Kapitel 18

Tilly beobachtete einen Käfer, der auf dem abgetretenen Holzfußboden auf dem Rücken lag und versuchte, wieder auf die Beine zu kommen. Sie hob ihn auf und setzte ihn ins Gras. Am Fuß des Hügels sah sie in Teddys Wohnwagen Licht brennen. Sie ging in die Küche und checkte erst die Uhr und dann ihre innere Verfassung. Sie setzte sich auf ihr Bett, verschränkte die Arme und blickte in ihren Schoß. Dabei flüsterte sie: *Tu's nicht, tu's nicht, tu's nicht*, doch als sie draußen auf der Veranda seine Schritte hörte, sagte sie: *Scheiß drauf* und ging in die Küche. Kürzlich erst hatte sie sich dabei ertappt, wie sie sich eng neben ihn gesetzt und auf dem Weg zum Bach nach seinem Arm gegriffen hatte. Eines Abends hatte sie drei Rotflossenfische gefangen, bevor sie realisierte, dass Barney gar nicht mit ihnen gekommen war. An diesem Abend saß er neben Molly auf dem Fußboden, die in den schrägsten Tönen ein Lied von Ella Fitzgerald trällerte. Teddy goss ihnen allen ein Bier ein, ließ sich in seinen abgenutzten Lehnstuhl fallen, legte die Füße auf die Holzkiste und sah Tilly an, die gerade dabei war, ein für Nancy bestimmtes Jerseyschultertuch im Jacquardmuster mit Fransen zu verzieren. »Ich begreife wirklich nicht, warum du dir so viel Mühe machst«, sagte er.

»Sie wollen, dass ich ihnen bestimmte Dinge nähe – und

das tue ich.« Sie legte ihre Näharbeit beiseite und zündete sich eine Zigarette an.

»Sie sind ziemlich eingebildet geworden und halten sich für etwas Besonderes. Du tust ihnen nicht gut.«

»Und sie denken, ich tue dir nicht gut.« Sie reichte ihm ihre Zigarette. »Jeder hat gerne jemanden, den er hassen kann.«

»Aber du willst von ihnen gemocht werden«, sagte Molly. »Dabei sind sie alle Lügner, Sünder und Heuchler.«

Teddy nickte und blies Rauchkringel in die Luft.

»Nichts ist von Natur aus gut oder schlecht«, wandte Tilly ein. »Es wird erst durch eine bestimmte Art des Denkens zu etwas Gutem oder Schlechtem.«

»Ich gehe den Garten umgraben«, verkündete Barney.

»Aber doch nicht jetzt«, stoppte Teddy ihn. »Es ist stockdunkel.«

»Okay«, gab Barney nach. »Dann eben morgen.«

Tilly nickte. »Morgen ist gut, dann säen wir noch weiteres Gemüse.«

»Da hast du nicht nur einen Golfpartner gefunden, sondern *auch* noch einen erstklassigen Gärtner«, stellte Teddy fest.

»Es ist sein Garten«, sagte Tilly.

»Schnorrer«, schimpfte Molly. »Du willst bloß was zum Essen abstauben – für eure Meute unten an der Müllhalde.«

Barney wurde rot. Tilly zwinkerte ihm zu. Später, als die Glut nur noch warm in der weißen Asche glomm, Molly friedlich eingenickt und Barney längst nach Hause ins Bett gegangen war, legte Teddy den Kopf schräg und funkelte Tilly an. Es war ihr unbehaglich, wenn er sie so ansah; sie bekam schweißnasse Hände, und ihre Füße begannen zu jucken.

»Du bist kein schlechtes Mädchen, habe ich Recht?« Er stellte plötzlich seine Füße auf den Boden, stützte die Ellbogen auf die Knie und beugte sich ganz nah zu ihr. »Ich glaube, du könntest einen Kerl ziemlich glücklich machen.«

Er wollte gerade ihre Hand nehmen, als sie aufstand und rief: »Bitte, Teddy, verliebe dich nicht in mich! Ich bin unsteter als ein im Rausch gemachtes Versprechen. So, und jetzt muss ich Molly ins Bett bringen.«

»Den Spruch kannte ich noch gar nicht«, sagte Teddy.

»Aha«, entgegnete Tilly. »Gute Nacht, gute Nacht, Abschied ist so ein süßer Schmerz …«

Sie warf ein Stuhlkissen nach ihm, das von der Tür abprallte, als er sie hinter sich zuzog. Dann erschien sein Kopf noch einmal. Er warf ihr eine Kusshand zu und verschwand.

Tilly warf der verschlossenen Tür ebenfalls eine Kusshand zu.

Er holte sie in seinem neuen Smoking zum Ball ab. Dazu trug er eine Fliege und Lacklederschuhe. Sie war noch nicht angezogen.

»Willst du im Morgenmantel gehen?«

»Was ist, wenn wie beim letzten Mal wieder keiner mit dir redet?«, fragte sie und grinste.

Teddy zuckte mit den Schultern. »Ich kann ja mit dir reden.«

»Sie werden dafür sorgen, dass wir uns unbehaglich fühlen …«

Er nahm ihre Hand. »Dann tanzen wir einfach.«

Da sie ihn skeptisch ansah, legte er seine Arme um ihre Taille, und sie schmiegte sich an ihn.

»Ich wusste, dass du mir nicht widerstehen könntest.«

Sie lachte. In letzter Zeit brachte er sie häufig zum Lachen. Er zog sie zu sich heran, und sie tanzten Tango um den Küchentisch. »Wir tanzen einen Jitterbug, damit treiben wir sie von der Tanzfläche.«

»Dann hassen sie mich nur noch mehr!«, rief sie und beugte sich nach hinten über seinen Arm, so dass ihr Haar den Boden berührte.

»Je mehr sie dich hassen, desto mehr tanzen wir«, sagte er, zog sie wieder hoch und eng an sich. Sie sahen einander an. Ihre Gesichter waren ganz dicht beieinander, ihre Nasenspitzen berührten sich fast.

»Ekelhaft«, stellte Molly fest.

Teddy zog den Rückenreißverschluss ihres Kleides hoch, schob die Hände in die Hosentaschen und bewunderte, wie perfekt der Reißverschluss über ihre Wirbelsäule lief und wie gewisse Körperpartien ein wenig angehoben wurden. Ihm gefiel die Art, wie sie ihr Haar hochgesteckt hatte, und er bestaunte ihre anmutigen Ohrläppchen und den feinen Haarflaum über ihren wunderschönen Lippen. Er trat einen Schritt zurück und betrachtete sie in ihrem hinreißenden Kleid. Tilly hatte eines der berühmtesten Diorkleider kopiert – das Lys Noir, eine trägerlose, bodenlange Kreation, die als Sarong gedacht war –, doch Tilly hatte den Saum gekürzt, so dass der magentafarbene Seidenorganza vorne direkt über ihren Knien endete, während er hinten übereinander geschlagen war und zwischen ihren Schulterblättern in eine geraffte Schleppe überging, die bis auf den Boden fiel und die sie hinter sich herzog. »Gefährlich«, stellte Teddy fest.

»Du sagst es.« Sie hielt ihm eine Hand hin. Er nahm sie und umfasste sie mit seinen kräftigen Händen. Er war ihr guter Freund und ihr zuverlässiger Verbündeter. Sie raffte die Schleppe zusammen und drapierte sie über ihrem freien Arm. Er zog sie zu sich und küsste sie. Es war ein warmer, sanfter, zärtlicher Kuss, der sie bis in die Fußsohlen und Zehenspitzen durchströmte und sie dahinschmelzen ließ. Ein Kuss, der in ihren Knien den Drang auslöste, sich zu heben, und in ihren Beinen, sich zu spreizen, der ihre Hüften gegen seine drängte und sie tief in ihrer Kehle aufstöhnen ließ. Er küsste ihren Hals langsam, wanderte mit seinem Mund bis zu ihrem Ohr, dann wieder zu ihren Lippen. Sie war ein wenig außer Atem.

»Was tue ich bloß?«, flüsterte sie.

Er küsste sie erneut.

Molly kam leise zu ihnen gerollt. Sie drehten sich um und blickten auf die alte Frau mit dem Teewärmer auf dem Kopf. Von ihrem Rollstuhl hingen die Wollfäden herab wie schmutzige Rosshaare, und zwischen den Radspeichen steckten vertrocknete Geranien.

»Ich habe nur ehrenhafte Absichten«, sagte Teddy.

»Du weißt genau, dass Mädchen, die solche Kleider tragen, keine ehrenhaften Absichten verdienen«, antwortete Molly.

Sie lachten alle aus vollem Herzen, und Tilly spürte ihre Brüste, die sich gegen ihn drückten, spürte sein Herz schlagen und seinen vom Lachen leicht zuckenden Bauch. Teddy hielt sie, als ob sie aus Kristall wäre, und sie lächelte ihn an. Schließlich fuhr er Händchen haltend mit ihr den Hügel hinab.

Die topmodisch herausgeputzten Damen Dungatars trafen etwas verspätet ein und betraten den Saal nacheinander im

Dreiminutentakt, die Nasen hoch zur Deckenbeleuchtung gerichtet und die Mundwinkel nach unten. Sie stolzierten langsam und selbstsicher über den Mittelgang zwischen den staunenden Besuchern aus Winyerp hindurch.

Normalerweise ließ Marigold ihre Maße und ein Foto von dem Kleidungsstück, das sie haben wollte, von Lois zu Tilly bringen. Doch diesmal war sie persönlich auf dem Hügel zur Anprobe erschienen. Tilly hatte ihren fest gefederten und zittrigen Körper in lange schmeichelnde Bahnen aus pastellblauem Seidenkrepp gehüllt. Das Kleid war sehr eng und schräg geschnitten und hatte eine kesse kurze Schleppe. Um ihren Halsausschnitt war ein hoher Einsatz aus feinem geschmeidigem, mit klarem Strass besetztem Tüll drapiert (um ihren Ausschlag zu vertuschen). Die Ärmel hingen lose und relativ weit von den Schultern herab, waren dreiviertellang und ebenfalls aus Tüll. Ihre Haare hatte sie hochgesteckt und einzelne Locken herausgezupft. Evan hatte bei ihrem Anblick entzückt festgestellt, sie sehe aus wie ein Seraph, und sich die Hände gerieben.

Lois Pickett hatte Tilly eine Skizze vorbeigebracht und gefragt: »Was hältst du davon?« Tilly hatte einen kurzen Blick auf die langärmelige Bluse mit Ärmelbündchen und hohem Stehkragen und auf den gerüschten Bauernrock geworfen und ihr stattdessen ein bodenlanges, schwarzes, weich fallendes Crêpekleid mit einem gehobenen Vordersaum angefertigt, das ihre schlanken Fußknöchel unbedeckt ließ. Es hatte nicht ganz bis zum Handgelenk reichende Kimonoärmel, das Dekolleté war hufeisenförmig und tief und bot einen höchst verlockenden Einblick auf ihren Busenansatz. Knapp neben ihrer Hüfte hatte Tilly eine pinkfarbene Satinrose vorne auf das Kleid genäht, um ihre fassartige Erscheinung zu kaschieren. Lois schwebte durch die Mitte des Saals und sah sehr elegant aus. Sie wirkte zierlicher, als sie eigentlich war, und ihre mit Glitzerstaub bestäubte Frisur wogte auf und nieder. Für Miss Prudence Dimm hatte Tilly ein eng anliegendes Kleid aus königsblauem Wollkrepon geschneidert und an einer Seite eine himmelblaue Doppelfalte aus Seide eingefügt, die sich bei jeder Bewegung öffnete und schimmerte. Vor ihr war Nancy in den Saal gerauscht. Sie trug nichts weiter als ein silbernes rückenfreies Lamékleid, das ihren Körper umhüllte wie Zuckerguss einen kandierten Apfel. Da ihr Kleid extrem eng und starr war, und sie befürchten musste, dass die Laméblenden verrutschten und einen Teil ihrer Brüste freigaben, konnte sie nicht übertrieben herumscharwenzeln und hielt sich stattdessen steif und gerade (diesmal nicht auf einen Besenstiel gestützt). Auf Prudence folgte Ruth. Für sie hatte Tilly das perfekte Outfit kreiert, um ihre sonnenverbrannten Schultern zu verdecken: ein langärmeliges, hochgeschlossenes, durchsichtiges schwarzes Oberteil mit heller Perlenstickerei, die auf Brusthöhe begann und sich zur Taille hin verdichtete. Das seidene Rockteil war lang und weich und bis zu ihren schlanken Oberschenkeln hinauf geschlitzt. Sie sah aus wie jemand, den man normalerweise nur im New Yorker Cotton Club zu Gesicht bekam.

Purl hatte auf ein Bild von Marilyn Monroe in *Bus Stop* gezeigt und gesagt: »So möchte ich aussehen.« Jetzt stand sie an Freds Arm in der Tür, milchweiß in einem funkelnden klitzekleinen frostgrünen Satinoberteil mit schmalen, perlenbesetzten Trägern. Ein geschmeidiger eisgrüner Tüllrock umschmeichelte verführerisch ihre schmale Taille und fiel in zickzackförmigen taschentuchgroßen Triangeln um ihre mit Perlen besetzten Schuhriemchen und Pfennigabsätze. Ihr

Haar hatte sie platinblond gefärbt und Jean Harlows schulterlange wellige Locken kopiert. Freds Lächeln konnte mit ihrem Glanz mithalten.

Die Modenschau ging weiter. Für Gertrude hatte Tilly ein hellrosa Satinkleid ausgewählt. Das Oberteil war elegant – mit einem U-Boot-Dekolleté und weiten Ärmeln, die Taille war hinten tiefer und vorne etwas höher, um Platz für ihren schwangeren Bauch zu schaffen. Das Rockteil war schräg geschnitten und ausgestellt und tanzte fröhlich um ihre Knöchel. William hatte sich einen Clark-Gable-Schnauzer wachsen lassen und geleitete seine Frau durch die Mitte des Saals. Die eine Hand hatte er hinter seinen Rücken gelegt, die andere, auf der Trudys Hand ruhte, hatte er leicht erhoben. Vor ihnen ging Elsbeth, die durch den Saal stolzierte, als balancierte sie einen Krug auf dem Kopf. Ihr Kleid war aus saftig flaschengrünem Samt, ärmellos und mit einem schwarzen satinbesetzten viereckigen Ausschnitt. Tief um ihre Hüften hatte sie ein breites Satinband geschlungen, das über ihrem Po auffällig geknotet war und in eine lange Schleppe überging, die sie hinter sich herzog. Tilly hatte dazu passende schwarze Satinhandschuhe genäht, die bis zu ihren Ellbogen reichten. Elsbeth und Trudy hatten ihr Haar seitlich zurückgekämmt und in einer länglichen Rolle aufgesteckt.

Sergeant Farrat kam in Frack und Zylinder und steuerte unverzüglich seinen Tisch an. Evan und Marigold saßen ihm gegenüber. William saß zwischen Trudy und Elsbeth, die sich über ihn hinweg unterhielten. »Was meinst du – wann sollen wir zur Wahl der Ballkönigin schreiten?«

Elsbeth sah sich im Saal um. »Seht ihr irgendwo ein magentafarbenes Kleid?«

»Sie ist noch nicht da«, sagte William.

Elsbeth wandte sich ihrem Sohn zu. »An welchem Tisch sitzt sie denn?«

Evan tätschelte die Hand seiner Frau und sagte: »Ich denke, die Wahl der Ballkönigin dürfte der Jury heute nicht besonders schwer fallen.« Er zwinkerte Elsbeth und Trudy zu.

Beula Harridene kam durch die Tür marschiert. Ihre Wangen waren gerötet und ihr Haar unordentlich frisiert. Unter ihrer weißen Strickjacke trug sie ein bodenlanges, hellgrünes, durchgeknöpftes Kleid mit staubigem Saum.

»Sie sind auf dem Weg!«, verkündete sie und ließ sich auf dem Platz neben Sergeant Farrat nieder.

Elsbeth, Trudy und Evan erhoben sich und gingen zur Bühne. Die Faithful O'Briens spielten »My Melancholy Baby«. Lesley wandte sich Mona zu und fragte förmlich: »Darf ich bitten, meine Liebe?« Sie gingen auf die Tanzfläche, gefolgt von Sergeant Farrat und Marigold und allen anderen Dungatarer Paaren. Sie wirbelten und rauschten stolz erhobenen Hauptes über die Tanzfläche. Die Damen aus Winyerp und Itheka blieben auf ihren Plätzen sitzen und verbargen ihre schlichten weiten Gewänder und Tüllschultertücher. Auf der Damentoilette wurde Nancy von einer Frau angesprochen, die in einem steifen, trägerlosen Kleid mit Vogelaugenmuster neben ihr vor dem Spiegel stand. »Woher haben Sie alle diese hinreißenden Kleider?«

»Das ist unser Geheimnis«, erwiderte Nancy und wandte ihr den Rücken zu.

Evan Pettyman stand vor dem Mikrofon und wischte sich mit einem quadratischen weißen Taschentuch den Schweiß von der Stirn. Er hieß die Gäste von außerhalb herzlich willkommen, redete über gute Nachbarschaft und würdevolle Konkurrenz und bat schließlich die Bewerberinnen um den

Titel der Ballkönigin, sich noch einmal zu erheben und über die Tanzfläche zu defilieren, damit die Mitglieder der Jury sich noch ein letztes abschließendes Bild machen und ihre äußerst schwierige Entscheidung treffen konnten. Purl, Lois, Nancy und Ruth, Miss Dimm, Mona und Marigold schritten steif und lächelnd vor Trudy und Elsbeth über die Tanzfläche, die eng beieinander standen und fortwährend nickten und miteinander flüsterten. Schließlich beugte Evan sich zu ihnen vor, während Hamish einen wilden Trommelwirbel hinlegte.

»O ja!«, rief Evan und legte sich die Hand aufs Herz. »Das ist in der Tat die richtige Entscheidung. Die Ballkönigin dieses Abends ist … meine liebe gute Ehefrau, Marigold Pett-emon!« Er ging zu seiner errötenden Frau, nahm ihre kleine Hand und führte sie auf die Tanzfläche, um mit ihr den Eröffnungswalzer aufs Parkett zu legen.

Nach dem Walzer ging Beula zu Marigold und geleitete sie auf die Damentoilette, wo sie ein wenig verschnaufte und sich die Handgelenke mit Wasser betupfte. Beula beugte sich vor, wedelte ihr mit einem dicken Stapel Papiertücher Luft zu und zischte: »Unglaublich! Du bist in einem von *ihren* Kleidern Ballkönigin geworden!« Marigold nickte.

»Du weißt, wer ihr Vater ist, oder?«, fragte Beula.

»Ein reisender Nähmaschinenreparateur«, erwiderte die Ballkönigin. »Ein Mann vom Singer-Reparaturdienst.«

»Falsch. Molly hat ihr seinen Namen gegeben. Es ist ihr zweiter Vorname.«

Marigold beugte sich zu Beula, die ihr etwas ins Ohr flüsterte, dann zurücktrat und zusah, wie Marigolds Ausschlag sich violett verfärbte. Also hatte sie sie verstanden.

Tilly und Teddy standen Händchen haltend und lächelnd an der Tür. Sie klopften mit den Füßen den Takt zur Musik und sahen zu, wie die von Tilly genähten Kleider über die Tanzfläche wirbelten. »O Gott«, sagte sie, als Faith versuchte, ein Fis anzuschlagen. An der Tür saß niemand mehr – die beiden Plätze waren leer, davor lag die Tombola-Liste, daneben der Preis: eine neue Thermosflasche und ein zusammenklappbarer Segeltuchstuhl.

Tilly griff nach dem Plan mit der Sitzordnung und studierte ihn. Es gab sechs Tische, denen jeweils etwa zwölf Namen zugeordnet waren. Sie las intensiv die Namen.

»Guck mal nach, wo Tisch Nummer sechs ist«, sagte Teddy. In der Nähe der Tür stand Fred Bundle bei einem Grüppchen Footballspieler und winkte ihn herein, weshalb Teddy Tillys Hand losließ, den Saal betrat und sich dazugesellte.

»Tisch Nummer sechs«, sagte Tilly. »Norma und Scotty Pullit, Bobby Pickett und T. McSwiney …« T. Dunnage stand, nur schwach erkennbar, neben T. McSwiney, aber ihr Name war wieder durchgestrichen worden. Sie fand ihn ein weiteres Mal an dem Tisch, an dem die Beaumonts saßen; diesmal war er mit rotem Kugelschreiber überkritzelt worden. Am Grundschultisch, an dem Miss Dimm, Nancy, Ruth und einige andere saßen, hatte sich extra jemand die Mühe gemacht, den Plan mit Knopflochstichen zu bearbeiten, um ihn an einer Stelle, an der ein Name gestanden hatte, zu perforieren und ein kleines Stück herauszutrennen. Zurückgeblieben war ein kleines gezacktes quadratisches Loch. An Purls Tisch war ein Name ganz offensichtlich nachträglich am äußersten Ende des Tischs hinzugefügt und anschließend mit schwarzer Tinte übertüncht worden. Am vordersten Tisch, der für die Bandmitglieder reserviert war, stand BARNEY. Die Namen an diesem Tisch waren in Großbuchstaben mit Bleistift und zum Teil verkehrt herum geschrieben. Neben seinem Namen hatte Barney mit rotem Stift hinzugefügt »+ TILLY«. Barney war dafür verantwortlich, die Getränke der Bandmitglieder aufzufüllen und die Blätter von Faiths Notenheft umzuschlagen. Doch selbst an diesem Tisch hatte jemand ihren Namen weggerubbelt.

Tilly richtete sich auf und sah zur Tür, doch Teddy war nicht da. Stattdessen blickte sie auf eine Mauer aus kräftigen Footballspielerrücken. Sie war verunsichert und wusste nicht recht, was sie tun sollte. Bezirksvorsteher Evan Pettyman wandte sich zu ihr um, schnaubte verächtlich und spuckte neben ihrem Saum auf den Boden. Sie blickte auf den weintraubenfarbenen Rotzfleck. Als sie wieder aufsah, sah sie in Beula Harridenes bernsteinfarbene Augen. Beula lächelte und sagte: »Bastard, Mörderin« und zog ihr die Tür vor der Nase zu, so dass Tilly in ihrem leuchtenden magentafarbenen Lys-Noir-Kleid allein im Foyer stand. Sie zog ihr Schultertuch enger um sich und griff nach der Türklinke. Jemand hielt sie von innen fest.

Teddy fand sie im Park unter einem Baum sitzend. Sie zitterte und war mit den Nerven am Ende. Er reichte ihr etwas Wassermelonenschnaps.

»Sie wollen einfach nicht, dass wir sie in den Schatten stellen.«

»Nein, das ist es nicht – es liegt an dem, was ich getan habe. Manchmal vergesse ich es, und wenn ich mich gerade ... es ist die Schuld und das Böse in mir – ich trage es ständig mit mir herum, es ist in mir, immer. Es ist wie ein schwarzes Ungetüm – eine Last ... es macht sich selbst unsichtbar und kommt plötzlich völlig überraschend in mir hochgekrochen, wenn ich mich gerade am sichersten fühle. Dieser Junge ist tot. Und das ist nicht alles.« Sie nahm einen weiteren Schluck.

»Erzähl es mir.«

Sie fing an zu weinen.

»O, Till«, sagte er und nahm sie in den Arm. »Erzähl es mir.«

Er brachte sie zurück in seinen Wohnwagen neben der Müllhalde. Sie setzten sich einander gegenüber, und sie erzählte ihm alles. Es dauerte lange, und sie brach immer wieder in Tränen aus, deshalb küsste er sie wieder und immer wieder, weinte mit ihr und zog sie ganz eng zu sich heran. Er streichelte sie und versuchte, sie zu beruhigen, indem er ihr versicherte, dass es nicht ihr Fehler gewesen sei, dass nichts von alldem ihr Fehler gewesen sei und alle anderen sich irrten. Zum Schluss liebten sie sich innig und zärtlich, danach schlief sie schließlich ein.

Er deckte sie mit ihrem magentafarbenen Kleid zu und setzte sich nackt neben sie, rauchte und wachte, tief in Gedanken versunken, über ihren unruhigen Schlaf. Dabei rannen ihm Tränen über die Wangen. Schließlich weckte er sie, reichte ihr ein Glas Champagner und sagte: »Ich glaube, wir sollten heiraten.«

»Heiraten?« Sie lachte und weinte zugleich.

»Es gibt nichts, worüber sie sich mehr ärgern würden – außerdem bist du die Richtige für mich. Ich könnte mit keinem anderen Mädchen mehr glücklich werden.«

Sie nickte und lächelte ihn durch ihre Tränen hindurch an.

»Wir heiraten hier in Dungatar. Wir richten eine große Feier aus, und danach hauen wir ab, irgendwohin, wo es besser ist.«

»Besser?«

»Weg von all den schlechten Dingen, an irgendeinen guten Ort, wo die samstäglichen Tanzpartys besser sind …«

»Und würdest du meine verrückte Mutter auch mitnehmen?«

»Wir können sogar meinen begriffsstutzigen Bruder mitnehmen.«

»Barney!«, rief sie, lachte erneut und klatschte in die Hände.

»Ja, Barney!«

»Ich meine es ernst.«

Da sie nicht antwortete, fuhr er fort: »Es ist das beste Angebot, das dir in dieser Gegend je unterkommen wird.«

»Und wohin würden wir gehen?«

»Zu den Sternen«, erwiderte er. »Ich nehme dich mit zu den Sternen, aber vorher …« Sie streckte die Arme nach ihm aus, und er liebte sie wieder.

Später lagen sie nebeneinander auf dem Dach des Silos und sahen nach oben – zwei Silhouetten auf einem silbernen Wellblechdach unter einem samtschwarzen Himmel mit funkelnden Sternen und einem kalten, weißen Mond. Die Luft war frisch, aber das Dach war noch warm von der Herbstsonne.

»Als ich klein war, hast du nie mit mir gespielt«, sagte Tilly.

»Du bist nie zu uns gekommen.«

»Ich habe euch hier spielen sehen, dich und Scotty und Reg. Ihr hattet Ferngläser, mit denen ihr den Himmel nach Raketen ›aus dem Weltall‹ abgesucht habt. Manchmal wart ihr auch reitende Cowboys, die kriegerische Indianer gejagt haben.«

Teddy lachte. »Oder Superman. Einmal bin ich ziemlich in

die Bredouille geraten. Wir sind damals immer in die Getreidewaggons gesprungen, wenn sie aus der Beladestation gerollt kamen, und haben uns oben auf den Weizen gestellt, bis wir den Bach überquert hatten, wo wir uns dann ins Wasser stürzten. Eines Tages hat der Sergeant mich dort mit Mae erwartet. Mann, hat sie mich damals in den Hintern getreten.«

»Ja«, sagte Tilly leise. »Ihr wart furchtlos.«

»Stimmt«, bestätigte Teddy. »Und das bin ich noch immer.«

»Meinst du das im Ernst?« Sie stützte sich auf. »Und was ist mit meinem Fluch?«

»Ich glaube nicht an Flüche. Ich werde es dir beweisen«, sagte er und erhob sich.

Tilly setzte sich aufrecht hin und sah zu, wie er sich vorsichtig zum Rand des schräg abfallenden Dachs vorarbeitete. »Was hast du vor?« Er sah hinunter zu den Getreidewaggons, die in einer langen Reihe neben der Beladestation standen.

»Vielleicht sind sie leer!«, rief sie.

»Nein«, entgegnete er. »Sie sind voll.«

»Tu es nicht!«, rief sie flehend. »Bitte, tu es nicht!« Er drehte sich zu ihr um, lächelte und warf ihr eine Kusshand zu.

Evan Pettyman parkte vor seinem Haus und half seiner betrunkenen Frau hinein. Er legte sie auf ihr Bett und war gerade dabei, ihr die Strümpfe von ihren schlaffen Füßen zu streifen, als er in der Ferne jemanden rufen hörte. Er spitzte die Ohren. Die Rufe kamen von der Bahnlinie.

»Hilfe, ich brauche Hilfe! Bitte!«

Er fand Tilly Dunnage auf einem Güterwagen. Ihr Kleid war zerrissen, ihr zerzaustes Haar flatterte wild im nächtlichen Wind, und sie ging auf dem Rand des Waggons hin und her und stocherte mit einer langen Stange in den Körnern.

»Er ist hier drin ...«, rief sie mit einer Stimme, die aus dem Jenseits zu kommen schien, »... aber er kriegt die Stange einfach nicht zu fassen!«

TEIL DREI

Filz

Ein ungewebter Stoff, der aus kurzen, in sämtliche Richtungen verlaufenden Wollfasern hergestellt wird, die durch Dampf, Druck und Wärme zu einem dichten Material gepresst werden. Mit klaren Farben unifarben gefärbt. Findet Verwendung für Röcke, Hüte und Handschuhe.

Fabrics for Needlework

Kapitel 19

Tilly saß Sergeant Farrat gegenüber. Er hielt einen gezückten Kugelschreiber über ein Formular mit Durchschlagpapier auf einem Klemmbrett. Seine Polizeiuniform war zerknittert und hing weich und labberig an ihm herunter, stellenweise stand ihm sein weißes Haar zu Berge.

»Was ist passiert, Tilly?«

Sie antwortete in dieser Stimme, die von weit her zu kommen schien, und sah auf den Boden. »Nein«, entgegnete sie, »mein Name ist Myrtle, ich bin immer noch Myrtle.«

»Erzähl mir, was passiert ist.«

»Erinnern Sie sich noch an den Silobau?«

Sergeant Farrat nickte. »Ja«, sagte er und musste leicht lächeln, als er an die Aufregung dachte, die der neue Bau damals verursacht hatte. Da sie die Fassung zu verlieren schien, sagte er mit sanfter Stimme: »Erzähl weiter.«

»Die Jungs sind damals immer aufs Dach geklettert und runtergesprungen ...« Sie verstummte.

»Ja, Tilly«, flüsterte er.

»Wie Superman.«

»Es waren dumme Jungs«, sagte Sergeant Farrat.

Sie sah immer noch zu Boden. »Eben Jungs. Die Leute aus Dungatar mögen uns nicht, Sergeant Farrat, weder mich noch meine Mutter, und sie werden mir den Tod dieses Jungen nie verzeihen oder die Fehler meiner Mutter … sie haben ihr nie verziehen, dabei hat sie nichts Falsches getan.«

Sergeant Farrat nickte.

»Ich bin nicht auf dem Ball geblieben. Teddy hat mich gefunden, und wir sind zu seinem Wohnwagen gegangen und da geblieben, bis … also, wir sind ziemlich lange geblieben, aber irgendwann sind wir am Silo gelandet … wir wollten uns den Sonnenaufgang ansehen, den Beginn eines neuen Tages …«

Sergeant Farrat nickte wieder.

»Ich habe ihm meine Geheimnisse anvertraut, und er hat mir versichert, dass es ihm nichts ausmache, dass er nicht an böse Flüche glaube. ›Ich bin Morgan Le Fay‹, habe ich ihm gesagt, ›eine Todesfee‹. Wir waren glücklich – er hat versprochen, dass alles gut werden würde …«

Sie drohte wieder die Fassung zu verlieren, riss sich aber erneut zusammen. »Es kam mir vor, als ob ich schließlich und endlich doch die richtige Entscheidung getroffen hätte. Als ob es richtig gewesen wäre, nach Hause zu kommen, weil ich hier etwas wirklich Wertvolles gefunden hatte – jemanden, der auf meiner Seite stand. Er hat noch mehr Sekt getrunken, und dann sind wir auf das Dach des Silos geklettert.«

Sie verstummte und starrte für eine lange Zeit schweigend zu Boden. Sergeant Farrat ließ sie in Ruhe, denn sie war kurz davor, völlig zusammenzubrechen, und er wollte, dass sie noch ein bisschen durchhielt, damit er eine Chance hatte zu verstehen, was passiert war.

Schließlich sagte sie: »Als Erstes der Junge …«

»Das war, als du zehn warst«, entgegnete Sergeant Farrat mit sanfter trauriger Stimme.

»Ja. Sie haben mich weggeschickt, auf diese Schule.«

»Genau.«

»Da waren sie sehr gut zu mir. Sie haben mir geholfen, mir gesagt, dass es wirklich nicht meine Schuld gewesen sei.« Sie holte Luft. »Aber dann passierte wieder etwas Schlimmes … Jeder, mit dem ich in Berührung gekommen bin, ist verletzt oder tot.« Sie krümmte sich auf dem hölzernen Polizeistuhl zusammen und wurde von einem Weinanfall geschüttelt und schluchzte, bis sie völlig erschöpft war und ihr alles wehtat. Sergeant Farrat legte sie in sein Himmelbett und setzte sich neben sie und weinte.

Edward McSwiney hatte gesehen, was mit Stewart Pettyman passiert war. Vom Dach des Silos aus hatte er vor zwanzig Jahren beobachtet, was sich zwischen ihm und Myrtle Dunnage zugetragen hatte, weil er gerade das Dach des Silos ausbesserte. Da oben hatten mal wieder irgendwelche Kinder herumgespielt und dabei die Regenrinnen beschädigt. Er hatte die Schulglocke läuten gehört und seine Arbeit für einen Moment unterbrochen, um die winzigen Gestalten in der Ferne zu beobachten, die aus der Schule strömten und sich auf den Nachhauseweg machten. Er hatte gesehen, wie Myrtle an die Wand gedrängt wurde und der Junge seinen Angriff startete, doch als Edward bei der Bücherei angekommen war, lehnte das Mädchen bereits erstarrt und verängstigt an der Mauer. »Er ist auf mich zugerast wie ein Stier …«, hatte sie mit schriller Stimme gesagt und sich die Finger wie Hörner an die Ohren gelegt, »…so.«

Edward McSwiney streckte die Hand nach ihr aus, da sie anfing zu zittern, doch sie schreckte vor ihm zurück und verbarg ihr Gesicht, und in diesem Moment sah er, was sie getan hatte. Sie war zur Seite getreten, und der Junge war mit dem Kopf gegen die Wand der Bücherei gerast und lag nun mit gebrochenem Genick da, sein runder fetter Körper völlig verdreht und im rechten Winkel zu seinem Kopf.

Später an diesem Tag hatte Edward mit Molly und Evan Pettyman in der Polizeiwache gestanden und war von Sergeant Farrat aufgefordert worden: »Erzählen Sie Mr. Pettyman, was Sie gesehen haben, Edward.«

»Sie sind ihr ständig auf dem Nachhauseweg gefolgt und haben sie gepiesackt«, sagte er an Evan gewandt, »sie einen Bastard geschimpft. Ich habe sie etliche Male erwischt. Ihr Junge, Stewart, hat das arme kleine Ding bei der Bücherei an die Wand gedrängt, sie wollte nur sich selber retten ...«

Evan hatte sich abgewandt und Molly angesehen. »Mein Sohn, mein Sohn wurde von deiner Tochter umgebracht ....«

»Von deiner Tochter!«, schrie Molly.

Edward würde Evans Gesichtsausdruck in diesem Moment nie vergessen ... als ihm plötzlich schlagartig bewusst geworden war, was es bedeutete, wohin das alles geführt hatte.

Molly hatte den Gesichtsausdruck ebenfalls gesehen. »Jawohl. Wie sehr hätte ich mir gewünscht, du hättest mich in Ruhe gelassen – aber du bist mir bis hierher gefolgt, hast mich gequält und mich als deine Geliebte gehalten ... Du hast unser Leben zerstört. Wir hätten eine Chance gehabt, zumindest eine kleine Chance – Myrtle und ich hätten ein halbwegs würdiges Leben führen können ...« Molly hatte ihr Gesicht in ihren Händen vergraben und geweint: »Arme Marigold, arme dumme Marigold, du wirst dafür sorgen, dass sie verrückt wird.« Dann hatte sie sich auf ihn gestürzt und ihn gekratzt und getreten.

Sergeant Farrat hatte eingegriffen und sie festgehalten und festgestellt: »Stewart Pettyman ist tot. Wir müssen Myrtle aus der Stadt schaffen.«

Und nun musste Sergeant Farrat mit anhören, wie Edward seiner Familie eröffnete: »Wir haben unseren Helden verloren. Teddy ist tot.«

Sie brachen vor ihm zusammen, als wären sie aus Zuckerwatte. Er war unfähig, ihnen seine von Herzen kommende Anteilnahme nahe zu bringen, es gab keinen Trost, und er konnte gut verstehen, wie Molly Dunnage und Marigold Pettyman verrückt geworden und abgeglitten waren in Trauer und Empörung, die wie Spinnenweben zwischen den Straßen und Gebäuden Dungatars hingen und sie mit jedem Blick daran erinnerten, was sie einst besessen hatten. Zu sehen, wo jemand, den sie nicht mehr in den Armen halten konnten, einst entlanggegangen war, und immer wieder daran erinnert zu werden, dass ihre Arme nun leer waren. Und wohin sie auch immer sahen, wurden sie beobachtet – von Leuten, die Bescheid wussten.

Während Sergeant Farrat neben Tilly saß, wandte er sich mit etlichen Fragen an Gott, doch er erhielt keine Antwort.

In seinem abschließenden Bericht erwähnte er nichts von dem Alkohol und nichts davon, dass sie eng umschlungen unter den nahen Sternen gelegen hatten, sich wieder und immer wieder geliebt hatten und zu einer Person verschmolzen waren und von nun an ihr Leben miteinander teilen wollten und nicht nur ein paar Stunden. Er schrieb nicht, dass sie wusste, dass ein Fluch auf ihr lastete, der Jungen durch den bloßen Klang ihres Schreiens in den Tod trieb, und er verschwieg, dass Teddy ihr beweisen wollte, dass ihm nichts passierte, wenn er sprang, obgleich sie ihn angefleht hatte, das Schicksal nicht herauszufordern.

Doch Teddy hatte sich nicht abbringen lassen, und so war er in den vollen Getreidewaggon gesprungen – den bis zum Rand mit Weizen gefüllten Waggon –, der unter ihm in der Dunkelheit darauf gewartet hatte, am Morgen abtransportiert zu werden und seinen Inhalt auf einem Schiff zu entladen, das die Fracht dann übers weite Meer in ferne Kontinente bringen würde.

Doch es war kein bis zum Rand mit Weizen gefüllter Waggon gewesen. Er hatte Hirse geladen. Feine, glänzende, hellbraune Hirse, die nicht für ferne Kontinente bestimmt, sondern als Tierfutter vorgesehen war. Und Teddy verschwand in dem Waggon wie ein Bolzen, den man in eine mit Öl gefüllte Wanne fallen lässt, und sank auf den Boden des riesigen Containers in dem Meer aus glitschigen braunen Körnen, das wie glänzender flüssiger Sand über ihm zusammenschlug.

Stattdessen schrieb Sergeant Farrat, dass Teddy McSwiney ausgerutscht war und es sein eigener furchtbarer Fehler gewesen war und dass die Zeugin, Myrtle Evangeline Dunnage, ihn ausdrücklich gewarnt habe und keinerlei Schuld an dem tragischen Unglück trage.

Der Sergeant fand Molly neben dem Feuer. Sie saß ruhig und in Gedanken versunken da. Er trat in die Tür, doch sie sah ihn nicht an, sondern fragte nur: »Was ist es diesmal?«

Er erzählte ihr, was passiert war, und sie rollte zu ihrem Bett in der Ecke und zog sich die Bettdecke über den Kopf.

Tilly wusste, dass sie eine Art Buße leisten und in Dungatar bleiben musste. Wenn sie irgendwo anders hinginge, würde sowieso das Gleiche passieren. Sie war in jeder Hinsicht erledigt, und das Einzige, was ihr geblieben war, war ihre gebrechliche verwirrte Mutter.

Sergeant Farrat wusste, dass er sich seiner Schutzbefohlenen annehmen musste – um sie vor sich selber zu schützen und ihnen vor Augen zu führen, dass es in dem ganzen Schlamassel noch etwas zu retten gab. Er fragte Tilly, ob sie zur Beerdigung komme, und sie sah ihn mit seelenlosem Blick an und sagte nur: »Was habe ich bloß getan.«

»Es ist besser, wenn du ihnen ins Gesicht siehst«, empfahl er ihr. »Zeig ihnen, dass du nichts zu verbergen hast. Wir werden zusammen gehen.«

Es war eine schlimme, unter die Haut gehende Beerdigung, über der eine unbeschreibliche Stimmung lag. Die Luft war gesättigt von Trauer, es war ein düsteres, erschütterndes Ereignis. Die Beerdigungsgäste fanden nicht die Kraft zu singen, weshalb Reginald Hamish mit dem Dudelsack begleitete. Sie spielten das Trauerlied »Goin' Home« von Dvořák, das der versammelten Gemeinde den Atem verschlug und ihrer Trauer Ausdruck verlieh. Dann verließ Sergeant Farrat Tillys Seite und hielt eine Art Grabrede. Er sprach von Liebe und Hass und der Macht von beidem und erinnerte daran, wie sehr sie alle Teddy McSwiney geliebt hatten. Er wies darauf hin, dass Teddy McSwiney durch die Gegebenheiten in der Stadt ein Außenseiter gewesen sei, der neben der Müllhalde gelebt habe. Seine gute Mutter Mae habe immer getan, was die Bewohner Dungatars von ihr erwartet hätten, sie sei für sich geblieben und habe aufopferungsvoll ihre Kinder großgezogen, während ihr Ehemann Edward immer hart gearbeitet und sich um die Abwasserrohre der Leute gekümmert, ihre Bäume beschnitten und ihren Abfall zur Müllkippe gefahren habe. Die McSwineys hätten immer Abstand gehalten, doch das Schicksal suche sich seine Opfer überall, und überhaupt – seien nicht eigentlich alle in der Stadt *anders* und dennoch Bestandteil der Gemeinschaft?

Sergeant Farrat predigte, die Liebe sei so stark wie der Hass, und so sehr sie alle fähig seien, jemanden zu verachten, so sehr seien sie auch fähig, einen Außenseiter in ihre Herzen zu schließen. Teddy sei ein Außenseiter gewesen, bis man erkannte, was man an ihm hatte, und er seinerseits habe eine Außenseiterin geliebt – die kleine Myrtle Dunnage. Er liebte sie so sehr, dass er um ihre Hand angehalten hatte.

Sergeant Farrat ging vor den Trauernden auf und ab und fuhr mit ernster Stimme fort: »Er hat sich gewünscht, dass ihr sie ebenfalls in eure Herzen schließt, dass ihr ihr vergebt, und wenn ihr das an dem Ballabend getan hättet ... Aber natürlich konntet ihr sie nicht lieben, weil eure Herzen nicht so groß sind wie seins und es auch nie sein werden, und das ist die traurige Wahrheit. Teddy fand das unverzeihlich – so unverzeihlich, dass er die Absicht hatte, die Stadt zusammen mit Myrtle zu verlassen, und dann hättet ihr ihn auch verloren. Wenn ihr sie in euren Kreis aufgenommen hättet, wäre Teddy noch bei uns, dann hätte er in jener Nacht nicht versucht, ihr die Kraft seiner Liebe zu beweisen. Er hat einen furchtbaren Fehler gemacht, und wir müssen ihm diesen Fehler verzeihen. Er hat Tilly Dunnage so geliebt, wie ihr sie aus vollem Herzen hasst, bitte haltet euch das vor Augen – sie wollte ihn heiraten, und ich weiß, dass ihr ohne jede Ausnahme mit all euren Geheimnissen und Fehlern und Vorurteilen und Mängeln eingeladen worden wäret, um diesem freudigen Ereignis beizuwohnen. Es wäre ein wohltuendes Ereignis gewesen, ein richtiger und wahrer Bund fürs Leben. Doch stattdessen ...«

Mae entwich aus ihrem tiefsten Inneren ein Klagelaut. Es war ein Laut, den nur eine Mutter zustande bringt.

Tilly hörte all das, aber es war, als würde sie durch eine Filmkamera blicken. Sie sah, dass der Sarg weiß und mit einem Berg von Kränzen bedeckt war, sie sah reihenweise vom Weinen zuckende Rücken und jede Menge tränenüberströmte Gesichter, die sich von ihr abwandten – sie sah die verkrüppelten Almanacs, die Beaumonts, allesamt steif und streng und gefasst, die fette, schorfige, von Mitessern übersäte Lois, die sich gerade die Nase schnäuzte, ihr weinendes Riesenbaby Bobby und Nancy und Ruth, die ihn festhielten. Marigold nippte an einem Flachmann unbekannten Inhalts, und Evan war auch da. Er war vor Wut ganz rot, aber er sah niemanden an. Die Footballspieler standen mit starrem, hochgerecktem Kinn in einer Reihe; ihre Augen waren rot und feucht.

Nach der Beerdigung brachte Sergeant Farrat Tilly nach Hause. Molly verließ ihr Bett und setzte sich in ihren Stuhl neben ihre Tochter.

Der Leichenschmaus war furchtbar. Die Stimmung war gedrückt und geprägt von fassungsloser Wut und Hilflosigkeit. Fred und Purl standen hinter der Theke wie Waisenkinder an einer Bushaltestelle, denn keinem war danach, etwas zu trinken, und die Sandwiches konnte auch keiner herunterbringen. Die McSwineys saßen wie zusammengeschweißt mit grauen Gesichtern steif und schockiert auf ihren Stühlen. Hinter ihnen hingen Fotos ihres kecken Jungen an der Wand, direkt neben der Siegesfahne des Grand Final. Die Footballspieler versicherten wieder und immer wieder: »Er hat sie im Alleingang für uns geholt«, und versuchten, Edward die Fahne in seine verschränkten Arme zu drücken.

Am nächsten Tag schleppte Barney sich den Hügel hinauf. Der rosa Kakadu hockte auf seiner Schulter, die Kuh trottete hinter ihm her, an beiden Seiten begleiteten ihn pickende Hühner. Er band die Kuh am Zaun fest, setzte den Kakadu auf den Pfosten und stand, den zerknautschten Hut in den Händen, vor ihr. Er versuchte den Kopf zu heben und sie anzusehen, aber er schaffte es nicht, ihr in die Augen zu sehen.

Sie fühlte sich elend – die Magensäure kam ihr hoch, und ihr ganzer Körper schmerzte vom Weinen. Sie war völlig erschöpft, doch ihre Gedanken waren vergiftet mit Wut und Hass auf sich selbst und auf die Bewohner Dungatars. Sie hatte zu einem Gott gebetet, an den sie eigentlich nicht glaubte, und ihn angefleht zu kommen und sie wegzubringen. Sie sah Barney an und wünschte, er würde ihr wehtun oder sie umarmen, doch er zeigte nur auf die Tiere und sagte mit dünner Fistelstimme: »Dad sagt, du kannst sie sicher brauchen, und sie brauchen auch ein Zuhause.« Sie stand verunsichert da und streckte eine Hand nach ihm aus, aber er verzog das Gesicht, drehte sich um und humpelte davon, die Arme vor der Brust verschränkt und heulend wie ein Schlosshund. Tilly spürte, wie sich ihr Herz verkrampfte und zusammenzog. Sie ließ sich schwer und mit schmerzverzerrtem Gesicht auf die Treppe sinken und weinte.

Graham stand in vollem Geschirr und wartete. Der Wagen hinter ihm war mit Kisten und Kleiderbündeln beladen, dazwischen hockten kleine braunweiße Hunde. Edward und Mae, Elizabeth, Margaret und Mary, Barney, George, Victoria, Charles, Henry, Mary und Charlotte, die das Baby in den Armen hielt, standen eng beieinander wie traurige Stoffpuppen, die sich aneinander lehnten, um nicht umzufallen. Sie betrachteten die brennenden Wohnwagen und Eisenbahnwaggons. Zuerst war nur Rauch zu sehen, doch dann schlugen prasselnde Flammen aus den Wagen, und eine niedrige zischende rot-orange Feuerwand fraß sich langsam durch das winterliche Gras bis zum Rand der Müllkippe vor. Hinter dem Amtssitz des Bezirksvorstehers heulte das Martinshorn des Feuerwehrautos auf, und es kam herbeigebraust und hielt vor den lodernden Flammen. Ein paar Männer sprangen aus dem Wagen, stellten sich neben die McSwineys, schüttelten die Köpfe und fuhren wieder weg.

Als Edward mit seinem Werk zufrieden war und er ihr einstiges glückliches Zuhause in einen unförmigen, rauchüberzogenen, schwarzen, schwelenden Schutthaufen verwandelt hatte, verließ die Familie die Stadt. Sie zogen hinter Graham her, die ersten Strahlen der Morgensonne wärmten ihre Rücken. Sie sahen sich nicht mehr um und trotteten einfach nur langsam und gebeugt von dannen, auf der Suche nach einem neuen Zuhause, wo sie von vorne anfangen konnten. Ihre leisen Klagelaute verfolgten Tilly auf alle Ewigkeit.

Am Nachmittag wurde es bitterkalt, doch sie konnte immer noch nicht wieder hineingehen. Ihr Nähzimmer war voll mit den Überresten ihrer Arbeit – überall lagen bunte Stoffteile und -fetzen, lose Fäden und Baumwollgarnrollen, Nadeln und ausgefranste Ränder, dazwischen standen Schneiderpuppen, die geformt waren wie die snobistische Elsbeth oder die Wassersackfigur von Gertrude, wie die mickrige Mona oder das faulige Tratschweib Lois oder die ledrige neugierige Ruth oder die bösartige Beula. Der Boden glich einem Nadelteppich und sah aus wie die mit abgestorbenen Kiefernnadeln übersäte Erde in einem dunklen Nadelwald. Sie zündete sich noch eine Zigarette an und trank den Rest Wassermelonenschnaps aus der Flasche. Ihr Gesicht war geschwollen, ihre Augen vom Weinen verquollen und rot. Ihr Haar fiel in dicken verfilzten Strähnen über ihre Schultern wie die Blattstränge einer Aloe vera, und ihre Beine und Füße waren von der Kälte schon ganz blau. Leichenblass und zitternd saß sie im Rauch, der von der Müllhalde zu ihr aufstieg, und starrte hinab. Die Stadt schlief, das Auge war geschlossen.

Sie erinnerte sich an Stewart Pettymans nach oben starrende Augen und an das Geräusch, *knack*, an das Stöhnen und dann das andere Geräusch, das klang wie eine auf Heu zusammenbrechende Kuh. Als sie die Augen wieder öffnete, lag Stewart Pettyman im heißen Sommergras, sein Kopf wie durch einen plötzlichen Ruck zur Seite verdreht. Es roch eigenartig, zwischen seinen roten, schlabberigen Lippen quoll Blut hervor. Seine Shorts waren voller flüssiger Kacke, die aus der Hose sickerte und ihm die Schenkel herunterrann.

Sergeant Farrat hatte zu ihr gesagt: »Er hat sich das Genick gebrochen. Er ist tot und jetzt im Himmel.«

Tilly wandte ihren Blick zu dem quadratischen dunklen Silo, das wie ein riesiger Sarg neben den Schienen stand.

Kapitel 20

Die Bewohner Dungatars schlossen sich noch enger zusammen. Sie schüttelten die Köpfe, rieben sich das Kinn, seufzten und redeten mit hasserfüllten Stimmen. Sergeant Farrat streifte in seiner Herde umher, beobachtete sie genau und spitzte die Ohren. Von seiner Predigt hatten sie nichts mitgenommen – nichts als ihren anhaltenden Hass.

»Sie hat ihn dazu gebracht zu springen.«

»Sie hat ihn umgebracht.«

»Sie ist verflucht.«

»Sie hat es von ihrer Mutter.«

Eines Morgens stahl sie sich ganz früh hinunter zu Pratts, um Streichhölzer und Mehl zu kaufen. Nancy und Purl starrten sie an, als sie an ihnen vorbeiging; aus ihren Augen sprach ein Hass, der ihr das Herz durchbohrte. Als sie die Regale absuchte, rempelte Faith sie, und irgendjemand pirschte sich von hinten an sie heran und zog sie an den Haaren. Muriel riss ihr das Geld und das Mehl aus der Hand und schleuderte es aus der Tür auf den Bürgersteig. Nachts kamen sie den Hügel hinaufgefahren und warfen Steine auf das Dach ihres Cottages oder drehten eine Runde nach der anderen, ließen den Motor aufheulen und riefen: »Mörderinnen! Hexen!«

Mutter und Tochter vergruben sich in ihrem Kummer und

ihrer Verzweiflung hinter verschlossenen Türen und verließen kaum noch das Haus. Sergeant Farrat versorgte sie mit Lebensmitteln. Molly bunkerte Toast und Marmelade unter ihren Decken, versteckte in den Falten gekochte Eier oder schob gedünstetes Gemüse in die Spalten und Ritzen ihres Rollstuhls. An warmen Tagen wurde sie von Fliegen umschwirrt. Sie redete nicht und stand jeden Tag nur noch auf, um stundenlang ins Feuer zu starren. Doch ihr altes, von so viel Schmerz gezeichnetes Herz schlug und schlug. Tilly ließ sie nur nachts allein, wenn sie durch die Felder streifte oder am Bachufer nach trockenen Gummibaumzweigen zum Feuermachen suchte. Sie hockten gemeinsam vor dem Feuer, starrten in die Flammen, kuschelten sich unter ihre Decken und lauschten in die Schwärze der Nacht nach Geräuschen. In Tillys Seele nistete Verbitterung und legte sich sogar über ihr Gesicht. Ihre Mutter ließ den Kopf hängen und schloss die Augen. Die Leute warfen ihren Müll in die schwelende Grube, und der Gestank kroch den Hügel hoch und verbreitete sich im ganzen Haus.

Kapitel 21

Lesley ging beschwingt zwischen Mona und der fröstelnden Una Pleasance, der Cousine ihrer Mutter, die verwaiste Hauptstraße entlang. »Ich bin natürlich an die europäischen Winter gewöhnt«, sagte Lesley. »Ich habe viele, viele Jahre in Mailand gelebt. Ich habe dort mit Lipizzanern gearbeitet.«

Mona hakte sich bei ihrem Mann ein. »Du hast die Pferde dressiert, nicht wahr, Lesley?«

»Und dann hat es dich ausgerechnet nach Dungatar verschlagen?« Una ließ ihren Blick über die vereinzelten schäbigen Geschäfte schweifen, die an der Hauptstraße lagen.

»Der Tod meiner lieben, lieben Mama hat mich genötigt, nach Australien zurückzukehren. Ich musste ihre Angelegenheiten ordnen, und als ich gerade im Begriff stand, nach Europa zurückzukehren, haben mich die Beaumonts weggeschnappt.«

Mona nickte. »Wir haben ihn weggeschnappt.«

»Aber Dungatar dürfte wohl kaum …«

»Weggeschnappt wie dich, Una!«, flötete Lesley und bedachte sie mit einem honigsüßen Lächeln.

»So«, fuhr er fort. »Wir sind da. Das ist das Station Hotel – kilometerweit vom Bahnhof entfernt.« Bei diesen Worten lachte er herzhaft und stieß Una an.

»Sie machen ein sehr gutes Steak mit Pommes«, sagte Mona.

»Falls du Steak mit Pommes magst«, ergänzte Lesley.

Una zeigte auf den Hügel. »Was ist da oben?« Sie hielten an und betrachteten den Rauch, der kräuselnd aufstieg, die mit Wein überwucherten Wände einhüllte und dann weiterkroch über die Ebene. Um den Schornstein herum wuchsen Rauchfinger in den Himmel und stiegen auf zu den Wolken.

»Da oben wohnen Mad Molly und Myrtle«, erklärte Mona ernst.

»Oh«, sagte Una und nickte wissend.

»Und dies ist Pratts Store«, meldete sich Lesley zu Wort und brach das Schweigen. »Weit und breit das einzige Geschäft, eine wahre Goldmine. Es gibt dort alles – Brot, und das gibt es wohlgemerkt nur bei Pratts, Wurst und Fleisch, Kurzwaren, Eisenwaren, sogar tiermedizinische Produkte. Und da vorne kommt Dungatars reichster Mann!«

Bezirksvorsteher Pettyman kam lächelnd auf sie zu, die Augen auf Una gerichtet.

»Guten Morgen«, rief er. »Sieh da – die Beaumonts mit meinem ganz speziellen Gast!«

Er griff nach Unas Hand und küsste ihre langen weißen Finger.

»Wir machen gerade eine Führung mit Una, damit sie ihr neues Zuhause kennen lernt und ...«

»Das müssen Sie unbedingt mir überlassen«, fiel Evan Lesley ins Wort. Er rieb sich die Hände und leckte sich die Lippen, sein warmer Atem dampfte in der kalten Winterluft. »Warum sollten wir Miss Pleasance den Komfort meines Dienstwagens vorenthalten. Immerhin ist sie mein Gast.« Er nahm ihren Arm und führte sie zu seinem Auto. »Wir können am Bach entlangfahren, uns einige entlegene Farmen ansehen und dann ...« Er öffnete die Autotür und half ihr auf den Beifahrersitz, lüftete vor Mona und Lesley, die immer noch auf dem Bürgersteig standen, kurz den Hut und rauschte mit der neuen Frau in der Stadt davon.

»Was für ein dreister Typ!«, erboste sich Lesley.

Tilly saß an der Wand und blickte durch den grauen Nebel hinab auf das runde grüngraue, schlammige Oval, das von dunklen Autos umgeben war. Zwischen den Autos und dem Oval standen die Zuschauer wie hängen gebliebene Tränen. Die winzigen Spieler rannten von einem Ende zum anderen, an ihren wirbelnden Armen, mit denen sie den kleinen Ball griffen, waren schwarze Streifen zu erkennen; die Zuschauer brüllten der gegnerischen Mannschaft ihre Verachtung entgegen. Tilly wusste, dass sie von Wut und Kummer angetrieben wurden. Ihr Gebrüll hallte von dem großen Silo wider und zu ihr hinauf und weiter über die Felder in den Rauch hinein.

Die Wolken öffneten ihre Schleusen, und es begann wie aus Eimern zu schütten. Der Regen prasselte nieder, durchnässte jeden in Windeseile bis auf die Haut und trommelte laut auf die Autos und das Wellblechdach über ihr. Er klatschte gegen die Fenster und neigte die Blätter der Pflanzen in Barneys Garten. Eine Diesellok verließ ächzend den Bahnhof von Dungatar, die Passagierabteile waren alle leer. Die Kuh, die auf halbem Weg den Hügel hinunter festgebunden war, hörte auf zu kauen und lauschte einen Moment. Dann drehte sie ihr Hinterteil in Windrichtung und klappte die Ohren nach vorn. Die Spieler unterbrachen das Match. Sie konnten nichts mehr sehen und standen irritiert im grauen Sturzregen herum, bis er nachließ und sie weiterspielten.

Tilly fürchtete, dass eine Niederlage die Leute zu ihr treiben würde, dass sie sich durchnässt und tropfend aus dem Eingang des Ovals ergießen und mit geballten Fäusten zu ihr hinaufströmen würden, auf Blutrache aus. Sie wartete, bis ein vereinzeltes Klatschen aus dem Publikum zu ihr drang und eine Hupe ertönte. Der Kakadu hüpfte auf und nieder, ließ seinen Kamm schwellen und hob eine Kralle vom Verandageländer … Doch es war die Mannschaft von Dungatar, die verloren und damit die letzte Chance verpasst hatte, ins Finale zu ziehen. Die Autos verließen das Footballgelände und verstreuten sich in alle Richtungen.

Sie ging ins Haus. Molly saß in ihrem Rollstuhl und blätterte durch die Zeitung. »Oh«, sagte sie, »du bist es nur.«

Tilly sah ihre Mutter an und musterte ihre skelettartigen Schultern und ihr zerschlissenes Sackleinenschultertuch. »Nein«, sagte sie, »ich *und* du; es gibt nur noch dich, und du hast nur noch mich.«

Sie setzte sich hin und nähte, doch nach einer Weile steckte sie die Nadel im Saum von Mollys neuem Kleid fest und lehnte sich zurück. Sie rieb sich die Augen und blickte zu Teddys leerem Platz und zu der Holzkiste, auf die er immer seine Füße gelegt hatte. Um ihre trübseligen Gedanken ein wenig abzulenken, sah sie den orangen Flammen zu, die im Ofen tanzten. Molly breitete die Zeitung auf dem Küchentisch aus, blinzelte angestrengt durch die Bifokalbrille, die auf ihrer Nasenspitze saß, und sagte: »Ich brauche meine Brille, wo hast du sie versteckt?«

Tilly griff hinüber und drehte *The Amalgamated Dungatar Winyerp Argus Gazette* richtig herum. »Aha«, stellte Molly fest und grinste verschmitzt, »sie haben jetzt eine andere Schneiderin – eine aus Melbourne. Das dürfte Schwierigkeiten geben, denn in ihrem Schlepptau wird ein ganzer Schwarm Männer vom Singer-Nähmaschinen-Reparaturdienst hier einfallen und jede Menge gebrochene Herzen und entjungferte Mädchen zurücklassen.«

Tilly blickte ihrer Mutter über die Schulter. Die einzige Überschrift in Beulas Klatschkolumne verkündete: »Topmode hält Einzug«. Es gab ein Foto, auf dem die Vorsitzende, die Schriftführerin und die Schatzmeisterin des Dungatarer Social Clubs – allesamt in Kreationen von Tilly – einer strengen Frau mit spitz zulaufendem Haaransatz und Mittelscheitel zulächelten.

»In dieser Woche begrüßt Dungatar Miss Una Pleasance, die uns mit ihrem außergewöhnlichen Schneidertalent beglückt. Der Dungatar Social Club heißt Miss Pleasance im Namen der ganzen Stadt herzlich willkommen, und wir freuen uns schon auf die große Eröffnung ihres Schneiderateliers *Le Salon*. Miss Pleasance ist zurzeit Gast bei Bezirksvorsteher Evan Pettyman und seiner Frau. Ihre Geschäftsräume befinden sich vorübergehend im Haus der Pettymans. Die große Eröffnungsfeier findet am Freitag, 14. Juli, ab zwei Uhr mittags statt. Alle Damen bringen bitte Kuchen mit.«

Das Erste, was sie am Morgen hörten, war der Triumph Gloria, der draußen vorfuhr und auf dem Rasen anhielt. Tilly schlich zur Hintertür und lugte hinaus. Am Steuer saß Lesley, Elsbeth wartete auf dem Rücksitz. Sie hielt sich ein Taschentuch vor die Nase. Neben ihr saß die neue Schneiderin und starrte die Glyzinen an, die sich an den Verandapfosten emporrankten und weiter hinauf bis aufs Dach kletterten.

Mona stand auf der Veranda und ließ zwischen ihren Fingern unentwegt eine Reitgerte rotieren. Tilly öffnete die Tür.

»Mutter sagt, sie möchte … alle Sachen mitnehmen, die du halb fertig hast, meine und ihre und Trudys, Muriels und Lois'.« Ihre Stimme erstarb.

Tilly verschränkte ihre Arme und lehnte sich gegen den Türpfosten.

Mona nahm Haltung an. »Können wir die Sachen jetzt haben, bitte?«

»Nein.«

»Oh.« Mona lief zurück zum Auto und redete mit ihrer Mutter. Es folgte eine kurze Unterhaltung in zänkischem Ton, dann kam Mona zögerlich zurück auf die Veranda.

»Warum nicht?«

»Weil mich bisher keine bezahlt hat.« Tilly knallte die Tür zu.

Das altersschwache Haus knarrte und wurde noch schiefer.

Am Abend klopfte es an der Tür. »Ich bin's«, rief Sergeant Farrat mit gedämpfter Stimme. Tilly öffnete die Tür und staunte. Der Sergeant trug eine schwarze leinene Gauchohose, ein weißes russisches Kosakenhemd und eine rote Steppweste. Auf seinem Kopf saß ein schwarzer Hut mit einer schmalen Krempe, den er extrem schräg trug. Er hielt ein mit weißem Papier umwickeltes Paket in der Hand und zauberte unter seiner Weste eine längliche braune Flasche hervor, die er hochhielt, während ein Schwarm Nachtfalter seine Schultern umschwirrte. »Einer von Scottys besten Tropfen«, sagte er mit einem breiten Grinsen.

Tilly öffnete die Fliegentür.

»Kleiner Schlummertrunk gefällig?«, fragte der Sergeant Molly. »Wärmt besser als eine Schlafmütze.«

Molly sah ihn entsetzt an. »Tragen Sie nie eine Schlafmütze! So ein Ding wickelt sich in der Nacht um Ihren Hals und schnürt Ihnen die Kehle zu.«

Tilly stellte drei gekühlte Gläser auf den Tisch, und Sergeant Farrat schenkte ein. Dann packte er das Paket aus, das er mitgebracht hatte. »Ich habe hier eine echte Herausforderung für dich. Ich habe ein Buch über die Eroberung Südamerikas durch die Spanier gelesen, und ich habe hier ein Kostüm für meine Sammlung, das geändert werden müsste.« Er stand auf und hielt sich ein viel zu kleines Matadorkostüm vor seinen runden Körper. Es war aus leuchtend grünem Seidenbrokat, reich mit Perlen verziert und mit kunstvoll gearbeiteten goldenen Laméborten und Troddeln besetzt. »Ich dachte, du könntest das Kostüm mit ein paar improvisierten Einsätzen ein wenig vergrößern. Sie müssen natürlich genau zu meinem Prunkstück passen oder wenigstens ähnlich aussehen. Die einzigen wirklich kreativen Hände Dungatars kriegen es doch bestimmt hin, die Einsätze so zu verbergen, dass man sie gar nicht sieht, meinst du nicht auch?«

»Soweit ich weiß, gibt es in der Stadt eine neue Schneiderin.«

Sergeant Farrat zuckte mit den Achseln. »Ich bezweifle, dass sie herumgekommen ist oder eine solide Ausbildung genossen hat.« Er blickte auf sein leuchtendes grünes Kostüm. »Aber bald werden wir es ja sehen – spätestens bei der nächsten Festlichkeit.« Er sah Tilly erwartungsvoll an, doch sie hob nur eine Augenbraue. Also fuhr Sergeant Farrat fort: »Der Social Club hat ein Fest organisiert. Tagsüber soll ein Geschicklichkeitswettbewerb veranstaltet werden, dann soll es ein Bridgeturnier geben, natürlich Erfrischungsgetränke und Snacks … und ein Konzert – und diverse Aufführungen und Gedichtvorträge. Winyerp und Itheca nehmen auch teil. Es sollen sogar Preise verliehen werden. Es steht diese Woche in der Zeitung, außerdem gibt es bei Pratts im Schaufenster einen Aushang.«

Tilly streckte die Hand aus und befühlte den Perlenbesatz auf dem Matadorkostüm. Sie lächelte. Sergeant Farrat strahlte sie an. »Ich wusste doch, dass ein bisschen Näharbeit deine Stimmung heben würde.« Er setzte sich in den alten Lehnstuhl am Feuer, ließ sich zurückfallen und legte seine in Lederschuhen steckenden Füße auf Teddys Holzkiste.

»Das stimmt«, sagte sie und fragte sich, was ihre Pariser Lehrmeister – Balmain, Balenciaga, Dior – wohl sagen würden, wenn sie Sergeant Farrat in seinem glänzenden grünen Matadorkostüm über einen Laufsteg schreiten sähen.

»Gedichtvorträge und Aufführungen haben Sie gesagt?« Tilly nahm einen großen Schluck aus ihrem Glas.

»Ja«, erwiderte der Sergeant. »Klingt sehr kultiviert.«

Kapitel 22

William saß zusammengesunken in einem ramponierten Liegestuhl im neuerdings so genannten »hinteren Patio«, der früheren Veranda. Seine hochschwangere Frau saß drinnen, feilte sich die Nägel und telefonierte. Den Hörer hatte sie zwischen die speckigen Falten ihres Kinns und ihre Schultern geklemmt. »...also, wenn du mich fragst – ich habe heute erst zu Elsbeth gesagt, dass wir nicht die geringste Aussicht haben, von den Sachen, die wir ihr zum Ausbessern gegeben haben, irgendetwas wiederzusehen. Wahnsinn wird nämlich vererbt, musst du wissen – bestimmt hat Molly jemanden ermordet, bevor sie hierher gekommen ist. Wer weiß schon, was die beiden da oben aushecken in ihrer runtergekommenen Hütte auf dem Hügel ... Beula hat gesehen, wie sie die Kuh gemolken hat, und sie schleicht wie ein armes Bauernweib am Bach entlang und stiehlt trockenes Holz – am helllichten Tage! Die macht nicht den Eindruck, als hätte sie Schuldgefühle, Elsbeth und ich haben neulich erst gesagt, lass uns dem Himmel danken, dass wir jetzt Una haben ...«

»Genau«, murmelte William. »Das ist das Wichtigste.« Er langte unter den Liegestuhl, zog die Whiskyflasche hervor und goss sich eine ordentliche Portion in sein dickes Glas. Dann hielt er es sich vors Auge und betrachtete durch die bernsteinfarbene Flüssigkeit die Pferde, die auf der vorderen

Koppel Sprungübungen machten. Drinnen fuhr seine Frau fort: »Ich sehe zu, dass ich Williams Scheckbuch kriege, aber mit einer neuen Garderobe sollte ich wirklich noch bis nach der Geburt warten … Ich muss mich jetzt beeilen, Lesley ist mit dem Auto da, bis dann.«

William wartete, bis er das Klackern der davoneilenden Absätze nicht mehr hörte und die Tür zufiel. Er seufzte, trank seinen Whisky, füllte das Glas wieder auf, klopfte seine Pfeife gegen die hölzerne Sessellehne und griff nach seinem Tabak.

Una Pleasance stand vor Marigolds Haustür. Sie trug ein marineblaues ausgestelltes Kleid mit dazu passenden Pumps, die vorne mit einer gestreiften Schleife verziert waren.

»Ziehen Sie bitte Ihre Schuhe aus«, begrüßte sie die eintreffenden Gäste, bevor diese Marigolds glänzenden weißen Fußboden betreten konnten.

Beula streifte durch den Salon, betrachtete die Fotos und untersuchte die Fuß- und Bilderleisten auf Staub. »Was für eine außergewöhnliche Kommode«, stellte sie fest und öffnete die oberste Schublade.

»Sie ist antik – von meiner Großmutter«, entgegnete Marigold besorgt. Sie fürchtete, dass Beula auf dem frisch polierten Möbelstück Fingerabdrücke hinterlassen könnte.

»Ich habe den ganzen alten Kram von meiner Großmutter weggeworfen«, sagte Beula.

In diesem Moment kam Lois an ihnen vorbeigeschlurft. Sie schob Mrs. Almanac in ihrem Rollstuhl vor sich her, an dessen Rädern kleine Steinchen hingen und dessen Achse ölverschmiert war. Marigold schauderte und stürmte in ihr Zimmer. Dort schnappte sie sich ein Bex-Pulver-Tütchen, warf den Kopf zurück und riss den Mund auf. Als das Pulver auf ihre Zunge glitt, zuckte sie kurz zusammen, dann langte sie nach der Flasche mit dem Tonikum, die auf dem Nachttisch stand, öffnete den Verschluss und saugte gierig. In dem Moment kam Beula hereingeplatzt. »Oh, sind es mal wieder deine Nerven?«

Sie lächelte und zog sich zurück. Marigold legte eine Hand auf ihren Halsausschlag, nahm einen weiteren großen Schluck von dem Tonikum und legte sich sicherheitshalber schnell noch zwei Zinnoxydtabletten auf die Zunge.

Im Salon entschied sich Beula für den Stuhl in der Ecke, von dem aus sie den besten Überblick hatte, und setzte sich. Ihr Kinn war heruntergeklappt, die Arme über ihrer weißen Bluse verschränkt; ihre dürren Beine ragten unter einem karierten Faltenrock hervor. Die anderen Damen saßen in plastikbezogenen Wohnzimmersesseln, nippten an ihren Teetassen, die leicht nach Salmiakgeist schmeckten, und rümpften die Nasen über den Kuchen. Lois ließ sich neben Ruth Dimm auf die Couch plumpsen. Ein muffig-fauliger Geruch stieg auf und veranlasste Ruth, sich ein Taschentuch vor die Nase zu drücken, aufzustehen und sich an die Tür zu stellen. Muriel Pratts Erscheinen sorgte für einigen Aufruhr, denn sie trug tatsächlich ein Kleid, »das diese Hexe geschneidert hat ... Nur damit Sie sehen, was wir hier so gewohnt sind«, wandte sie sich an Una, die das Kleid aufmerksam ins Visier nahm und dann zu ihren ausgestellten Arbeiten ging.

Zur Eröffnung ihres Ateliers *Le Salon* hatte Una eine Auswahl ihrer Schneiderkunst präsentiert. In der Ecke stand eine Schaufensterpuppe, die ein durchgeknöpftes geblümtes Seersucker-Bauernkleid trug, mit einem Ausschnitt mit Rüschenkragen und kleinen Puffärmeln. An den Füßen trug sie mexikanische Mokassins aus Vinyl und auf dem Kopf einen kleinen Strohhut. Es war ein Outfit, wie man es hundertprozentig genauso bei Rockmans an der Bourke Street für die »nicht ganz schlanke Figur« bestellen konnte.

Dann traf Purl ein, ließ eine Biskuitrolle auf den Tisch fallen und sagte: »Guten Tag, alle miteinander.« Dann wandte sie sich zu Una um und musterte sie von oben bis unten. »Wenn Sie es bei Evan und Marigold nicht mehr aushalten, können Sie Ihre Zelte im Pub aufschlagen.« Sie zündete sich eine Turf Filter an, sah sich nach einem Aschenbecher um und erblickte die Schaufensterpuppe in der Ecke. »Das ist sicher eines Ihrer ersten Werke, das haben Sie ganz am Anfang Ihrer Schneiderausbildung angefertigt, nicht wahr?«, fragte sie interessiert.

Beula sah sich nach den Beaumonts um, die verbissen am Fenster standen wie auf einem grimmigen Hochzeitsfoto von 1893, und sagte laut: »Mein Gott, bist du dick, Ger…, ich meine Trudy. Wann *genau* ist es so weit?« Mona reichte die Kuchenplatte noch einmal herum. Kurz darauf waren alle Kuchenteller üppig mit dicken Zitronenschnitten, Schokoladenigeln, Zimtgebäck und rosa glasierten Sahnewindbeuteln belegt, und die Damen klopften sich die Krümel und Kokosraspeln von ihrem Busen.

Als Marigold rotgesichtig und zitternd zurück in den überfüllten Salon kam, reichte Mona ihr eine Tasse Tee und einen Kuchenteller mit einem sahnegefüllten Scone. Hinter ihr kam Nancy durch die Tür marschiert und stieß mit Marigold zusammen, deren Tasse samt Kuchenteller auf den Teppich klatschte. Marigold kollabierte und fiel mit dem Gesicht voran in die Pfütze aus Tee und Sahne, der schaumige Teig ihres Scones klebte ihr am Ohr. Die gackernden Frauen in ihren Blumenkleidern halfen ihr ins Bett, und als sie schließlich zurückkamen, trat Elsbeth an den Tisch, klatschte laut in die Hände und begann mit den Förmlichkeiten: »Wir heißen Una herzlich in Dungatar willkommen und wünschen ihr ...«

In diesem Moment brüllte Trudy wie eine gebärende Kuh und krümmte sich. Es gab ein Geräusch wie von einem platzenden Wassersack, und eine rosafarbene dampfende Flüssigkeit rann unter ihrem Rock hervor und bildete um ihre Füße herum einen dunklen Kreis auf dem Teppich. Ihr Bauch zuckte, als ob der Teufel selbst mit seinem glühenden Schürhaken in ihrem Leib herumstocherte. Sie ließ sich auf alle viere sinken und schrie wie am Spieß. Purl trank in einem Zug ihren Tee aus, schnappte sich ihre Biskuitrolle und suchte überstürzt das Weite. Lesley wurde ohnmächtig. Lois schleppte ihn nach draußen. Mona beäugte ihre Schwägerin, die offensichtlich vor ihren Füßen in den Wehen lag, schlug sich eine Hand vor den Mund, rannte dann nach draußen und würgte.

Elsbeth lief rot an und schrie: »Holt den Arzt!«

»Wir haben keinen Arzt«, erinnerte Beula sie.

»Dann holt irgendjemanden!« Sie kniete sich neben Trudy. »Mach hier nicht so eine Szene.« Trudy brüllte erneut.

»HALT GEFÄLLIGST DEN MUND, du dummes Krämermädchen!«, fuhr Elsbeth sie an. »Es ist nur ein Baby.«

Lesley lag flach auf dem Rücken im Gras und wurde von Lois mit dem Schlauch abgespritzt. Sein Toupet lag wie ein Hodensack neben seinem kahlen Kopf auf dem Rasen. Mona würgte den Triumph Gloria dreimal ab, bevor sie mit einem Ruck auf den Grünstreifen raste, Marigolds Vorderzaun durchbrach und dann mit angezogener Handbremse davonbrauste. Der vordere Kotflügel blieb zurück und baumelte an einem nackten Zaunpfosten. In diesem Moment kam Purl um die Ecke gerannt und schrie: »Er kommt, er kommt!«

Lois rief Una zu: »Er kommt!« Und Una rief zu Elsbeth: »Er kommt!«

Trudy schrie und heulte.

Elsbeth kreischte: »Hör endlich auf zu schreien!«

Zwischen den Kontraktionen fauchte Trudy ihr durch ihre zusammengebissenen Zähne zu: »Daran ist einzig und allein dein Sohn schuld, du alte Hexe. Und jetzt verschwinde und lass mich in Ruhe, sonst erzähle ich jedem, wie du wirklich bist!«

Zwanzig Minuten nach dem Einsetzen der Wehen kam Felicity-Joy Elsbeth Beaumont zwischen den schleimigen behaarten Oberschenkeln ihrer Mutter hervorgeschossen – mitten hinein in einen strahlenden Nachmittag, sie landete genau neben den von Marigold bereitgelegten sterilisierten Handtüchern. Mr. Almanac stand in sicherer Entfernung und erteilte Anweisungen.

Beula beugte sich zu Lois. »Sie ist erst seit acht Monaten verheiratet.«

Als Evan am Abend nach Hause kam, fand er einen umgepflügten Vorgarten und einen niedergerissenen Vorderzaun vor. Sämtliche Türen und Fenster standen offen, und das ganze Haus war von einem eigenartigen Geruch durchdrungen. Auf dem Teppich war ein großer Fleck mit einem Stapel besudelter Handtücher in der Mitte. Auf den Handtüchern lag die fliegenumschwärmte klumpige Nachgeburt. Sie sah aus wie Leber in Aspik. Marigold lag in voller Montur und scheinbar bewusstlos im Bett.

Kapitel 23

Drei Frauen aus Winyerp standen an Tillys Zaunpfosten. Von der glimmenden Müllkippe her rieselten ihnen feine Rußpartikel auf Hüte und Schultern. Sie bewunderten den Garten. Die Glyzine stand in voller Blüte und schmückte das Haus mit schweren violetten Dolden. Dicke Myrtenranken bahnten sich ihren Weg zwischen den Glyzinen um die Ecke und über die Veranda. Sie überzogen die Bretter mit einem Netz aus glänzenden grünen Blättern und leuchtend weißen Blüten. Rote, weiße und blaue Rhododendrontrompeten blühten vor der Wand, und an den Ecken des Hauses wuchs riesiger kirschroter und purpurroter Oleander. Alles war übersät mit rosa Daphnebüschchen, und Fingerhüte wogten hin und her wie die winkenden Arme der Passagiere an Deck eines Dampfers. Hortensien, Jasmin und Rittersporn umrankten den Wasserspeicher, und ein hoch gewachsener Teppich aus Maiglöckchen bahnte sich seinen Weg aus dem Schatten. Da, wo einst ein Zaun gestanden hatte, hatten sich Tagetes angesiedelt, sie markierten wie Wachposten die Grundstücksgrenze. Die Luft war schwer, der süße Duft des Gartens vermischte sich mit dem beißenden Rauch und dem Gestank des schwelenden Mülls. Nach Süden hin erstreckte sich ein Gemüsegarten: glänzende grüne und weiße Spinatblätter raschelten in der Brise, flauschige Karottenbüschel wetteiferten mit hellen Knoblauchstängeln und Zwiebeln, und Rhabarber drängte gegen die Ligusterhecke, die den gesamten Gemüsegarten umgab. Entlang der Außenseite der Hecke wuchsen dichte Kräuterbüschel.

Molly öffnete die Tür und rief: »Hier sind ein paar alte Schachteln von jenseits des Furzhügels unbefugt eingedrungen.«

Hinter ihr erschien Tilly. »Kann ich Ihnen helfen?« Sie bat die Frauen herein.

»Ihr Garten …«, wunderte sich eine ältere Frau. »Wieso gedeiht er so? Es ist doch noch gar nicht Frühling.«

»Aber fast«, erwiderte Tilly. »Die Asche tut der Erde gut, außerdem scheint hier oben fast immer die Sonne.«

Eine hübsche Frau mit einem Baby auf der Hüfte wandte sich um und sah hinab auf die Müllhalde. »Warum unternimmt der Stadtrat nichts gegen das Feuer?«

»Sie versuchen uns auszuräuchern«, erklärte Molly. »Aber es wird ihnen nicht gelingen. Wir sind es gewohnt, schlecht behandelt zu werden.«

»Was kann ich für Sie tun?«, fragte Tilly.

»Wir haben uns gefragt, ob Sie immer noch schneidern?«

»Ja«, erwiderte Molly. »Aber es wird Sie einiges kosten.«

Tilly lächelte und legte ihrer Mutter die Hand auf den Mund. »Was hätten Sie denn gerne?«

»Also, ein Kleid für eine Taufe …«

»…ein paar Tageskleider …«

»…und ein neues Ballkleid wäre auch schön, wenn Sie … wenn es überhaupt möglich ist.«

Molly schob Tillys Hand weg, zog ein Maßband unter ihren Decken hervor und sagte: »Kein Problem – und jetzt ziehen Sie Ihre Kleider aus!«

Molly wachte vom Geräusch der Zackenschere auf, die sich knirschend durch den Stoff fraß, und als sie in die Küche kam, wartete kein Porridge auf sie, sondern nur eine über ihre Nähmaschine gebeugte Tilly. Ihre Füße standen inmitten von Stofffetzen und Zuschnittresten aus beflocktem Seidensatin, Wollkrepon und Bouclé, Seidenfaille, durchwirktem, rosarotem und grünem Seidentaft, die sich allesamt hervorragend für die Verzierung ihres Rollstuhls eigneten. Das ganze Haus summte vom eintönigen Surren und Rattern der Singer, und auf dem Tisch klapperte die Schere, wenn Tilly Stoff zuschnitt.

Eines Nachmittags saß Molly auf der Veranda und sah zu, wie die Sonne ihre letzten Strahlen einzog. Eine Sekunde, nachdem der letzte leuchtende Tentakel verschwunden war, kam eine dürre Frau mit zwei schweren Koffern den Hügel hinaufgestapft, direkt auf sie zu. Molly studierte ihren strengen, spitz in der Stirnmitte zulaufenden Haaransatz und ihren Leberfleck über den dunkel geschminkten Lippen. Auf den Spitzen ihrer aufgerichteten Brustwarzen, die sich unter dem Pullover abzeichneten, setzten sich Rußpartikel ab, ihr extra-schmaler Rock spannte über ihren Hüftknochen. Schließlich fragte sie: »Ist Tilly da?«

»Sie sind eine Bekannte von Tilly, oder?«

»Nicht wirklich.«

»Aber Sie haben von ihr gehört?«

»Könnte man sagen.«

»Na, so was!« Molly drehte ihren Rollstuhl in Richtung Fliegentür. »Tilly!«, rief sie. »Besuch von Gloria Swanson! Und wie es aussieht, hat sie vor zu bleiben!«

Una fasste sich an die Kehle. Das Verandalicht ging an.

»Wir haben vor einiger Zeit *Sunset Boulevard* gesehen«,

erklärte Tilly. Sie war hinter der Fliegentür erschienen, hatte ein Geschirrtuch über der Schulter und einen Gemüsestampfer in den Händen.

»Ich bin Una Pleasance«, stellte die Frau sich vor.

Tilly schwieg.

»Ich bin die …«

»Ich weiß«, fiel Tilly ihr ins Wort.

»Dann will ich direkt zur Sache kommen. Ich ersticke im Moment vor Aufträgen und bräuchte jemanden, der ein paar Näharbeiten für mich erledigt.«

»Näharbeiten?«

Una machte eine Pause. »Vor allem Ausbesserungsarbeiten. Säume, Reißverschlüsse, Abnäher ändern – nichts Besonderes.«

»Dann haben Sie sich wohl in der Adresse geirrt«, erwiderte Tilly. »Ich bin gelernte Schneiderin und entwerfe Kleider. Sie brauchen allenfalls jemanden, der mit Nadel und Faden umgehen kann.« Mit diesen Worten schloss sie die Tür.

»Ich bezahle Sie auch!«, rief Una.

Doch Tilly war bereits weggegangen. Una stand auf der Veranda im gelben Licht. Ein paar Nachtfalter schwirrten umher, die Grillen stimmten ihr nächtliches Zirpkonzert an, und ein paar Frösche quakten.

»Das ist sehr gut«, strahlte Molly sie an. »Die Art, wie Sie die Augen aufschlagen, Ihre Zähne zeigen und die Oberlippe kräuseln – das hat mir auch schon im Film gut gefallen. Steht Ihnen wirklich gut.«

Mrs. Flynt aus Winyerp stand vor Tillys Spiegel und bewunderte ihr neues Outfit – einen Jumpsuit aus weißem Seidensatin mit Flockdruckrosen. »Es ist so … so … es ist wunderschön«, schwärmte sie, »einfach wunderschön. Ich wette, dass außer mir niemand wagt, so ein Prachtstück zu tragen.«

»Es steht Ihnen wirklich gut«, entgegnete Tilly. »Wie ich höre, soll es einen Aufführungsnachmittag geben?«

»Ja«, erwiderte Mrs. Flynt. »Gedichtvorträge und Rezitationen. Mrs. Beaumont hat Sprechunterricht genommen und will ein bisschen angeben. Und dann will sie uns auch noch beim Bridgeturnier schlagen.«

»Es geht eben nichts über das Vergnügen, anderen um eine Nasenlänge voraus zu sein«, meinte Tilly. »Fordern Sie sie doch heraus, ein bisschen zu singen oder zu tanzen.«

»Ich fürchte, darin sind wir auch nicht besonders gut.«

»Wie wäre es mit einem Theaterstück?«, schlug Tilly vor. »Preise für die beste Schauspielerin, die beste Bühnenausstattung, die besten Kostüme …«

Mrs. Flynts Gesicht hellte sich auf. »Ein Theaterstück.« Sie öffnete ihr Portemonnaie, um zu bezahlen.

Tilly reichte ihr die Rechnung. »Ein Theaterstück zu proben und aufzuführen macht einen Riesenspaß. Es fördert die besten und die schlechtesten Seiten der Menschen zu Tage, meinen Sie nicht auch?«

Purl war eine gute Bardame – sie tätschelte Williams Handgelenk.

»Es ist furchtbar«, jammerte William. »Ich hätte nie gedacht, dass es so sein würde. Sie riecht nach abgestandener Milch, das ganze Bett ist über und über mit verkrusteten rosa Absonderungen übersät, das Baby ist schlaff und klebrig, und ich fühle mich so … allein. Ich habe mir einen Jungen gewünscht.«

»Vielleicht wird sie ja später wie der Großvater – also wie

dein Vater, William, das wär doch was«, versuchte Purl ihn aufzumuntern.

William hob den Kopf: »Du hast ihn gut gekannt, stimmt's?«

»Aber ja.«

Fred und die anderen Gäste am Ende der Theke nickten. Sie hatte ihn sehr gut gekannt.

»Er war auch kein guter Vater«, sagte William. Die Männer an der Theke schüttelten die Köpfe. Sie beobachteten, wie William ein Glas nach dem anderen in sich hineinkippte. Irgendwann sah er Purl wieder an und sagte: »Das ist noch nicht alles.«

»Was hast du denn noch auf dem Herzen?«

Er winkte sie mit dem Finger zu sich heran, und als sie sich zu ihm vorbeugte, flüsterte er ihrem Ohrring laut und für jedermann vernehmbar zu: »Ich liebe meine Frau eigentlich gar nicht.«

»Tja«, sagte Purl und tätschelte ihn erneut, »da bist du nicht der Einzige.«

Die Männer am Ende der Theke nickten.

»O Gott!«, stöhnte er. Die Männer sahen taktvoll aus dem Fenster und ließen ihm durch Fred weitere Biere und Zigaretten zukommen.

Kapitel 24

Da Marigold nicht im Vorgarten war, schlurfte Lois zur Tür und klopfte leise.

»Hast du einen Termin?«

Lois machte einen Satz zurück. Marigold war in einem blauen Morgenmantel vor ihr erschienen, ihre Knie hatte sie mit Knieschonern geschützt, die mit Gummibändern befestigt waren, auf dem Kopf trug sie eine Duschhaube, und ihre Hände steckten in Segeltuchhandschuhen, die ihr bis zu den Ellbogen reichten. Sie hatte sich ein Taschentuch vor die Nase gebunden wie ein Räuber, der nicht erkannt werden wollte, in den Händen hatte sie eine Dose Bohnerwachs und ein fettiges Tuch.

»Hast du einen Termin vereinbart?«, wiederholte sie.

»Ja.«

»Hast du etwa Samt dabei?«

»Nein«, erwiderte Lois. »Es geht nur um eine Anprobe – hat sie dir das nicht gesagt?«

»Also ist es schon zugeschnitten?«

»Es muss nur noch ein wenig angepasst werden.«

»Hauptsache, es ist nicht aus Samt – der verteilt sich nämlich in allen Ecken. Ich hasse es, wenn sie Samt oder Leinen zuschneidet. Die Fusseln fliegen sogar in der Luft herum.«

Lois kaute an ihren Fingernägeln.

»Na, dann komm mal rein. Aber vergiss nicht, dir die Schuhe auszuziehen – ich habe gerade gesaugt. Und geh auf dem Flurteppich über den Rand, in der Mitte ist er schon ganz abgetreten. Ich musste ihre Miete erhöhen.«

Was bedeutet, dass die Kleider wieder teurer werden, dachte Lois.

Marigold zog ein frisches Taschentuch aus der Tasche ihres Morgenmantels, drehte den Türknauf auf und sah zu, wie Lois an der Wand entlang zu Unas Zimmer ging und leise klopfte. Una öffnete die Tür und lugte hervor. »Wo ist sie?«

»Sie bohnert die Veranda.«

Una wandte sich ab, während Lois in ihr neues Kleid schlüpfte. Es hatte ein eng anliegendes Oberteil, eine tief sitzende Taille und fröhliche Plisseefalten. Una hatte Tränen in den Augen, als sie sich wieder umdrehte, und sie kaute auf ihrer Oberlippe. Das Kleid spannte über den Schultern, der Ausschnitt schlabberte, da, wo die Brustpartie sein sollte, fielen schlaffe Falten herab, die Taille spannte über Lois' Bauch, wodurch die Falten des Rockteils glatt gezogen wurden, und der Saum endete ein ganzes Stück über ihren Knien.

»Es steht Ihnen ausgezeichnet«, sagte Una. »Das macht dann zehn Schilling.«

Evan wartete hinter dem Pfefferbaum, der neben dem Haus stand. Lois hatte sich ihr neues Kleid sorgfältig über den Arm gelegt und blieb im Vorgarten stehen, wo Marigold gerade dabei war, den Fußweg abzuspritzen und von den heruntergefallenen Blättern zu befreien. Beula kam vorbeispaziert und blieb ebenfalls stehen, um mit den beiden Frauen zu tratschen. Während die Frauen die neuesten Geheimnisse austauschten, huschte Evan zur Hintertür und schlich auf Zehenspitzen zu Unas Zimmer. Sie saß im Sessel und erwartete ihn bereits. Er huschte hinein, kniete sich vor sie hin, nahm ihre Hände, küsste erst ihre Fingerspitzen und wanderte dann mit seinem Mund über ihre Handflächen, ihren Körper entlang, bis hinauf zu ihrem Hals. Sie ließ sich im Sessel zurückfallen, und er übersäte ihre Wangen mit Küssen, arbeitete sich zu ihren Lippen vor und küsste sie auf den Mund. Una spreizte die Oberschenkel und knöpfte ihre Bluse auf. »Schnell«, keuchte sie und zerrte ihren Rock bis zur Taille hoch. Evan griff nach seinem Penis, robbte auf Knien näher und zielte.

Plötzlich klatschte es laut, als der Wasserstrahl aus Marigolds Schlauch mit voller Wucht gegen die Fensterscheibe prasselte. Una sprang auf und presste die Knie zusammen, so dass Evans Hoden zwischen ihren Beinen eingequetscht wurden wie in einem Schraubstock. Sie flutschten hoch, und sein Hodensack schlabberte leer zwischen seinen Beinen. Er krümmte sich und klappte zusammen wie gefaltete Alufolie. Seine und Unas Stirn krachten mit einem dumpfen Schlag aneinander. Sie hielten sich die Köpfe und schrien leise auf. Dann fiel Evan auf den Boden, wand sich vor Schmerz und starrte mit violett verfärbtem Gesicht die feinen Fäden und Muster des Teppichflors an. Er spürte, wie sein mächtiger Penis zu einer glitschigen schweren Masse schrumpfte.

Draußen stand Marigold auf dem vorderen Rasen und schwenkte den Wasserstrahl hin und her, immer wieder über das verstaubte Fenster.

Am selben Abend, ein Jahr, nachdem Teddy McSwiney den Tod gefunden hatte, trottete Lois den Hügel hinauf, hämmerte gegen die Hintertür und rief nach Tilly und Molly, als ob sie sie erst gestern zum letzten Mal besucht hätte. Tilly öffnete die Tür.

»Ich muss schon sagen, Til«, sagte Lois und stapfte in die Küche, »ihr habt wirklich einen hübschen Garten.« Sie stellte eine Tüte auf den Tisch und legte einen Umschlag daneben. Der Umschlag war von Irma Almanac, und als Tilly ihn öffnete, flatterte eine Pfundnote auf den Tisch.

»Hast du noch welche von diesen Plätzchen, die du ihr immer gebacken hast?«, fragte Lois. »Sie kommt überhaupt nicht mehr klar, ist steif wie ein Brett und hat entsetzliche Schmerzen. Du weißt, was man reintun muss.« Bei diesen Worten zwinkerte sie Tilly zu.

»Kräuter«, entgegnete Tilly, »und pflanzliche Öle aus meinem Garten.«

»Hast du welche da, die ich ihr mitnehmen kann?«

»Nein, ich muss erst welche backen.«

Lois langte in die Tüte und stellte ein Paket Mehl und ein halbes Pfund Butter auf den Tisch. Auf dem Weg zur Tür sagte sie: »Ich richte ihr dann aus, dass du ihr die Plätzchen morgen vorbeibringst, okay?«

Als Tilly zögerte, legte sie ihre Hand auf den Türknauf und fügte hinzu: »Wenn Ed McSwiney noch da wäre, könnten wir ihn hochschicken und sie abholen lassen.«

Mit diesen Worten schloss sie resolut die Tür hinter sich.

Am Nachmittag des nächsten Tages stieg Tilly den Hügel hinab, überquerte hinter dem Gemeindesaal die Hauptstraße und marschierte am weichen moosigen Ufer des Bachs entlang bis zu Irmas Haus.

»Wie schön, dich zu sehen«, begrüßte Irma sie, »und nicht nur wegen der Plätzchen.«

Tilly setzte den Kessel auf, brach eines der Plätzchen in mundgerechte Stücke und platzierte sie so, dass Irma sie sich mit ihren geschwollenen Fingern selber nehmen konnte. »Ich habe es so vermisst, mal rauszukommen, wenigstens bis zur vorderen Pforte«, sagte Irma, »und was die unsanfte Behandlung durch Lois angeht …«

Sie kaute langsam und genussvoll. Während Tilly den Tee zubereitete, kam Lois in die Küche gerauscht. »Beula hat mir gesagt, dass du gerade hier bist.« Sie streifte ihren Hauskittel ab und stand in ihrem Zehnschilling-Plisseefaltenkleid vor Tilly. »Wir haben morgen ein Treffen des Drama-Clubs, und das Kleid hier müsste ein wenig ausgebessert werden. Ich sitze ein bisschen in der Klemme.«

Tilly starrte immer noch das Kleid an.

»Wenn du es mir bis morgen fertig machst, verrate ich Mr. A. nicht, dass du hier warst.«

Tilly hob eine Augenbraue. »Drehen Sie sich mal um.«

»Ich könnte es hinkriegen«, sagte Tilly.

Lois klatschte in die Hände und fing an, sich das Kleid auszuziehen. »Ich hole es dann morgen ab.«

»Es wird Sie einiges kosten.«

Irma hörte auf zu kauen und sah zu Lois, die wie erstarrt dastand. Das Rockteil hatte sie über ihren Kopf gehoben, ihr schmuddeliger langbeiniger Schlüpfer warf Falten über ihren Knien, ihre Schienbeine hoben sich bräunlich und stellenweise pockennarbig und blau schimmernd von dem Linoleumboden ab. »Wie viel?«

»Hängt davon ab, wie lange ich brauche«, erwiderte Tilly.

Lois zog das Kleid aus. »Ich brauche es bis vier Uhr.«

»Dann holen Sie es um zehn vor vier ab«, sagte Tilly und langte nach dem beigen Faltenbündel.

Am Abend saß sie neben dem Ofen, nähte Abnäher in den Ausschnitt und ließ den Taillensaum aus. Dann trennte sie das Rockteil ab und nähte es anders herum wieder an; was vorher vorne gewesen war, war jetzt hinten.

Una, Muriel, Trudy und Elsbeth standen hinter dem Vorhang und beobachteten die Besucher. Die Würdenträger des Drama-Clubs von Winyerp und Itheca stiegen aus ihren Automobilen und hielten inne, um das Anwesen und die Umgebung zu bewundern. Sie sahen aus wie eine Gruppe europäischer Aristokratenfrauen, die sich irgendwie verirrt hatte. Eine stattliche Frau mit einer Veronica-Lake-Frisur trug ein trägerloses Jersey-Top, einen Schal, der so stramm gebunden war wie ein enger Halsreif, und einen geblümten Pareo aus Seidenorganza. Eine andere Frau trug ein Kleid mit einem eng anliegenden Rockteil mit Schößcheneffekt und einem Oberteil mit Rollkragen. Ebenfalls zu sehen war ein schwingender Glockenrock – an einem Nachmittagskleid – aus schwarzer Seidenfaille. Ein dralles Mädchen trug eine Wickelhose, ihr Oberteil hatte einen Schlüsselbeinausschnitt mit schrägen Ecken. Sogar ein Jumpsuit war zu sehen. Die Frauen des Dungatar Social Committee glätteten die weiten Tellerröcke ihrer Sommerkleider aus Baumwoll-Seersucker, die Una speziell für sie angefertigt hatte, und sahen einander stirnrunzelnd an. Elsbeth holte tief Luft und schwang die Haustür auf. Man stellte sich einander lautstark vor, und das Dungatarer Frauenkomitee hieß die Gäste aus den Nachbarstädten vergnügt gackernd und gurrend willkommen und gab sich sehr fröhlich und heiter. William hörte sie aus dem Kinderzimmer, wo Felicity-Joy vergnügt vor sich hin gluckste und sabberte und mit ihren Zehen spielte. Er vergrub die Fäuste tief in seinen Bombay Bloomers, trat gegen die Fußleiste, legte verzweifelt den Kopf an die Wand und stieß mehrmals sachte mit der Stirn dagegen.

Dann trafen Lesley und Mona ein. Mona sah frisch und sommerlich aus; sie trug ein gelbes Nanking-Sommerkleid mit einem über Kreuz gewickelten Top und einem nach unten enger werdenden Rock – eine Kreation von Tilly.

Die Herrschaften saßen auf der neuen Ledergarnitur und unterhielten sich angeregt, als Lois mit einem Teewagen durch die Tür geschoben kam, auf dem Tassen und Löffel aneinander klapperten. »Vielen Dank«, sagte Elsbeth in ihrer abfälligsten Stimme, doch Lois blieb ungerührt stehen. »Hallo«, begrüßte sie die Gäste und nickte ihnen zu. »Mein Gott, haben Sie schicke Kleider an. Sie sehen ja wirklich hinreißend aus.«

»Danke«, erwiderten die Damen im Chor.

»Ich habe auch ein neues Kleid!«, erzählte Lois strahlend und deutete mit einem Nicken auf Una. »Unsere Stadtschneiderin hat es mir angefertigt.«

Sie streckte die Arme nach beiden Seiten aus und vollführte eine langsame Drehung. »Ich hole mal eben die Häppchen, es sind Gurken, ganz dünne Scheibchen.« Als sie Richtung Küche ging, schoben sich die Plisseefalten ihres Rockteils über ihre ausladenden Hüften und blieben dort hängen, und da der Saum in der Mitte ebenfalls beängstigend weit hochglitt, erhaschten die Damen einen flüchtigen Blick auf die wulstartigen Fettmassen an der Stelle, wo ihr langbeiniger Schlüpfer endete und das Fleisch über ihren Knien schwabbelte wie ein Babypo.

Una wurde kreidebleich, während Elsbeth sich entschuldigte und Lois in die Küche folgte. Kurz darauf hörte man die zuschlagende Hintertür, und Elsbeth kam zurück, um in aller Seelenruhe das Programm für die geplante Veranstaltung zu besprechen.

»Wir haben eine Idee«, sagte Mrs. Flynt.

Elsbeth blinzelte die Damen an. »Eine Idee?«

»Wir veranstalten ein Eisteddfod«, erklärte Mrs. Flynt. »Ein DRAMA-Eisteddfod. Da können wir unsere Sprechkunst unter Beweis stellen und alles Mögliche andere, meinen Sie nicht auch?«

Elsbeth versteifte sich. Trudy sah besorgt aus.

»Was ist ein Eisteddfod?«, fragte Mona.

»Ich kann es Ihnen gerne erklären«, bot Mrs. Flynt freundlich an.

»Das wäre nett«, sagte Muriel.

Man kam überein, dass der Gemeindesaal in Winyerp sich am besten für den Theaterwettbewerb eignete. Prämiert werden sollte der beste Schauspieler, die beste Schauspielerin, die beste Aufführung und die besten Kostüme ... Elsbeth fasste sich nervös an ihre Markasitbrosche, Trudy räusperte sich.

Muriel sagte: »Ich denke, wir werden unsere Kostüme von Una anfertigen lassen ...«

Mrs. Flynt aus Itheca klatschte sich mit der Hand aufs Knie und rief: »Das trifft sich ja gut, wir wollen nämlich Ihre Tilly haben!«

»Nein!«, stellte Trudy klar und stand auf. Ihr Saum verfing sich im Absatz ihrer Sandaletten, woraufhin sich ihr weiter Rock von ihrer Taille schälte wie eingefettetes Papier von einem noch warmen Kuchen und den Blick auf ihren zart-weißen Nylonunterrock freigab. »Sie gehört uns. Ich habe erst heute Morgen mit Myrtle Dunnage gesprochen«, log sie.

»Dann könnten Sie sie doch bitten, Ihren Rock etwas nachzubessern«, empfahl Mrs. Flynt. »Wie mir scheint, können Ihre neuen Kleider alle ein paar Korrekturen gebrauchen. Meinen Sie nicht auch?«

Kapitel 25

Hamish schleuderte die Fahrkarte für eine einfache Fahrt über die rutschige lederne Fläche seines Schalters. Vor ihm stand »Miss Unpleasant«, wie Faith sie nannte. Miss Unangenehm pickte die Fahrkarte mit den Fingernägeln auf, drehte sich wortlos um, ging ans äußerste Ende des Bahnsteigs und starrte die Schienen entlang in Richtung untergehender Sonne. Ihre Koffer standen ihr zu Füßen.

Der Bahnhofswärter ging zu den Beaumonts. Er warf einen Blick auf seine Uhr und zwirbelte die Spitzen seines Schnauzers. »Heute Abend ist es ein Zug mit Dampflok. R-Klasse, Typ 4-6-4, eine ›Hudson‹. Wird natürlich pünktlich auf die Minute eintreffen. Es wird eine großartige Reise.«

»Bestimmt«, bestätigte William und wippte auf den Fußballen. Hamish schlurfte die Schienen entlang zu den Signalhebeln. William ging zu Una. »Es ist ein Zug mit Dampflok, R-Klasse, eine ›Hudson‹. Er kommt pünktlich. Du dürftest eine angenehme Reise haben.« Er paffte an seiner Pfeife und ging zurück zu seiner Familie.

Hamish schlurfte zurück zum Ende des Bahnsteigs und hob seine Fahne; seine Pfeife hatte er zwischen die Zähne geklemmt.

Una wurden die Augen feucht. Eine Träne rann ihr über die Wange und landete auf ihrem gepünktelten Viskoseschal.

Evan Pettyman stand über das Bett seiner Frau gebeugt und balancierte ein dickes, sirupartiges Tonikum auf einem Teelöffel.

»Ich glaube, ich brauche heute Abend zwei Löffel, Evan«, sagte Marigold.

»Meinst du wirklich, zwei sind genug, Liebes? Laut Mr. Almanac darfst du von diesem Tonikum so viel nehmen, wie du willst, erinnerst du dich?«

»Ja, Evan«, entgegnete Marigold apathisch. Er verabreichte ihr einen weiteren Löffel, schüttelte ihre Kopfkissen auf, rückte das Foto von Stewart in die korrekte Position und deckte sie zu. Marigold verschränkte die Arme vor ihrem Brustkorb und schloss die Augen.

»Marigold, ich muss bald nach Melbourne, aber nur für ein paar Tage.«

»Warum?«

»Amtsangelegenheiten. Es ist sehr wichtig.«

»Dann bin ich ja abends allein.«

»Ich bitte Nancy, dich anzurufen.«

»Ich mag sie nicht.«

»Dann bitte ich Sergeant Farrat, nach dir zu sehen, oder sonst irgendjemanden ...«

»Du bist so ein wichtiger Mann, Evan«, murmelte sie leise. Einen Augenblick später klappte ihr Mund auf, und sie atmete gleichmäßig. Evan ließ sie allein. Er schloss sich in seinem Büro ein, nahm ein Foto von Una aus seinem verriegelten Safe und stellte es vor sich auf den Schreibtisch. Dann lehnte er sich in seinem ledernen Sessel zurück, öffnete den Schlitz seiner Pyjamahose und griff hinein.

Kapitel 26

Tilly träumte. Pablo kam und setzte sich in seiner Windel auf ihr Bett; der Flaum auf seinem hübschen runden Kopf war vom Licht angestrahlt. Er sah seine Mutter an und lachte mit seinem feuchten Schlabbermund, aus dem zwei kurze runde Zähne hervorlugten. Dann hob er seine weichen Ärmchen, und Tilly wollte ihn nehmen, doch er hielt sein blasses rundes Bäuchlein und wirkte ernst. Wie es schien, zerbrach er sich den Kopf, jedenfalls runzelte er die Stirn. Er zog das gleiche Gesicht wie an jenem Tag, als er das neue Geräusch zum ersten Mal gehört hatte – den flüssigen schokoladigen Klang der Oboe eines Straßenmusikanten. Pablo hatte auf ihrer Hüfte gesessen, sie verwundert mit seinen strahlenden blauen Augen angesehen und sein Ohr berührt, genau da, wo das Geräusch in seinen Kopf eingedrungen war. Seine Mutter hatte auf die Oboe gezeigt, und er hatte verstanden und vor Vergnügen geklatscht.

Tilly streckte erneut die Hände nach ihm aus, doch er schüttelte den Kopf – nein – und ihr vor Freude hüpfendes Herz krampfte sich zusammen.

»Ich muss dir etwas sagen«, begann er mit der Stimme eines alten Mannes.

»Was denn?«

Seine Stimme wurde schwächer – sie rief nach ihm, doch

er entschwand schnell. Baby Pablo blickte auf sie hinab und sagte: »Mutter«.

Es war helllichter Tag, die Sonne schien durchs Fenster. Sie stand auf und sah nach ihrer Mutter. Molly saß ordentlich angezogen und gekämmt in ihrem Rollstuhl neben dem Ofen. Sie hatte das Feuer wieder entfacht und war dabei, die Bändchen und Stoffstreifen von den Armlehnen ihres Stuhls zu pulen und in die Flammen zu werfen. Die harten, vor Schmutz glänzenden Kissen, die normalerweise um ihre Oberschenkel und ihren Rücken drapiert waren, waren verschwunden. Alte gekochte Eier, zusammengeknüllte Servietten und Hühnerbeine wurden von den goldenen Flammen geschluckt und verglühten. Molly stellte ihr Tun ein und sah ihre Tochter an. »Guten Morgen, Myrtle«, sagte sie mit sanfter Stimme. Tilly blieb mit dem Kessel in der Hand am Herd stehen und sah ihre Mutter erstaunt an. Sie nahm etwas Zitronengras und beobachtete grübelnd die im heißen Wasser ihrer Tasse herumtreibenden Zitronenstückchen, als Molly fortfuhr. »Ich habe vergangene Nacht von einem Baby geträumt. Einem prächtigen runden Baby mit Grübchen an den Knien und den Ellbogen und zwei perfekten kleinen Zähnchen.« Die alte Frau sah Tilly in die Augen. »Es war dein Baby.«

Tilly wandte sich ab.

»Ich habe auch ein Baby verloren«, sagte Molly. »Ich habe mein kleines Mädchen verloren.«

Tilly setzte sich in Teddys Lehnstuhl und sah ihre Mutter an. »Ich habe in Paris gearbeitet«, brachte sie stockend hervor. »Ich hatte mein eigenes Geschäft und jede Menge Kunden und Freunde. Mein Partner war zugleich mein Freund – er hieß Ormond, ein Engländer. Wir hatten ein Baby, mein Baby, einen Jungen, den wir Pablo genannt haben, weil uns der Name so gut gefiel. Wir wollten mit ihm hierher kommen und dich mitnehmen nach Paris, aber als Pablo sieben Monate alt war, habe ich ihn eines Morgens in seiner Wiege gefunden … tot.« Sie hielt inne und holte tief Luft. Außer Teddy hatte sie noch nie jemandem davon erzählt.

»Er ist gestorben, einfach gestorben. Ormond konnte es nicht begreifen. Er hat mir die Schuld gegeben und konnte mir nicht verzeihen. Die Ärzte haben gesagt, dass es ein Virus gewesen sein muss, auch wenn Pablo gar nicht krank gewesen ist. Ormond hat mich verlassen, deshalb bin ich nach Hause gekommen – ich hatte ja sonst nichts mehr, es war alles so sinnlos und furchtbar. Also dachte ich, ich könnte mich wenigstens um meine Mutter kümmern.« Sie hielt erneut inne und nippte an ihrem Tee. »Mir wurde bewusst, dass ich hier doch noch etwas hatte. Ich dachte, ich könnte wieder hier leben, und ich war überzeugt, dass ich hier keinen weiteren Schaden anrichten könnte und stattdessen etwas Gutes tun würde.« Sie starrte in die Flammen. »Es ist so ungerecht.«

Molly tätschelte ihrer Tochter mit ihren flachen weichen Händen die Schulter. »Es ist ungerecht, aber stell dir vor, du hättest diesen Ort nie verlassen. Wenn du nicht weggeschickt worden wärest, hättest du hier festgesessen und dich zusammen mit mir hier oben auf dem Hügel versteckt. Du hast immer noch genügend Zeit, etwas Neues anzufangen.«

»Für dich war es ebenfalls ungerecht.«

»Das denke ich auch. Ich war für die damalige Zeit schon eine alte Jungfer, als dein … na, ja, ich war eben naiv. Aber das ist mir alles egal, ich habe ja dich bekommen. Wenn ich daran denke, dass ich diesen Mann, deinen ›Vater‹ um ein Haar geheiratet hätte. Dann hätten wir ihn am Hals gehabt! Ich habe dir nie erzählt, wer …«

»Brauchtest du auch nicht«, unterbrach Tilly sie. »Miss Dimm hat es mir in der Grundschule erzählt. Ich habe ihr erst nicht geglaubt, aber als Stewy …«

Molly schauderte. »Ich wollte mein Baby nicht weggeben, also blieb mir nichts anderes übrig, als mein Zuhause und meine Eltern zu verlassen. Er ist mir gefolgt und hat mich benutzt. Ich hatte kein Geld, keine Arbeit und musste für ein uneheliches Kind sorgen. Er hat uns ausgehalten …« Molly seufzte. »Als er seinen Sohn verloren hatte, durfte auch ich dich nicht mehr haben.« Sie wischte sich die Tränen aus den Augen und sah Tilly an. »Ich bin vor Einsamkeit und Sehnsucht nach dir verrückt geworden. Ich hatte meine einzige Freundin verloren, das Einzige, was ich besessen habe, aber über die Jahre habe ich angefangen mir zu wünschen, dass du nie wieder an diesen furchtbaren Ort zurückkämst.« Sie sah hinab auf ihre Hände in ihrem Schoß. »Manchmal *scheinen* die Dinge nur ungerecht.«

»Warum hast du Dungatar nie verlassen?«

Sie erwiderte mit sanfter Stimme: »Ich wusste nicht, wohin ich hätte gehen sollen.« Dann wandte sie Tilly ihr altes erschlafftes Gesicht mit den hohen Wangenknochen und dem cremefarbenen zerknitterten Teint zu und sah sie liebevoll an. »Er hat ihnen verboten, mir zu verraten, wo sie dich hingebracht haben. Ich wusste nie, wo du bist.«

»Hast du auf mich gewartet?«

»Sie haben dich in einem Polizeiauto weggebracht, das ist alles, was ich wusste.«

Tilly kniete sich vor ihre Mutter und vergrub ihr Gesicht in ihrem Schoß. Molly streichelte ihr liebevoll über den Kopf, und sie weinten beide und versicherten einander immer wieder, wie Leid ihnen alles tue.

Am Nachmittag stürzte Molly. Tilly war gerade im Garten und suchte Seifenkraut für einen Salat, als sie den Spazierstock ihrer Mutter mit einem Klackern auf die Bodenbretter fallen hörte. Tilly legte sie behutsam auf den Rücken und lief hinunter zu Pratts. Sie fand Sergeant Farrat am Kurzwarentresen.

Sie rannte zurück, hockte sich neben ihre Mutter und redete ihr beruhigend zu, doch selbst das Atmen tat ihr weh, und bei der leisesten Bewegung verzog sie schmerzgeplagt das Gesicht. Zwischendurch verlor sie immer wieder das Bewusstsein.

Sergeant Farrat brachte Mr. Almanac mit. Er sah im Stehen auf Molly herab, die auf dem Rücken auf den Brettern des Küchenfußbodens lag.

»Ich fürchte, sie hat sich beim Hinfallen irgendetwas gebrochen«, erklärte Tilly. »Vielleicht den Oberschenkelknochen. Sie hat entsetzliche Schmerzen.«

»Sie ist nicht über einen Teppich oder irgendetwas gestolpert, also muss sie einen Schlaganfall gehabt haben«, stellte Mr. Almanac fest. »Da kann man nichts machen, nur dafür sorgen, dass sie ruhig liegen bleibt. Gott wird sich um sie kümmern.«

»Können Sie ihr nicht etwas gegen die Schmerzen geben?«

»Gegen Schlaganfall gibt es kein Mittel«, erwiderte Mr. Almanac und tatterte von dannen.

»Bitte, sie hat furchtbare Schmerzen.«

»Sie fällt bald ins Koma«, entgegnete er. »Morgen früh ist sie tot.«

Tilly sprang auf und stürzte sich auf ihn, um ihn nach draußen und den Hügel hinunterzuschubsen, damit er sich sämtliche Knochen brach und in fünfzig Einzelteilen unten ankam, doch Sergeant Farrat hielt sie zurück und drückte sie an seinen großen warmen Körper. Er half ihr, die gebrochene alte Dame ins Bett zu legen. Molly heulte vor Schmerz und schlug wild um sich, um sich in ihrer Qual an irgendetwas zu rächen, doch ihre geballten Fäuste prallten von Sergeant Farrats Wollmantel ab wie ein leichter Hagelschauer. Dann fuhr er Mr. Almanac weg.

Als er zurückkam, hatte er Tabletten für Molly dabei. »Ich habe den Arzt angerufen, aber er ist zur Zeit nicht in Winyerp. Er ist fünfzig Kilometer weit entfernt – bei einer Steißgeburt.«

Er sah zu, wie Tilly mit einem Stößel in einem Mörser Hanf zerkleinerte und ihn anschließend in kochenden Honig gab. Als die Mixtur etwas abgekühlt war, träufelte sie ihrer Mutter etwas davon auf die Zunge und ließ sie ihr langsam die Kehle hinunterrinnen. Dann hockte sie sich mit einer Tasse und einer Rasierklinge neben den Mohn, der im Garten wuchs, doch die Samenhülsen waren schon überreif, so dass der weiße Milchsaft nicht heraustropfte. Sie rissen die Mohnpflanzen aus der Erde, schnitten die Samenhülsen klein, bis sie in etwa die Größe von Kieseln hatten, und kochten sie in Wasser. Tilly versuchte ihrer Mutter den Mohntee einzuflößen, doch Molly runzelte missbilligend die Stirn und warf ihren knochigen Kopf hin und her. »Nein«, flüsterte sie, »bitte nicht.«

Er half ihr, Mollys papierne Haut mit Beinwellöl abzureiben, er betupfte ihre kalte Stirn mit Löwenzahnwasser und wischte ihr mit Salzwasser grünen Schleim aus den Augenwinkeln. Sie wuschen sie, puderten sie mit Lavendelstaub ein, hielten ihre Hände und sangen Kirchenlieder – »Der Herr ist mein getreuer Hirt, dem ich mich ganz vertraue. Zur Weid er mich, sein Schäflein, führt.«

Kurz bevor der Morgen herandämmerte, schob Molly sich die Decken von ihrer rasselnden Brust und begann sie zu zerrupfen. Sie sog die Luft durch das schwarze Loch, das ihr Mund war, und atmete rasselnd ein und aus, und als der Morgen anbrach, hatte sie ihr Leben weitgehend ausgehaucht. Ihr Körper lag schlaff im Bett, nur ihre Brust hob und senkte sich immer wieder, wenn sie flach und kurz nach Luft schnappte, dem lebenslang funktionierenden Reflex gehorchte, doch schließlich senkte sich ihre Brust und hob sich nicht mehr. Tilly hielt die Hand ihrer Mutter, bis sie erkaltet war.

Sergeant Farrat ließ sie allein, und als die Sonne bereits hoch am Himmel stand, kam er in Begleitung des Arztes und des Leichenbestatters aus Winyerp zurück. Die beiden verströmten den Geruch von Whisky und Antiseptika. Sie sprachen über die Einzelheiten der Bestattung. »Die Beerdigung findet morgen statt«, sagte der Leichenbestatter.

Tilly war überrascht. »Morgen?«

»Gesundheitsvorschriften«, erklärte der Arzt. »Der einzige Ort für die Aufbewahrung von Leichen ist Regs Kühlraum hinter Pratts.«

Tilly saß auf ihrer eingeräucherten Veranda, bis die Nacht hereinbrach. Sie wurde immer wieder von Weinkrämpfe und fiebrigen Trauerschüben erschüttert. Rußpartikel von der Müllhalde schwebten herab und setzen sich auf ihr Haar, das glimmende Feuer auf der Halde leuchtete in der Dunkelheit wie eine ferne nächtliche Stadt. Sie konnte in Ordnung bringen, was noch zu erledigen war, und Dungatar verlassen, nach Melbourne gehen und bei der Frau arbeiten, die im vergangenen Herbst für ein paar Tage da gewesen war und ihr einen Job angeboten hatte.

Aber da waren noch die verbiesterten und bösartigen Bewohner Dungatars. In Anbetracht all dessen, was sie getan und nicht getan hatten und was sie entschieden hatten, nicht zu tun, durfte sie die Stadt nicht verlassen. Noch nicht.

Einige Menschen müssen mehr Schmerz erleiden, als sie verdienen, andere nicht. Tilly stand auf der Kuppe des Hügels und heulte und wehklagte wie eine Todesfee, bis unter ihr die Lichter angingen und kleine helle Punkte in den Häusern leuchteten.

Sie ging hinunter zum Kühlraum hinter Pratts. Dort betrachtete sie den Sarg ihrer Mutter, der dunkel vor ihr stand, ein Schatten an einem traurigen Ort, wie es Mollys Anwesenheit immer gewesen war.

»Ich verspreche dir, dass der Schmerz nicht länger unser Fluch sein soll, Molly. Stattdessen soll er unsere Rache und unsere Bestimmung sein. Er ist mein Katalysator und mein Antrieb. Das scheint mir nur recht und billig zu sein, meinst du nicht auch?«

Es goss die ganze Nacht in Strömen. Tilly lag im Bett ihrer Mutter, sie hatte einen leichten Schlaf. In dieser Nacht kamen sie sie besuchen, ganz kurz nur, und füllten ihr Herz. Teddy winkte ihr zu und sah dann zu Pablo, der in Mollys Armen lag. Sie lächelten ein silbernes Lächeln. Dann waren sie wieder verschwunden.

TEIL VIER

Brokat

Ein schwerer aus einer Kombination von schlichten und seidenen Garnen gewebter Stoff, wodurch eine auffallende Bindung auf einem matten Hintergrund erzeugt wird. Mit geblümten und figurativen Reliefmustern verziert, die häufig durch kontrastierende Farben hervorgehoben werden. Findet Verwendung für dekorative Umhänge und Bezüge.

Fabrics for Needlework

Kapitel 27

Sergeant Farrat legte sich die Hand auf die Stirn und beugte sich über sein Dienstbuch, um mit seinen Eintragungen zu beginnen.

»Um wie viel Uhr ist die Beerdigung?«, fragte Beula.

»Nachmittags um zwei.«

»Gehen Sie hin, Sergeant?«

Er nahm die Hand von der Stirn und sah in ihre erwartungsvollen pinienfarbenen Augen. »Ja.«

»Kann jeder hingehen?«

»Jeder kann gehen, Beula, aber meinen Sie nicht auch, dass nur hingehen sollte, wer aufrichtige Beweggründe hat? Dank Tillys Toleranz und Großzügigkeit, dank ihrer Geduld und ihres schneiderischen Geschicks ist unser aller Leben – und meins ganz besonders – bereichert worden. Da Molly Ihnen nie am Herzen gelegen hat und Sie sich mitnichten für Tillys Gefühle interessieren, sondern nur aus purer Neugier hingehen wollen, wäre es doch ziemlich makaber, wenn Sie bei der Beerdigung erscheinen würden, oder?« Sergeant Farrat wurde rot vor Wut, doch er hielt ihrem Blick stand.

»Wie Sie meinen!«, entgegnete sie und eilte zu Pratts. »Hallo, Muriel.«

»Guten Morgen, Beula.«

»Liegt sie da hinten?«, fragte sie und deutete mit dem Kopf auf den Kühlraum.

»Wenn du mal einen Blick werfen willst …«

»Gehst du zur Beerdigung?«, fragte Beula scharf.

»Also, ich …«

»Sergeant Farrat meinte, wenn sie nicht in irgendeiner Weise unser Leben bereichert hat und wir ihr nicht mit Respekt und Geduld begegnet sind, wäre es heuchlerisch, wenn wir hingingen, und wir wären bloß neugierige Gafferinnen mit niederen Absichten.«

Muriel verschränkte die Arme vor der Brust. »Ich bin keine neugierige Gafferin.«

Alvin kam aus seinem Büro. Seine Frau hielt den Blick auf Beula gerichtet und sagte ausdruckslos: »Beula sagt, Sergeant Farrat meint, dass wir Molly nie mit Geduld und Respekt begegnet sind, und wenn wir zur Beerdigung gingen, entlarvten wir uns als neugierige Gaffer mit niederen Absichten.«

»Dann sollten wir mit vollem Recht die Tür schließen, wenn der Leichenwagen oder ein Trauerzug hier vorbeikommt«, entgegnete Alvin und schnappte sich das Buch mit den Bestellzetteln. »Allerdings glaube ich sowieso nicht, dass es einen Trauerzug gibt.«

Lois Pickett kam hereingeschlurft und trottete zum Tresen: »Ich denke, wir sollten zur Beerdigung gehen, meint ihr nicht auch?«

»Warum?«, fragte Muriel. »Bist du eine Freundin von Tilly, oder willst du nur als neugierige Gafferin hingehen, wie Sergeant Farrat sagt?«

»Sie hat immer noch etwas zum Ausbessern von mir …«

»Es wäre heuchlerisch hinzugehen, Lois«, stellte Beula klar.

»Sergeant Farrat zufolge geradezu makaber«, ergänzte Muriel.

»Also, ich denke ...«, sagte Lois und kratzte sich am Kopf. »Glaubt ihr, dass zwischen dem Sergeant und Tilly etwas läuft?«

»Wie meinst du das?«, fragte Muriel scharf.

»Eine Affäre«, sagte Beula. »Ich habe die beiden schon lange in Verdacht.«

»Mich würde gar nichts mehr überraschen«, sagte Muriel.

Alvin verdrehte die Augen und ging zurück in sein Büro.

Sergeant Farrat holte Tilly ab. Er trug ein schwarzes, knielanges Wollkreponkleid mit drapiertem Dekolleté, einen asymmetrisch geschnittenen Oberrock, der wie ein geraffter Lampenschirm aussah, schwarze Strümpfe und dazu passende schwarze Pumps, an deren Absatz dezent eine Lederblume befestigt war. »Molly hätte mein Outfit bestimmt missbilligt«, sagte der Sergeant mit einem Lächeln. »Siehst du auch ihren Gesichtsausdruck?«

»Bei diesem Regen ist Ihre Kleidung nach der Beerdigung hinüber.«

»Ich kann mir ja jederzeit neue machen, außerdem habe ich im Auto ein hübsches blaues Regencape und einen Schirm.«

Sie sah ihn an und runzelte die Stirn.

»Es ist mir egal, Tilly«, sagte er. »Es interessiert mich nicht mehr, was die Leute denken oder sagen. Ich bin sicher, dass sie im Laufe der Jahre sowieso mitgekriegt haben, was bei mir auf der Wäscheleine hängt. Außerdem trete ich bald in den Ruhestand.« Er hielt ihr seinen Ellbogen hin.

»Bei dem Regen wird sowieso kaum jemand kommen«,

sagte Tilly. Sie verließen die Veranda und gingen zum Polizeiauto.

Reginald brachte Molly in Pratts Lieferwagen zu ihrer letzten Ruhestätte. Er lehnte sich gegen den Wagen und beobachtete die beiden Trauernden, denen der Regen ins Gesicht peitschte und das Haar an der Stirn klebte. Sergeant Farrat faltete unter seinem Cape die Hände und erhob über das graue Geprassel hinweg die Stimme: »Molly Dunnage ist mit einem Baby nach Dungatar gekommen, um ein neues Leben zu beginnen. Sie hatte gehofft, ihre Probleme hinter sich zu lassen, doch stattdessen haben die Probleme sie ihr ganzes Leben lang begleitet, und so hat Molly versucht, unter den ständigen argwöhnischen und quälenden Blicken ihrer Mitbürger so zurückgezogen und unauffällig zu leben wie nur irgend möglich. Ihr Herz wird friedlicher ruhen, nachdem sie Myrtle vor ihrem Tod noch einmal wiedergesehen hat.«

Er machte eine kurze Pause und fuhr fort: »Wir nehmen Abschied von Molly Dunnage und erbitten in unserer Trauer, unserer Wut und unserer Fassungslosigkeit, dass es ihr im Jenseits besser ergehen und dass sie ein Leben voller Liebe und Anerkennung finden möge, und wir wünschen ihr ewigen Frieden – denn genau danach, denke ich, hat sie sich Zeit ihres Lebens gesehnt. Und genau das hat sie sich in ihrem Herzen für jeden gewünscht.«

Bezirksvorsteher Evan Pettyman hatte im Namen der Bezirksversammlung von Dungatar einen Kranz geschickt. Tilly hob den Kranz mit der Schaufel vom Sarg, platzierte ihn zu ihren Füßen auf dem durchnässten Lehmboden und zerhackte ihn in kleine Stücke. Reginald trat vor und half ihnen, Molly in ihr Grab hinabzulassen. Schwere Regentropfen platschten rat-ta-tat-tat auf den Sarg, als Tilly die erste Schaufel Erde auf die letzte Ruhestätte ihrer Mutter fallen ließ.

Die Männer standen andächtig im Regen, jeder an einer Seite des schlanken Mädchens unter dem großen durchnässten Hut. Sie lehnte auf der Schaufel, ihre Stiefel waren bis zu ihren Hosenaufschlägen mit Matsch verschmiert, und sie bebte vor Trauer unter dem grauen, weinenden Himmel. »Ich werde dich vermissen«, schluchzte sie, »ich werde dich weiterhin genauso vermissen, wie ich dich immer vermisst habe.«

Reginald reichte Sergeant Farrat die Rechnung für den Sarg und die Miete für Alvins Lieferwagen. Der Sergeant steckte sie in seine Tasche, nahm Tilly die Schaufel aus der Hand und sagte: »Lass uns deine Mutter begraben und nach Hause gehen und Tee mit Schuss trinken, bis wir das Gefühl haben, Molly Dunnage und das Leben, das ihr gegeben wurde, ein bisschen besser zu verstehen.«

Tilly hielt den Schirm über ihn, als der Sergeant das Grab zuschaufelte. Das blaue Regencape klebte in Falten an ihm, seine schwarzen Pumps sanken tief in den nassen Lehm ein. Der Regen durchnässte seine schwarzen Strümpfe und ließ sie noch dunkler erscheinen.

Etliche Zeit später hörte Beula die beiden singen, als sie den Hügel hinaufgestapft kam. Sie kauerte sich vor das Hinterfenster und sah Tilly Dunnage und Sergeant Horatio Farrat, der ein Kleid anhatte, in inniger Umarmung. Der Tisch war übersät mit leeren Flaschen, hingeworfenen Kleidungsstücken und alten Fotoalben, und mittendrin lag eine aufgeschlagene Bibel. Die Seiten waren durchstochen und zerrissen – sie hatten in ihr keine Antworten auf ihre Fragen gefunden und sie deshalb kurzerhand hingerichtet. Die beiden Trauernden schunkelten mit in den Nacken gelegten Köpfen hin und her und sangen: *»You made me love you, I didn't want to do it …«*

»Nein, nein, nein, nicht das Lied!«, rief Tilly. »Genau das ist passiert!«

Also sang Sergeant Farrat: *»Ma, he's making eyes at me, Ma, he's awful nice to me …«*

»NEIN, das auch nicht, auf keinen Fall.«

»Who were you with last night? Out in the …«

»Das auch nicht.«

»Jetzt hab ich eins, Til, was hältst du von *When I grow too old to dream …?«*

»Ja, ja genau, das hätte ihr gefallen. Also los, eins, zwei, drei …«

Sie schunkelten wieder los und sangen: *»When I grow too old to dream, I'll have you to remember, when I grow too old to dream, your love will live in my heart …«*

»O Scheiße«, sagte Tilly. »Das Lied hätte sie gehasst. All diese Lieder haben etwas Verdorbenes, Pornographisches.«

»Kein Wunder, dass sie in Schwierigkeiten geraten ist.«

»Genau!«, rief Tilly, nahm den Teewärmer von ihrem Kopf und warf ihn in die Luft. »Das ist es.«

»Was?«

»Schuld an allem ist die verdorbene populäre Musik – und ein widerlicher Lüstling.«

»Dann ist der Fall ja gelöst«, stellte Sergeant Farrat fest und setzte sich an den Tisch. Er schenkte ihnen ein Glas Champagner ein, und sie prosteten einander zu.

»Noch mal Lessing Loch Lomon.«

»Nein«, entgegnete Tilly. »Keine weiteren Lieder. Sie sind verdorben.« Mit diesen Worten ging sie ins Wohnzimmer, und als sie zurück in die Küche torkelte, hielt sie die Musiktruhe in den Armen.

Beula sprang vor dem erleuchteten Fenster zur Seite und duckte sich in der Dunkelheit ins Gras. Tilly trat auf die Veranda und schleuderte die Musiktruhe schnaubend hinaus in die schwarze Nacht. Als sie wieder hineinging, hörte man draußen einen dumpfen Aufschlag und ein gequältes »Uugghh«. Tilly schnappte sich ihre Schallplatten, stürmte wieder auf die Veranda, stapelte die Platten neben sich, stellte sich in den rechteckigen gelben Lichtschein der Tür und schleuderte eine nach der anderen hinaus in den Wind.

Die Kante der fliegenden Musiktruhe kollidierte mit Beula und bescherte ihr eine kräftige Beule an der Stirn, ein gebrochenes Nasenbein und eine leichte Gehirnerschütterung. Sie tastete sich über die ihr bestens vertrauten, ausgetrampelten Pfade und entlang der Zäune zurück nach Hause und legte sich hin. Ihre Wunde begann zu nässen, und aus der rohen, fleischigen Höhle in der Mitte ihres Gesichts schwoll eine schwarzgrüne Beule an, die von ihrem fliehenden Kinn bis zu ihrer faltigen Stirn und dem Haaransatz reichte.

Am Montagmorgen nahm Sergeant Farrat wie üblich sein Bad und wartete auf Beula. Am Dienstagmorgen wartete er wieder, und als sie um halb zehn immer noch nicht aufgetaucht war, sah er nach dem Rechten. Auf sein Klopfen kam keine Reaktion, also öffnete er die Tür zu Beulas fett- und staubverdreckter Küche. Er wich sofort einen Schritt zurück und eilte hustend zu seinem Polizeiwagen, wo er schnell eine Flasche Eukalyptusöl aus dem Handschuhfach hervorkramte und sich ein paar Tropfen auf sein Taschentuch träufelte. Zurück an der Küchentür presste er sich das getränkte Tuch vor die Nase und betrat den Raum. Beulas Kopf war mit einem steifen, schwarz gefleckten Geschirrtuch bedeckt, das sich in der Mitte, wo sich eigentlich eine Nase hätte abzeichnen müssen, hob und senkte. »Beula?«, brachte er mühsam hervor. Sie gab ein Geräusch von sich, das so klang, als versuchte man, mit einem Strohhalm die letzten Tropfen aus einem Glas zu saugen. Immerhin hob sie die Arme ein wenig. Sergeant Farrat lüftete das Tuch ein paar Zentimeter und schreckte zurück; das Tuch ließ er auf den Boden fallen. Beulas Augen waren geschwollene lilarote Schlitze, und in der Mitte ihres Gesichts klaffte ein verkrustetes schwarzes Loch. Zwei braune Stummel ragten aus ihrem Zahnfleisch, wo ihr die Eckzähne ausgeschlagen waren.

Der Sergeant half ihr in seinen Wagen und brachte sie nach Winyerp zum Arzt. Im Sprechzimmer konnte Beula verschwommen die Silhouette eines in Weiß gekleideten Mannes erkennen, der sich vor ihr hin und her bewegte und »hmmm« brummelte.

»Ich bin gestolpert und hingefallen«, kam es aus dem verfaulenden Gesicht und zerfetzten Polypen. Rosa Blasen blubberten zwischen ihrer Ober- und Unterlippe.

»Sie sind gestolpert?« Der Arzt sah Sergeant Farrat an und erkundigte sich mit Gesten, ob sie womöglich getrunken hatte.

»Es war dunkel«, erklärte Beula.

»Es kann gut sein, dass Sie einen inneren Augenschaden davongetragen haben«, informierte sie der Arzt. »So, wie es aussieht, ist Ihre Augenhöhle zerschmettert.« Er reichte ihr einen Brief, der an einen Spezialisten in Melbourne adressiert war.

»Das Nasenbein ist gegen das Tränenbein gekracht und hat es zersplittert. Dieses wiederum hat den Tränennasengang durchtrennt. Dabei wurde das Keilbein beschädigt und somit das optische Foramen und leider auch alle wichtigen Macula luteas. Für eine Operation ist es natürlich zu spät …«

Für Beula waren die Lichter ausgegangen.

Sergeant Farrat setzte ihr eine Sonnenbrille auf, band ihr einen Schal ums Kinn, gab ihr einen weißen Stock in die Hand und setzte sie in den Zug nach Melbourne. Am Rückenteil ihrer Strickjacke befestigte er ein Schild mit der Aufschrift: »Beula Harridene c/o Polizeiwache Dungatar, Telefon-Nr.: 9 (Ferngespräch)«. Danach machte er sich auf den Weg zu Tilly. Er stieg in der orange leuchtenden Abendsonne aus dem Wagen und trug sein glitzerndes, mit grüner Borte abgesetztes Matador-Kostüm aus Seidenbrokat. Dank Tilly passte es ihm jetzt, denn sie hatte es mit Einsätzen aus goldener Seide versehen, und er selber hatte die Einsätze noch mit grünen Troddeln verziert. Sie standen in ihrem Garten, hüfthoch umgeben von Blumen, Büschen, Kräutern und Gemüse. Durch den kürzlich gefallenen Regen war die Luft frisch und klar.

»Wie ich sehe, hat Molly das Feuer auf der Müllhalde gelöscht«, scherzte der Sergeant.

»Ja«, sagte Tilly.

»Hast du gehört, was der armen Beula widerfahren ist?«

»Nein.«

»Sie lebt jetzt in einem Sanatorium.« Der Sergeant rieb sich die Hände.

»Erzähl mir genau, was passiert ist«, verlangte Tilly.

»Also …«, begann er und endete mit den Worten, »…sie muss furchtbar gestürzt sein, sie sieht aus, als ob sie die Ecke eines fliegenden Kühlschranks getroffen hätte.«

»Weißt du, wann das passiert ist?«, fragte Tilly.
»Am Abend nach Mollys Beerdigung.«
Sie blickte hoch zum Himmel und lächelte.

Am Nachmittag kam Nancy, um Mr. Almanac abzuholen. Sie fand ihn im Hinterzimmer. Sein Kopf war in den Schrank gebeugt, in dem er seine Apothekergewichte und -maße aufbewahrte, seine runden Schultern lehnten an der Ablage. Nancy zog ihn behutsam zurück, bugsierte ihn aus dem Laden, checkte in beide Richtungen den Verkehr und verpasste ihm einen leichten Schubs. Er stolperte den Bordstein hinab und tatterte über die Straße, während Nancy das Vorhängeschloss am Kühlschrank zuschnappen ließ und die Ladentür abschloss. Mr. Almanac beschleunigte seinen Gang und hielt auf seine Frau zu, die in der Sonne döste. Er tatterte an ihr vorbei und marschierte geradewegs durch die Vordertür ins Haus und weiter den Flur entlang, der direkt zur Hintertür führte. Nancy blickte über die Straße und sah zu Mrs. A., dann suchte sie die Straße nach beiden Seiten ab. Sie runzelte die Stirn, beschirmte ihre Augen und starrte zurück in den dunklen Laden. Sie sah erneut zu Mrs. A. und stürzte über die Straße, vorbei an Mrs. Almanac, die den vorbeihuschenden Luftzug spürte und die Augen aufschlug. »Heilige Maria, Mutter Gottes«, hörte sie Nancy sagen.

Sergeant Farrat folgte Mr. Percival Almanacs Schleifspur. Sie führte quer über den Hinterhof hinunter zum Bachufer. Der Sergeant stand, von Mücken umschwirrt, an der Böschung und sah traurig ins braune Wasser. Er nahm seine blaue Dienstmütze ab, hielt sie sich einen Moment vors Herz und legte sie niedergeschlagen auf einen Baumstumpf. Dann zog er sich aus und legte seine Kleidungsstücke sorgfältig zusammen. Als er nur noch seine roten Satinboxershorts am Leib hatte, stieg er in den stillen Bach. In der Mitte tauchte sein weißer Kopf unter, kleine Luftbläschen blubberten an die Wasseroberfläche, und im nächsten Moment erschien der Kopf von Mr. Almanac. Mr. Almanac hing über Sergeant Farrats Schulter wie ein steifes aufrechtes Fragezeichen. Um seinen gekrümmten Nacken hatte sich schleimiges grünes Schilfgras geschlungen, an seinen Ohrläppchen hatten sich Flusskrebse festgebissen, und seine Lippen waren mit Blutegeln übersät.

Tilly stand vor dem lehmigen Grabhügel, unter dem ihre Mutter lag, und erzählte ihr in allen Einzelheiten, was Beula und Mr. Almanac zugestoßen war. »Es ist, wie du gesagt hast: ›Manchmal *scheinen* die Dinge nur ungerecht.‹«

Sie hörten den Kakadu schon, bevor sie die Hügelkuppe erreichten. Das Komitee des Dungatarer Social Clubs wurde vor der Veranda von dem Vogel in Schach gehalten. Er flatterte laut kreischend mit ausgebreiteten Flügeln und geschwollenem Kamm vor ihnen auf und nieder. Die Frauen, die allesamt »Tillys Originale« trugen, sahen ihn ängstlich an. Tilly kam auf die Veranda, warf dem Kakadu einen Blick zu und sagte: »Schsch«.

Er hörte auf herumzuflattern, legte den Kopf auf die Seite, sah sie an und schloss den Schnabel. Sein Kamm legte sich, er watschelte über den großen Onkel zu einem der Torpfosten, flatterte hinauf, wandte sich um und zischte die Eindringlinge noch einmal an.

»Dein Garten ist wirklich wunderschön, Tilly«, säuselte

Trudy. »So viel Arbeit, und nebenbei hast du es auch noch geschafft, so tolle Kleider zu nähen!«

Sie lächelten sie alle an.

»Und wie es hier duftet.«

»Du hast ein paar sehr ungewöhnliche Pflanzen.«

Tilly rupfte einen Grashalm aus und kaute darauf herum.

Trudy räusperte sich. »Wir veranstalten einen Eisteddfod …«

»Wir führen *Macbeth* auf«, fuhr Elsbeth dazwischen. »Shakespeares *Macbeth*. Es ist ein Theaterstück. Die Theatergruppe von Itheca und Winyerp wollen *Endstation Sehnsucht* und *H.M.S Pinafore* präsentieren …«

»Seichte Unterhaltung«, meinte Muriel abschätzig.

»Wir führen jedenfalls *Macbeth* auf, und wir haben DICH auserwählt, unsere Kostüme zu gestalten.«

Tilly sah sie nacheinander an. Sie nickten und lächelten. »Tatsächlich?«, fragte sie. »*Macbeth*?«

»Jawohl«, bestätigte Trudy.

Elsbeth hielt *Shakespeares gesammelte Werke* und *Kostüme im Wandel der Zeit* hoch. »Wir haben auch schon ein paar konkrete Vorstellungen, was wir gerne hätten …«

»Darf ich mal sehen?«, fragte Tilly. Elsbeth eilte mit dem aufgeschlagenen Buch zu ihr und zeigte ihr Skizzen von Männern in glanzlosen Togen mit langen Ärmeln, muschelförmigen Kragen und um die Taille geschlungenen Seilen und Frauen in eng geschnürten Oberteilen.

»Mir gefallen die auf der nächsten Seite«, sagte Trudy. Tilly blätterte um. Die Bilder zeigten kostümierte Männer in Röcken, die aus mehreren Stofflagen bestanden. Ihre Arme steckten in weit geschnittenen gerüschten Ärmeln, von denen meterweise Spitze herabfiel. Sie posierten in Strümpfen und knielangen Hosen mit Godeteinsätzen und üppig gerüschten Hemden und trugen hochhackige, mit großen Satinschleifen verzierte Cromwell-Schuhe und riesige Hüte, die über und über mit Federn geschmückt waren. Die Frauen trugen dreistufige lange Röcke mit gerüschten Tournüren, mehrstöckige, von einem Architekten entworfene, hochgetürmte Frisuren, mit Federn verzierte Muffe und Jacken mit aufwändigen Jabots oder gerüschten Revers.

»Aber das ist Barock«, sagte Tilly. »Siebzehntes Jahrhundert.«

»Genau«, bestätigte Elsbeth.

»Es *ist* Shakespeare«, sagte Trudy.

Muriel tat erstaunt. »Du hast doch von ihm gehört, oder?«

»Vielleicht nicht«, sagte Mona. »Ich hatte bis letzte Woche auch noch nie von ihm gehört.«

Tilly hob eine Augenbraue und rezitierte:

Doppelt plagt euch, mengt und mischt!
Kessel brodelt, Feuer zischt.
Sumpfger Schlange Schwanz und Kopf
Brat und koch im Zaubertopf:
Molchesaug und Unkenzehe,
Hundezung und Hirn der Krähe …

Die Damen des Komitees sahen einander verwirrt an.

Tilly hob erneut eine Augenbraue. »Akt vier, Szene eins, drei Hexen am Kessel. Stimmt's?«

Die Frauen blickten sie verdutzt an. »Wir haben das Stück noch gar nicht gelesen«, gestand Muriel.

»Mir gefallen die Kostüme, die ich ausgesucht habe, von allen am besten, dir auch?«, fragte Trudy.

Tilly sah sie an. »Sie würden zweifellos den größten Effekt erzielen.« Trudy nickte ihren Begleiterinnen nachdrücklich zu.

Elsbeth ging einen Schritt auf Tilly zu. »Kriegst du die Kostüme hin?«

»Ja«, erwiderte Tilly, »aber …«

»Wann kannst du anfangen?«, fiel Elsbeth ihr ins Wort.

Tilly studierte die Bilder und dachte nach. Die Frauen sahen einander an und zuckten mit den Achseln. Schließlich lächelte Tilly. »Es wäre mir ein außerordentliches Vergnügen, mit dem Nähen dieser Kostüme einen Beitrag zu der Aufführung zu leisten … vorausgesetzt, ich werde bezahlt.« Sie klappte das Buch zu und drückte es sich vor die Brust. »Es sind noch Rechnungen zu begleichen, die teilweise älter sind als ein Jahr.«

»Wir werden die Angelegenheit bei unserem nächsten Treffen zur Sprache bringen«, meinte die Schatzmeisterin lahm.

»Das wäre dann also geregelt«, befand Elsbeth, wischte sich die Hände an ihrem Rock ab und wandte sich zum Gehen.

»Ich fange nicht an, bevor die ausstehenden Rechnungen beglichen sind«, stellte Tilly klar. »Und für die Kostüme bestehe ich auf Vorkasse. Anderenfalls nähe ich die Kostüme für Itheca und Winyerp. Die haben immer pünktlich bezahlt.«

Elsbeth und Trudy sahen Muriel an, die ihren Blick gelassen erwiderte. »Er wird uns das Geld nie und nimmer leihen«, betonte sie.

»Mutter!«, rief Trudy. Sie trat auf die Schatzmeisterin zu und gab ihr einen Nasenstüber. »Du *musst* Vater fragen.« Alvin hatte seiner Tochter und ihrer Familie den Kredit erneut gestrichen und gestattete ihnen das Anschreiben nur noch für den Kauf von Lebensmitteln. Sie mussten sogar ohne Seife auskommen.

Muriel verschränkte die Arme. »Alvin bekommt auch von niemandem Geld, auf einigen unbezahlten Rechnungen sitzt er seit zehn Jahren. Wir können nicht jeden bis in alle Ewigkeit gratis durchfüttern«, sagte sie verächtlich und sah Elsbeth finster an. Elsbeth und Trudy warfen einander vorwurfsvolle Blicke zu.

»Also gut«, sagte Elsbeth, »dann muss William eben noch ein weiteres Jahr auf seinen neuen Traktor warten.«

»Er kann ja Macbeth spielen!«, schlug Trudy vor.

»Genau!«, stimmten die anderen zu, und mit diesen Worten marschierte das Komitee im Gleichschritt Richtung Torpfosten.

Tilly sah den Frauen nach, wie sie den Hügel hinunterwatschelten, und lächelte.

Tilly stand früh auf, zog sich ihre Gartensachen an und nahm sich die Tagetes vor. Sie schnitt Zweige von dem dicken Stamm und trug die Büschel ins Haus. Dort stellte sie einen großen Strauß mit den schönsten Zweigen in eine Vase mit Wasser, entfernte von den verbleibenden die Blätter und Blüten, brach die Stiele in kleine Stücke und warf alles in einen großen Topf mit kochendem Wasser. Kurz darauf dampfte die Küche und roch nach Holz und süßlichen Düften. Als das Tageteswasser abgekühlt war, füllte sie es in eine Flasche. Am selben Abend packte sie eine Tasche und machte sich auf zum Amtssitz des Bezirksvorstehers.

Kapitel 28

Zwei Tage später wachte Evan niedergeschlagen und missgestimmt auf. Er warf einen Blick auf seine komatöse Frau, legte sich wieder hin und rief sich erregende Bilder von Una vor Augen, doch das Einzige, was er spürte, war eine unbehagliche Taubheit – als wären seine Glieder und Extremitäten abgestorben. Er stand auf und betrachtete seinen Penis, der wie ein feuchtes Fensterleder schlapp zwischen seinen Beinen hing. »Ich bin nur aufgeregt«, versicherte er sich und begann zu packen.

Am späten Vormittag warf er seine Gladstone-Tasche auf den Rücksitz und setzte sich hinter das Steuer seines Wolseleys. In den Fenstern sämtlicher Nachbarhäuser fielen die Vorhänge wieder vor. Er fuhr los Richtung Melbourne, begierig nach Una.

Tillys Magen verkrampfte sich, doch sie harrte aus. Als Marigold auf ihr Klopfen die Tür öffnete, reichte sie ihr einen Strauß Tagetes.

Marigolds Hand flog hoch und bedeckte ihren Ausschlag. »Was willst du?«

»Ich bringe Ihnen Blumen«, entgegnete Tilly und huschte ins Haus der Pettymans.

Marigold nieste und sagte: »Wie ungewöhnlich.«

»*Tagetes patula*«, erklärte Tilly. »Sie vertreiben weiße Fliegen von Tomatenpflanzen und eignen sich außerdem, den Aalwurm von Kartoffeln und Rosen fern zu halten. Die Wurzeln verfügen über die Eigenschaft, den Detektor auszuschalten, der die Fresslust beim Aalwurm auslöst – er wird sozusagen komplett lahm gelegt.

Marigold sah an Tilly herab. »Du hättest dir die Schuhe ausziehen sollen.«

Tilly ließ sich im Wohnzimmer nieder. Marigold nahm sie ins Visier; ein gut aussehendes Mädchen mit blassem Teint, Evans Teint, doch sie hatte Mad Mollys dickes Haar und ihren vollen Mund. »Tut mir Leid, dass du deine Mutter verloren hast.«

»Nein, tut es nicht«, erwiderte Tilly.

Marigolds Augen traten hervor, und die Sehnen in ihrem Nacken spannten sich wie bei einer angreifenden Eidechse. »Evan hat sogar einen Kranz geschickt!«

»Das war wohl das Mindeste, was er tun konnte«, stellte Tilly klar. »Wo finde ich eine Vase?«

Marigold schnappte sich die Blumen und eilte aus der Küche, wobei sie den Strauß auf Armeslänge vor sich hielt. Aus den Blumen rieselten Pollen auf den Teppich. »Was willst du?«

»Nichts. Ich wollte Sie nur mal besuchen.« Sie nahm ein Foto von Stewart vom Tisch neben ihr und betrachtete es, als Marigold zurückkam und sich ihr gegenüber niederließ.

»Ich erinnere mich nur noch dunkel, aber bist du nicht damals weggegangen, weil deine Mutter krank wurde?«

»Die Reihenfolge stimmt nicht ganz, allerdings …«

»Wo hast du das Nähen gelernt?« Marigold fummelte an einem Knopf ihres Morgenrocks herum.

»An vielen Orten.«

»Wo zum Beispiel?« Marigolds Augen nahmen prüfend Tillys Gesicht ins Visier.

»Bevor ich nach Dungatar zurückgekommen bin, habe ich in Paris gelebt. Davor war ich in Spanien und davor in Melbourne in einer Textilfabrik. Während meiner Schulzeit in Melbourne habe ich Nähkurse besucht. Die Schule, in die ich gegangen bin, war nicht besonders gut. Mein Wohltäter …«

»Wer war dein Wohltäter, dein Vater?« Marigold fummelte jetzt an ihrem Kragenknopf, die Adern an ihren Schläfen pulsierten.

»Ich werde mich angemessen bei ihm revanchieren.«

»Ich hatte ein schönes Sümmchen für Stewarts Ausbildung zurückgelegt«, sagte Marigold und sah aus dem Fenster. »Aber es ist nichts mehr da.« Der Knopf sprang ab und landete in ihrer Hand.

Tilly fuhr fort: »Lehrlinge werden nicht gerade gut bezahlt, aber ich habe es trotzdem geschafft zu reisen und dazuzulernen, deshalb …«

»Hier waren ja auch immer alle zufrieden mit den Kleidern, die du genäht hast«, stellte Marigold fest. »Anders als bei dieser Una …« Sie schlug sich die Hand vor den Mund. »Verrate bloß nicht Elsbeth, dass ich das gesagt habe.«

»Niemals«, versprach Tilly. »Soll ich Ihnen vielleicht ein neues Kleid für den Theaterwettbewerb nähen?«

»Oh ja!«, rief sie und rutschte nach vorne. »Ich hätte gerne etwas Besonderes, etwas ganz Besonderes. Etwas Besseres, als alle anderen haben. Ich bin Ballkönigin geworden, weißt du. Darf ich dir eine Tasse Tee anbieten?« Sie verschwand in der Küche und kam kurz darauf mit einem Teetablett zurück.

»Eins wollte ich dir noch sagen, ich weiß, dass du den Jungen nicht absichtlich getötet hast ...«, sie nippte an ihrem Tee, und Tillys Magen revoltierte. »Ich meine diesen Teddy McSwiney, aber ich weiß, wie Mae sich fühlt. Mein Sohn, musst du wissen, ist von einem Baum gefallen und war tot. Er ist auf dem Kopf gelandet.«

Marigold zeigte Tilly all ihre Fotoalben – Evan und Stewart, als Stewart drei Wochen alt war, Marigold und ihre Eltern, bevor sie starben, das Haus, bevor der vordere Zaun errichtet wurde, und es gab sogar ein Schulfoto, auf dem Tilly zusammen mit Stewart zu sehen war. Marigold sah Tilly an und fragte: »Woher kam eigentlich deine Mutter?«

Tilly erwiderte Marigolds Blick. »Möchten Sie die ganze Geschichte hören?«

»Ja, gerne.«

Tilly holte tief Luft. »Okay«, sagte sie. »Molly war ein Einzelkind und für die damalige Zeit schon ziemlich alt, um noch unverheiratet zu sein. Sie war naiv und unschuldig und für einen ehrgeizigen, gerissenen Charmeur leichte Beute. Der Mann war ein ziemlicher Versager, aber er posaunte überall herum, was für ein toller Hecht er sei. Mollys Eltern waren gutgläubige, anständige Menschen mit offenen Herzen und eingeschränkter Fantasie, und so nahmen sie ihm seine Protzereien ab und erlaubten ihrer Tochter, allein mit ihm auszugehen. Der Mann verdrehte Molly mit seinem Charme den Kopf, und so fand sie sich plötzlich in einer Lage wieder, in der ihre Eltern in einer peinlichen Situation und zutiefst verletzt wären, wenn sie nicht schnell heiraten würde ...«

»Diese Geschichte kommt mir sehr bekannt vor!«, rief Marigold mit schriller Stimme.

»Ich weiß«, sagte Tilly.

Evan lag auf dem Rücken, das Bettlaken hatte er bis zum Kinn hochgezogen. In seiner Kniegegend wölbte und bewegte sich das Laken, dann kam Una zum Vorschein und fiel keuchend auf seine Schultern, das Gesicht war rot und schweißnass. Sie lüftete das Laken, betrachtete Evans glibberiges oranges aaliges Gebilde, das schlaff auf seinem Oberschenkel ruhte, und kicherte. Evan traten Tränen in die Augen.

Er war früh wieder zu Hause, zog sich in seinem Zimmer aus und steuerte das Badezimmer an. Seine Frau saß ruhig neben der Musiktruhe und strickte. »Hallo, Evan«, begrüßte sie ihn sanft. »Wie ist es in Melbourne gelaufen?«

»Ach«, entgegnete er geistesabwesend, »ein bisschen enttäuschend.«

Er saß auf der Toilette und hatte ein Bündel verknülltes Sorbent-Klopapier um seine rechte Hand gewickelt, als die Tür aufgestoßen wurde. Marigold lehnte lässig im Türrahmen. Sie strickte immer noch. »Du bist schon ziemlich lange hier drin, Evan.«

»Ich bin krank«, brachte er hervor. »Irgendetwas stimmt nicht mit mir.«

»Ich habe mich auch immer krank gefühlt, Evan. Weil du mich krank gemacht hast. Aber Tilly Dunnage hat mich geheilt.«

»Wie bitte?«

Sie seufzte. »Du hattest eine Menge Affären, habe ich Recht, Evan?«

»Sie ist verrückt. Wir können sie in eine Anstalt einweisen lassen ...«

»Nein, Evan. Sie ist nicht verrückt. Sie ist deine Tochter.« Sie lächelte ihn an und sagte mit süßer Babystimme. »Dem armen Evan geht es so schlecht. Und ich weiß auch, warum, und ich glaube, sie ist ein sehr, sehr cleveres Mädchen, diese Tilly.«

Evan stand auf und schloss die Tür, doch Marigold stieß sie wieder auf. »Es ist in deinem Büro in deinem Wasserkocher – ein Gift, das dich daran hindert, dich weiterhin wie gewohnt nachts an mir zu vergreifen; wie du sicher schon gemerkt hast, Evan, oder?« Sie wandte sich um und kicherte leise.

Er folgte ihr in ihre makellos saubere Küche. Sie stand am Fenster und musterte einen winzigen Fleck Fliegendreck auf der ansonsten blitzblanken Scheibe.

»Sie hat Stewart umgebracht, wusstest du das? Deine neue Freundin …«

»Du meinst, deine Tochter Tilly hat *deinen* Sohn umgebracht?« Marigold wandte sich um und sah Evan an. »Deinen Sohn, den Tyrannen. Diesen fetten, sommersprossigen, ungehobelten übel riechenden kleinen Jungen, der mir immer nachspioniert hat, wenn ich unter der Dusche stand, und der über kleine Mädchen hergefallen ist. Wenn er nicht gewesen wäre, hätte ich dich nicht heiraten müssen, dann wäre mir vielleicht rechtzeitig klar geworden, was für ein Schuft du bist.« Sie schauderte.

»Warum fällst du nicht in Ohnmacht, Marigold, oder kriegst eine deiner Kopfschmerzattacken? Du bist doch krank.«

»Du hast mir mein ganzes Geld gestohlen und verprasst!«

»Du bist psychisch labil, tablettenabhängig und neurotisch – der Arzt kennt deinen Zustand genau!«

»Unzurechnungsfähig«, entgegnete sie seelenruhig. »Beula sagt, dass es sich da drinnen ganz gut aushalten lässt.« Sie seufzte und ließ sich behutsam auf die Knie sinken. Evan blickte auf sie hinunter. Er sah es einmal kurz aufblitzen, als sie um seine Fußknöchel langte und die rasiermesserscharfe Klinge des Tranchiermessers durch seine Achillessehnen zog. Es war ein schnappendes Geräusch – wie ein zuschlagender hölzerner Deckel eines Werkzeugkastens. Evan krachte auf den Linoleumboden und trompetete wie ein geschundener Elefant, als seine Achillessehnen sich in den Bändern hinter seinen Kniegelenken zurückzogen wie Schnecken in ihrem Häuschen.

»Du machst einen großen Fehler, Marigold«, jammerte er.

Marigold sah auf ihn hinab. Er wand sich und zuckte und hinterließ auf ihrem polierten Linoleumboden eine rote Pfütze. »Ich war jahrelang extremen Belastungen ausgesetzt«, sagte sie. »Jeder weiß das, und alle wissen auch bestens Bescheid, was zwischen dir und Una Pleasance läuft. Sie würden es voll und ganz verstehen. Aber das ist auch völlig egal.« Sie stand breitbeinig über ihm, wischte das Messer an ihrer Schürze ab und legte es zurück in die Schublade.

»Bitte«, stöhnte Evan. »Marigold, ich verblute.«

»Darauf wird es wohl hinauslaufen«, erwiderte sie und riss das Telefonkabel aus der Wand.

»Marigold!«, schrie er.

Sie zog die Tür hinter sich zu und überließ Evan seinen Qualen. Seine Schienbeine hingen an seinen Knien wie lose baumelnde Fäden, der Türknauf war für ihn unerreichbar.

»Marigold, bitte!«, kreischte er. »Es tut mir alles Leid.«

»Zu spät«, entgegnete sie, setzte sich auf ihr Bett, goss die komplette Flasche ihres Schlaftonikums in einen Krug, füllte ihn mit Sherry auf, rührte um, schloss die Augen und trank.

Kapitel 29

Der Kakadu krächzte »Polizei«, als schnelle Schritte über Tillys Veranda eilten. Die Hintertür wurde aufgestoßen, und im nächsten Moment erschien in der Küche ein raschelndes heuhaufengroßes Bündel leuchtend bunter Kleider, Federboas, Hüte, Schultertücher, Halstücher sowie ein Wust aus Satin, Pailletten, Baumwolle, Chiffon, blauem Gingham und Matador-Brokat – der gesamte Inhalt von Sergeant Farrats geheimem Kleiderschrank. Tilly sah den Sergeant prüfend an. Er trug seine marineblaue Hose und glänzende Schuhe. »Der District Inspector kommt und will bei mir wohnen«, erklärte der Sergeant und stürmte in Tillys Wohnzimmer. Er legte seine Ladung ab, eilte nach draußen, kam mit seinen Fotoalben, einigen Wandgemälden, seinem Grammophon und seiner Schallplattensammlung zurück und deponierte alles auf dem Tisch. »Sonst denkt er womöglich noch, ich bin schwul«, erklärte er, doch dann hielt er inne, nahm etwas Stoff vom Tisch, den er noch nie gesehen hatte, und rieb ihn zwischen Fingern und Daumen. »Seide oder Peau de soie?«, fragte er.

»Was genau hat der District Inspector vor?«

»Erst stirbt Teddy, dann Molly, dann die Zwischenfälle mit Beula und Mr. Almanac, doch es war vor allem mein Bericht über die Pettymans, der sein Interesse geweckt hat. Marigold einzuweisen, war schon schlimm genug, aber Evan – also, was wir in dem Haus alles gefunden haben! Drogen … sogar Pornos. Und dann hat er auch noch öffentliche Gelder veruntreut!« Sergeant Farrat eilte erneut zu seinem Auto, um eine weitere Ladung zu holen.

»Ich würde den Inspector gerne kennen lernen«, sagte Tilly.

»Warum?«

Sie zuckte mit den Achseln. »Nur so – um zu sehen, ob er … schick ist.«

»Nicht die Bohne. Er trägt braune Anzüge – und ich bin sicher, dass sie aus minderwertigem Stoff sind.«

Sie schlief auf dem leeren, abgenutzten Lehnstuhl ein und träumte von ihrem runden weichen Baby, das an ihrer Brust nuckelte, und von Molly, als Molly noch jung und ihre Mutter war und mit ihrem rotblonden Haar den Hügel hinabkam und sie von der Schule abholte. Dann war sie wieder mit Teddy auf dem Dach des Silos, auf dem Dach der Welt. Sie sah sein Gesicht, sein verschmitztes Grinsen im Mondschein. Er streckte die Arme nach ihr aus und sagte: »Nun hat die schnelle Begierde die bereitwillige Beute erfasst, und unersättlich nährt sie …«

Dann war ihr rundes weiches Baby auf einmal reglos und blau angelaufen und in Baumwollflanell gewickelt, und Molly drehte sich in ihrem regennassen Sarg kalt und steif und mit schmerzverzerrtem Gesicht zu ihr um, und dann erschien Teddy, von oben bis unten mit Hirse überzogen, den Mund weit offen, die Hände nach etwas greifend, ein schokoladenfarbener, in Hirse gewälzter Kadaver. Evan und Percival Almanac zeigten drohend mit dem Finger auf sie, und hinter ihnen kamen die Bewohner Dungatars mit Brennholz und lodernden Fackeln, mit Holzscheiten und Ketten in der Dunkelheit den Hügel hinaufgekrochen, doch sie ging nur hinaus auf die Veranda, lächelte auf sie hinab, und sie drehten sich um und ergriffen die Flucht.

Ein Furz donnerte durch Sergeant Farrats Wache, gefolgt von einem lauten Gähnen. Der District Inspector lag noch im Bett – in der Zelle. Er war ein schmuddeliger Mann mittleren Alters mit schluderigen Angewohnheiten und sehr schlechten Manieren. Beim Abendessen rückte der Sergeant nah ans Radio und drehte die Lautstärke voll auf, damit er, ohne zu würgen, essen konnte, denn der District Inspector hatte die Angewohnheit, mit der Zunge sein Gebiss im Mund zu verrücken, um festsitzende Essensreste aus den Zahnlücken zu saugen. Er benutzte seinen Ärmel als Serviette, machte nach dem Rasieren das Waschbecken nicht sauber, hinterließ nach dem Pinkeln Tropfen auf dem Fußboden vor der Toilette, knipste nie einen Lichtschalter aus, drehte keinen Wasserhahn zu, und als Sergeant Farrat ihn fragte, ob er ihm etwas mitwaschen solle – »weil ich sowieso gerade eine Ladung durchlaufen lasse« –, hob der Inspector den Arm, schnupperte kurz unter seiner Achsel und sagte: »Nicht nötig.«

Der District Inspector – »nennen Sie mich einfach Frank« – redete viel. »Ich hab schon eine Menge erlebt – bin dreimal angeschossen worden. Ich musste meine Frau verlassen – hat ihr das Herz zerrissen –, war aber nötig, um sie aus dem Schlamassel rauszuhalten. Hat mir freie Hand gelassen, einen Haufen ungelöster Fälle zu lösen – ganz allein – und ein paar flüchtige Straftäter einzufangen. Sie haben ein Verbrechen begangen, ich habe dafür gesorgt, dass sie dafür büßen. Ich war nicht gerade nett zu diesen Gaunern. Gefährlich sind sie doch alle. Sie verstehen doch, Horatio, nicht wahr?«

»Voll und ganz«, entgegnete der Sergeant. »Das erklärt, warum man Sie hierher versetzt hat, ins ländliche Victoria.« Sergeant Farrat sehnte sich nach seinem gewohnten Abendrhythmus – nach seinem Fortsetzungshörspiel im Radio, seinen Büchern, seinen Schallplatten, seinem Nähen … und seiner Einundzwanzig-Uhr-Streife in Ruhe und Frieden.

»Was gibt's denn heute Abend zu essen, Horry?«

»Wir essen auswärts«, erwiderte Sergeant Farrat und ließ seinen Bleistift auf den Tresen fallen. »Es gibt Kutteln.«

»Mein Leibgericht – am liebsten esse ich Kutteln in Petersiliensoße.« Der Inspector verließ den Raum und ging ins Bad. »Ich mag dieses Städtchen!«, rief er und begann vor sich hin zu pfeifen.

Sergeant Farrat schloss die Augen und kniff sich in den Nasenrücken.

Sie kamen zeitig zum Abendessen. Der Inspector nahm den Hut ab und verbeugte sich, als er Tilly in der Tür stehen sah. Sie trug ein hautenges schwarzes Swanskinkleid mit angeschnittener kleiner Schleppe, dessen Ausschnitt bis zur Taille reichte. Der Sergeant schenkte Champagner ein, und Tilly machte Konversation. »Wie ich höre, sind Sie ein äußerst effektiver Verbrechensbekämpfer, Inspector.«

Der Inspector errötete. »Habe während meiner Dienstzeit durchaus ein paar Kriminelle hinter Schloss und Riegel gebracht.«

»Sind Sie auch ein guter Ermittler?«

»Deshalb bin ich hier.«

»Um den Pettyman-Fall zu lösen?«

Der Inspector war völlig gefangen von Tillys gewagtem Dekolleté. Sie legte ihm zwei Finger unters Kinn und hob seinen Kopf, so dass er ihr in die Augen blickte. »Verstehen Sie etwas von Gerichtsmedizin?«

»Nein. Ich meine, bisher noch nicht.«

»Der Inspector ist eher ein Faktensammler und Berichteschreiber – so könnte man es sagen, nicht wahr, Inspector?« Der Sergeant reichte ihm ein Glas Champagner.

»Genau«, bestätigte der Inspector und kippte den Inhalt seiner Flöte in einem Zug runter. »Wie ich gehört habe, gibt es Kutteln zum Abendessen?«

»Es gibt Gigot de Dinde Farcie, gefüllt mit Liebstöckel und Weinblättern, dazu Artischocken mit Ravigote-Soße«, erwiderte Tilly kühl und stellte gebratenes Geflügel auf den Tisch.

Der Inspector machte ein enttäuschtes Gesicht, warf Sergeant Farrat einen fragenden Blick zu, zog den Stuhl unter dem Kopfende des Tisches hervor, setzte sich hin und rollte sich die Ärmel hoch.

Der Sergeant tranchierte das Fleisch, Tilly servierte, und der Inspector begann zu essen. Sergeant Farrat schenkte Wein ein, schnupperte an seinem Glas und prostete Tilly zu.

»Sie sind ein sehr lauter Esser, Inspector«, stellte Tilly fest.

»Ich genieße Ihren köstlichen gefüllten …« Der Inspector erblickte den Kakadu, der sich auf der Vorhangschiene aufplusterte.

»Es ist Truthahn«, erklärte der Sergeant.

»Wir können ihn leider nicht genießen«, beklagte sich Tilly. »Also machen Sie bitte beim Essen den Mund zu.«

»Jawohl, Ma'am.«

Sie leerten sämtliche vorhandenen Getränke (der Inspector hatte Bier mitgebracht), und Tilly bot den Männern Zigaretten an. Der Sergeant zündete sich eine an, während der Inspector an seiner schnupperte und feststellte: »Riecht ungewöhnlich. Aus Peru?«

»Nah dran«, erwiderte Tilly. »British Honduras.«

»Ahhhh«, entgegnete er genießerisch. Tilly hielt ihm ein Streichholz hin. Anschließend spielte sie laute Musik, und sie tanzten – das heißt, sie wirbelten und hüpften zu den Klängen einer beschleunigten Version von »The Wedding Samba« von Micky Katz in einer eigenwilligen, stechschrittartigen Weise durch die Küche. Sie stiegen auf den Tisch und tanzten sämtliche Stücke der Schallplatte *Musik für Hochzeiten und andere Feste* durch. Dann sprangen sie vom Tisch, fielen einander in die Arme und tanzten auf der zementenen Feuerstelle Flamenco, trommelten mit Holzlöffeln auf Kochtöpfen herum und tanzten erneut – Rumba und Samba und einen Schottentanz –, bis schließlich jeder erschöpft auf einen Stuhl fiel, lachte, nach Luft japste und sich seinen von Seitenstichen geplagten Leib hielt.

Plötzlich stand der Inspector auf, sagte: »Also, jetzt müssen wir aber los«, und verschwand nach draußen. Sofort nahm Tillys Mop seinen Platz ein. Sergeant Farrat zuckte mit den Schultern und folgte seinem Vorgesetzten. Unter den Epauletten seiner roten Eton-Jacke hatte er Servietten befestigt.

Tilly stand mit in die Hüften gestemmten Händen da und runzelte die Stirn: »Wo willst du denn hin?«

»Ich muss wohl oder übel zu meiner Einundzwanzig-Uhr-Streife aufbrechen«, erwiderte der Sergeant mit Bedauern und verdrehte seine Augen in Richtung Inspector.

Frank schwankte knietief in ihre kleine violette Hemlocktanne, deren weiße Blüten winzige übel riechende Tröpfchen absonderten, die auf seiner Hose landeten. »Wollen Sie nicht mitkommen?«

»In meiner Begleitung sollten Sie sich lieber nicht sehen lassen«, erwiderte Tilly. »Ich bin die stadtbekannte Mörderin.«

Frank lachte, winkte ihr zu und ließ sich ins Auto plumpsen. Als sie davonbrausten, hupte Sergeant Farrat zum Abschied. Tilly ging zurück ins Haus. Sie sah den Kakadu an und sagte: »Dann kann ich ja loslegen, ich habe nichts zu befürchten.« Sie betrachtete die zartfarbenen Haufen – Kattun, wasserdichter Melton, Satin, Seide, Vicuñawolle, Velveton, Seidenripsbänder, Spitzenbänder, Papierblumen, Plastikperlen und vergoldetes Kartonpapier – alles Stoffe und Utensilien für die barocken Kostüme. Sie ging ins Schlafzimmer ihrer Mutter, wo sie den hellbeigen und blau-weißen Pikee, den Popelin, Ninon, Flor, Organdy, Seide, Spitze und Duchesse für die Bälle, Taufen und Hochzeiten aufbewahrte. Dann ging sie zurück und ließ ihren Blick über die Maßbänder, Nadeln, Knöpfe und die in den Ecken stehenden, wartenden Schneiderpuppen gleiten. Sergeant Farrats geheime Garderobe hing in einem verschlossenen Schrank neben der Vordertür. Mit einem Fuß stand sie auf der Schere, die auf dem Boden lag, wo sie immer die Stoffe zuschnitt. An den Vorhängen waren mit Klammern Skizzen der barocken Kostüme befestigt, und ihr fächerförmiger Ordner mit den Maßen der Ensemblemitglieder lag aufgeklappt auf dem Boden.

Sie tauschte ihr Swanskinkleid gegen einen Arbeitskittel und nahm einen Holzhammer und ein Brecheisen zur Hand. Dann riss sie die Vorhänge herunter und bedeckte mit ihnen sämtliche Stoffe und Apparate, stellte sich vor die Wand zwischen der Küche und dem Wohnzimmer, spuckte in die Hände, hob den Hammer und schlug zu. Sie hämmerte, bis sie ein ziemlich großes Loch in die Wand gehauen hatte, und hebelte dann mit dem Brecheisen die Bretter von den Balken. Sie machte so lange weiter, bis zwischen Küche und Wohnzimmer nur noch die alten, mit schwarzem Staub bedeckten Pinienbalken standen, die als Träger dienten. Anschließend entfernte sie auf die gleiche Weise die Türen und die Wände zwischen den Schlafzimmern und dem Wohnzimmer und schraubte die Türknäufe ab. Mit dem Rollstuhl ihrer Mutter schaffte sie die zersplitterten, mit rostigen Nägeln übersäten Bretter und ihr altes Bett hinunter zur Müllkippe, ging zurück in ihr umgestaltetes Haus, nagelte zwei Türen aneinander und verlängerte mit ihnen den Küchentisch. Bei Tagesanbruch stand sie in ihrer riesigen offenen Werkstatt an ihrem großen Zuschneidetisch und lächelte.

Da sie über und über mit Dreck und Spinnweben bedeckt war, ließ sie sich ein heißes Bad ein. Während sie einweichte, summte sie vor sich hin und drückte ihren großen Zeh unter den tropfenden Wasserhahn, doch schließlich bahnte sich das Wasser einen Weg um ihren Zeh herum, und ein dünner, scharfer Strahl spritzte heraus.

Kapitel 30

Die Bewohner Dungatars kamen im Gemeindesaal zusammen, um für die *Macbeth*-Aufführung des Dungatarer Social Clubs vorzusprechen. Irma Almanac kam in den Saal gerollt und lenkte ihren Rollstuhl ans Ende des Mittelgangs, direkt neben Tilly. Nancy stieß Ruth an und zischte ihr ein abfälliges Hmff zu, woraufhin die Leute im Saal sie schräg ansahen. Irma trug nicht schwarz: Ihre weißen Stöckelschuhe standen unbeholfen auf den Fußstützen ihres Rollstuhls, und sie hatte ein feuerwehrrotes Kleid an.

Die meisten trugen für ihre Vorsprechprobe ein Gedicht oder ein Lied vor, nur der District Inspector legte einen Stepptanz aufs Parkett. Die Produzentin und die Regisseurin zogen sich hinter die Bühne zurück, um die Vorsprechproben zu besprechen und die Rollen zu verteilen. Schließlich verkündeten sie ihre Entscheidungen.

Trudy ergriff als Erste das Wort. »Ich bin die Regisseurin, also müssen alle nach meiner Pfeife tanzen.«

»Und ich bin die Produzentin«, stellte Elsbeth klar. »Also bin ich für alles verantwortlich, auch für die Regisseurin.«

Trudy drehte sich zu ihrer Schwiegermutter um. »Streng genommen, Elsbeth, aber egal ...«

»Würdest du bitte die Besetzungsliste vortragen, Trudy?«

»Also, ich bin, wie ich bereits sagte, die Regisseurin. Außerdem spiele ich Lady Macbeth. Die Rolle von Macbeth – General und zukünftiger König – geht an …«

William wappnete sich innerlich.

»Lesley Muncan!«

Es erhob sich ein allgemeines Gemurmel der Zustimmung und schwacher Applaus. Lesley hatte bei seiner Vorsprechprobe sein Äußerstes gegeben. Mona beugte sich zu ihm und gab ihm einen Kuss auf die Wange. Er errötete und klimperte nervös mit den Augen. William sah zu Boden.

Trudy räusperte sich und fuhr fort: »William kann die Rolle von Duncan übernehmen …« Sergeant Farrat, Fred Bundle, Big Bobby, der Inspector, Scotty und Reg knufften sich und schüttelten die Köpfe, und als Trudy fortfuhr »…und seine Söhne Malcolm und Donalbain werden von Bobby Pickett und Scotty gespielt«, verdrehten sie die Augen und verschränkten ihre Arme vor der Brust. »Septimus Crescant spielt Seward und Sergeant Farrat Banquo, der im Laufe des Stückes aus Versehen umgebracht wird. Wenn ihr nicht gerade Banquo oder Duncan oder der König seid, spielt ihr Diener, Lords, Offiziere, Boten oder Mörder. Purl, du bist Lady Macduff. Die Hexen werden von Faith, Nancy und dem District Inspector gespielt.« Die Ausgewählten schlurften im Saal umher und flüsterten miteinander.

»Ich wollte eine Hexe spielen«, meldete sich eine zaghafte Stimme.

»Mona, ich habe dir doch gesagt, dass du einen Geist spielst und ansonsten eine Dienerin bist.«

»Aber ich habe überhaupt keinen Text.«

»Mona, es gibt nun einmal nur drei Hexen in dem Stück.«

Nancy trat vor. »Meine Lady Macduff war viel besser als Purls …«

»Ich bin doch ein Mann«, maulte der Inspector, »warum soll ich ausgerechnet eine Hexe spielen?«

Elsbeth fuhr hoch. »Hier wird nicht gemeckert, oder ich schicke euch alle auf der Stelle nach Hause!« Sie sah das ausgewählte Ensemble finster an. Der Inspector schlug die Hacken zusammen und nickte mehrmals schnell hintereinander.

Elsbeth sah Trudy an. »Sorg gefälligst dafür, dass du dein Ensemble im Griff hast.«

Trudy machte ein saures Gesicht und fuhr fort: »Mrs. Almanac, Sie sind die Garderobiere.« Irma sah hinab auf ihre geschwollenen Knöchel und ihre kraftlosen Finger. »Ich backe Ihnen morgen ein paar Plätzchen«, versprach Tilly. »Mit doppelter Dosis.«

Nach mehreren Probeabenden machte die Truppe allmählich kleine Fortschritte.

»Okay«, kommandierte die Regisseurin. »Banquo und Macbeth, auf die Bühne.«

»Einen so abscheulichen und zugleich schönen Tag habe ich noch nicht gesehen.«

»Wie weit soll es noch nach Forres sein?...«

»STOP, kurze Unterbrechung bitte. Äh, das ist schon sehr gut, Sergeant ...«

»Banquo ...«

»Dann eben Banquo. Der Kilt ist in Ordnung – aber außer Ihnen spricht niemand mit schottischem Akzent, und der Dudelsack ist auch völlig überflüssig.«

Hamish war für die Requisite und die Bühnenausstattung zuständig. Trudy ging zu ihm. »Warum bauen Sie einen Balkon, Mr. O'Brien?«

»Für die Liebesszene.«

»Die gibt es bei *Romeo und Julia*.«

»Eben.«

»Wir spielen aber *Macbeth*.«

Hamish blinzelte sie an.

»Das ist das Stück über die ehrgeizige Frau eines Soldaten, die ihren schwächlichen Mann dazu bringt, den König zu töten. Es spielt in Schottland.«

Die dunkelrote Farbe wich aus Hamishs Wangen. »Das Stück, das in Schottland spielt?«, zischte er.

»Sie müssen Wälder bauen, Bäume, die umherwandern können, und einen Geist«, erklärte Trudy.

»Dann bin ich reingelegt worden«, schrie Hamish außer sich, »von diesem verfluchten Septimus!« Er knallte sein Werkzeug auf den Boden und stürmte aus dem Saal.

Der Februar verging für Tilly wie im Flug. Sie stand jeden Morgen in aller Frühe auf, um das Morgenlicht für das Nähen der Kostüme zu nutzen und Termine für Anproben oder eventuelle Änderungswünsche zu vereinbaren. Bei der Arbeit summte sie vergnügt vor sich hin. Am Abend ging sie manchmal hinunter, setzte sich hinten in den Saal und sah den Bewohnern Dungatars bei den Proben zu.

Die Leute sahen zunehmend gestresst und erschöpft aus und schienen sich nicht im Geringsten zu amüsieren. Trudy saß immer in der ersten Reihe.

»Noch einmal bitte, Szene drei«, krächzte sie – ihre Stimme hatte sie weitgehend verloren.

Septimus, Bobby, Sergeant Farrat, Reginald, Purl und Fred gingen nervös auf die Bühne und nahmen ihre jeweiligen Positionen ein.

»Der Pförtner auf die Bühne ... Ich kann den Pförtner nicht hören«, rief die Regisseurin.

»Ich habe auch nichts gesagt.«

»Und warum nicht, bitte schön?«

»Weil ich meinen Text vergessen habe.« Faith brach in Tränen aus. Die anderen Schauspieler eilten zu ihr.

Die Regisseurin knallte ihr Regiebuch auf den Boden. »Na prima! Dann machen wir wieder einmal eine verdammte fünfminütige Pause. Vielleicht will sich ja noch jemand ausheulen – ist irgendeinem von euch miserablen Schauspielern danach, ein bisschen zu heulen? Bestimmt ist jemandem danach, habe ich Recht?«

»Nein.«

»Und warum hältst du schon wieder den Arm hoch?«

»Ich habe noch ein Frage.«

Trudy funkelte den auf der Bühne stehenden Diener – Bobby Pickett – finster an. »Nein, du kannst nicht schon wieder etwas fragen.«

»Und warum nicht?«, fragte Elsbeth, ging auf die Bühne und stellte sich neben Bobby.

»Weil ich es sage.«

»Du bist keine besonders rücksichtsvolle Regisseurin, *Gertrude*.«

William ging zu Mona, die in einer Ecke saß, setzte sich neben sie und legte den Kopf in die Hände.

»Du meinst wohl, du könntest es besser«, fauchte Trudy.

»Ich meine es nicht nur, ich weiß es. Jeder könnte es besser als du.«

Sie starrten einander an. »Du bist gefeuert.«

»Du kannst doch nicht die Produzentin feuern, du dumme Gans.«

Trudy trat ganz nah an Elsbeth heran, beugte sich zu ihr vor und schrie: »Du erzählst mir ständig, was ich nicht tun kann! Ich kann alles tun! Und jetzt verschwinde!«

»Nein.«

»Raus!« Sie zeigte auf die Tür.

»Wenn ich gehe, geht mit mir die restliche Finanzierung des Projekts!«

William blickte hoffnungsvoll hoch. Seine Mutter fuhr fort und zählte mit ihren Fingern auf: »Da wäre die Saalmiete, der Transport, nicht zu vergessen die Bühnenausstattung, und wenn wir die fällige Rechnung nicht bezahlen, kriegen wir keine Kostüme für die Soldaten.«

»Ach, Sch… Schwachsinn«, entgegnete Trudy, ballte die Fäuste und presste sie an ihre Schläfen.

Faith heulte erneut los. Die Schauspieler warfen die Hände hoch oder ihre Texte auf den Boden, während William nach vorn zur Bühne ging. »Mutter, du machst alles kaputt …«

»Ich? Wie kommst du darauf, dass ICH alles kaputtmache?«

Tilly, die in einer dunklen Ecke saß und zusah, lächelte.

Purl trat vor. »Doch, Sie – Sie unterbrechen ständig …«

»Was fällt Ihnen ein? Sie sind nichts weiter als …«

»Sie weiß, für was Sie sie halten!«, brüllte Fred und trat Purl zur Seite.

»Genau«, bestätigte Purl und zeigte mit einem rot lackierten Fingernagel auf Elsbeth. »Und ich weiß auch, für was Ihr Ehemann Sie gehalten hat!«

»Wie auch immer, Elsbeth«, rief Ruth triumphierend, »ich kann die Kostüme für die Soldaten auch bezahlen. Im Safe bei mir in der Post liegt noch das Geld für sämtliche Hausversicherungen.«

Alle starrten sie an.

»Hast du das Geld noch nicht an die Versicherungsgesellschaft weitergeleitet?«, fragte Nancy.

Ruth schüttelte den Kopf.

»Siehst du?«, schrie Trudy. »Wir brauchen dich nicht. Du kannst nach Hause gehen und William seinen verdammten Traktor kaufen!«

»Wir sind alle nicht versichert?«, rief Fred.

Ruth machte plötzlich einen besorgten Eindruck und trat zur Seite.

Nancy stemmte die Hände in die Hüften und sah die Schauspieltruppe an. »In letzter Zeit hat es kein Erdbeben gegeben. Und ihr glaubt doch wohl nicht im Ernst, dass es in den vergangenen Jahren nur deshalb nicht gebrannt und keine Überschwemmungen gegeben hat, weil Ruth brav Jahr für Jahr die Prämien überwiesen hat, oder?«

»Genau!«, rief Trudy.

Alle sahen einander verwirrt an.

»Ohne die Kostüme für die Soldaten können wir nicht gewinnen ...«, meldete sich Faith zaghaft zu Wort.

»Und ohne ein ordentliches Bühnenbild auch nicht!« Trudy stemmte die Hände in die Hüften. Die Schauspieler sahen einander an und versammelten sich zögernd hinter ihrer Regisseurin.

Elsbeth stampfte mit dem Fuß auf und schrie: »Ihr seid ein verdammter Haufen Idioten! Schmierenkomödianten, Dummköpfe, Verkäufer und Schwachsinnige, ihr seid ungehobelte, groteske, gemeine ...« Sie stapfte davon, doch an der Tür hielt sie inne und drehte sich noch einmal um. »...ihr seid alle Abschaum. Ich hoffe, dass mir keiner von euch je wieder unter die Augen kommt.« Sie marschierte aus dem

Saal und knallte die Tür hinter sich zu. Die Fenster vibrierten, und der Staub rieselte von den Lichtblenden.

»Also gut«, sagte Trudy. »Dann wollen wir mal wieder loslegen, oder?«

»Ich bin meine Frage noch nicht losgeworden«, beschwerte sich Bobby.

Trudy biss die Zähne zusammen. »Also los, stell sie!«

»Also, wenn du sagst ›Raus, verdammter Fleck! Raus, sage ich!‹, nun ja – wo ist er?«

»Wer?«

»Der Fleck.«

Es wurde März. Die Temperaturen stiegen, und die heißen Nordwinde staubten die Wäsche auf den Wäscheleinen ein und überzogen die Anrichten mit einer dünnen braunen Schicht. William Beaumont – Duncan, König von Schottland – war für halb zwölf mittags zu seiner ersten Anprobe bestellt. Um Punkt 11.23 Uhr betrat er Tillys Veranda. Tilly führte ihn ins Haus. »Zieh dein Hemd aus!«, wies sie ihn an.

»Okay.« Er hatte Schwierigkeiten mit den Knöpfen, doch schließlich schaffte er es. Sie hielt ihm eine Leinenweste hin und bedeutete ihm, die Arme durch die Armlöcher zu stecken.

»Das ist es?« William war enttäuscht.

»Es ist nur ein Schnittmuster. Es ist üblich, ein Erstmuster aus Leinen anzufertigen, um eine perfekte Passform zu bekommen. Außerdem musst du dann nicht ständig zur Anprobe kommen.«

»Also wird es gelb und mit Spitze – wie wir es besprochen haben?«

»Es wird genauso, wie du es wolltest.«

Die Achselrundung musste etwas angehoben werden (dünne Arme), aber den Ausschnitt hatte sie perfekt hinbekommen. Sie passte die Überweite Williams rundem Rücken an und steckte die Schulternähte neu ab. Dann half sie ihm aus der Probeweste und ging zu ihrem großen Tisch.

William blieb im Unterhemd mit ausgestreckten Armen in der Küche stehen und sah ihr zu. Sie beugte sich mit Nadeln zwischen den Lippen über den gelben Stoff und hantierte fingerfertig mit Schneiderkreide, Nadel und Faden. Als sie aufblickte, sah er schnell nach oben an die Deckenbeleuchtung und wippte auf den Zehen, doch es drängte ihn, ihr erneut zuzusehen, wie sie mit ihren feinen langen Fingern mit Heftstichen Spitze am Kragen befestigte. Schließlich nahm sie seinen gelben Mantel auf, half ihm hinein, drehte ihn nach allen Seiten, zog den Stoff zurecht und fuhr mit einem feinen Stück Kreide über seine Rippen und sein Rückgrat, was ihn so erregte, dass sich sein Hodensack zusammenzog und seine Haarrspitzen sich kräuselten.

»Kennst du deinen Text?«, fragte Tilly höflich.

»O ja, Trudy hilft mir.«

»Sie nimmt das Ganze sehr ernst.«

»Ja, sehr«, bestätigte William und pustete sich mit vorgeschobener Unterlippe die Haare aus der Stirn. »Das Stück ist sehr komplex.«

»Glaubst du, ihr könnt gewinnen?«

»Aber ja«, entgegnete er. »Wenn man alles zusammennimmt, sind wir unschlagbar.« Er sah hinab auf den pelzbesetzten Saum seines Mantels. »Die Kostüme sind großartig.«

»Freut mich.« Tilly steckte die geänderten Nähte ab, und er probierte den Mantel erneut an. William bewunderte sich in dem großen Spiegel und fragte: »Was denkst du denn, wie es läuft?«

»Genauso, wie ich erwartet hätte.«

Er fuhr mit der Hand über den dicken, prunkvoll verzierten Satin und betastete den Pelzbesatz.

»Du kannst ihn jetzt wieder ausziehen.«

William errötete.

An diesem Abend konnte er nicht einschlafen. Deshalb ging er hinaus auf die Veranda, zündete sich seine Pfeife an und betrachtete im Stehen den mondbeschienenen, weichen quadratischen Krocketrasen, die geraden weißen Linien des Tennisplatzes, die neuen Ställe und seinen kaputten Traktor, der in seine Einzelteile zerlegt unter dem Gummibaum lag.

Drei Wochen vor der großen Premiere fragte Trudy am Ende der Probe für den ersten und zweiten Akt: »Wie lange haben sie heute Abend gebraucht, Miss Dimm?«

»Vier Stunden und zwölf Minuten.«

»Verdammt!« Die Regisseurin schloss die Augen und wickelte wieder und wieder eine Haarsträhne um ihren Finger. Die Schauspieler verdrückten sich auf Zehenspitzen Richtung Kulisse oder Garderobe, die Augen mit begehrlichen Blicken auf die Ausgänge gerichtet.

»Also gut. Alle wieder zurück in den Saal – wir proben es noch einmal.«

Sie mussten auch am Samstag- und Sonntagnachmittag auf der Bühne schwitzen und während der Woche jeden Abend antreten. Schließlich war es an der Zeit, die Kostüme zu begutachten. Tilly registrierte, dass Trudy beträchtlich an Gewicht verloren hatte. Sie hatte ihre Fingernägel bis aufs Nagelbett abgekaut, und auf ihrem Kopf prangten große kahle Stellen, wo sie sich komplette Haarbüschel ausgerissen hatte. Sie murmelte ständig irgendwelche Zeilen aus *Macbeth* und gab im Schlaf lautstarke Verwünschungen und Obszönitäten von sich. Sie hatte sich in einem schmutzigen Kleid und ungleichen Schuhen vor der Schauspieltruppe aufgebaut. Tilly saß hinter ihr. Um ihren Hals hing ein Maßband, und sie hatte einen äußerst gelassenen Gesichtausdruck.

»Gut«, sagte Trudy, »Lady Macduff, bitte.«

Purl schwebte auf die Bühne. Sie trug einen weit geschnittenen Satinrock mit einer üppigen Tournüre. Ihr Gesicht war weiß gepudert und mit Rouge geschminkt, ihre Locken aufgetürmt zu einer hohen, mit Bändern geschmückten Frisur. Ihr hübsches Gesicht wurde von einem weiten, mit einem Drahtgestell gehaltenen Kragen eingerahmt, der von der Spitze ihrer Frisur bis zu ihren Achseln reichte und mit einer Bordüre aus perlenbesetzten Rüschen versehen war. Die Ärmel hatten einen enormen Umfang und die Form von Kürbissen, der Ausschnitt ihres Kleides war gerade und tief und bedeckte gerade eben ihre hübschen Brüste, die zu einem guten Teil aus der knallengen Korsage quollen. Die Männer sahen sie lüstern an, die Hexen grinsten spöttisch.

»Das Kostüm ist verdammt schwer«, keuchte Purl.

»Ich habe es extra so entworfen, du Idiotin – genau solche Kleider haben die Frauen im siebzehnten Jahrhundert getragen. Habe ich nicht Recht, Kostümschneiderin?«

»Doch«, bestätigte Tilly. »Genauso sind die Aristokraten im ausgehenden siebzehnten Jahrhundert bei Hof herumgelaufen.«

»Ich kann darin kaum atmen«, beschwerte sich Purl.

»Es ist perfekt«, befand Trudy. Die Männer nickten.

»Der Nächste – Duncan!«

William trat aus den Kulissen. Sein Gesicht war weiß gepudert und mit Rouge geschminkt, seine Lippen waren rot angemalt, auf jeder Wange prangte ein Schönheitsfleck. Das Gesicht wurde von flammenden roten Locken eingerahmt, die unter einer riesigen, der Kuppel des Tadsch Mahal ähnelnden smaragdbesetzten Goldkrone hervorquollen. Um den Hals trug er eine Schleife aus Spitze, die über sein spitzenbesetztes Oberteil bis zu seiner Taille herabfiel. Darüber trug er den mit einer Pelzbordüre besetzten gelben Mantel. Die weit geschnittenen, enormen Manschetten seines Mantels gingen ihm bis zum pelzbesetzten Saum des Mantels. Darunter trug er durchscheinende weiße Seidenstrümpfe und Schaftstiefel mit umgeklappten Aufschlägen, die bis zu seinen Knöcheln reichten. Er warf sich galant in Pose und strahlte seine Frau an, doch ihr einziger Kommentar lautete: »Hoffentlich fällt die Krone nicht runter.«

»Sie ist an der Perücke befestigt«, beruhigte Tilly sie.

»Dann wollen wir mal sehen, was du aus Macbeth gemacht hast.«

Lesley betrat schwungvoll die Bühne. Er trug einen kegelförmigen Hut, der mit einem ganzen Wald aufrecht stehender und wippender Federn geschmückt war. Der Kragen seines weit geschnittenen weißen Seidenhemdes war über und über mit Spitze und Rüschen verziert, die sich bauschten und seine Ohrläppchen umschmeichelten, die Schöße des Hemdes reichten bis zu seinen Knien und wogten mit den Kunstblumen um die Wette, die die Säume seiner diversen Röcke und Petticoats zierten. Außerdem trug er eine rote Samtweste und dazu passende rote Strümpfe, und seine hochhackigen Schuhe waren so ausgiebig mit Satintroddeln verziert, dass man nicht mehr erkennen konnte, welche Farbe sie hatten.

»Perfekt«, stellte Trudy fest.

»PERFEKT«, ahmten die hinter ihr stehenden Soldaten sie nach und schlugen ihre Hacken aneinander.

Trudy umkreiste ihre barocke, im Stil des siebzehnten Jahrhunderts ausstaffierte Schauspieltruppe, die das böse, im sechzehnten Jahrhundert entstandene Shakespeare-Stück über Ehrgeiz und Mord einstudierte. Sie standen auf der kleinen Bühne wie Statisten eines Hollywoodfilms, die in einer langen Reihe in der Studiokantine auf ihr Mittagessen warten – einer Reihe weiter Gewänder und farbenprächtiger Schlitze, gerüschter Reifröcke und Korsettschnüre, Schulterpatronengurte und Helme mit hummerschwanzähnlichen Spitzen, unter denen lange Lockenprachten zum Vorschein kamen, Federn, die aus Hüten sprossen, und Kopfschmuck, der bis zu den Dachsparren reichte; ihre rotlippigen, dick geschminkten Gesichter inmitten weißer wagenradgroßer Halskrausen und gebogener weißer Kuttenkragen sahen aus wie gemalte Porträts.

»Perfekt«, wiederholte Trudy noch einmal.

Tilly nickte und lächelte.

Kapitel 31

Tillys Rücken und ihre Schultern waren steif und schmerzten. Ihr taten die Arme weh, ihre Fingerspitzen waren aufgescheuert, ihre Augen brannten, und darunter hatte sie dunkle Ringe, die bis auf ihre makellosen Wangenknochen reichten, doch sie war glücklich, jedenfalls beinahe. Ihre Finger waren ganz glitschig vor Schweiß, deshalb machte sie sich selbst ein Zugeständnis – sie nähte die Spitzenbordüre der rot-weißen, kürbisförmigen Jerseyhose im Jacquard-Design mit einem Pariser Zierstich, obwohl sie wusste, dass eigentlich Überwendlichstich erforderlich war. Sie machte den allerletzten Stich, und als sie sich vorbeugte und den Baumwollfaden abbiss, hörte sie Madame Vionett fragen: »Essen Sie mit einer Schere?«

Sergeant Farrat berichtete ihr von den Proben. »Und Lesley erst! Also, wenn der sich nicht für wichtig nimmt – platzt immer dazwischen und betet ständig allen ihren Text vor, was natürlich Miss Dimm auf die Palme bringt, weil das Soufflieren ja eigentlich ihre Aufgabe ist. Der Inspector übertreibt seine Rolle, aber Mona ist wirklich gut. Sie springt immer ein, wenn irgendjemand nicht zur Probe erscheint. Wir haben alle die Sommergrippe, entzündete Rachen und verstopfte Nasennebenhöhlen, keiner hat Elsbeth wieder gesehen, und alle hassen Trudy. Ich wäre auf jeden Fall ein besserer Regisseur als sie; immerhin habe ich im Gegensatz zur ihr schon mal ein Theater von *innen* gesehen.«

Sie kamen schwer beladen zur Probe. Auf ihren Armen stapelten sich Kürbishosen und mit Straußenfedern besetzte Samtmäntel. Draußen heulte der heiße Nordwind und rüttelte an den Stromkabeln. Drinnen stand die Schauspieltruppe mucksmäuschenstill und verängstigt hinten auf der Bühne. Die Regisseurin hatte sie dort Stellung beziehen lassen, um sie herum standen ein paar Holzstühle mit einigen hervorstehenden Splittern. Trudy hatte glasige Augen, die von großen bläulichen Ringen umgeben waren, ihre Strickjacke war falsch zugeknöpft.

»Noch einmal«, flüsterte sie drohend.

Lady Macduff, die eine in eine Windel gewickelte Puppe in den Armen hielt, sah ihren Sohn an. Fred Bundle holte tief Luft und begann:

> »Und müssen alle aufgehängt werden, die schwören und lügen?«
> Lady Macduff: »Alle.«
> Sohn: »Wer muss sie aufhängen?«
> Lady Macduff: »Nun, die ehrlichen Leute.«
> Sohn: »Dann sind die, die schwören und lügen, Narren; denn es gibt Lügner und Schwörende genug, um die ehrlichen Leute zu verhauen und sie ihrerseits aufzuhängen.«

»NEIN! NEINNEINNEINNEINNEINNEINNEIN!«, schrie Trudy. »IHR SEID HOFFNUNGSLOSE FÄLLE!«

»Das war doch korrekt«, intervenierte Miss Dimm. »Diesmal hat er es richtig gesagt.«

»Hat er nicht.«

»Hat er doch«, widersprach die gesamte Truppe im Chor.

Trudy ging langsam nach vorne zur Bühne und fixierte die Schauspieler mit einem dämonischen Blick. »Ihr wagt es, mir zu widersprechen?« Ihre Stimme sprang eine Oktave höher. »Ich wünsche euch samt und sonders die Ruhr und die Syphilis an den Hals, ich hoffe, dass ihr an Dehydration krepiert, weil so viel Eiter aus den Schorfkrusten quillt, die eure Körper überziehen, ich hoffe, dass eure Schwänze sich in schwarz schimmernde Beulen verwandeln und verfaulen und abfallen, und euch Frauen wünsche ich, das ihr euch innerlich auflöst und stinkt wie ein in der Sonne dampfendes fauliges Fischerboot, ich hoffe, dass ihr …«

William ging zu seiner Frau, holte weit aus und verpasste ihr eine derart schallende Ohrfeige, dass sie sich um 360 Grad drehte. Die Vorhänge über der Bühne bewegten sich in dem Luftwirbel. Er starrte in ihr fleckiges verschwitztes Gesicht und sagte leise: »Zufällig weiß ich, dass der Doktor gerade im Station Hotel weilt. Wenn du heute Abend auch nur einen weiteren Mucks von dir gibst, fesseln wir dich mit Angelschnur an diesem Stuhl, lassen ihn kommen und schwören allesamt auf die heilige Bibel, dass du verrückt geworden bist.« Er drehte sich zu der Schauspieltruppe um und fuhr mit bebender, aber selbstbewusster Stimme fort. »Genau das würden wir tun, oder?«

Alle nickten.

»Genau«, bekräftigte Mona und trat auf ihre Schwägerin zu. »Und als Mutter taugst du auch nicht – deshalb kriegt William das Sorgerecht für das arme Baby, und du landest in der Irrenanstalt.« Bei diesen Worten reichte sie William das Kind. Die Schauspieltruppe nickte erneut. Felicity-Joy schmiegte sich in die Arme ihres Vaters, steckte sich das Ende seiner Spitzenschleife in den Mund, langte nach oben und schob William behutsam ihren kleinen dicken Mittelfinger ins Nasenloch.

»Ich denke«, fuhr Mona fort, »wir sollten uns für den Rest des Abends freinehmen. Was meinst du, William?«

»Eine gute Idee«, stimmte er zu. »Lasst uns in den Pub gehen und die Generalprobe auf morgen verschieben.« Die Truppe verließ schwatzend und lachend den Saal und trottete mit schwenkenden Federn und spitzenumhüllten Handgelenken und Knien die dunkle Hauptstraße entlang.

Trudy wandte sich zu Tilly um, die ruhig am Mittelgang saß, und starrte sie mit geweiteten Augen an. Tilly hob eine Augenbraue, zuckte mit den Schultern und folgte den anderen.

Später gingen die Schauspieler nach Hause und lagen starr in ihren Betten. Sie fixierten in der Dunkelheit irgendwelche undeutlichen Schatten und schmorten und grübelten, von Zweifeln geplagt, vor sich hin. Im Geiste gingen sie immer wieder das Stück durch, riefen sich ihre Auftritte und Abgänge vor Augen und hofften, dass die Zuschauer nicht merkten, dass sie drei Rollen gleichzeitig spielten. In dieser Nacht machte niemand ein Auge zu.

Kapitel 32

Der Tag des Eisteddfods begann ungewöhnlich heiß und windig. Irma Almanac spürte ihre Knochen, deshalb genehmigte sie sich zu ihrer morgendlichen Tasse Teufelsklauen-Tee ein Extraplätzchen aus Tillys Fertigung. Sergeant Farrat gönnte sich ein extralanges Bad, dem er Lavendelöl und Baldrianwurzeln beigegeben hatte. Purl bereitete ihren Hotelgästen – dem Doktor und Scotty – das Frühstück zu und widmete sich dann ihrem Haar und ihren Fingernägeln. Fred spritzte den Fußweg ab und schaffte im Pub und im Keller Ordnung. Lois, Nancy und Bobby leisteten Ruth und Miss Dimm bei einem herzhaften warmen Frühstück Gesellschaft. Reginald schaute bei Faith vorbei und kostete von Hamishs gebratenem Lamm mit Speck. Septimus machte einen langen Spaziergang durch den warmen Wind und wunderte sich, wie hübsch der aufgewirbelte Staub anzusehen war, der über die flache gelbe Ebene geweht wurde. Mona und Lesley nahmen ein leichtes Frühstück aus Getreideflocken und Grapefruits zu sich und machten anschließend Atem- und Dehnübungen. William fand Trudy zusammengerollt unter der Bettdecke. Sie zitterte, saugte an ihren Fingerknöcheln und murmelte vor sich hin. »Trudy«, wies er sie zurecht, »du bist unsere Regisseurin und Lady Macbeth. Jetzt verhalte dich gefälligst auch entsprechend!« Er ging zu Elsbeth, die im Kinderzimmer neben der Wiege stand und Felicity-Joy in den Armen hielt. »Wie geht es ihr?«, fragte sie.

»Ihr Zustand hat sich verschlechtert«, erwiderte William, und sie nickten einander resigniert zu. Elsbeth drückte das Baby noch enger an sich.

Tilly sprang mit einem Satz aus dem Bett und ging sofort nach draußen. Sie stand bis zu den Knien in den Pflanzen ihres Gartens und sah zu, wie die Autokolonne der Zuschauer Richtung Winyerp aufbrach und die Stadt sich leerte.

Bobby war spät dran. Er hatte Probleme beim Starten des Busses gehabt und holperte jetzt mit aufheulendem Motor die Hauptstraße entlang Richtung Gemeindesaal. Als er am Bordstein hielt, kam die Regisseurin, Lady Macduff in Person, aus der Eingangstür geschossen – herausgeschleudert wie eine leere Patronenhülse aus einer Gewehrkammer. Sie fiel im strahlenden Sonnenschein rückwärts auf den Bürgersteig, prallte zweimal auf und sprang dann mit der Energie einer Besessenen wie eine Zirkusakrobatin auf die Füße. Sie ballte die Fäuste und trommelte laut kreischend gegen die Tür.

»Es ist mein Stück, meins – ohne meine Regie, meine Planung, meine Anleitung wäre niemand von euch hier, niemand! Ich MUSS bei dem Eisteddfod dabei sein, ihr könnt mich nicht einfach an die Luft setzen, es ist mein Stück!«

Drinnen verbarrikadierte die Schauspieltruppe mit Stühlen und dem Sandkübel, in dem seinerzeit der Weihnachtsbaum gestanden hatte, die Tür. Trudy rüttelte an ihr, doch sie ließ sich nicht öffnen. Sie drehte sich um und nahm den Bus ins Visier. Bobby betätigte schnell den entsprechenden Hebel, und die Tür schnappte zu; dann griff er sich den Zündschlüssel und warf sich flach auf den Boden. Trudy trat mit aller Kraft gegen die Bustür, doch sie ging nicht auf, deshalb kletterte sie auf die Motorhaube und bearbeitete mit ihren Fäusten die Windschutzscheibe.

In den Fenstern des Saals erschienen die geschminkten Gesichter der verängstigten Macduffs und der Soldaten und spähten hinaus. William winkte dem Doktor, der dem Schauspiel vom Balkon aus zusah. Der Doktor leerte sein Whiskyglas, stellte es auf die Brüstung, nahm seine Tasche auf und näherte sich von hinten der Verrückten, die wie wild vor dem Bus herumtanzte. Er tippte ihr auf die Schultern. »Was ist denn los?«

Trudy schäumte und knirschte mit den Zähnen. »Dieses Pack!«, schrie sie. »Diese Bande talentloser Schmierenkomödianten will mich rausschmeißen.« Sie schoss herum und zeigte auf Mona. »Und die da will meine Rolle haben! Sie ist genau wie ihre Mutter.«

Sie stürmte auf die verschlossene Tür zu, rammte sie mit der Schulter, prallte ab und versuchte es erneut, indem sie sich mit dem ganzen Körper gegen sie warf. »Mona Muncan wird *nicht* Lady Macbeth spielen. Es ist meine Rolle!«

Der Doktor gab Bobby, der übers Armaturenbrett linste, ein Zeichen. Bobby schüttelte den Kopf. Der Doktor wiederholte seine Geste.

»Ich helfe Ihnen«, rief Nancy.

»Der Bus gehört mir auch!«, schrie Trudy. Bobby rannte zu ihr, packte sie unter dem Applaus der zusehenden Schauspieltruppe und umklammerte mit seinen kräftigen Footballspieler-Händen ihre Handgelenke. Trudy schrie: »Ich bin Lady Macbeth, ich!«

Der Doktor hielt eine große Spritze hoch, schnippte einmal mit dem Mittelfinger dagegen, zielte und stieß sie Trudy mit einem boshaften Grinsen in ihren voluminösen Hintern. Während sie auf den Fußweg kippte und wie eine achtlos hingeworfene Strickjacke liegen blieb, trat er einen Schritt zurück und betrachtete sein Werk.

»O, angefüllt mit Scorpionen ist ihre Seele!« Sie schleppten sie zu seinem Auto und hievten sie hinein.

Die Mitglieder der Schauspieltruppe bildeten eine Kette, luden das Bühnenbild Stück für Stück auf den Dachgepäckträger des Busses und verschnürten alles sorgfältig. Als sie einstiegen, stand Mona mit einem Klemmbrett in ihrer samtumhüllten Armbeuge an der Tür und hakte die Namen ab. Lady Macbeths Kleid kräuselte sich über dem Boden und umschmeichelte ihre mit Spitze verzierten Schuhe, neben ihr stand Macbeth. Alle fanden einen Sitzplatz und wedelten sich, weil es so heiß war, mit ihren Spitzentaschentüchern Luft zu. Lesley stand vorne im Mittelgang und klatschte zweimal in die Hände. Die Truppe verstummte. »Alle mal herhören, unsere amtierende Regisseurin und Produzentin möchte etwas sagen!«

Mona räusperte sich. »Banquo fehlt …«

»Dann spiele ich Banquo!«, rief Lesley und ließ seine Hand hochschießen. »Ich, ich, ich!«

»Wir sollen ihn am Bahnhof auflesen«, meldete sich Bobby zu Wort und versuchte den Bus zu starten, doch der Motor gab nur ein Stottern und Rumpeln von sich. Es folgte ein längeres Schweigen. »Also, gut«, sagte Bobby schließlich. »Alle Mann raus.«

Tilly blickte vom Hügel hinunter auf die eintönigen Gebäude und den träge dahinfließenden braunen Bach. Das Dach des Silos glänzte in der Sonne, aufgewirbelter Staub fegte über die trockene, schmutzige Schotterpiste, die zum Footballoval führte. Die Bäume bogen sich im heißen Wind. Sie ging ins Haus, stellte sich vor ihren großen Schneiderspiegel und musterte ihre Erscheinung. Sie war von einer strahlenden Aura umgeben wie eine von hinten angestrahlte Schauspielerin, um sie herum schwebten in den Lichtstrahlen Staubpartikel von Schneiderkreide und Wollflocken. Im Hintergrund türmten sich vor den skelettartigen Resten der einstigen Wände die Überreste ihrer Flickarbeit und Schneiderei – Stofffetzen und Zuschnittreste sowie Überbleibsel von Modebeschreibungen vom sechzehnten Jahrhundert an aufwärts. Bis unter die Decke und in jeder nur erdenklichen Ecke des kleinen schiefen Hauses stapelten sich haufenweise mit Stoffresten voll gestopfte Tüten, aus denen einzelne Bänder, ausgefranste Fäden und Fusseln hervorlugten. Aus dunklen Ecken und unter den Stühlen quoll verstreuter Stoff hervor, überall lagen bauschige Wollreste herum und vermischten sich mit Satinecken. Gestreifte Stofffetzen, Überreste aus Samt, Velours- und Laméstreifen, gefleckte, karo- und paisleygemusterte Stoffe vermengten sich mit Material für Schuluniformen, Federboas, paillettenbesetzter Baumwolle, Trikotagenstoff aus Schurwolle und Spitze für Brautkleider. Stoffballen in den verschiedensten Farben lehnten an den Fensterbänken und lagen über dem Lehnstuhl. Teile von Schnittmustern und Skizzen – Entwürfe für Frauen, die sich einbildeten, sie hätten Größe 36 – waren mit Nadeln und Wäscheklammern an den verstaubten Vorhängen befestigt. Zwischen Stapeln eingerissener Schnittmuster lagen aus Zeitschriften ausgerissene Fotos und zusammengeknüllte, auf Fleischeinwickelpapier gekritzelte Kostümentwürfe auf dem

Boden. Maßbänder hingen an Nägeln, die aus Stützpfeilern ragten, und um die Hälse unbekleideter Schneiderpuppen; neben leeren Konservendosen voller Scheren standen alte Gläser, die bis zum Rand mit bunten Knöpfen und Druckknöpfen gefüllt waren, als handelte es sich um Smarties, die Partygästen angeboten werden sollten. Aus einer braunen Papiertüte quollen Reißverschlüsse hervor und schlängelten sich über den Boden und vor dem Ofen. Ihre Nähmaschine wartete aufrecht stehend auf dem Nähtisch, am türlosen Eingang stand verloren eine Überwendlichmaschine am Boden. Eine komplette Ecke war mit Fasson-Leinen für die Anfertigung der Prototypen für die barocken Prachtgewänder voll gestopft.

Zwischen Stützpfeilern und Holzbalken schlängelten sich Stromkabel und verhedderten sich mit herumliegenden Baumwollfäden und abgerollten Garnrollen. In der einstigen Küche stapelten sich auf dem ungenutzten Ofen schmutzige Teetassen, Teller und Schüsseln.

Sie beugte sich näher zum Spiegel und starrte sich an. Sie sah ein ausgemergeltes, müdes Gesicht mit einer vom Leben auf dem Lande gesunden Farbe und rot geränderten Augen. Sie hob den Kanister zu ihren Füßen auf. »Die Nacht ist lang, die niemals den Tag findet«, sagte sie und begann, das Petroleum auszuschütten.

In der Polizeiwache ging Banquo im Kopf seinen großen Auftritt durch; wobei seine Zunge fast seine Nasenspitze berührte. Ein einfallender Sonnenstrahl, der auf die schimmernde Zierrose auf seinen barocken Lacklederschuhen fiel, verlieh ihm ebenfalls eine strahlende Aura. Er umfasste den Griff seines Schwertes, als ob er es ziehen wollte, und deklamierte:

> Und wenn wir unsere nackte Schwäche versteckt haben, die ungeschützt leidet, dann wollen wir uns treffen und dieses höchst blutige Stück Arbeit erkunden …

Die in ihren unbequemen Barockkostümen schwitzenden Schauspieler schoben den Bus mit vereinten Kräften auf die Straßenmitte, rückten ihre Hüte zurecht, hoben ihre Röcke ein wenig an, tippelten hinter den Bus und schoben erneut. Der Motor knallte, der Bus erbebte und rumpelte, eine ölige schwarze Rauchfahne hinter sich herziehend, los.

Als Sergeant Farrat den Knall hörte, holte er tief Luft, griff nach seinem mit Straußenfedern geschmückten Filzhut und rief mit lauter Stimme: »Zeit zu gehen!«

Der Inspector kam in seinem verschmutzten sackleinenen Lumpengewand aus der Zelle. Er hielt einen großen Holzlöffel in der Hand. »Meinen Sie, den sollte ich nehmen, Horry? Um einen besseren Effekt zu erzielen?«

»Machen Sie, was Sie wollen«, entgegnete der Sergeant.

Der Bus kam stockend und holpernd vor der Polizeiwache zum Stehen, direkt vor Banquo und der Hexe Nummer drei. »Seid gegrüßt, an diesem Morgen!«, rief Banquo, machte eine tiefe Verbeugung, kam wieder hoch und drückte seinen Hut fest auf seine platinfarbenen Locken. Niemand erwiderte seinen Gruß, nicht einmal mit einem Lächeln.

»Der Vergaser?«, fragte der Inspector und stieg ein. Er setzte sich zu den anderen Hexen.

»Muss wohl ein bisschen Dreck im Benzin sein«, erwiderte Bobby. »Aber keine Sorge, wir kommen schon an.«

»Na, dann fahrt mal«, sagte Banquo. »Ich komme lieber in meinem Polizeiwagen hinterher. Der hat keine Mucken.«

»Ich bin jetzt Lady Macbeth«, meldete sich Mona zu Wort. »Gertrude ist, ähem …«

»Ich weiß«, entgegnete Banquo und hielt sich den Hut vor die Brust. – »Eine schlimme Nachricht.« William sah aus dem Fenster.

Der Bus rumpelte davon und ließ Banquo zurück, der mit seiner Feder wedelte. Hinter ihm, auf dem Hügel, stieg ein einsamer blauer Rauchkringel aus Tillys Schornstein und kräuselte sich gen Himmel.

Tilly band die Kuh los und verpasste ihr einen Klaps auf die riesige knochige Hüfte, woraufhin sie mit bimmelnder Glocke und schwingendem Euter den Hügel hinabtrottete. Tilly ging ein letztes Mal durch die menschenleere Stadt. Im Vorbeigehen ließ sie die angebundenen Hunde laufen, öffnete die Türen von Hühnerkäfigen und befreite Bobby Picketts sämtliche Haustiere. Sie löste die Halsbänder von Schafen, die an alten Bahnschwellen festgebunden waren, und sie befreite die Ponys kleiner Mädchen und ließ sie Richtung Ebene davontraben.

Sergeant Farrat suchte seine Texte zusammen, bewunderte ein letztes Mal sein Spiegelbild und ging hinaus zum Wagen. Der Zündschlüssel lag normalerweise unter dem Lenkrad auf dem Boden, doch dort fand er ihn nicht. Er klopfte auf seinen Oberschenkel, vielleicht hatte er ihn in der Hosentasche, doch in diesem Moment wurde ihm bewusst, dass er seine Polizeiuniform gar nicht anhatte. Hinter ihm quollen bläulich-graue Rauchfahnen unter Tillys rostigem Wellblechdach hervor und bahnten sich ihren Weg durch die knospenden blauen Rankengewächse, die das Haus bedeckten.

Tilly Dunnage hockte am Bahnsteig auf ihrer tragbaren Singer-Nähmaschine und beobachtete die puffenden Rauchwölkchen, die sich ihr vom goldenen Horizont näherten. Für die Reise trug sie eine eng anliegende Paperbag-Hose aus leuchtend blauem Matelassé, die an der Taille von einem roten Seidenband gehalten wurde. Ihre Bluse war fein und eher schlicht und fachmännisch aus eineinhalb Metern weißem Nonnenschleiertuch geschnitten. Sie warf einen Blick auf ihre Uhr. Der Zug kam pünktlich. Sie zwinkerte dem Kakadu zu, der neben ihrem Koffer in einem Käfig hockte. Hinter ihnen trieb ein blauer Rauchschleier über Dungatar und legte sich über die Stadt.

Sergeant Farrat hörte den Zug. Er hörte ihn in den Bahnhof einfahren und anhalten, dann ertönte die Pfeife, und er stampfte wieder davon. Der Sergeant wedelte mit seinem federgeschmückten Hut vor seinem Gesicht, um den Rauch zu vertreiben. Er runzelte die Stirn, schnupperte, fuhr herum und sah nach oben. Seine durchscheinende Haut verfärbte sich dunkelrot.

»Meine Kleider!«, schrie er. »Oh, mein Gott, oh, Tilly …« Er warf den Hut weg und raufte sich die Haare. Die Männer von der Feuerwehr waren allesamt unterwegs zur Theaterbühne im Gemeindesaal von Winyerp.

Er beschloss zu laufen. Zum ersten Mal in vierzig Jahren legte er einen Sprint hin. Er rannte schreiend zu Tillys Haus, seine Kehle brannte.

Oben auf dem Hügel blieb er nassgeschwitzt und rotgesichtig stehen, schweißtriefend, mit verschmierter Schminke, und er sah zu, wie sich die Flammen an seinen hochhackigen Lacklederschuhen vorbei durch das trockene Unkraut und die trockenen Halme fraßen, das braune Gras erfassten und dann den Hügel hinabzüngelten, direkt auf die Stadt zu. Flammen schlugen aus den Türen und Fenstern des geneigten Hauses, und aus den Löchern im Wellblechdach stiegen dünne Rauchsäulen in den Himmel. Ein hübscher Effekt, wie Chiffontüll, etwas, das Margot Fonteyne getragen haben könnte ... dann kippte er um und fiel platt auf den Bauch, dort, wo einst zwischen dem Oleander und dem Rhabarberbeet die Myrten geblüht hatten. Mit anderen Schuhen hätte er es vielleicht bis zum Wasserhahn geschafft, aber das hätte auch nichts genützt, denn Tilly hatte das Wasser abgedreht.

Vor dem Winyerper Gemeindesaal spuckte der Bus das *Macbeth*-Ensemble aus. Die Truppe stand auf dem Fußweg und lauschte dem lauten Applaus. Im Saal war der Vorhang nach der letzten Verbeugung des Ensembles von *Endstation Sehnsucht* endgültig gefallen. Der Applaus wollte nicht enden.

Als sich die Truppe aus Dungatar ins Foyer drängte, nahmen die Zuschauer so gut wie keine Notiz vom *Macbeth*-Ensemble, das an der hinteren Wand bei den Toiletten Aufstellung nahm. Stattdessen quietschten sie vor Vergnügen und lachten über Stanley und Blanche. Der clevere Inspector spürte die angespannten Nerven und die gedrückte Stimmung der anderen und versuchte sie aufzumuntern: »Wir sind die Besten, wir werden gewinnen.«

»Woher zum Teufel wollen Sie das wissen?«, knurrte Fred.

H.M.S Pinafore zog sich eine endlose Stunde hin, während der die Truppe aus Dungatar angespannt wartete. Umgeben von Gläsern und Tassen und Vasen voller Blumen mit angesteckten Kärtchen, auf denen stand: »Herzlichen Glückwunsch, Itheca« oder »Hals und Beinbruch, Winyerp!«, lauschten sie den singenden Matrosen und dem mitklatschenden Publikum. Lesley klopfte mit dem Fuß im Takt auf den Boden. Mona trat ihm auf den Fuß. Ihre dicke Schminke begann zu verlaufen, der Klebstoff, mit dem ihre künstlichen Wimpern angeklebt waren, löste sich auf, und auf ihren Kostümen machten sich Schweißflecke breit.

»Sehr authentisch«, versicherte Lesley. »So sind die Leute damals herumgelaufen, wisst ihr. Sie hatten keine Waschmaschinen, und gebadet haben sie auch nie.«

»Es gibt immer noch Leute, die es für überflüssig halten, sich zu waschen«, sagte Faith und deutete mit ihrem Fächer auf Lois.

»Es gibt auch immer noch Leute, die meinen, dass sie ihr Eheversprechen nicht einhalten müssen«, stellte Nancy fest.

»Wenigstens habe ich überhaupt eine Vorliebe für Männer«, entgegnete Faith. »Einige kranke Geschöpfe in unserer Stadt hingegen …«

»Jetzt reicht's!«, ging Mona dazwischen.

»Deine neue Rolle ist dir wohl ein bisschen zu Kopf gestiegen, Mona!«, mischte sich Purl ein.

»Na, na«, versuchte William die Gemüter zu besänftigen.

H.M.S Pinafore wurde mit heftigem Applaus und Fußstampfen gefeiert, und die Spieler wurden elfmal zurück auf die Bühne gerufen. Als der Beifall allmählich verebbte, führte Lady Macbeth ihr Ensemble auf die Bühne. Der Bühnenbildner sang: »Ich bin der Inbegriff eines modernen Generalmajors …«

Mona räusperte sich, sah ihn wütend an und reichte ihm schließlich den Plan für das Bühnenbild.

»Wir gehen ihn schnell durch und machen dann unsere Lockerungs- und Dehnübungen, aber als Erstes wärmen wir unsere Stimmen ein bisschen auf.« Sie stellten sich im Kreis auf und sangen reihum »Three Blind Mice«. Lesley bestand darauf, dass sie ihre Aufwärmübungen mit einer allgemeinen Umarmung beendeten; anschließend zogen sie sich zurück, um sich vor dem Auftritt noch einmal zu sammeln.

Als sich der Vorhang jeden Moment heben sollte, war Banquo immer noch nicht erschienen. Lesley klatschte in die Hände und rief: »Alle einmal kurz herhören, bitte!« Mona ergriff das Wort. »Wir haben keinen Banquo, also wird Lesley Banquo spielen.«

»Er kennt den Text doch gar nicht«, wandte William ein.

»Ich habe ihn sichtbar an der Säule neben dem Eingang festgepinnt«, entgegnete Mona. »Er kann ihn ablesen.«

»Aber ...«

»Er wird es schon schaffen«, sagte Mona. »Schließlich ist er Schauspieler.«

Das Publikum – Ehemänner, Ehefrauen und Mütter und Kinder der Mitspielenden aus Winyerp, Itheca und Dungatar – saß im hinteren Teil des Saales in der Nähe des »Ausgang«-Schildes. Die Jury saß in der ersten Reihe hinter einem aufgebockten Tisch. Der Vorhang hob sich.

Eine gute Stunde später wand Mona sich in Akt 1, Szene 5, auf dem Himmelbett.

> ... der Duncans unheilvollen Einzug unter meine Zinnen krächzt. Kommt, ihr Geister, die ihr den mörderischen Gedanken zu Diensten steht, nehmt mir hier mein Geschlecht ...

Sie gab vor, unter ihren Petticoats zu masturbieren, sie keuchte und schluchzte und warf sich hin und her. Das Publikum wurde unruhig und wand sich, Stühle knarrten, und dann endete der Akt, und die Lichter wurden abgeblendet.

Als es dreizehn Sekunden später mit Akt 2 weiterging und Banquo und Fleance schwungvoll auf die Bühne schritten, mussten sie feststellen, dass der Saal sich geleert hatte. Nur die vier Mitglieder der Jury harrten aus. Sie steckten die Köpfe zusammen und flüsterten miteinander. Schließlich erhob sich eine kräftige matronenhafte Frau mit einem Strohhut und sagte laut: »Wir haben genug gesehen«, woraufhin auch die anderen Jurymitglieder aufstanden und, ohne sich noch einmal umzusehen, zum Ausgang schritten. Sämtliche Mitglieder des Dungatarer Ensembles strömten aus den Kulissen auf die Bühne und sahen der Jury hinterher, die Richtung Erfrischungsraum verschwand, um sich einen kleinen Imbiss zu genehmigen und die Auszeichnungen zu verleihen.

Kapitel 33

Auf dem Rückweg wurde nur wenig gesprochen. Sie tranken Wassermelonenschnaps aus dem Pokal, den sie für die besten Kostüme bekommen hatten, und lümmelten in dem dahinrumpelnden Bus.

»Sergeant Farrat wird sich freuen«, meinte Mona.

»Wir hätten besser ein Musical aufgeführt«, sagte Nancy und wandte sich zu Mona um. »Wer hat eigentlich ausgerechnet Shakespeare ausgewählt?«

»Es war das einzige Stück, das es in der Leihbücherei gab«, sagte Muriel.

»Wie auch immer, singen kann auch keiner von uns«, meldete sich Ruth zu Wort.

»Wenn hier alle etwas *nicht* können, dann schauspielern!«, fuhr Faith sie an.

Am späten Nachmittag hielten der Bus und die Autos der Bewohner Dungatars vor dem Gemeindesaal, beziehungsweise da, wo der Saal einst gestanden hatte. Die Mitglieder der Schauspieltruppe stiegen sehr langsam aus dem Bus und sahen sich um. Alles war schwarz und rauchte – offenbar war die ganze Stadt niedergebrannt. Vereinzelt ragten schwelende Baumgerippe in den Himmel, hier und da stand noch ein verkohlter Telefonmast oder ein Schornstein. Wo einst die Tore auf- und zugeschwungen waren, hockten verängstigte

Hunde und warteten auf ihre Herrchen, zwischen den verbogenen Wassertanks und Wellblechdächern, die die verkohlte Landschaft übersäten, scharrten Hühner in der Asche. Die Mitglieder der Schauspieltruppe standen im wabernden Rauch und hielten sich Taschentücher vor Augen und Nasen; es stank nach verbranntem Gummi, versengtem Bauholz, angekohlter Farbe und verschmorten Autos. Ihrer aller Existenz war in Flammen aufgegangen. Da war nur noch Rauch und Asche, lediglich Tillys Schornstein war intakt. Mona wies auf eine Gestalt, die neben dem Schornstein hockte und mit den Armen wedelte.

Sie gingen dicht an dicht zur Hauptstraße, sahen sich um, ob auch kein Auto kam, überquerten sie und zogen über den verkohlten Bürgersteig, vorbei an der knarrenden Ruine von Pratts, wo reihenweise Blechdosen explodiert waren und die Stoffballen immer noch glommen. Reginald sah nach, ob wenigstens seine Fleischersäge das Feuer überstanden hatte, doch er fand nur eine abstrakte Skulptur vor. Als sie auf dem Hügel ankamen, standen sie knöcheltief in den noch warmen Überresten von Tillys Garten und sahen hinab – dahin, wo einst ihre Häuser gestanden hatten: Das Einzige, was davon übrig geblieben war, waren rauchende, schwarzgraue Haufen verkohlter Trümmer. Die einstigen Torpfosten des Footballfeldes lagen wie abgebrannte Streichhölzer auf dem schwarzen Oval, die üppigen Weiden, die einst die Bachbiegung umgeben hatten, glichen einer großen, kahlen Aschewüste, alles war tot und verdorrt.

Sergeant Farrat saß angesengt und rußverschmiert auf der Schornsteinsohle und traktierte mit einem verkohlten, verkrüppelten Zweig den Boden zwischen seinen blasigen Lacklederschuhen.

»Was ist passiert?«, fragte der Inspector.

»Es hat gebrannt«, erwiderte der Sergeant und schlug unentwegt weiter mit seinem Zweig auf den Boden.

»Meine Schule«, schluchzte Miss Dimm. Nach und nach begannen sie alle zu weinen, erst ganz leise und dann immer hemmungsloser und lauter. Sie stöhnten und schüttelten sich, sie schluchzten und schrien und heulten wie Tiere, mit roten und verzerrten Gesichtern und weit aufgerissenen Mündern – wie verängstigte Kinder, die in einer Menschenmenge ihre Eltern verloren haben. Ihr Zuhause war weg, und sie waren todunglücklich und starrten fassungslos auf die schwelende Spur der Verwüstung, die das Feuer hinterlassen hatte und die aussah wie die gespreizten Finger eines schwarzen Handschuhs. Im Norden hatte sich das Feuer bis zum Friedhof vorgefressen und erst an der Feuerschneise gestoppt, die die Stadt umgab.

»Nun«, meldete sich Lois schließlich zu Wort, »wir waren alle bei Ruth und haben ihr das Geld für unsere Versicherung gegeben, oder?«

Die anderen beruhigten sich allmählich und nickten. »Genau«, bestätigte jemand, und sie wischten sich die Tränen ab und trockneten sich mit den Ärmeln die Nasen.

Ruth sah sie entsetzt an. »Ihr wisst doch, dass ich es Tilly gegeben habe – für die Soldatenkostüme.«

Die Bewohner Dungatars starrten Ruth an. Sie verharrten wie betäubt auf dem schwarzen Hügel in der heißen, stehenden Luft, Rauchschwaden krochen an ihren Strümpfen hoch und quollen durch ihre verzierten Röcke, während hinter ihnen die verkohlten Holzbretter von Tillys Haus leise knarrten und knackten. Der Sergeant begann hysterisch zu kichern.

»Was sollen wir jetzt tun?«, fragte Fred.

»Einen Drink nehmen«, erwiderte Scotty und trank. Der Inspector langte nach der Flasche.

»Ich kann Mums Haus von hier oben sehen«, sagte Mona und lächelte verstohlen ihrem Bruder zu. William grinste und wippte auf seinen Fußballen. Die Bewohner Dungatars erblickten hinter der in Schutt und Asche liegenden Stadt in der Ferne das Beaumontsche Haus, das in seiner ganzen Pracht unversehrt auf der kleinen Erhebung stand und dessen Wellblechdach in der untergehenden Sonne rot schimmerte.

»Guter alter Furzhügel«, sagte William.

»Lass uns gehen und nach Mutter sehen«, drängte Mona.

So zogen alle schweigend Richtung Windswept Crest – ein farbenprächtiges Grüppchen in sehr wirkungsvollen Barockkostümen.